广西师范大学文科中心建设经费资助

国家社科基金重大项目《历代骈文研究文献集成》（15ZDB068）资助成果

广西特聘专家岗专项经费资助成果

漓江学者团队专项经费资助成果

骈文研究

［第六辑］

莫道才 主编

广西师范大学出版社
GUANGXI NORMAL UNIVERSITY PRESS
·桂林·

图书在版编目（CIP）数据

骈文研究. 第六辑 / 莫道才主编. --桂林 : 广西师范大学出版社，2023.4
ISBN 978-7-5598-5938-9

Ⅰ. ①骈… Ⅱ. ①莫… Ⅲ. ①骈文－文学研究－中国 Ⅳ. ①I207.22

中国国家版本馆 CIP 数据核字（2023）第 050147 号

广西师范大学出版社出版发行
（广西桂林市五里店路 9 号　邮政编码：541004
网址：http://www.bbtpress.com）
出版人：黄轩庄
全国新华书店经销
广西广大印务有限责任公司印刷
（桂林市临桂区秧塘工业园西城大道北侧广西师范大学出版社集团有限公司创意产业园内　邮政编码：541199）
开本：787 mm × 1 092 mm　1/16
印张：16.25　　字数：300 千
2023 年 4 月第 1 版　　2023 年 4 月第 1 次印刷
定价：80.00 元

目　录

民国骈文文献

读书札记

骈文研究新视野

编后记

本刊声明

中晚明选本编撰视野下四六文娱情功能的发掘与“文类重组”效应的形成*

苗民

内容摘要：选家在选本编撰时，不仅会因着选文偏好等原因来筛选符合其选文宗旨的文章，还会对选文予以一定程度的偏向性解读，这种解读的弹性程度和由此引发的效应都很值得深究。以四六为例，自宋至明，当四六写作变得愈发模式化和套袭化之后，其价值属性也常常被质疑。明代中后期，一些选家以“去事功化”的选文理念刻意剥离四六文的实用性特征，而有选择地去凸显其娱情功能。选家们将创作态度上并非以娱情为指向的四六文予以“去事功化”的偏向性解读，试图消解其以实用性为主导的文类属性，从而呈现文本接受层面的“文类重组”效应。

关键词：选本；四六；文类重组；明代

在古典文章学领域中，文本创作的文体属性通常不是单一的。虽然侧重点不同，但文体属性往往都兼有功能上的实用性、形式上的装饰性、审美上的娱情性等多个层面。这种情况的普遍存在，最直观的，是带来文本接受上的多种可能性。而在这多种可能性之中，选本编撰者在选文和评文时出现的偏向性解读及相应的文本接受效应，尤为值得注意。

通常情况下，选家即使主观性再强，也必须立足于文本创作本身的主导属性进行选文和评文。但因着编选动机、选文宗旨以及选家个人学养等诸多因素的影响，在实际的编选过程中，选家以某一具体文本的文体主导属性作为选文标准还是以其非主导属性作为选文标准，这种自由度是存在的。比如南朝梁丘迟的《与陈伯之书》、唐代骆宾王的《代李敬业讨武曌檄》、宋代汪藻的《皇太后告天下手书》这类作品，在文体学层面都可以给予明确的文体界定，并且从文本写作态度和写作者的阅读期待层面都有着清晰的实用性功能指向，但这不妨碍后世的选家在选文时弱化甚至抛开其作为书启、檄文、诏书的文体定位及其应用性的功能，转而从文章的结构、表达方式乃至文中某个片段或某个观点的层面来选文和评文。这是因为选家在选文时，通常在文体标准之外可以有更深层次、

* 本文系国家社科基金青年项目“骈体公牍文的‘仪式化’书写研究”（18CZW023）阶段性成果。

更多面向的标准。本文要思考的是，这样经由选家带有偏向性取向的选文，其合理性何在呢？读者在阅读这些选文时，其阅读感受会受到什么影响呢？

本文即以明代中后期的四六选本为主要考察对象，同时参考一些兼收四六与古文的选本，从“文类重组”的角度，来对以上问题进行尝试性探讨。这里所谓的“文类重组”，是指选家通过对文本创作本身文体属性的重新解读，给予文本创作的主导属性以新的定义，进而在文本接受层面改变具体文本的文类属性的一种方式。

一、“写心而快臆”：四六文娱情性功能的被挖掘

四六，作为一种实用性美文，在形式上更多地表现出一种与“散文”或“散体”相对应的语体上的特征。① 从晚唐有“四六”之名算起，发展到明代时，四六写作已经基本形成以下三个特点：一是功能上凸显实用性，集中于特定的应用领域；二是表现形式的固定化，四六对仗的要求严格，甚至为对而对；三是文章结构的模式化乃至套袭化。② 明代中后期，四六文在社会上的应用愈发频繁。如卜履吉在《四六灿花叙》中明确指出官场公文以四六形式呈现的必然性，其文曰：

> 四六者，文章家之整齐语也。……古之大臣，所以贡枕宣略于庙堂者，语皆灿然，特未尝以意铸炼之而要其对。尊严之体，常贵整齐，而不尚纷错，即谟训足以镜也，又奚俟格调之下衰至李唐赵宋乎？……盖皆出于自然，故骈其四，乃四之不得不骈也；俪其六，乃六之不得不俪也。所称辞合璧而意贯珠，亦当是不得不合、不得不贯也。③

卜履吉追溯庙堂公文之源头，发现古之大臣在“贡枕宣略于庙堂”时，往往“未尝以意铸炼之而要其对”，并进一步指出官场公文“常贵整齐，而不尚纷错”的文体要求。正是出于这种“骈其四，乃四之不得不骈也；俪其六，乃六之不得不俪也”的必然要求，所以官场公文以四六形式呈现，便也是理所当然的了。

---

① 吴承学在其《建设具有现代意义的中国文体学》（《文学评论》2015 年第 2 期）中提出：“中国文体学中的‘散文’概念，它相对应的对象不是小说、戏曲、诗歌这几大文体，而是与骈文、四六相对应的语体，或者与韵文对应的散体。”从这个思路来看，四六也不应该被视为一种文体，而是囊括形式上具有共同语体特征的诸种文体的一个文类。

② 这里对于四六特征的概括，综合了施懿超《宋四六发展史（北宋篇）》（浙江大学 2009 年博士后出站报告）、莫道才《“四六”指骈文之形成与接受过程考述》（《广西师范大学学报［哲学社会科学版］》2011 年第 3 期）、周剑之《实用与审美交汇视野中的宋代骈文研究》（北京师范大学 2013 年博士后出站报告）几家的观点，特此说明。

③〔明〕张师绎等《张梦泽先生评选四六灿花》卷首，见《故宫珍本丛刊》第 620 册元明诗文总集，海南出版社 2000 年版，第 2—3 页。

四六在官场交际和士绅日常应酬中都有着重要的作用，直接刺激着中晚明时期社会文化对四六选本的强烈需求，也因此诞生了大量迎合这种实用性需要的四六选本。据笔者的整理统计，目前存世的明代四六选本近五十种之多[①]，而这些选本多有凸显四六文实用性的明确主张。如邓渼《启隽类函序》所言：

> 音圆故便于宣读，体方则易于模拟。折杨皇□，市□莫不启齿；口脂面药，丑妇窃思效颦。由是流传浸广，朝野盛行，至后代以此取士，名为博学宏词，而内外两制用之，迄今日犹然。四六之盛极矣！……芝桂虽芳，不适烹饪之用；缟綦虽贱，而叶燕婉之欢。苟以适用为美，奚必是古而非今哉？……四六者，比物连类，借事喻意。拘而不破，抒写极性灵之变；婉而成章，抑扬在文字之外。体俳而谐，故善戏不为谑；语庄以丽，故善诵不为谀。宜乎盛行于世，而施于笺奏启牍尤为惬当。[②]

邓渼此文明确提出"以适用为美"的实用主义文章观，并从三个方面凸显四六的实用性：其一，文体自身的特色。所谓"音圆故便于宣读，体方则易于模拟"者，这也是其得以盛行的重要动因。其二，官方的推行。"至后代以此取士，名为博学宏词，而内外两制用之，迄今日犹然。"其三，适合日常应酬之用。"芝桂虽芳，不适烹饪之用；缟綦虽贱，而叶燕婉之欢。"正是有着这样的实用性，所以四六才能"宜乎盛行于世，而施于笺奏启牍尤为惬当"。

然而，当我们对这些选本做进一步细化考察的话，就会发现明代中后期的四六选本并非都是这类纯粹凸显实用性的，这其中有一部分选本在选文宗旨上还兼有娱情悦性方面的考虑。虽然这类选本在现存的四六选本中并不占多数，但颇值得注意。

下面试以陆云龙的《四六俪》[③]、张梦泽的《张梦泽先生评选四六灿花》[④]（以下简称《四六灿花》）等为例，对这种情形予以探讨。这些选本在以文学审美价值作为选文首要标准的同时，还兼顾着前面所论的实用型四六选本的类书性功能，体现出四六选本在选文理念上由偏重实用向偏重审美娱情的过渡。《四六俪》与《四六灿花》在选文体例上与一般类书性选本一样。前者按照文章用途的不同划分为九类：通候、称贺、迎送、延请、报谢、言事、写怀、干请、婚聘。后者按照使用的领域不同划分为十二卷：一卷宗藩（宗人府附）；二卷内阁；三卷宫僚（史馆附）、吏部；四卷户部、礼部（贡举附）；五卷兵部、刑部、工部；六卷都察院、通政司、太常、光禄、太仆、鸿胪、尚宝、六科、中书、行人、国子监、京兆、司

---

① 关于明代中后期四六选本的分类及考察，可参考苗民《论中晚明的实用主义四六文章观》，《南京师大学报（社会科学版）》2014 年第 2 期。

② 〔明〕俞安期《启隽类函》卷首，见《四库全书存目丛书》集部第 349 册，齐鲁书社 1997 年版，第 2—4 页。

③ 〔明〕陆云龙辑《四六俪》，见《翠娱阁评选行笈必携》，清华大学图书馆藏明崇祯四年刻本。

④ 〔明〕张师绎等《张梦泽先生评选四六灿花》十二卷，见《故宫珍本丛刊》第 620 册元明诗文总集。

城、武学；七卷抚台、各察院；八卷藩臬；九卷郡县（学博附）；十卷勋戚、武职（中官附）；十一卷婚姻；十二卷杂用。因而，单从体例上看，这类选本与一般实用型四六选本在形式上并没什么区别。

需要指出的是，这种体例上的雷同主要是基于四六文在尊体方面的特殊要求。古人之文章，各体产生之源，大抵备实用，其后方逐渐演变而有正体、变体、俗体、雅体之区别。此四六选本以用途之不同来划分，在实用主义四六文章观的笼罩下，正是其尊体的一种表现，即不同用途的四六，其体式体貌亦随之各有不同。如果透过这层形式来看，就会发现《四六俪》这一类选本与宋代以来传统的实用型四六选本之间的差异。

首先来看选者的选文宗旨。《四六俪》的编选者陆云龙在序言中写道：

> 不佞幼号专愚，耳目不受声色之谄，独是文字，雅有夙姻。一室虚白，穷愁为消，一灯孤青，夕梦为破。且为接隔世之面孔，且为出隔身之肺肝。时拊髀饮泣，与孤臣孽子蹙频而攒眉，时击节狂歌，与才士佳人写心而快臆。开卷独乐，即二三知己，咸谓是不良于举子业。予弗悛也。①

这里很明确地提出了编此选本的目的，即要在阅读这些文章的过程中获得"蹙频而攒眉""写心而快臆"的审美愉悦感，即使别人劝告他"不良于举子业"，他也乐此不疲。《四六灿花》的评选者张梦泽在序言中也表达了类似的意图。较之传统实用型四六选本"大抵为应酬而作，其体则总集其实则类书也"②的功能指向有着明显的不同。

其次来看选本的评点部分。明代中后期的一些四六选本开始附有眉评和尾评，这些评语主要是评定文章艺术水平和鉴赏妙词佳句，往往用语精细而内涵丰富。如《四六灿花》，此选本评文体例颇具系统：在篇首以眉批先标明此文之品第，所用之评语有能品、妙品、佳品、奇品、逸品、仙品、清品、神品、高品、具品、小品等等，与中国古代画品之评语类似；于篇中以眉批形式评点语句之佳处、行文线索之妙处，评点佳句多用比喻性语句；每篇文末有一两句总评，亦多用比喻性或者象征性的语句，突出一种审美联想性的情感愉悦；尾评后有注释，对篇中所用之事典、语典做简单注释，方便读者理解。③

当然，这类四六选本中对四六文审美娱情性的发掘，虽然明显和上文所述的明代四六选本中以四六的实用性为主导的功能属性的张扬有些背道而驰，却也并非故作惊人之论。毕竟，四六文利于彰显礼节和利于传情达意的特性如果要发挥得好，也正需要四六

---

①〔明〕陆云龙辑《四六俪》卷首，见《翠娱阁评选行笈必携》，清华大学图书馆藏明崇祯四年刻本。

②〔明〕李国祥辑《古今濡削选章》卷末，见《四库全书存目丛书补编》第 30 册，第 252 页。

③ 关于《四六灿花》选文评点的具体方式及特色，可参见苗民《〈四六灿花〉考论》（《文献》2013 年第 4 期）及贺玉洁《论〈四六灿花〉的选文宗旨及其骈文批评》（《广西师范大学学报［哲学社会科学版］》2018 年第 4 期）。

语言形式上的美感和情绪感染力，这些虽然都是为了四六能够满足应酬交际的“得体”而服务的，在四六写作中并非属于主导属性，但依然是四六写作本身应该具有的因素，所以也不难在一些情辞并茂的四六佳作中将其发掘出来。

这里不妨以《上徐相公》为例来对此略加探讨。这篇四六启在《四六俪》（卷之二）与《四六灿花》（卷二）中皆有选入，颇具代表性，兹录全文如下：

上徐相公（神品）

念昔许国心同，微名妄期于附骥；一自入山迹远，素心息意于栖鸡。依南斗以望台阶，倚北窗而称卧吏。自古高贤作相，各有散逸为朋。使公黄阁勋名，高出寇平仲、张德远诸公之上。而仆沧洲趣向，或可魏仲先、苏云卿数人之间。虽云钟鼎山林之各适所趋，譬如岭芷涧毛乃两相为映。

顷者男婚女嫁，百年之俗债仅还；水碧山丹，九曲之幽居渐构。槁形南郭，本无较臞肥于昔今；老病商翁，止有争存亡于齿舌。若使遂为异物，便可瘗仙人蜕骨之间；其或尚有余生，犹强修儒者陈编之业。已是妻孥腥荤之悉屏，又何功名富贵之敢图。独往独来，人非人是。虽或时心游世上，愤鞑夷海夷之交寝；亦几乎身在围中，惊以辨以肤之荐及。或奉头而远窜，或肆口而一谈。顾田处士之负虚声，精销已尽；支离疏之遇大事，攘臂奚为。是以抑遏狂心，优游初服。允混闾里之浮沉，一从呼马；忽承阊阖之纶綍，是曰司舆。

岂是相公未能亡朋，过为延誉。私于故旧，不量其才之不堪；见吾少时，不知其今之甚惫。但以贪公霖雨，既未能如仲先之相劝以神仙；愧我尘羁，又未能如云卿之脱然于湖海。以致公之不能忘情于我，乃是我之无以取信于公。声名一借于青云，衣带再叨于白屋。顾闻命而缓偃蹇为尤，扶病而行，进退维谷。从王之事，纵不能竭涓滴于下僚；抱拙此身，庶不敢改步趋于末路。所以仰答新命，亦为勉酬久要。[①]

这篇文章署名为唐顺之。[②] 从内容上看，是唐顺之隐居期间写给当朝内阁大学士徐阶的一封回启。文章主旨是谢绝徐阶邀请其出山的盛意，并表明宁愿继续隐居的决心。[③] 本文在写作技巧和情感表达层面都很有值得玩味的地方，大概也正因如此，陆云龙和张师绎才会不约而同地选录此文。

① ［明］张师绎等《张梦泽先生评选四六灿花》卷二，见《故宫珍本丛刊》第620册元明诗文总集，第42页。

② 明代四六选本中，署名唐顺之、王慎中乃至王世贞、归有光等当时名士的启文屡见，且这些启文往往未收录于这些文人别集的早期版本中，其真伪尚需辨别。此处聚焦于对文本本身的讨论，而不涉及对唐顺之本人相关思想或出处的探讨，为免冗赘，故暂不深究其作者之真伪。

③ 关于徐阶请唐顺之出山及唐顺之对此事之微妙态度，前人已颇多灼见，可参考左东岭《阳明心学与唐顺之的学术思想、文学思想及人格心态》一文，《文学与文化》2003年第1辑。

其一，在对仗上能够打破常规，多用杂隔句。四六文中之隔句对，以轻隔句与重隔句为贵。所谓轻隔句，上四下六也；重隔句，上六下四也。四六之名，亦多赖于此。此文中居然完全不用轻重隔句，而全为杂隔句，其字数多者，一联竟有三十六字。这就使得文章在行文上几乎没有通常四六启文那种整饬严谨之感，而更凸显文脉的连贯自然。这与其说是“无意求工”，不如说是“有意求不工”了。

其二，在文意转换上，善用“助字”。四六文常通过“助字”的使用来实现文意的发端、递进、转折或收尾，这篇文章在“助字”的使用上也很出色。如“顷者”一联，由对徐阶与自己出处的对比，自然地转换到对自己“出世者”姿态的描述。而“是以”一联则对上文“自叙不才”的数联内容加以总结，及时收束文意，从而避免表达的繁复。“岂是”一联则巧妙地转换文意，将文章重心从对自己心志的描述转到对徐阶推荐自己的考量，从而对开头部分两人所处的台阁与山林之位置对比做出巧妙回应。这些“助字”的使用，都使得文章在文意上更显迂曲回旋，而不流于板滞。

其三，在典故运用上的苦心经营。用典乃是四六启书写之基本特征，陈陈相因者颇多，尤其是关于出仕归隐的相关典故，更是用得极滥，但本文在这方面却不乏亮点。首先是在用典的前后呼应上，文章开头第四联曰：“使公黄阁勋名，高出寇平仲、张德远诸公之上。而仆沧洲趣向，或可魏仲先、苏云卿数人之间。”上联中寇准为北宋真宗朝宰相，而张浚为南宋高宗朝宰相，二人与徐阶身份相合，这样的用典无足为奇。难在下联中的魏仲先为北宋真宗时期的处士，而苏云卿为南宋高宗时期的处士，这二人身份与唐顺之亦相合，且这二人分别与寇准、张浚有交往，这样精巧的典故运用，已然足以令人称赞。更妙处在于文章结尾倒数第六联“但以贪公霖雨，既未能如仲先之相劝以神仙；愧我尘羁，又未能如云卿之脱然于湖海”对这一联的内容作出了回应，且这种回应是以反用典故的形式出现。就典故内容本身而言，这里分别讲述的是魏仲先与苏云卿作为处士在面对当朝宰相寇准与张浚时的决然姿态；而唐顺之此处，则以之来表达“愧我尘羁”的微妙心态，这就使得这种回应不但不显得重复，反而加深了对主旨的强调。此外还有对《老子》《庄子》中典故的有意使用，文中在表达“出世者”姿态时，连续用“存亡齿舌”“支离疏”“呼马”等《老子》《庄子》典籍中的语典，这些语典本身就带有较强的思辨色彩，其传递出来的思想倾向性也就很值得留意。

其四，在情感表达层面上的细微曲折。四六启虽然亦能表情达意，但因着礼仪性的需要，情感表达的真实性和细腻性往往会打折扣。但这篇文章却能够在保持礼仪性的同时，在情感层面的细微处亦有较强的感染力。文中多处运用对比手法，包括自己所处时地的今昔对比、二人地位的高下对比、面临死生的去就对比、游移不定的矛盾心理对比等，来表达自己的心志。如文章中言及“虽或时心游世上，愤鞑夷海夷之交寝；亦几乎身在围中，惊以辨以肤之荐及”，上半联阐明自己对当时南北边境不宁的忧思，下半联则以

“剥”卦流露出自己对宦海惊涛的心悸。唐顺之并没有因为要彰显自己出世的姿态就讳言其对时事的关注,这样的细微表达,无疑更能增加其情感传递的感染力。

诚如《四六灿花》尾评中所言,此文“声出金石,思入烟云,无意求工而工者退舍矣。先生为文,不事骈俪,启劄妍妙乃尔,贤者固不可测。议其惮于修辞跳而匿诸理,不几冤哉!”在选家的眼中,选文本身的实用性功能指向已经不被强调,反而是其“声”“思”等书写技巧和娱情层面的价值被挖掘和凸显,继而可能被更多的选本阅读者接受。

民国时期的学者施畸即认为:“今之论文者,每以小说、戏曲、诗歌,为‘纯文章’,余则谓之‘杂文章’,此实不知本原之过。盖文章的艺术,惟在如何表现,方可使心象为适度的显豁,外此则无艺术可言。换言之,文章中之艺术,只问心象如何方能恰恰其可的表现于外尔。故所谓描写,所谓结构,所谓修词,所谓体制,所谓神韵、气象,以及统而言之曰‘美’,种种观念,莫不为解决此点而生……惟此义非只小说、戏曲、诗歌有之,一般文章莫不有之”。[①] 由创作的表现成果来判断具体作品的文学性,而非以文体或文类的选择作为判断具体作品文学性的前提,无疑更有说服力。当然,小说、戏曲、诗歌这些体类,相对而言其文学性的因素更鲜明也更普遍。但在中国传统的杂文学的语境中,四六书启乃至颂赞、赠序、祭文等带有“酬世之文”意味的体类,也不乏文学性很鲜明的佳作。《四六俪》《四六灿花》等选本能够摘选出具有娱情性功能的四六文并凸显这些文本的娱情性,无疑正体现出施畸所说的“一般文章所同具”之“美”,是不以文体或文类为界限的,而是应该以具体文本所表现出来的“文章的艺术”为依据的,就像《上徐相公》所展现出来的那样。

读者在阅读这类四六选本时,只要能够认同选家的这种用心,那么从中所看到的就不仅仅是“大抵为应酬而作,其体则总集其实则类书”的面目,更能领略选文中所蕴含的娱情功能。

二、“聊以自娱”:四六文“去事功化”阐读的文坛背景

当我们把视野扩展到当时另外一些骈文选本上时,就会发现诸如《四六俪》这类选本的选文理念,绝非偶然,而是有着其得以产生的文坛背景。明代中后期,有一类骈文选本所选的文章既包括应用性的四六骈体文,也包括文学性的骈体文如骈赋、七、连珠等,它们通常完全以文章的审美价值为第一标准,体现出以骈文作为文学审美对象的自觉意识。这类选本以陈翼飞的《文俪》、何乔远的《镌六朝文选评注》、徐应秋的《古文奇艳》等为代表,其在体例上和选文宗旨上明显受到《文选》的影响。如何乔远的选本收论、序、

① 施畸《中国文体论》,北平立达书局1933年版,第125—126页。

文、檄文、书、策文、七类、表、笺、奏记、教、令、辞、颂、箴、赋，共八十三篇，所选文章多见于《文选》，并对六朝骈文推崇备至，认为其“润古雕今，星稠绮合，追逐淘练，篇无剩语，语无余言，可谓人工之极，天巧之至者矣”①。陈翼飞的《文俪》所选的文章自汉至唐，而不收宋以后之文，其中亦多《文选》所收录之文。《四库全书总目·文俪十四卷》提要曰：“是书所录自汉及唐，皆以骈俪为主，略依《文选》之例，惟不载诗，与《文选》稍异耳。”②陈氏在《书〈文俪〉后》中写道：“余未受书辄从大父作巧对能属，稍长成癖。读史及百家有俪语者手抄之，积为汇。自六经以还，谬多所删窜，寸朽而弃全樗，一脔而知九鼎，亦性之所习，聊以自娱云尔。”③这里陈氏完全未考虑选文在其应用性方面的价值，而是很明确地阐明自己对选文的审美愉悦性的痴迷，此书编选的初衷也正是“自娱”。徐应秋在其《古文奇艳序》中亦明确写道：“若以为末朝之典制，衰代之宫仪，将无朴习椎轮，陋承台笠，乃足追踪三古，擅美千秋，斯之为文，余所不取。”④即表明在选文上不再以文章功能性的用途作为标准。

从这里可以看出，四六娱情性功能的发掘，与《文选》的影响有着密切的联系，而体现出很鲜明的“去事功化”的态度。《文选》以“事出于沉思，义归乎瀚藻”的标准来选文，选录了很多富有文采的应用性骈文。到了唐宋以后，随着应用性骈文逐渐沦为朝廷庙堂的程式化话语模式及日常应酬的交际工具，其缺乏个性色彩的千篇一律的文章面貌，以及缺乏创造力的语言表达使得其文学审美价值愈发下降。直到明代中后期的时候，伴随着《文选》学的兴盛⑤，应用性骈文的文学审美价值才被重新发现，并被作为衡量骈文创作水平的一个重要标准提了出来。也正是在这种四六鉴赏“去事功化”的过程中，重语言表达技巧、重个性化的风貌追求、重视审美愉悦性的骈文创作观和批评观才逐渐在明末盛行起来。

当读者在阅读这类选本中的文章时，选文凸显实用功能的主导属性被弱化了，而其文本形式上的写作技巧与审美感受上的娱情性则更容易被读者领会。通过选本这个纽带，这些选家们以一种形式上的“述而不作”的方式不动声色地改变着选本阅读者对文本的理解方式和角度。而一旦这些文本被更多的选家消解其实用性功能的主导属性，其被予以新的“文类重组”，便成为可能。这一点在下文这类晚明的小品选本中有更明显的体现。

---

①〔明〕何乔远辑《镌六朝文选评注》卷首自序，哈佛燕京图书馆藏明万历三十年郑云竹刻五卷本。

②〔明〕陈翼飞辑《文俪》卷末，见《四库全书存目丛书补编》第25册，第408页。

③〔明〕陈翼飞辑《文俪》卷末，见《四库全书存目丛书补编》第25册，第406—408页。

④〔明〕徐应秋辑《古文奇艳》卷首自序，清华大学图书馆藏明万卷楼刻本。

⑤ 明代中后期的时候，《文选》学复兴，体现为在社会上出现了很多《文选》的刻本、注本、评本，以及脱胎于《文选》的选本和仿效《文选》选文体例的选本，如张凤翼《文选纂注》、闵齐华《文选瀹注》、孙鑛《孙月峰先生评文选》、陈与郊《文选章句》、邹思明《文选尤》、汤绍祖《续文选》、刘节《广文选》、周应治《广广文选》等等，这些选本在当时的社会产生了很大的影响，并且挟裹着一股学习六朝诗文风气的文坛潮流，成为当时唐宋派和七子派之外的第三股复古潮流。

三、"游览谐谑不失肃括"：被赋予"小品"文类属性的四六

中晚明时期，出现了一些新形式的选本，这些选本以文章的审美愉悦价值为标准，选录篇幅短小而韵味隽永的各体文章，这类选本就是今天文学史上广为熟知的晚明小品选本。四六文娱情功能的进一步发掘，使得一些四六文也进入小品选家的视野，那些短小而精美的四六也便随之被纳入了小品的文类。这里就以颇具影响力的小品选本《媚幽阁文娱》为例，来谈谈小品选本中逗漏出的四六文章观。

《媚幽阁文娱》是明代中后期一个非常重要的小品选本，有多个版本传世，选文或有不同，尤以北京大学图书馆藏明崇祯刻本为佳，本文即以此版本为据。是书分初集、二集，初集不分卷，而以文体区分；二集分为十卷。是编收赋、文、书、序、跋、制辞、奏疏、议、策、传、记、杂文等，皆为明人所撰。"所收皆有韵味之短文"，"文中附刻句读、旁圈、尖点、字里行间有小字批注。各篇文末亦常有评，长短不一"①。

此书初集和二集编订的时间前后相差约十年，选文宗旨亦有不同，却恰好逗漏出四六在当时进入文章批评视野的两种方式。从选文的数量上来看，初集共 170 篇，其中四六文近 20 篇，占十分之一强，文体包括敕命、诰命等，此外书后还附一卷骈语，摘取了数十则选者精心搜集的骈语句子，其中大多为标准的四六对句。值得一提的是，这种摘句式的赏析方式也是彰显四六娱情功能的一种重要途径，相对于浩瀚的四六作品总量来说，具有文学审美价值的佳篇在比例上并不算多，但佳句却是随手可拾，如此处所选的"握骊珠而鉴物，物物流辉；掷宝剑以挥空，空空绝迹""破月欹天，落衡阳之只影；高河下露，发峄山之孤音""岳色江声，富煞胸中丘壑；松阴花影，争残局上江河""樵子采香，云送通仙之乐；渔人钓雨，烟开出蚌之珠""迁莺弄樾，春尖何必寝流；幻月穿林，晚朗正堪濯魄"等句子，都极有韵味，读之颇可娱目醒心。

在初集自序中，郑元勋曰："夫人情喜新厌故、喜慧厌拙，率为其常，而新与慧之中，何必非至道所寓。……文以适情，未有情不至而文至者。……吾以为文不足供人爱玩，则六经之外俱可烧。六经者，桑麻菽粟之可衣可食也；文者，奇葩文翼之怡人耳目悦人性情也。若使不期美好，则天地产衣食生民之物足矣，彼怡悦人者则何益而并育之？……故两者衡立而不偏绌。"②这里非常鲜明地提出了"文不足以供人爱玩，则六经之外俱可烧"的观点，这是很有勇气的。

按照现在以审美价值为核心的主流文学史的观点来看，很多古文是很难进入文学史

① 台北市"国家图书馆"编印《"国立中央"图书馆善本书志初稿 · 集部 · 总集类》第 4 册，1999 年版，第 119 页。

② 〔明〕郑元勋辑《媚幽阁文娱》初集，见《四库禁毁书丛刊》集部第 172 册，北京出版社 1997 年版，第 7—8 页。

的。但是以郑元勋为代表的一些传统文人已经为我们将古典文章纳入文学研究提供了一个很好的借鉴:将主观创作上并非以审美价值为核心的文章创作予以重新审视,发掘其中"供人爱玩"之处。其主要途径,就是由选家的"文类重组"来实现选文文本价值的重新定位。郑元勋的这种认为六经之外文皆可把玩的文化批评态度,其实就将包括四六在内的一切作品皆纳入了审美的视野之内供人选择,并以这个标准对其选本中包括四六文在内的所有以实用性功能为主导特征的文本加以文类重组,并借此消解了这些文本的原有主导属性。

但相隔十年后编订而成的《媚幽阁文娱》二集,选文宗旨似乎与初集有所不类。[①] 郑在二集自序中言及:"若夫所收者多名理经济节烈之言,即游览谐谑不失肃括,似于娱之义戾,而余之所谓娱者实存乎此也。夫人无所用于世,即自命超然绝俗,皆矫耳。……司马长卿作赋,穷极淫丽归本讽谕,奢始而俭终,蔼然将其匡救之意。余小子伏在草莽,独无寄托乎?"[②]这个二集序与初集序颇有不同,见出四六进入文学批评和文学审美视野的两种不同途径,一种就是本序中批判而初集序中提出的"无所用于世,即自命超然绝俗"的无功利的审美愉悦;另一种就是本序中所提出的"名理经济节烈之言,即游览谐谑不失肃括",即在审美愉悦的同时要承担起经世致用的传递知识和提高个人道德修养的教育功能,后一种方式在古代的文化传统中无疑更易被主流文人接受。

从选文数量上看,二集十卷,其中有近两卷为骈体应用文,体裁包括诰命、敕命、诏、赞、箴、书、启、檄等,共五十余篇。篇幅较之初集要多了好几倍,但从选者对文章的具体评点来看,初集和二集的评点思路却并没有因为选文宗旨不同而有太大的不同。

综合来看,初集、二集中的评语主要是从两个角度加以批评,其一是表达评选者阅读时被激发起的情感状态和对文章表达技巧的赞赏,其二是对文中所涉及的人物和事件的品评。以所选的四六文为例,文学鉴赏性的评语主要集中于字里行间的小字批注,多为一两个字如"妙""痛切""快论"这样表达阅读时情感状态的赞语。而文末的评语则无论初集、二集都兼从两个角度评判,并无明显区别。如初集卷首自序虽然提倡"文者,奇葩文翼之怡人耳目悦人性情也",但颇多史评或人物品评类的评语。如黄景昉《南京户部尚书郑三俊诰命》,其下评语曰:"大臣而有清誉非难,要须实有救时之才,砥俗之骨耳。"倪元璐《赠太常寺卿原任吏部文选司员外郎周顺昌诰命》,其下评语曰:"罹魏珰之祸者,半属非意。甘蹈不测而与为抗,则大洪蓼洲两先生尤烈焉。"姚希孟《南京大理寺卿徐良彦敕命》,其下评语曰:"凡清流拔于党祸之余,题目先好,自得佳文,否则妍皮裹痴骨耳,雕

---

① 初集和二集在选文宗旨上为何有这种不同,由于缺乏足够的证据,目前尚无法给出圆满的解释。目前可知的就是初集成于选者"丁卯秋失怙以来形神放废"之时,大概与选者此时的心境有一定的关系。而二集所体现出的选文宗旨则是古代文章批评观中较为主流的一种,也是大多数古文选本的共同要求。

② 〔明〕郑元勋辑《媚幽阁文娱》二集,见《四库禁毁书丛刊》集部第172册,第251—252页。

绘何取?”[①]二集卷首自序虽强调有用于世、有寄托,但也不乏审美娱情性的鉴赏评语,如徐孚远《鹘弹鹤文》,其下评语曰:“音旨浑然六朝,可与黄□□先生弹陶文并传。”倪元璐《礼部尚书兼东阁大学士何吾驺诰命》其下评语曰:“极组织之妙,止见色,不见丝,天孙逊巧。”方逢年《中书科中书舍人葛徵奇敕命》其下评语曰:“菁藻妙于天然。”[②]

值得一提的是,选本中四六选文的评语较少道德教化类的观点,而在二集的其他散文体如序跋等文章中,则有较多的道德教化类评语,也就是郑元勋在二集自序中所说的“所收者多名理经济节烈之言,即游览谐谑不失肃括,似于娱之义戾,而余之所谓娱者实存乎此也”。这些评点其实正道出四六应用文与散语应用文的不同之处。在现实应用中,很多场合、事件、用途的应用文都不需要强调道德事功,从郑元勋对所选四六文的品评来看,其中甚少道德教化的意义,其根由也正在于此。至少从郑元勋的选评文章的理念来看,古文或许得承担着道德事功的使命,而四六则并没有这样的使命。但症结也正在于此:文而无补于世道人心,四六文的地位自然就不可能很高。

郑元勋在初集和二集中对四六文的选评至少可以给我们两个启示。一是四六文本身存在着的“去事功化”的属性是四六文的一个独特标志。相较而言,古文写作往往有着经世教化的担当,而诗词则有着娱情悦性的担当。四六文兼具实用性和“去事功化”,游离于这二者之间。二是选家再怎么凸显主观意志,如果完全脱离了文本本身的文体属性而去随意阐释,也很难达到预期效果,这从郑元勋二集中试图从四六文中发掘道德教化因素却徒劳无功可以看得出。这就告诉我们,“文类重组”也是有局限性的,至少要对选文的文本本身有着最基本的尊重。关于这一点,台湾学者颜崑阳的相关思考很有启发意义:

> 我们不能直接给定“艺术性”与“实用性”这种充满价值判断意涵的概念作为“类体”既成而恒定的本质;意即“文体”所指假如是“类体”而非个别作品或作家的“体貌”,则“文体”并没有“艺术性”或“实用性”之分。但它却以公约性、中介性的言语形构,在创作实践的动态过程中,提供“艺术审美的向度”与“社会实用的向度”。[③]

当我们面对具体文本时,是否应该改变文体类别先入为主的框架束缚,而以其“艺术审美的向度”或“社会实用的向度”作为切入具体作品的视角呢?是否进而应该思考中

---

① 〔明〕郑元勋辑《媚幽阁文娱》初集,见《四库禁毁书丛刊》集部第172册,第101页、103页、108页。

② 〔明〕郑元勋辑《媚幽阁文娱》二集,见《四库禁毁书丛刊》集部第172册,第493页、509页、514页。

③ 颜崑阳《论“文类体裁”的“艺术性向”与“社会性”及其“双向成体”的关系》,台湾《清华学报》2005年新35卷第2期。

国古典文学中的“艺术审美的向度”，和当下文学史书写中所阐发的“纯文学”的文学性在内涵及外延上的差异呢？即便重审美、重娱情、非功利的基本内核在古今的文学性层面能够一致，那么审美要审什么样的美？美的功利性（或曰道德性、社会性）与无功利性在不同时期不同类型作品中有何差异？如何看待娱情的社会功能与自我完善功能之间的关系？创作者对审美、娱情的考量程度与具体作品的实际呈现效果之间的关系如何？以上这些，都是可以进一步引申的问题。

四、结语

需要明确指出的是，本文想要呈现出来的这种四六文在文本接受层面的“文类重组”效应，也只是在中晚明多元化的文章批评视野中一个不太显著的支脉而已。这种效应的形成，既是中晚明特殊的时代环境的产物，也是四六自身发展的必然趋势。自宋至明，当四六文愈发成为一种千篇一律的套路之时，这种文体本身已经逐渐失去生命力，即使仅仅作为一种应酬性的文字来看，这样的局面也是很让人沮丧的。在这个时候，亟需树立一些良好的标准，使得四六创作获得新的生命力，这样的期望，也是中晚明很多四六选本的宗旨之一。明谭元春辑、马世奇评释的《简远堂辑选名公四六金声》凡例中的一段话典型地体现了四六选者意欲改变四六千篇一律的陈腐套路的期望：

> 辑选四六，必期排偶之谐律令，韵致之叶宫商，句调铿锵，词华璀璨者，无论人之存殁，文之今古，入选必录。若陈篇饾饤、掇拾窃取而沿袭旧吻者，概不入选。①

谭元春的这个选本从选文体例和所选的具体文章篇目来看，依然还是一个传统的类书型四六选本，但是却较为明显地体现出以文采的高低、个性化的程度作为衡量选文的一个标准。这也从一个侧面反映出四六文能够“供人爱玩”的需求，即便在这一时期的一些偏重实用性的类书型选本编撰中，也成为一个重要的考量因素了。明代中后期四六应用文娱情功能被发掘，无论如何，至少代表着一种四六批评观念的转变，而四六批评观的改变则很可能会影响后续四六创作观的改变。但必须指出的是，在这个过程中，旧的凸显实用性的四六批评观和创作观依然同时存在甚至更占上风，毕竟，就目前所能见到的明代四六选本来看，数量占多数的依然是供日用应酬参考的实用型选本。

当然，本文有关四六文“文类重组”效应的提法是否能够成立还有待商榷，至于“文类重组”效应在中晚明时期出现的原因和背景的讨论限于篇幅也未及展开：比如这些选

---

① 谭元春辑，马世奇评释《简远堂辑选名公四六金声》卷首，哈佛燕京图书馆藏明刻本。

本的编选者和品评者多是来自江南地区,因而这些选本的出现和传播可能具有某种地域性的特性。此外,这些编者和品评者多有山人的身份标签,与当时明末社会形成的浓厚的山人文化氛围应该有一定关系。另外,当时明末心学、狂禅之学流行的思潮以及“主情”的文化风尚都是这一现象出现所必需的大环境,这些问题都还有待进一步探讨。

作者简介:

苗民,1984 年生,江苏沭阳人,文学博士,华侨大学文学院副教授。研究方向为明代文学、骈文学。

论彭元瑞《宋四六选》的文章学思想*

张作栋

内容摘要：乾隆时期，散文（古文）卑视骈文，骈文为了提升文体地位而别裁四六。四六也进行尊体，代表人物就是彭元瑞。彭元瑞编选《宋四六选》，认为宋四六是骈文之别调，并从强调四六的应用价值、发掘四六的文学价值和摒弃青词等卑下文体三方面推尊四六。彭元瑞从不同文体的角度强调四六的应用应酬价值，《宋四六选》选取诏、制、表、启等应用广泛的文体；对宋四六的语言美进行发掘，对四六所蕴含的"情"相当看重，《宋四六选》选文多为辞情兼胜之佳作，语言流美，情感浓郁，风格多样；《宋四六选》摈弃了青词等"于义无取"、地位卑下的文体。《宋四六选》标志着四六与骈文的分途，推尊了四六之体。

关键词：彭元瑞；《宋四六选》；四六；骈文；尊体

北宋诗文革新以来，古文一直保持文坛的尊崇地位，古文家对骈文有一种习惯性的鄙视。清初文坛仍是如此，如尤侗《牧靡集序》云："当世作者，甲自以为昌黎，乙自以为庐陵，且不屑有汉，无论晋魏，况六朝乎？"①蒋景祁《湖海楼俪体文集序》也提到当时"每遇文体类齐梁者辄斥不视"②的文坛风气。当时骈文地位之卑下可见一斑。

而骈文在元、明衰落四百多年后，到清初已经显现兴起的新气象，至乾隆年间已达兴盛局面。③ 骈文创作兴盛与地位卑下的矛盾，必然会催生骈文尊体思想。清初以来尤其

* 本文是2020年度教育部人文社会科学研究规划基金项目"文学批评史视域中的清代乾嘉骈文思想研究"（20YJA751031）成果之一。

① 〔清〕尤侗《西堂文集》，见《续修四库全书》1406册，上海古籍出版社2002年版，第316页。

② 〔清〕陈维崧《湖海楼全集》，见《清代诗文集汇编》96册，上海古籍出版社2009年版，第558页。

③ 清初骈文复兴，如〔清〕王昶《白鹄山房骈体文序》云："国初诸公振其绪遗，焕然复古。"（徐雪庐《白鹄山房骈体文钞》，见《清代诗文集汇编》470册，第171页。）《四库全书总目》"《陈检讨四六》提要"论清代初期骈文以陈维崧、吴绮、章藻功三人为冠，云："国朝以四六名者，初有陈维崧及吴绮，次则章藻功《思绮堂集》亦颇见称于世。"（永瑢等《四库全书总目》，中华书局1965年版，第1524页。）陈、吴、章之外，毛奇龄、尤侗、毛先舒、吴兆骞等亦为一时之选。到乾嘉时期骈文创作更是出现鼎盛局面，大家辈出。陈方海《孟涂骈体文书后》指出其时的复兴局面："骈体之文，至今日而极盛，若夫容甫、稚存，并辔于江表，而抑约亦抗音于海隅，岂惟振六代之飚流，实将据中华之坛坫矣。"（刘开《刘孟涂集》，见《续修四库全书》1510册，第437页。）秦缃业《小鸥波馆骈体文钞序》总结"排偶之文极盛于乾嘉间"（潘曾莹《小鸥波馆骈体文钞》，见《清代诗文集汇编》629册，第245页）。

到乾嘉时期，在创作兴盛的基础上，骈文理论上出现尊体思想，努力将骈文提高到和散文同样尊崇的地位。骈文尊体的方式之一是“别裁四六”，即将四六从骈文领域驱逐出去。骈文托体不尊，与元、明四六创作有莫大关系。四六之体自晚唐得名伊始即带有官场应用性质，到宋代扩展至私人应酬领域。元、明两代四六创作沿袭宋四六并等而下之。这类四六拘于应用应酬，避免不了程式化写作，出现一些弊端，故不为文家所重。晚明王志坚在《四六法海自序》中就说：“至其末流，乃有诨语如优，俚语如市，媚语如娼，祝语如巫。或强用硬语，或多用助语。直用成语而不切，叠用冗语而不裁。”①清人也普遍将元、明两代视为骈文衰落期。清初章藻功《与吴殷南论四六书》论六朝以后骈文云：“惟唐工丽，得毋尚少机神；若宋流通，或且疑于轻率。降自元明以后，大都巴里之音；溯诸徐庾而前，竟似广陵之散。……自尔庸流，无当作者。”②余国柱《湖海楼俪体文集原序》亦云：“骈俪之文，权舆于魏晋，盛于六朝，汗漫于唐，变于宋，至明而衰。”③这样的观点几乎是后来清人的普遍认识。可以说元、明两朝的四六极大地拖累了骈文文体地位。④ 在这个背景下，乾嘉骈文家排斥四六。乾隆十八年(1753)胡天游向程晋芳表达了其对四六的反感，程晋芳《胡稚威文集后序》记载：“稚威尝告余曰：吾最恶‘四六’二字。夫骈体者，散体之变耳。古人文单句行双句中何限？乌有字必四、句必六者？”⑤胡天游对四六“字必四、句必六”的认识并不准确，但体现了作为宗尚六朝的骈文家对四六的不屑。更甚者是“别裁四六”，认为四六与骈文有别，将四六驱逐出骈文领域，甩掉四六这个名声不佳的沉重包袱，从而推尊骈文文体地位。⑥ 如袁枚《胡稚威骈体文序》云：“若夫四六者，俗名也。《庚桑楚》及《吕览》所称四六，非此之解。柳子称‘骈四俪六’，樊南称‘六甲四数’，亦偶然语耳。沿此名文，于义何当。宋人起而矫之，轻行流转，别开蹊径；古人固而存之之义绝焉。自是格愈降，调愈卑，靡靡然皮傅而已。虽骈其词，仍无资于读书。文之中，又唯骈体为尤敝。吾友胡稚威有意振之，得若干卷，锦摛霞驳，技至乎此！”⑦袁枚认为以“四六”称呼骈文不当，其意图就是将骈文在宋以后发展演变过程中的弊端归于“四六”，而以“骈(体)文”另立门户。

这样在文章领域就形成了散文(古文)卑视骈文、骈文为了提升文体地位而别裁四六

---

① 〔清〕蒋士铨《评选四六法海》卷首，光绪己丑(1889)云林阁校刊本。

② 〔清〕章藻功《思绮堂文集》，见《四库未收书辑刊》捌辑24册，北京出版社2000年版，第448—449页。

③ 〔清〕陈维崧《湖海楼全集》，见《清代诗文集汇编》96册，第556页。

④ 骈文与散文相对，是从文章语言层面进行的分类，严格说是文类。但就骈文作品来说，由于对偶行文以及声韵、事典、藻饰等艺术特点，具备了稳定的体裁属性；就骈文理论而言，宋代以来尤其清代、民国的文论家围绕骈文建立起一套完备的理论话语(详参吕双伟《清代骈文理论研究》“总论”，人民出版社2011年版)，且多以“体”论骈文，将骈文视为独立之一体。故本文遵从习惯说法，行文中将骈文称作“文体”。

⑤ 〔清〕程晋芳《勉行堂文集》，见《续修四库全书》第1433册，第315页。

⑥ 这里涉及骈文和四六关系。我们认为骈文包含四六，四六是特殊的骈文。

⑦ 〔清〕袁枚著，王英志主编《袁枚全集·小仓山房文集》，江苏古籍出版社1993年版，第199页。

的局面。四六何以自处？其实四六也进行尊体，代表人物就是彭元瑞。彭元瑞在《宋四六选序》指出："然而限代者以徐庾画疆，食古者谓王骆知味。贱诸任以不齿，黜临济为别宗。"[①]就是针对骈文内部排斥四六的现象而发。

彭元瑞(1731—1803)，字芸楣，江西南昌人。乾隆二十二年(1757)进士，官至工部尚书、协办大学士。彭元瑞"借秘书于四库，揽别集者百家"，"搜纂有年"，于乾隆四十年(1775)选定《宋四六选》，由其门人曹振镛编次成书，次年刻于翠微山麓。《宋四六选》录宋代四六文凡765篇，都为24卷，前有彭元瑞自序，序后为总目，总目后有曹振镛题识；按文体分类编次，共有诏、制、表、启、上梁文和乐语六种文体；宋四六名家多有入选，不愧"一代作者，约略具在"[②]；宋四六名作尽萃于此，洵为"两宋俪词之渊海"[③]。彭元瑞编选《宋四六选》实为四六尊体之举：在将四六定位为骈文别调的前提下，从强调四六的应用价值、发掘四六的文学价值和摒弃青词等卑下文体三方面推尊四六，在清代骈文史上有重要意义，详论如下。

一、"四六家之别裁"

晚明、清初以来，骈文文坛吹拂起一股六朝风。[④] 这些作家宗尚六朝骈文，注重抒发一己之情韵。如陆繁弨骈文"感物造端，缘情托类，凄悱之中而缠绵致意"[⑤]；陈维崧骈文"言情则歌泣忽生，叙事则本末皆见"[⑥]，既可言情，亦可叙事，且"芊绵凄恻"[⑦]。而四六之作经过几百年的陈陈相因，已无生气。如胡吉豫《四六纂组》在选文后往往标注"通用以上序""通用以上颂"[⑧]；毛际可《湖海楼俪体文集序》云："尝见某公《赠广陵游子序》，炳耀铿锵，美言可市。适余友有西陵之游，遂戏易'广陵'为'西陵'，并稍更其'竹西歌吹'等语，则全篇皆可移赠，因叹此道雷同倚附，盖千手如一律也。"[⑨]句可通用、文能移赠，其程式化、僵化可见一斑。此时，泛泛应酬的四六之作和抒发情韵的骈文之作，除了语句的

---

① 〔清〕彭元瑞选，〔清〕曹振镛编《宋四六选》卷首，乾隆四十一年刻本。

② 郭象升《文学研究法》，见余祖坤《历代文话续编》，凤凰出版社2013年版，第2000页。

③ 〔清〕汪瑔《与门人》，见〔清〕汪瑔《随山馆尺牍》，《清代诗文集汇编》707册，第208页。

④ 清初即有很多作家在创作上以六朝骈文为宗。如〔清〕李澄中《湖海楼文集原序》说陈维崧"专攻徐庾骈俪之文"(陈维崧《湖海楼全集》，见《清代诗文集汇编》96册，第463页)；〔清〕汪琬《寻壑外言序》评李绳远骈文"陈梁之遗响，徐庾之后劲"(李绳远《寻壑外言》，见《清代诗文集汇编》130册，第540页)。乾嘉以来宗尚六朝几成骈体文坛风气。

⑤ 〔清〕陈廷会《善卷堂四六序》，见〔清〕陆繁弨撰，〔清〕吴自高注《善卷堂四六》，《四库全书存目丛书》集部257册，齐鲁书社1997年版，第371页。

⑥ 〔清〕毛际可《湖海楼俪体文集序》，见〔清〕陈维崧《湖海楼全集》，《清代诗文集汇编》96册，第555页。

⑦ 〔清〕汪琬《说铃》，见汪琬著，李圣华笺校《汪琬全集笺校》，人民文学出版社2010年版，第2229页。

⑧ 〔清〕胡吉豫《四六纂组》，见《四库未收书辑刊》肆辑30册，第472、496页。

⑨ 〔清〕陈维崧《湖海楼全集》，见《清代诗文集汇编》96册，第555页。

对偶，在其他方面渐行渐远。

面对清初以来远绍六朝文、抒发情韵的骈文创作，与宗法宋四六、固守应用应酬的四六创作，彭元瑞认为四六乃骈文之别调。其《宋四六选序》云：

> 懿夫俪体，尚矣六朝。风肇变于樊南，派大岐于赵宋。杨刘犹沿于古意，欧苏专务以气行，晁无咎之言情，王介甫之用古，开山有手，至海何人。洎乎渡江之衰鸣者，浮溪为盛。盘洲之言语妙天下，平园之制作高禁中。杨廷秀笺牍擅场，陆务观风骚余力。尊幕中之上客，捉刀竞说三松；封席上之青奴，标准犹传一李。后村则名言如屑，秋崖则丽句为邻。臞轩、南塘、赟窗、象麓，雄于末造，讫在文山。三百年之名作相望，四六家之别裁斯在。①

他认为骈文（俪体）当以六朝为正宗，而从李商隐开始文风始变，至宋代而自成一派；然后简要列举宋四六名家，最后评价“四六家之别裁斯在”。这句话中的“四六”泛指骈文，“四六家之别裁”其实就是将宋四六定位为骈文之别调。

四六为骈文之别调这个定位，既看到四六文的独特之处，又考虑到其中的继承关系，是比较中允的。宋四六为骈文之别调，意味着评价宋四六要有不同于六朝骈文的标准。彭元瑞《宋四六选序》进一步指出：

> 世逝川波，文传薪火。增冰积水，有递嬗之风流；明月满墀，得常新之光景。《萧选》熟而无奇不偶，《韩集》起而有衡皆从。昔也矜俪事于典坟，今焉侈遣词于经史。俪事久而文章或成糟粕，遣词当而臭腐皆化神奇。若是班乎？其致一也！是知诗裁元白，亦列正声；词出苏辛，更参别调。庶几克尽乎能事，未容顿薄夫古人。②

就骈文内部的纵向演进，他认为单纯以徐庾（六朝骈文）为标准或以王骆（三唐骈文）为标准来衡量宋四六是不合适的，宋四六正如唐李德裕《文章论》所说的“光景常新”，与六朝骈文、三唐骈文各有所长，不可“顿薄夫古人”。进而以苏轼、辛弃疾词为比附，说明作为别调的宋四六也有其价值，不可被抹杀。

宋四六为骈文之别调这个定位是四六尊体的前提。凡是能够对宋四六乃至整个四

---

①〔清〕彭元瑞选，曹振镛编《宋四六选》卷首，乾隆四十一年刻本。

②〔清〕彭元瑞选，曹振镛编《宋四六选》卷首，乾隆四十一年刻本。

六进行客观评价的文论家,都是用不同于六朝骈文的评价标准来衡量的。①

二、强调四六的应用价值

晚唐李商隐《樊南四六》最早以"四六"名集,专指应用性的"奏记""章檄"等官场应用公牍。到了宋代,四六进一步扩展到日常应酬领域。洪迈《容斋四六丛谈》云:"四六骈俪……上自朝廷命令、诏册,下而缙绅之间笺书、祝疏,无所不用。"②宋四六也自然地被贴上"应用"标贴。如谢伋《四六谈麈序》云:"四六之艺,咸曰大矣。下至往来笺记启状,皆有定式,故谓之应用。"③张侃《跋陈后山再任校官谢启》云:"骈四俪六,特应用文耳。前辈直曰世间一种苛礼,过为谨细。"④

受"文以载道"古文观影响,这种应用应酬四六并不为文家所重。如作为四六名家的洪迈就说过:"四六骈俪,于文章家为至浅。"⑤黄震《黄氏日抄》亦云:"而制诰拘于四六,果可谓之文章欤?"⑥在他们眼里,庙堂之应用和日常之应酬,根本没法和"道"相比。

既然"应用"成为四六的文体标贴,彭元瑞干脆从不同文体的角度强调四六的应用应酬价值。其《宋四六选序》云:

> 体各攸宜,情有独到。制诏以宣上德,表启以达内心。父老山东,读十行而泣下;故人天末,隔千里如面谈。……至如抛修梁而落室,前宴席以排场。匠氏虹龙,齐唱儿郎之伟;参军苍鹘,杂勾弟子之班。未前闻焉,盖当时之新制;本近俳矣,固无取乎古风。虽不登大雅之林,亦足穷小言之胜。⑦

他分别强调了所选的制、诏、表、启、上梁文和乐语六种文体的应用价值,其"制诏以宣上德,表启以达内心"论述,是以署名主体进行分类的。

"以宣上德"的诏、制,是以朝廷名义发布的下行公文,是"与礼乐制度保持密切关系

---

① 如民国时期郭象升《文学研究法》云:"彭氏……专取当时体格,以成一书,名曰'四六',从其实也。李于麟论诗,以为唐无五言古诗,而有其五言古诗。宋人骈体亦然,盖无骈体,而有其骈体也。论骈文而至宋,当别具一副心力眼光观之,彭氏得之矣。"(余祖坤《历代文话续编》,第2037页)。他首先认为宋四六有别于六朝、三唐骈文;在这个认识基础上,认为不当以六朝、三唐骈文标准来评价宋四六。按照这个思路,他评价《宋四六选》"一代作者约略具在","彭氏得之矣"。

② 王水照编《历代文话》,复旦大学出版社2007年版,第49页。

③ 王水照编《历代文话》,第33页。

④ 曾枣庄、刘琳主编《全宋文》304册,上海辞书出版社、安徽教育出版社2006年版,第157页。

⑤ 王水照编《历代文话》,第49页。

⑥ 王水照编《历代文话》,第674页。

⑦〔清〕彭元瑞选,曹振镛编《宋四六选》卷首,乾隆四十一年刻本。

的文体”①,在国家政治机器运转中起到重要作用,应用价值自然非同小可。如《宋四六选》卷一的《江南平下诏》,屡彰皇帝之“宽大”,历数李煜之“迷复”,既显北宋“锐旅”之威,又明历史“明刑”之实,最后“赐以列侯之号”。赦罪而彰显君德,施恩而无损国体,对其他“跨据”势力,警示以威,感化以恩,深得王言之体,是北宋重要的历史文件。其后吴越王钱俶、清源军节度使陈洪进主动归顺朝廷,或和此诏对李煜的处理有关。故《宋四六选》选诏凡 25 篇,占 3.26%,选制凡 101 篇,占 13.2%,两者占比并不大,但将之前置,卷一为诏,卷二、卷三和卷四为制。这个排列顺序,体现了彭元瑞对诏、制两文体应用价值的看重。

“以达内心”的表、启,是以个人名义发出的公私文翰,表是臣子上奏皇帝的文字,“布臣子之心,致君父之前”②,属上行公文;启为书信,属平行私翰,在宋代尤盛。③ 表是展示君臣礼仪的重要平台,启是士大夫之间生活交际与感情沟通的重要载体,二者同为宋代官场人际网络构建的文字支撑,在士人官场交际、日常生活中既常用又重要。我们以陆游的启为例。乾道八年(1172),陆游将去通判任,贫不能归,有《上王宣抚启》以求职,遂为王炎辟为幕宾;既得职又有《谢王宣抚启》(《宋四六选》卷十七选入)。就陆游个人来说,从军南郑,宾主相得,是其人生快意时期,也是诗歌创作重要转折期。而陆游这段经历,就是由其一篇启而获得。《宋四六选》选表 203 篇,占 26.5%,并细分作贺表、进表、谢除授表、杂谢表和陈乞表五类;选启 412 篇,占 53.8%,并细分作贺除授启、杂贺启、谢除授启、谢荐举启、杂谢启、通启和回启七类,从比重和细目可见彭元瑞对表、启两文体应酬价值的重视。彭元瑞不仅看重制、诏、表、启诸文体的应用价值,还提出这些文体的创作原则,《宋四六选序》云:“常衮之除书,杨炎之德音,斯两美矣;子云之笔札,君卿之唇舌,或一贯之。必欲摹古于正月始和之文,问奇于三岁不灭之字,书衔五凤,虫定堪雕;袖置双鱼,獭皆欲祭。则将载五车而听诏,翻三箧以开缄。殊非适用之宜,未尽修辞之要。”④他认为这些文体,不宜过于讲求辞藻古奥与用典(用事)繁多,应以简易流畅为宜。

至于上梁文和乐语,没有制、诏、表、启那么重要。上梁文是“工师上梁之致语”,即营造房屋选择吉日上梁时,由匠人之长诵读的庆贺之辞⑤,属“俗礼”之文;乐语是“优伶献伎之词”⑥,多游戏之作。故彭元瑞承认《宋四六选序》说“本近俳矣”“不登大雅之林”,但“亦足穷小言之胜”。

---

① 郗文倩、王长华《中国古代文体的价值序列及其影响》,《河北学刊》2007 年第 1 期。

② 〔宋〕张表臣《珊瑚钩诗话》,见〔清〕何文焕辑《历代诗话》,中华书局 1981 年版,第 476 页。

③ 如《四库全书总目》“《四六标准》提要”云:“至宋而岁时通候、仕宦迁除、吉凶庆吊,无一事不用启,无一人不用启。其启必以四六,遂于四六之内别有专门。”(永瑢等《四库全书总目》,第 1396 页)。

④ 〔清〕彭元瑞选,曹振镛编《宋四六选》卷首,乾隆四十一年刻本。

⑤ 〔明〕徐师曾著,罗根泽校点《文体明辨序说》,人民文学出版社 1962 年版,第 169 页。

⑥ 〔明〕徐师曾著,罗根泽校点《文体明辨序说》,第 169 页。

彭元瑞看重四六的应用应酬价值，与其身份遭际有密切关系。彭元瑞仕途通达，久处馆阁，备受恩宠，“及入直南斋，受高宗纯皇帝之知遇；晚岁复膺仁宗睿皇帝之眷顾，数十年间，所作皆应奉文字”①，“应制之作，专法宋人”②，故特别重视四六文的应用应酬价值。

强调四六应用的文类属性和价值，是四六尊体的根本举措。

三、发掘四六的文学价值

其实有清一代，世俗的应用应酬四六依旧流行于官场与私人日常生活，重形式而轻内容，不求文学色彩，这在清初甚至是骈文的主流；另一方面清初以来随着六朝风的吹拂，骈文创作出现以六朝文为宗的新潮，注重抒发情韵，以文意性情为主，语言自然渊雅，追求“遥情隽致”（毛际可《汪蓉洲骈体序》），富有文学色彩。

在这个背景下，有文论家就自觉或不自觉地从文学色彩方面对骈文进行区分。如清初沈心友以“垂世之文”与“应世之文”来区分。③ 彭兆荪《答姚春木书》总结陈维崧骈文说：“然迦陵佳制多在《湖海楼集》，世传《检讨四六》本属外篇，类牵酬应。”④这个编排，实在清初。编纂者将陈维崧“类牵酬应”的作品辑入《检讨四六》，而将“佳制”录入《湖海楼俪体文集》，其实含有骈文（俪体文）是文学作品，而局于“酬应”的四六不是文学作品的意味。后来就有文论家以“骈文”和“四六”来区别有无文学色彩的骈体文章。如稍晚于《宋四六选》的孙梅《四六丛话·选叙》说得很明确：“四六者，应用之文章；《文选》者，骈体之统纪。”⑤从文学色彩上把四六与骈文区别开来：四六是“应用之文章”，不是文学作品；而骈文则是宗尚《文选》的文学作品。

但这种区别方式流于绝对化。曾枣庄在《中国古典文学的尊体与破体》提到：“从文学、非文学角度划分文体类别是可能的，但不是绝对的。任何非文学类文体都含有不少文学名篇，任何文学类文体也不是篇篇都堪称文学作品。”⑥就文学色彩来说，在文学文体和非文学文体中间，有很大的弹性空间。如六朝骈文亦多应用而富有文学色彩，清代

---

① 〔清〕陈用光《恩余堂辑稿序》，见〔清〕彭元瑞《恩余堂辑稿》，《续修四库全书》1447 册，第 427 页。

② 孙学濂《文章二论》，见余祖坤《历代文话续编》，第 893 页。

③ 〔清〕沈心友《四六初征凡例》云：“四六有二种，一曰垂世之文，一曰应世之文。垂世者，字字尖新，言言刻画，如与甲者，一字不可移易于乙是也；若应世者，则流利可以通融，英华似乎肆射，其中扼要数联，情深一往，其余始末，得之者信手拈来，头头是道，触类以至，尽可旁通是也。”（李渔《四六初征》，见《四库禁毁书丛刊》集部 134 册，北京出版社 2000 年版，第 622—623 页）

④ 〔清〕彭兆荪《小谟觞馆续集》，见《续修四库全书》1492 册，第 701 页。

⑤ 〔清〕孙梅著，李金松校点《四六丛话》，人民文学出版社 2010 年版，第 2 页。

⑥ 曾枣庄《文化、文学与文体》，上海人民出版社 2011 年版，第 317 页。

中期许梿评庾信《谢赵王赉白罗袍袴启》“情韵欲流”[①]，而“启”是应酬性最强的文体；近代高步瀛《文章源流》云：“傅季友《为宋公至洛阳谒五陵表》，情词并茂。”[②]而表作为“庙堂之制”“奏进之篇”，属公牍文字、应用性文体。反过来，宋四六诚然是应用应酬的实用文体，按照今天的观点属于非文学类文体，但是也不能简单判定四六就没有文学色彩。

其实彭元瑞编选《宋四六选》除了宣扬应用的价值外，还有所谓“文学性”的考量。这些考量，集中地体现在其《宋四六选序》中。首先，彭元瑞对四六语言的文学色彩进行发掘。如说四六语言之对偶，“玉一双而为珏”“出如随地之原泉，对作翻车之流水”；说四六语言之用语用事，“剪裁成句，天孙织彼铢衣”；说四六语言之文采，“自得粲花之妙”“各有锦心绣口”；说四六语言之平易流畅风格，“指事坦明”“珠百琲以皆圆”“全无棘吻钩牙”“随地之原泉”“翻车之流水”。这在其《宋四六话序》中，也有类似表达：“予撰《宋四六选》，泛观宋人书，其中间及骈体，多一时典制，议论流利，属对精切，爱不能割。”[③]提及宋四六语言“流利”和对偶的“精切”。其次，也是最为重要的，彭元瑞对四六所蕴含的“情”相当看重。一般认为四六文局限于应用应酬，或讲究语言上的用典对偶，而无复情韵。如稍晚于彭元瑞《宋四六选》的孙梅《四六丛话·启叙》批评：“自任元受、李梅亭之伦，或隶事多冗，或使才太过。真意不存，缘情转失。”[④]彭元瑞《宋四六选序》则云：“体各攸宜，情有独到。制诏以宣上德，表启以达内心。”强调四六也可以“情有独到”，其中表、启这类应酬性较强的文体也能够“达内心”。接下来例举陆贽为德宗代草的《奉天改元大赦制》达到感人至深的效果：“父老山东，读十行而泣下。”这句典出《新唐书》，《新唐书·陆贽传》云：“奉天所下制书，虽武人悍卒无不感动流涕。后李抱真入朝，为帝言：‘陛下在奉天、山南时，赦令至山东，士卒闻者皆感泣思奋，臣是时知贼不足平。’”从接受的角度赞扬四六的感人之情。再次，彭元瑞也论及四六的叙述效果，如《宋四六选序》云“故人天末，隔千里如面谈”，说明表启文体也可以叙事委曲。要之，彭元瑞在序中肯定宋四六“摅怀恳至”“指事坦明”的优点与行文流畅、剪裁工妙的特点，认为宋四六与六朝骈文“其致一也”，“未可黜为别宗”[⑤]，体现了其四六尊体的意图。

通过《宋四六选》的选文，也能看出彭元瑞发掘四六文学价值的努力。《续修四库全书总目提要》评曰“（《宋四六选》录文）悉属可传之作”[⑥]，这个评价主要就选文的文学性

---

① ［清］许梿评选，［清］黎经诰笺注《六朝文絜笺注》，上海古籍出版社1982年版，第93页。

② 余祖坤《历代文话续编》，第1453页。

③ 余祖坤《历代文话续编》，第129页。

④ ［清］孙梅著，李金松校点《四六丛话》，第280页。

⑤ 与文中“四六家之别裁”一句意有龃龉。

⑥《续修四库全书总目提要（稿本）》第28册，齐鲁书社1996年版，第762页。

而论。《宋四六选》选文多辞情兼胜之佳作。如所选苏轼《到昌化军谢表》写道:“子孙恸哭于江边,已为死别”,可谓声泪俱下。明代陈天定评价此文说“读此而不心酸者非人也”[①],清代沈德潜说“气象愁惨,不堪卒读”[②]。清代后期翁同书手评本《宋四六选》,对彭元瑞选文的审美特点进行了系统发掘与点评。据钟涛、赵宇《翁同书〈宋四六选〉评点考论》,“翁同书评《宋四六选》不仅仅具有疏证考据特色,还十分关注选文的审美特点。283 条评语中,约有 53 条是从文章艺术出发,从不同的角度,进行审美点评”[③]。通过这些点评,可以看出《宋四六选》选文的文学价值。首先语言流美,如《谢赐银合腊药表》尾批“属对工雅,收语尤别出手眼”,《贺李提刑年启》尾批“裁对自佳”,《除玉局观谢二相启》尾批“‘行吟’一联佳”,《姚平仲复团练使召赴行在制》眉批“简练”,《车驾亲征起居表》尾批“妙在简练”;有的是从行文角度来点评,如《令宗正司岁举宗子诏》眉批“有流利之致”,《赐参知政事楼钥再乞归不允诏》眉批“跌宕生姿”,《卫泾除签书兼参知政事制》尾批“中间宕漾有远神”。其次是情感浓郁,如《进先文定公文集表》眉批“悲叹有致”,《幸明州社诏》眉批“沉挚”“文情悱恻”,《谢许侍养表》眉批“‘牵衣结恋’四字,尽出依依情态”。再次是风格多样,如《谢赐衣带鞍马表》尾批“清隽”,《贺蔡侍郎升侍读启》尾批“清新”,曾巩《贺明堂礼成肆赦表》总评“朴茂是子固本色”,总结了个人四六风格,甚至还从更为抽象的文气角度来评点,如《谢加学士表》尾批“文气特深厚”,《谢谪兖州通判表》尾批“真气往来”,《徐州贺河平表》尾批“有灏气行乎其间”[④]。这些评价,既是对《宋四六选》选文文学价值的发掘,也是对彭元瑞发掘四六的文学价值思想的印证。

发掘出宋四六的文学价值,无疑有助于推尊四六的文体地位。

四、摒弃青词等卑下文体

彭元瑞四六尊体思想还体现在摈弃四六中的卑下文体。他编选《宋四六选》时,就摈弃了青词、表本、道场疏、功德疏、开堂疏、募缘疏、道场榜等文体。这与骈文尊体思想中的“别裁四六”如出一辙。

《宋四六选》共选有诏、制、表、启、上梁文和乐语这六种文体。宋代四六文体众多,为何选这六种文体而不录其他?曹振镛在《宋四六选题识》特意交代:

---

① [明]陈天定《古今小品》卷二,道光九年刻本。
② [清]沈德潜选评,[日]赖山阳增评,闵泽平点校《增评唐宋八家文读本》,崇文书局 2010 年版,第 452 页。
③ 钟涛、赵宇《翁同书〈宋四六选〉评点考论》,《广西师范学院学报(哲学社会科学版)》2016 年第 6 期。
④ 转引自钟涛、赵宇《翁同书〈宋四六选〉评点考论》,《广西师范学院学报(哲学社会科学版)》2016 年第 6 期。

至于赋，乃有韵之文；诰、檄、国书、露布，词科间有拟作；青词、表本、疏、榜，于义无取；记、传、碑、序、传，盖鲜矣，均不录。①

根据其说明，他体不录的原因有四个：一是文体不符，如赋有韵，不属于文的范畴；二是必要不大，如诰、檄、国书、露布等文体"词科间有拟作"；三是文义无取，如青词、表本、疏、榜等文体；四是数量不多，如记、传、碑、序传。

这里面，彭元瑞因"文义无取"而摈弃青词、表本、疏、榜等文体的做法，尤其值得关注，此以青词为例说明。

青词是道教斋醮时上奏天神的祝文，因用朱笔写在青藤纸上，故称青词。据统计"宋人青词一千四百余首"，在宋人文集中比较常见；其中创作青词较多的作家，"真德秀一百三十首，胡宿一百二十五首，王珪一百二十一首，周必大九十七首，刘克庄七十九首，宋真宗五十九首，李曾伯四十九首，崔敦诗四十八首，欧阳修四十五首"②。徐师曾《文体明辨序说》引陈绎曾语："青词者，方士忏过之词也。或以祈福，或以荐亡，唯道家用之。"③从创作主体来看，青词不一定都是道士所写，文人学士、民间百姓都参与创作。不管作者是道士还是文人，青词确实有浓郁的道教色彩，这与传统儒家思想有所扞格，与"文以载道"的古文观念更是相去甚远，故即使在比较流行的宋代也不为文论家所重。如黄震《黄氏日钞》云："论青词、斋文，用释老之说，祈禳秘祝近里巷之事……果可谓之文章欤?"④他认为青词根本算不上文章。到清代更不为官方所容，如编修《四库全书》时，乾隆皇帝曾谕令"青词一体，乃道流祈祷之章，非斯文正轨""迹涉异端，不特周程张朱诸儒所必不肯为，即韩柳欧苏诸大家亦正集所未见""尤乖典则"，因命删除宋人刘跂《学易集》、胡宿《文恭集》、王质《雪山集》中的青词。⑤ 彭元瑞编选《宋四六选》时，虽值清廷编修《四库全书》，但其时正"充三通馆副总裁"（《清史列传》），未预其事；至乾隆四十八年（1783）从江苏学政任上回京充《四库全书》馆副总裁时，《宋四六选》已经刊行七年。故彭元瑞摈弃青词，没有受清廷对青词态度影响的直接证据，根本原因就是他认为这种文体"于义无取"、地位卑下。

曹振镛所说"于义无取"的文体，除了青词还有表本、疏、榜。表本是"宋时天子告祭

---

① 〔清〕彭元瑞选，曹振镛编《宋四六选》卷首，乾隆四十一年刻本。

② 张海鸥、张振谦《唐宋青词的文体形态和文学性》，《文学遗产》2009 年第 2 期。

③ 〔明〕徐师曾著，罗根泽校点《文体明辨序说》，第 172 页。

④ 王水照编《历代文话》，第 674 页。

⑤ 见《文渊阁四库全书》所收王质《雪山集》前录乾隆上谕。

先帝先后之词”[1];参照《宋四六选》的姊妹编《宋四六话》[2],“疏”当为道场疏、功德疏、开堂疏、募缘疏之类,道场疏是“释老二家庆祷之词”,“道场之所用”,功德疏是道场疏里面的“祷词”,开堂疏是“用以开堂”的“长老主持之词”,募缘疏是“广求众力之词也”;“榜”为道场榜,是“释老二家修建道场榜示之词”[3]。这些文体与青词性质相似,用释老之说,属祝文之类。摈弃这些文体,体现了彭元瑞四六尊体思想。

结语

嘉庆八年(1803),曹振镛《宋四六话题识》云:“《宋四六选》一书,海内奉为圭臬者廿有余年。”[4]可见彭元瑞《宋四六选》刊刻以来备受推崇。作为推尊四六的代表选本,《宋四六选》不仅刻本众多[5],还出现翁同书点评本;另外文论家给予充分关注,赞之者颇多[6],其影响之大可见一斑。《宋四六选》在清代骈文史上的意义,有如下两点。

一是标志着四六与骈文的分途。骈文家“别裁四六”以推尊骈体,把四六排除于骈文范畴,只是一厢情愿;而四六方面的定位就显得尤为重要。《宋四六选》明确了四六为骈文别调的文体定位,既尊重了四六为骈体文发展史上重要一环的历史事实,又强调了四六的应用应酬的文体功能,标志着四六与骈文在共同文类框架下文体功能差异化的分途。

二是部分地推尊了四六之体。终清之世,“四六”作为和“骈文”相对而言的概念时,

---

① 〔明〕徐师曾著,罗根泽校点《文体明辨序说》,第166页。

② 彭元瑞在编选《宋四六选》的同时,搜集“有关于宋人骈体者”,“引书百六十九种”,“汇为十二卷”(曹振镛《宋四六话题识》,见彭元瑞《宋四六话》,余祖坤《历代文话续编》,第130页),辑成《宋四六话》。乾隆四十二年重校本《宋四六选》扉页上也有“《宋四六话》嗣出”字样。可见,《宋四六话》为《宋四六选》之姊妹编。《宋四六话》在体制上,“制、诏、表、启、乐语、上梁文六体,编次略依前选”“余皆补前所无,分类辑录”(曹振镛《宋四六话题识》);其卷十一辑录祝文、青词、道场疏、功德疏、开堂疏、募缘疏等文体相关材料。

③ 〔明〕徐师曾著,罗根泽校点《文体明辨序说》,第171页、173页、172页、171页。

④ 〔清〕彭元瑞《宋四六话》,见余祖坤《历代文话续编》,第130页。

⑤ 有乾隆四十一年曹振镛刻本、乾隆四十二年重校本、乾隆五十一年瑶翰楼刻本、同治四年连元阁刻本、同治四年青云楼刻本和宣统二年南通州翰墨林书局铅印本。

⑥ 除了前注举郭象升《文学研究法》对《宋四六选》的评价,另如凌扬藻《四六文》云:“我朝南昌彭文勤公元瑞尝辑宋人四六,为艺林传诵。”(凌扬藻《蠡勺编》,见《续修四库全书》1155册,第427页。)〔清〕梁章钜《退庵论文》:“近南昌彭文勤公所辑《宋四六选》,已具崖略。”(王水照编《历代文话》,第5174页。)〔清〕陆以湉《冷庐杂识》云:“彭文勤公有《宋四六选》一书,又采诸家书为《宋四六话》,名篇杰句,美不胜书。”(陆以湉《冷庐杂识》,中华书局1984年版,第310页。)〔清〕汪琼《与门人》:“彭文勤公所辑《宋四六选》《宋四六话》,两宋俪词之渊海也,宜时时阅之。”(汪琼《随山馆尺牍》,见《清代诗文集汇编》707册,第208页。)〔清〕王秉恩《骈文答问》:“(彭文勤)所选宋四六极善。”(王秉恩《骈文答问》,广东省立中山图书馆藏1920年钞本。)《续修四库全书总目提要》刘启瑞“《宋四六选》提要”认为彭元瑞《宋四六选》录文“悉属可传之作”(《续修四库全书总目提要(稿本)》第28册,第762页)。当然也有毁之者。如孙学濂《文章二论》云:“彭元瑞《宋四六选》,多不入格,可置毋论。”(余祖坤《历代文话续编》,第913页。)

其地位始终不如以后起“骈文”名称指代的骈体文章。但经过《宋四六选》的推扬，四六中的庙堂之作得以推尊。我们即以彭元瑞本人创作来看。彭元瑞骈文集《恩余堂经进稿》，为朝廷奏议之作，文风上追求春容之象，题材上博大昌正。晚清民国黄际清赞誉：“体宗台阁最超群，燕许支流四杰分。一代鸿裁归大雅，敢将宋派薄文勤？”[①]许为“燕许支流”“鸿裁大雅”，且不将之列入“宋派”。彭元瑞骈文是典型的宋调，黄际清为回护彭元瑞庙堂之作而不将之归为宋派，既体现了其对“宋派”之不满，也说明四六之体中的庙堂之作地位得以推尊。梁章钜《退庵论文》云：“四六文虽不必专家，然奏御所需，应试所尚，有非此不可者。纯用六朝体格，亦恐非宜。惟有分唐四六、宋四六两派，各就性之所近而学之……今欲为四六专家，则当先读……彭文勤公《宋四六选》……则源流正变自可了然于胸。”[②]以《宋四六选》为四六创作的必读参考书，可见《宋四六选》在庙堂之作的推尊中有力与焉。

作者简介：

张作栋，1978 年生，山东临沂人，桂林师范高等专科学校中文系副教授。研究方向为骈文学史研究。

① 黄际清《读东观书室诗草》，潮州诗社 2001 年版，第 216 页。

② 王水照编《历代文话》，第 5173—5174 页。

论情文理论在晚清湖湘文论中的发展及其影响

刘振乾

内容摘要:孙梅《四六丛话》对情文关系的定位,拉近了屈原之词与晚清湖湘骈文的距离,促进了情文理论在晚清湖湘文论中的发展,对晚清湖湘骈文的崛起产生了深远的影响。曾国藩"情文相生、声文互引"理论促进了骈文与古文的融合,回应了"屈原之词为古文之极致"的推论;王闿运"情不可放,寓情于文"理论推动其骈文创作以骚为赋,在实践中择屈原之词以仿六朝之赋;王先谦"情韵抑扬,情文互本"理论基于《骈文类纂》对辞赋的认可,从源头上坐实"屈原之词为俪体之先声"的论断。

关键词:《四六丛话》;情文兼胜;情文相生;湖湘文论

学术界对情文关系研究主要集中在"情文相生""情文并举"两方面。樊宝英先生以金圣叹的文学评点为着眼点,指出金圣叹综合前人"文""情"论述基础,提出"文情相生"理论。一方面主张"文生于情",强调情既是人的心灵本体,又是文学的生命本源;另一方面主张"情生于文",强调"文"对"情"的形构功能。① 莫道才教授以《四六丛话》的学术价值为依据,认为孙梅注重骈文与《文选》《楚辞》的关系,对骈文的起源、形成及发展有独特而深刻的见解;孙梅提出"情文并举"的观点,主张"情文并重",对重情之文大加赞赏,反对过于重文之气以及因文而失实的过饰之风。② 本文认为,情文关系是中国古代文论当中的一对重要理论范畴,学术界研究梳理的程度不够。孙梅《四六丛话》对"诗人之作""赋家之心"情文关系的定位,直接或间接推动了情文理论在晚清湖湘文论中的发展,对晚清湖湘骈文的崛起产生了深远的影响。

一、情文关系从礼乐走向诗文

关于情文关系的理论渊源,最早可以追溯到《荀子·礼论》。荀子曰:"凡礼,始乎

---

① 樊宝英《论金圣叹文学评点中的文情相生观》,《齐鲁学刊》2013 年第 4 期。

② 莫道才《骈文学探微》,广西师范大学出版社 2017 年版,第 115 页。

棁，成乎文，终乎悦校。故至备，情文俱尽；其次，情文代胜；其下，复情以归大一也。”①王先谦在《荀子集解》中注解曰：“情文俱尽，乃为礼之至备也。情，谓礼意，丧主哀，祭主敬之类；文，谓礼物，威仪也。……不能至备，或文胜于情，情胜于文，是亦礼之次也。……虽无文饰，但复情以归质素，是亦礼也。”②荀子的情文关系论属于礼学范畴的礼意与礼物对立统一，其内涵自然与文学有相通之处。此外，《淮南鸿烈》从声与情的真实性来论述情与文的关系：“同是声，而取信焉异？有诸情也。故心哀而歌不乐，心乐而哭不哀。夫子曰：‘弦则是也，其声非也。’文者，所以接物也；情，系于中而欲发外者也。以文灭情则失情，以情灭文则失文。文情理通，则凤麟极矣，言至德之怀远也。”③这里的文是指外在表达的声乐，情是指发自内心的情感，两者之间无法相互掩饰，只有文情相通才能产生引人入胜的音乐。以上主要是从礼、乐范畴辨析情文之间的关系，虽然涉及内在的情感和外在的表达之间的辩证统一，但尚未触及文学本体论。

首先将文情关系论引向文学的是陆机。《文赋序》云：“余每观才士之所作，窃有以得其用心。夫放言遣辞，良多变矣，妍蚩好恶，可得而言。每自属文，尤见其情，恒患意不称物，文不逮意，盖非知之难，能之难也。”序中的文是指“才士之所作”，情是指“得其用心”；而其自己的创作则是以文、意来对应文、情。此后刘勰《文心雕龙·知音篇》提出“文情难鉴”。刘勰云：“夫缀文者情动而辞发，观文者披文以入情，沿波讨源，虽幽必显。”④这里的“文情”主要是指作品的思想感情，“情动而辞发”“披文以入情”分别从创作论和鉴赏论来论证文情之间的一致性，从而引出作者与读者之间的共鸣。《世说新语》记载王济点评孙楚的“除妇服”诗就是得知音鉴赏的典范。《世说新语·文学》载：“孙子荆除妇服，作诗以示王武子。王曰：‘未知文生于情，情生于文？览之凄然，增伉俪之重。’”⑤王济的评点将情文关系从“情文代胜”“情文相灭”引向“情文相生”理论，这实际上是承认文学作品的主体地位。故北宋陈师道有《和魏衍元夜同登黄楼》诗云：“情生文自哀，意动足复伫。”⑥显然，后山诗在这里是化用《世说新语》之意，言情之所生则文意自哀。

明代魏学洢将“情文相生”理论从论诗扩展到论文。《茅檐集》“春夜与仲弟论文数条”云：“运用之妙，存乎一心，盖才情之杰出也。才与情一乎？曰：是不同。能抚弄柔翰者，尽才也妙，极哀乐之致者几人哉？古人中唯三闾大夫与司马子长情最深，读其文如刺船蓬莱，海水洞涌，山林杳冥，悄然将移我情。盖皆得情之哀者也。诗三百篇，其可歌可

① 〔清〕王先谦撰，沈啸寰、王星贤点校《荀子集解》，中华书局 1988 年版，第 355 页。
② 〔清〕王先谦撰，沈啸寰、王星贤点校《荀子集解》，第 355 页。
③ 刘文典撰，冯逸、乔华点校《淮南鸿烈集解》，中华书局 1988 年版，第 329 页。
④ 〔南朝梁〕刘勰著，范文澜注《文心雕龙注》，人民文学出版社 1958 年版，第 715 页。
⑤ 〔南朝宋〕刘义庆撰，徐震堮著《世说新语校笺》，中华书局 1984 年版，第 138 页。
⑥ 〔宋〕陈师道撰，任渊注，冒广生补笺，冒怀辛整理《后山诗注补笺》，中华书局 1995 年版，第 244 页。

舞、可悲可涕者，情不啻千变，而苟非有慧心，焉曲尽之？安用不情之藻绘乎？故曰：'情生文，文生情，才与情合，斯之谓文人。'"[①]魏学洢论文认为，才情不能等同为一，运用之妙存乎一心。古人能够做到尽才尽情者不多，唯屈原、司马迁堪称才与情合的典范。因此，《楚辞》《史记》自然也属于情文相生的典范之作。故清代蒋骥《山带阁注楚辞》云："原赋二十五篇，情文相生，古今无偶。《九辨》以下，徒成效颦。晁录所载，弥为添足，今例不敢以唐突也。"[②]蒋骥将屈原的赋作为情文相生之作，屈原之后、九辨以下则是东施效颦、画蛇添足之作，从而将情文关系理论引入屈原的辞赋研究。

二、《四六丛话》对情文关系的定位

孙梅《四六丛话》是一部系统完整的骈文批评理论著作，书中不仅汇集了明代以前的骈文批评论述，也表达了作者的骈文理论见解，具有较高的学术价值。《四六丛话》（卷三）列"骚"为第二，将情文关系研究由骚而进入骈文：

> 《丛话》曷为而次骚也？曰：观乎人文，稽于义类。古文、四六有二，源乎大要，立言之旨，不越情与文而已。夫其矢耿介，慕灵修，眷重华，追三后，占琼茅，媒鸩鸟，抱忠謇，怨迟暮，以至然疑恍忽，中路夷犹，窈窕宜笑，婵媛太息，何其情之贞而挚也。又若雷雨窈冥，风云舒卷，冠剑陆离，舆卫纷溶，靃靡千名，镂错万状，更有云旗星盖，鳞屋龙堂，土伯神君，壶峰雄虺，何其文之侈而博也。诗人之作，情胜于文；赋家之心，文胜于情。有文无情，则土木形骸，徒惊纡紫；有情无文，则重台体态，终恧鸣环。屈子之词，其殆诗之流，赋之祖，古文之极致，俪体之先声乎！[③]

孙梅提出"诗人之作，情胜于文；赋家之心，文胜于情"，其目的是引出"屈原之词"既是"诗之流"，亦是"赋之祖"，从而得出屈原之词属于"情文兼胜"之作。那么"情"与"文"之间究竟谁更胜一筹呢？这就要从"诗"与"赋"的定义上寻找标准了。《毛诗序》曰："故诗有六义焉，一曰风，二曰赋，三曰比，四曰兴，五曰雅，六曰颂。"班固《两都赋序》曰："赋者，古诗之流也。"也就是说，赋乃诗之一义，诗之流变。如果要在"情"与"文"之间衡量出轻重的话，那么自然是"情"要略胜"文"一筹。这里所指的兼胜只是相对而言，并非绝对意义上的均衡。那么是否可以做到如《淮南鸿烈》所说的"以情灭文"或者"以文灭情"呢？孙梅又提出"有文无情，则土木形骸，徒惊纡紫；有情无文，则重台体态，终恧

---

① 〔明〕魏学洢《茅檐集》，文渊阁《四库全书》本。

② 〔清〕蒋骥《山带阁注楚辞》，上海古籍出版社 1984 年版，第 180 页。

③ 〔清〕孙梅著，李金松校点《四六丛话》，人民文学出版社 2010 年版，第 45 页。

鸣环”。以“土木形骸”来比喻“有文无情”，说明这类文缺乏灵动之气；以“重台体态”来形容“有情无文”，说明这种情属于猥琐之情。

孙梅《四六丛话》为何要列《骚》其次？笔者认为有两方面原因。

其一，《离骚》合乎立言之旨。孙梅在开篇就指出：“古文、四六有二，源乎大要，立言之旨，不越情与文而已。”历代文人士大夫都追求“三立”以求达到“不朽”，其中“立言”是最容易实现的目标。《离骚》“情文兼胜”，是否符合“立言”的标准？这个问题在刘勰之前就有争论。如班固认为：“露才扬已，忿怼沉江。羿浇二姚，与左氏不合；昆仑悬圃，非经义所载。”①刘勰在《文心雕龙·辩骚篇》中对包括《离骚》在内的《楚辞》作出客观公允的评价：“固知楚辞者，体慢于三代，而风雅于战国，乃雅颂之博徒，而词赋之英杰也。观其骨鲠所树，肌肤所附，虽取镕经意，亦自铸伟辞。”②以此而论，《离骚》自然是符合立言标准的。但孙梅还是要强调：“若夫《幽通》《思玄》，宗经述圣：《离骚》之本义也。”也就是说，《离骚》不仅情文兼胜，更重要的是符合宗经述圣的本义，因此是可以作为立言依据的。

其二，《离骚》乃古文之极致。一方面，孙梅感叹屈原的《离骚》“何其文之侈而博也”“屈子之词，其殆诗之流，赋之祖”，说明《离骚》具备赋的基本特征。《文章流别论》曰：“《楚辞》之赋，赋之善者也，故扬子称赋莫深于《离骚》，贾谊之作，则屈原俦也。”《文赋》曰：“诗缘情而绮靡，赋体物而浏亮。”陆机所列的“诗赋、碑诔、铭箴、颂论”八大文体亦未单列骚体，这表明骚赋原是一体。另一方面，孙梅区分赋为骚赋、文赋：“又有骚赋，源出灵均，幽情藻思，一往而深，则《骚》之真也，班、张优为之。又有文赋，出荀子《礼》《智》二篇，古文之有韵者是已，欧、苏多有之，皆非浅学所能学步也。”③后世古文大家及其师法对象都源出于文赋、骚赋，因此《离骚》是古文之极致。

孙梅《四六丛话》“列骚其次”实际上是为推尊四六骈体。《离骚》合立言之旨，为古文之极致，其终极目的是为“俪体之先声”服务。孙梅以“情文兼胜”来巩固《离骚》的地位，将屈原之词定位为“诗之流，赋之祖，古文之极致”，其落脚点也是为了提出“屈原之词为俪体之先声”。《离骚》为俪体之先声，则四六亦可立言；《离骚》为古文之极致，则四六与古文亦属同源。孙梅以“屈原之词为俪体之先声”的观点深刻影响了阮元，只不过日后阮元将骈文的源头推得更远。《文言说》中云：

> 孔子于《乾》《坤》之言，自名曰文，此千古文章之祖也。为文章者，不务协音以成韵，修词以达远，使人易诵易记，而惟以单行之语，纵横恣肆，动辄千言万字，不知

---

① 〔南朝梁〕刘勰著，范文澜注《文心雕龙注》，第 46 页。
② 〔南朝梁〕刘勰著，范文澜注《文心雕龙注》，第 47 页。
③ 〔清〕孙梅著，李金松校点《四六丛话》，第 70 页。

此乃古人所谓直言之言,论难之语,非言之有文者也,非孔子之所谓文也,《文言》数百字,几于句句用韵。孔子于此发明乾坤之蕴,诠释四德之名。几费修词之意,冀达意外之言。要使远近易诵,古今易传。公卿学士皆能记诵。以通天地万物,以警国家身心。不但多用韵,抑且多用偶,……凡偶皆文也。于物两色相偶而交错之,乃得名曰"文",文即象其形也。然则千古之文,莫大于孔子之言《易》,孔子以用韵、比偶之法,错综其言,而自名曰"文",何后人之必欲返孔子之道,而自命曰"文",且尊之曰"古"也?①

《文言》为《易经》十《翼》之一,相传为孔子所作。阮元把"文"作为用韵对偶之文的专称,且以孔子《乾》《坤》之言为千古文章之祖,将骈文的命名和源头上移到孔子时代,不仅占据了宗经征圣的道德制高点,而且把中唐时期古文运动确立的古文赶下明道、载道的神坛,使骈文成为文之独尊。这与其师孙梅的手法比起来,有过之而无不及。

三、情文理论在晚清湖湘文论中的发展

孙梅《四六丛话》问世之后,晚清湖湘文坛有两个现象是值得关注的:一是以曾国藩为代表的湘乡派古文继桐城派之后称盛于一时。二是晚清湖湘骈文的崛起,其中代表性作家就是王闿运,代表性选本则是王先谦的《骈文类纂》。无独有偶,情文关系理论也在三人文论中得到进一步发展。

(一)曾国藩:情文相生,声文互引

曾国藩是晚清湖湘骈文崛起的旗手,他同时也是桐城派古文的后劲。吕双伟在《清代骈文研究》中指出:"在影响晚清湖湘骈文批评的人物中,曾国藩无疑最为突出。湖湘骈文创作和批评的兴起主要集中在光绪时期,这与曾国藩通达的骈散观念有关。"②曾国藩的情文关系理论实际上来源于古文,但是曾国藩骈散兼容的态度,为湖湘骈文的崛起提供了最大的生存空间。曾国藩《求阙斋日记》云:"韩文《柳州罗池庙碑》觉情韵不匮、声调铿锵,乃文章中第一妙境,情以生文,文亦以生情,文以引声,声亦足以引文,循环互发,油然不能自已,庶渐渐可入佳境。"③韩愈《柳州罗池庙碑》何以能做到情韵不匮、声调铿锵?如果从声韵上来分析,其最引人入胜的就是带有浓厚楚风楚韵的辞。例如:"荔子丹兮蕉黄,杂肴蔬兮进侯堂。侯之船兮两旗,度中流兮风泊之。待侯不来兮不知我悲。"显然,曾国藩并不是想突出韩愈的古文成就,而是以此来表明情韵对于文章的重要

① 〔清〕阮元撰,邓经元点校《揅经室集》,中华书局1993年版,第605—606页。
② 吕双伟《清代骈文研究》,上海古籍出版社2018年版,第279页。
③ 〔清〕曾国藩著,〔清〕王启原校编《求阙斋日记类钞》,朝华出版社2018年版,第168页。

性——即便是古文大家韩愈，也没有对骈文的优点弃而不用。故曾国藩在《〈湖南文征〉序》云：“以理胜者，多阐幽造极之语，而其弊或激宕失中；以情胜者，多悱恻感人之言，而其弊常丰缛而寡实。自东汉至隋，文人秀士，大抵义不孤行，辞多俪语，即议大政，考大礼，亦每缀以排比之句，间以婀娜之声，历唐代而不改。虽韩李锐志复古，而不能革举世骈体之风，此皆习于情韵者类也。”①

“情以生文、文以生情”这是传统的情文相生的观念在诗文中的应用，前面已经有过梳理，曾国藩在后面再补充“文以引声，声亦足以引文”。“声文互引”与“情文相生”有何区别？“声”是为“情”所设，但是“声”不能直接生成“文”，只能引出“文”。以韩愈《柳州罗池庙碑》为例，文中的“声”实指带有“兮”字的楚声。“兮”“些”“思”这些具有楚地方言的语气词，并不能看出文采，但是这种声韵却能引出具有楚地风格的骚情，从而酝酿出自然生动而又富有情感的文章。当然，并不是所有的文章都要用楚声来表达，如果没有采用“兮”“些”“思”等具有楚地方言特色的语气词，如何来发“声”呢？这就需要用“韵”来代替“声”。由于骈文本身就属于韵文，因此，曾国藩在这里提出的“声文互引”理论主要是针对一般不用韵的古文。

（二）王闿运：情不可放，寓情于文

王闿运是辞赋大家，同时还是清代骈文的殿军人物。王闿运的情文关系理论主要体现在《论诗文体式·答陈复心问》中。王闿运在阐释“诗缘情而绮靡”时云：“自周以降，分为五七言，皆贤人君子不得意之所作。晋人浮靡，用为谈资，故入以玄理。宋、齐游宴，藻绘山川。梁、陈巧思，寓言闺闼，皆言情之作。情不可放，言不可肆，婉而多思，寓情于文，虽理不充周，犹可讽诵。唐人好变，以骚为雅，直指时事，多在歌行，览之无余，文犹足艳。韩、白不达，放弛其词。下逮宋人，遂成俳曲。近代儒生深讳绮靡，乃区分奇偶，轻诋六朝，不解缘情之言，疑为淫哇之语，其原出于毛、郑，其后成于里巷，故风雅之道息焉。”②这里阐释的对象虽然是诗，但是从中可以看出王闿运对历代情文关系的态度。当然，王氏认为，赋也是诗之一体。因此诗与赋在情文关系上有相通之处。王闿运对于六朝诗歌的情文关系肯定多于否定，唐以后之诗则否定多于肯定。诗之“绮靡”，在于以词掩意，寓情于文，通过委婉含蓄的托物起兴，使幽窈曲隐之志得以自达。王闿运批评近代儒生深讳“绮靡”，以“奇偶”之文为“绮靡”之区分。言下之意，六朝骈偶之文虽云“绮靡”，但不是滥情淫哇之语，而是以词掩意、委婉含蓄之文。六朝骈文的情文关系亦是“寓情于文”，以求婉而多思。

王闿运对六朝骈文之“绮靡”有精深独到之见解，则其在摹拟六朝文时，亦深得其旨要。刘麟生《中国骈文史》云：“至清末王闿运出，遂专以模仿六朝文为能事，而尤侧重于

---

①〔清〕曾国藩著，王澧华校点《曾国藩诗文集》，上海古籍出版社 2005 年版，第 412 页。

②〔清〕王闿运《湘绮楼诗文集》，岳麓书社 1996 年版，第 544—545 页。

庾子山，作品之多，撰仿之酷似，殆欲前无来者。其所作《哀江南赋》，全用庾子山原韵，以描写太平天国之乱，几于神韵逼真。”①王闿运在模仿六朝文时用其原韵，这还只是形式上的摹拟，择其雅言才是摹拟之正道。王氏亦云：“故尝谓文无家数，而有时代。一代之语，不可仿古，要须择其雅言耳。不仿古而必择雅，谓诏令、奏疏、告谕，应用之文也。若词赋、文诔、论议、铭记，愈古愈工，而亦不能强似者，习相远也。”②结合王闿运的词赋创作，如《哀江南赋》《愁霖赋》《吊旧赋》《上征赋》《会试萍始生赋》《牵牛花赋》《喇哈密瓜赋》等七篇实质上都是以骚为赋。而关于“骚之正宗”，王闿运《答陈完夫问》“问楚词之体不一”条云：“《九章》是赋，《天问》是赞，《大招》是诔，《卜居》《渔父》是词说。故自来以屈为词赋祖，以司马为文章祖。”③又《答陈完夫问》“问骚赋二体而汉魏赋多拟骚”条云：“赋以荀子为正体。宋玉大、小言犹近之，高唐、好色则学楚词。汉人遂纯乎词矣。骚之正宗，后无作者，东方、刘向皆拟九章耳。”④显然，词赋择屈原之雅言，是王氏“不仿古而必择雅言”之不二法门。

（三）王先谦：情韵抑扬，情文互本

王先谦是清代骈文选本大家，其所编纂的《骈文类纂》堪称骈文选本之集大成者。除此之外，王先谦还编纂过《续古文辞类纂》。《续古文辞类纂》虽然以姚鼐《古文辞类纂》义例开示准的，但是在辞赋方面却略有不同。辞赋类《古文辞类纂》收文 58 篇，《续古文辞类纂》则一篇未续。王先谦在《续古文辞类纂》中自注曰：“风雅变体，取工骈俪，国朝诸家，尤罕沿袭，间有述作，不复甄采。”⑤由此可以看出，王先谦已经将辞赋类看作骈体文之专属。在《骈文类纂》中，王先谦收自屈原以下的辞赋类文体 82 篇，且为之序曰：

> 词者，屈左之徒所造也。阮文达云：“子史篇翰，实有不同。楚国多材，灵均特起。赋继孙卿之后，词开宋玉之先。六艺于此分途，万世咸归围范。”刘孟涂云：“骚人情深，犹能有资于散体；岂芳草性、僻，不欲助美于骈文？盖径有未窥，抑知者犹寡。”二贤之论，斯知要矣。赋造端于宋、荀，宏体于扬、马。自兹以降，虽程裁迭变，而意匠无殊。盖骈俪之道，言哀不深，则情韵无抑扬之美；取材不富，则体制乏瑰伟之观。自非抗心逸步，纵猎诗流，鲜不腾诮于拙工，蒙羞于俭腹，故以终焉。⑥

---

① 刘麟生《中国骈文史》，东方出版社 1996 年版，第 112 页。

② 〔清〕王闿运《湘绮楼诗文集》，第 540 页。

③ 〔清〕王闿运《湘绮楼诗文集》，第 553 页。

④ 〔清〕王闿运《湘绮楼诗文集》，第 552 页。

⑤ 〔清〕王先谦编《续古文辞类纂》，浙江古籍出版社 1998 年版，第 276 页。

⑥ 王维江、李骛哲、黄田编《中国近代思想家文库・王先谦叶德辉卷》，中国人民大学出版社 2015 年版，第 142 页。

序中除了对阮元、刘开观点的陈述以外，王先谦提出“骈俪之道，言哀不深，则情韵无抑扬之美；取材不富，则体制乏瑰伟之观”的论断。王先谦此论主要是从情、文两个层面来分析骈体从辞赋中吸收的养分。一是要汲取楚辞体的“哀而深”的情感，形成情韵抑扬之美；二是要萃取楚辞体“侈而博”的文辞，形成体制瑰伟之观。两者兼收并包，则做到了“情文兼胜”。

同时，王先谦还对骈体“序跋”类提出“情文互本”的要求：“若寻常诗文序跋，亦分两事：一曰酬应之作，挹清黄宪之坐，问奇扬雄之亭。谊重渊源，感深投分，追丛兰有已败之色，而卷葹余不死之心。期以片言，偕之千古。它如纪荣遇于毕生，述明德于既往。贞烈之曜，履苦而说甘；述作之工，推微以致显；皆义主表章，而事缘请属，此以情为根，而文周其用也。一曰掞张之作，必植柢忠孝，通钥经史。艺林萃薮，洪纤皆适用之资；国士遗编，显晦归后贤之责。此以文为本，而情畅其流也。”[①]王先谦认为以骈文为序跋，在情文关系的处理方面要区别对待。酬应之作以情为根，文周其用；掞张之作以文为本，情畅其流。也就是说，酬应之作应该“情胜于文”，掞张之作则当“文胜于情”。

四、《四六丛话》情文观对湖湘骈文的影响

孙梅《四六丛话》对情文关系的定位，不仅直接或间接地促进了情文理论在晚清湖湘文论中的发展，还对晚清湖湘骈文的崛起产生了深远的影响。

（一）骈文尊体

《四六丛话》提出“屈子之词，其殆诗之流，赋之祖，古文之极致，俪体之先声乎”。既拉近了骈文与屈原《离骚》之间的距离，无形之中也让骈文与湖湘之间的关系更加亲近。曾国藩在《〈湖南文征〉序》中云：“湖南之为邦，北枕大江，南薄五岭，西接黔蜀，群苗所萃，盖亦山国荒僻之亚。然周之末，屈原出于其间，《离骚》诸篇，为后世言情韵者所祖。”[②]钱基博在《近百年湖南学风》中亦云：“天开人文，首出庶物以润色河山，弁冕史册者，有两巨子焉：其一楚之屈原，著《离骚经》，以香草美人为比兴，以长言永叹变四言，铿锵鼓舞，于《三百篇》之外，自成风格，创楚辞以开汉京枚马之词赋。”[③]屈原作为湖湘先贤，《离骚》能开“俪体之先声”，同样也能开湖湘骈文之先声。晚清湖湘骈文有屈原及其《离骚》为先驱，则社会对骈文不再以繁文缛词视之。骈文之体逾尊，作家创作地位逾高，社会影响力也就越大，这些都得益于孙梅将骈文与屈原之词相衔接。

---

① 王维江、李骜哲、黄田编《中国近代思想家文库·王先谦叶德辉卷》，第137—138页。

② 〔清〕曾国藩著，王澧华校点《曾国藩诗文集》，第412页。

③ 钱基博《近百年湖南学风》，上海古籍出版社2012年版，第5页。

（二）骈散融合

《四六丛话》提出“屈子之词，其殆诗之流，赋之祖，古文之极致”。古文与骈文相比较，其优点在于散句语气顺畅，其不足之处在于散句缺乏骈体的声韵整饬协调之美。刘开在《与王子卿太守论骈体书》中云：“故骈中无散，则气壅而难疏；散中无骈，则辞孤而易瘠。两者但可相成，不能偏废。”①朱一新《无邪堂答问》云：“骈文自当以气骨为主，其次则词旨渊雅，又当明于向背断续之法。向背之理易显，断续之理则微。语语续而不断，虽悦俗目，终非作家。惟其藕断丝连，乃能回肠荡气。骈文体格已卑，故其理与填词相通。潜气内转，上抗下坠，其中自有音节，多读六朝文则知之。”②曾国藩之所以认为“韩文《柳州罗池庙碑》觉情韵不匮、声调铿锵，乃文章中第一妙境”，就是因为他已经悟出韩文在情韵、声调上与骈文之音节声韵有相通之处，而其根本就在于韩文运用了楚辞体写作手法，达到古文之极致的水平。因此，曾国藩认为古文也要讲求情韵。《求阙斋日记》云：“余昔年钞古文，分气势、识度、情韵、趣味，为四属。”③这就是古文中亦有韵的类型。曾国藩提倡古文应该向骈文学习，向古文极致靠拢，适当讲究声韵，从而有助于情韵的产生。

（三）以骚为赋

《四六丛话》提出“诗人之作，情胜于文；赋家之心，文胜于情”。王闿运的骈文是晚清湖湘骈文的杰出代表，赋又在王闿运骈文当中占据主体地位。通观王闿运的赋，不难看出其以骚为赋的倾向非常明显。刘熙载在《艺概·赋概》中说：“赋别于诗者：诗，辞情少而声情多；赋，声情少而辞情多。”④赋虽然是古诗之流，但是赋的主要功能在于铺排体物，而骚体本身就是一种楚地民歌体，且长于言幽怨之情，因此以骚为赋则解决赋的声情少而辞情多的问题。前面论及王闿运“不仿古而必择雅”“词赋、文诔、论议、铭记，愈古愈工”的主张，在模仿“六朝骈文”的习惯上，王闿运实际上是秉持了以骚体赋为六朝文的原则。在择骚体赋雅言方面，王闿运同样也坚持愈古愈工的原则，越过荀子以及宋玉，直接化用屈原的楚辞。这可以在《哀江南赋》《愁霖赋》《吊旧赋》《上征赋》《牵牛花赋》《会试萍始生赋》中看到《离骚》的影子。如《牵牛花赋》：“余既悦幼服之恒干，树兰蕙于亩畹。惟兹秀之缘延，蔓总翠于苕本。感佳秋而微芬，孕丽容于蓝琬。”⑤又如《上征赋》：“屯余车于醴陵兮，想王乔之所居。瞻阳、歧而息心兮，诵止观以冥虚。过甘祠而凭轼兮，指湛桥而私哂。”⑥王闿运以骚为赋的骈文创作实践，推动了另一位湖湘籍骈文选本大家

---

①〔清〕王先谦《骈文类纂》，浙江古籍出版社1998年版，第413页。

②〔清〕朱一新著，吕鸿儒、张长法点校《无邪堂答问》，中华书局2000年版，第91—92页。

③〔清〕曾国藩著，王启原校编《求阙斋日记类钞》，第178页。

④〔清〕刘熙载撰，袁津琥校注《艺概注稿》，中华书局2009年版，第412页。

⑤〔清〕王闿运《湘绮楼诗文集》，第31页。

⑥〔清〕王闿运《湘绮楼诗文集》，第17页。

王先谦对骈文体类的思考。王先谦在《骈文类纂》中将辞赋类归入最后一类，列屈原的《离骚》为辞赋类之首，选王闿运《吊旧赋》《嘲哈密瓜赋》两篇为压轴之作。由此可见，湖南二王在“以骚为赋”“辞赋入骈”方面与《四六丛话》的情文观已经达成默契。

作者简介：

刘振乾，1985 年生，湖南邵阳人，文学博士，怀化学院文学与新闻传播学院讲师。研究方向为唐宋文学、骈文研究。

论国华书局杂志所刊骈体小说*

文娟　邹王菁

内容摘要：受到文学场域诸因素的影响，骈体小说这一具备独特美学品格的小说形式曾经在民国初年出现过短暂繁荣。国华书局的《小说旬报》与《小说新报》前后相继，从民初骈体小说发展的高峰延续到衰落的尾声，刊载骈体小说10种，接续徐枕亚《玉梨魂》所开辟传统的同时，又出现了一些体现时代特征的新变因素。由于骈文在小说创作上的局限、题材雷同等原因，在文学改良主张被广泛接受的五四新文化运动前夕，骈体小说走向了不可避免的消亡。以国华书局杂志为载体和视角的民初骈体小说演进历程，也成为文学场域影响小说发展的典型案例。

关键词：文学场域；骈体小说；《小说旬报》；《小说新报》

引言

清末民初小说呈现出文言与白话交织的语体特征，民初一些小说更是出现了骈俪化倾向，形成了具备独特美学品格的骈体小说。作为一种特殊的文学现象，这类小说引起了学界的关注，例如郭战涛《民国初年骈体小说研究》从文体特征、题材类型等方面进行了综合研究；张广兴《民初骈体小说文体学研究》通过对此类小说叙事模式的分析，揭示其现代性的表现；何云涛《清末民初小说语体研究》、庄逸云《收官：中国文言小说的最后五十年》等论著也开辟章节，阐述民初骈体小说的特征、贡献与发展演变；郭战涛《民初的骈体小说创作何以繁盛》、高琳《论民初骈体小说的消亡》、邓伟《民初骈文小说的特质》以及《民初小说语言建构与特质》则分别对此类小说繁盛与消亡的原因、小说文本中"情"的内蕴与文学语言的建构等方面进行了阐释。

据统计，1912年至1919年刊载于《民权报》《民权素》《小说丛报》《小说旬报》《小说新报》等刊物上，骈文占比15%以上的小说共计45种①，其中国华书局发行的《小说旬

* 本文为国家社科基金"中国近代书业广告研究"（项目号：19BXW036）阶段性成果。

① 郭战涛《民国初年骈体小说研究》，广西师范大学出版社2010年版，第86页。其中《燕市断云》与《冢中妇》先刊于《民权报》，后重刊于《民权素》，不重复统计；《兰闺恨》仅有单行本而未连载，故不统计。

报》与《小说新报》所刊10种，而《小说新报》的主编李定夷及部分小说作者，又与《民权报》《民权素》及《小说丛报》的骈体小说作家群体有着密切的关联。一方面，国华书局期刊中的骈体小说，接续了徐枕亚《玉梨魂》所开辟的传统；另一方面，这两份前后相继的小说期刊，从民初骈体小说发展的高峰延续到衰落的尾声，期刊中的此类作品既体现出这一时期文学场域诸因素的影响，又直观地反映出骈体小说的发展趋势。

一、文学场域在民初出版界的投射

“文学”从来不是单一的存在。它受到政治、经济、文化和技术等外在因素的制约与影响，其内部也是一个异常复杂的关系结构，蕴含着旧有思潮与新兴思潮，作者（喜好）与读者（喜好），作者与作者，理论与实践，不同理论、思潮、趋势之间，以及出版与销售、创作与传播等之间各种微妙复杂的关系，它们形成彼此相互纠结、缠绕和渗透之势，从而构成了特有的“文学场域”，民初骈体小说的繁盛正是文学场域诸因素在创作与出版中的一种投射，而小说作为具有精神产品和物质产品双重属性的文学形式，场域影响效应更为明显。

罗志田在《民国初年尝试共和的反思》中指出，民初社会曾经出现“民不如清”的看法，当时不仅普通民众，而且一些精英人士、进步青年亦持有此种观点①，所谓“光复已还，人心世道，江河日下”“革命后之政治，其腐败乃从古所未见”②。彼时仅是民族主义的革命功成，战争破坏尚未修复而又生事端，民权与民生的社会改造更迟迟未有进展，对于民众而言，既使民主平等一时沦为迷梦，又令艰难处境再逢雪上加霜。《神州日报》上的时评文字称：“辛亥革命，天时灾侵，兆于其先，人民怨嗟，继于其后，耗数之财产，掷无限之头颅……今垂两载，内政外交，虽无进步，天灾人怨，亦未能平，然赀财困难，饷糈竭蹶，甚于前日，各省军队，尤莫必其力战与否，而况骄忿之气，兵家所忌，多算者胜，非徒可以飞扬跋扈为也。”③字里行间无不反映出革命造成的财产、生命损失以及军队纪律涣散对社会的影响。更有甚者，借革命之名行作乱之实，“今之密谋内乱者，鉴于辛亥革命之成功既易且速，于是一倡百和，奋勇争先，几共视为戈获名利之捷径，不啻如操左券矣”④。

民众陷入失望所引起的迷茫与悲哀之中，文人群体亦是如此，甚至以“排满”为名组织的文人团体南社，其成员也陷入了消沉之中。柳亚子在杭州频频看戏捧伶，醉后大哭，

---

① 罗志田《民国初年尝试共和的反思》，《南京大学学报（哲学·人文科学·社会科学）》2014年第3期。

② 陈焕章《论废弃孔教与政局之关系》，见《民国经世文编》第39卷，经世文社1914年版，第40页。

③ 忪《神州月旦》，《神州日报》1913年7月21日。

④ 乃《神州月旦》，《神州日报》1913年9月4日。

“忽及家国事，遂抚膺恸哭，襟袖俱湿”，顾悼秋在黎里酒社小启中云，“风景不殊，河山已异。腐鼠沐猴，滔滔皆是”，在南社酒社聚会十余次后，编成一系列痛斥政治黑暗的借酒消愁之作，或醉中狂书被现实压抑着的复仇之志。[①] 这种逃进文字世界痛哭与复仇的发泄现象，是民初文人对现实政治失望甚至绝望的一个缩影。正如国华书局发行的《小说旬报》第一期刊载《宣言》所云：“时当大陆风云千变万化，神州妖雾，惨淡迷漫。本同人哀国土之丧沦，痛人心之坠落。恨乏缚鸡之力，挽救狂澜；愧无诸葛之才，振兹危局。整顿乾坤，且让贤者；品评花月，遮莫我侪……聊遣斋房寂寞，免教岁月蹉跎。”[②]

虽然骈文不擅长叙事，但是在描写、议论、抒情方面却具有语体优势，既可以通过同义词反复在细节处书写某一事物，也可以通过抓取事件的多个细节进行渲染，具有天然的言情优势，其出现在小说中，不管是细致入微的描写，还是整饬而有气势的议论，抑或是直接且强烈的抒情，都使得作品具有浓郁的主观情感色彩。中国文学的感伤传统由来已久，在文学世界抒发现实的哀怨悲愤常见于社会动荡的时期，感伤之情在某一阶段的文学创作中，不仅是个别作家的突出风格，更是集体性的表达，东汉的《古诗十九首》、慷慨悲凉的建安文学、晦涩遥深的正始哀叹等等均是如此。民初的社会现状无疑成为孕育感伤文学的沃土，艰难的现实将一些文人倒逼回旧世界里吊唁伤悼，或者在远离现实的酒色生活中发泄一腔愤懑，骈文创作就成了他们寄托情怀的一种方式，也催生了以感时伤乱为特征的骈体小说。作家们所书写的主题不少都围绕死亡、幻灭，即使风花雪月、才子佳人题材亦是如此，以“哀情”“怨情”“惨情”等标识为主的作品，构成了骈体小说的半壁江山。

一方面，为抵制欧化主义，晚清社会曾一度兴起国粹主义思潮，国学保存会创办的机关刊物《国粹学报》宗旨之一便是“文体纯用国文风格，务来（求）渊懿精实，一洗近日东瀛文体粗浅之恶习”[③]，主编黄节在《国粹学报叙》中认为，“立乎地圜而名一国，则必有其立国之精神焉……灭其种族，则必灭其国学而后可。昔者英之墟印度也，俄之裂波兰也，皆先变乱其言语文学，而后其种族乃凌迟衰微焉”，进而提出“举东西诸国之学以为客观，而吾为主观”[④]。该思潮在民初逐渐发展为复古主义，希冀复兴骈体文这种国粹代表文体。例如徐枕亚、吴双热所辑《锦囊》的广告词曰：“近今以来，国粹浸微，章句之学每况愈下，间有率尔从事者，类皆侈亵诨之词，不足为风骚之继，枕亚、双热两君，因有《锦囊》之辑。洒去珊瑚之网，收来金玉之音。”[⑤]小说家沈东讷“精选前清五十名家极香艳之骈

---

① 张春田《革命与抒情：南社的文化政治与中国现代性（1903—1923）》，上海人民出版社 2015 年版，第 314—316 页。

② 羽白《宣言》，《小说旬报》1914 年第 1 期。

③ 邓实、黄节主编《国粹学报》，广陵书社 2006 年版，第 4 页。

④ 邓实、黄节主编《国粹学报》，第 7—10 页。

⑤《锦囊》广告，《民权素》1914 年第 2 集。

文，共九万余言”[1]汇编成《丽情集》，以此推动骈文的传播。由此不难看出，复古主义思潮也成为推动骈体小说兴盛的文学场域因素之一。

而另一方面，科举取士重要标准之一，就是能撰写结构章法严密、声韵和谐的八股文，此种文体具有“体用排偶”的语体特征，要求出股和对股之间对仗，两股之间句式相同、词性语势相似，平仄相对。八股文对于知识分子的深刻影响，以及晚清小说界革命之后小说地位的提升和大量小说刊行传播，使民初传统文人既能以骈体撰文，进而将骈文与小说创作相结合，同时也颇能接受骈俪文风。在上述背景下，对骈体小说的欣赏自然在情理之中。

受过清朝教育而进入民国时代的传统文人成为创作与阅读骈体小说的主力军，作者通过骈体小说“借他人之酒杯，浇心中之块垒”，正如姚民哀转述徐枕亚的感叹之语，“余著《玉梨魂》后，脑经中自觉非常愉快，《何梦霞日记》告竣，又觉撇开一重心事。今所著者为《双鬟记》，已将次结煞，余正借此以消遣”[2]。而读者则从精美的骈体语言所构筑的小说故事情节中体察人物身世飘零与坎坷心路历程，将个人经历与小说人物联系在一起，在共鸣中实现感情替代，因此，读者群体中除了传统文人也包括了很多意志无法伸张的青年人。这种共鸣，以对《玉梨魂》的追捧最为典型。“辛亥革命以后，‘父母之命，媒妁之言’的传统婚姻制度，渐起动摇，‘门当户对’又有了新的概念……有的已有了争取婚姻自由的勇气，但是‘形隔势禁’，还不能如愿以偿，两性的恋爱问题，没有解决，青年男女，为之苦闷异常。”[3]那些自由恋爱受阻的苦闷青年男女阅读《玉梨魂》之后而产生强烈的同理心，正如《申报》中“尊闻阁词选”栏目刊发的《读〈民权报〉枕亚著〈玉梨魂〉感而赋此》所言：“纸上风花过眼忙，焚香默诵齿留芳。独怜儿女伤心事，半是缠绵半渺茫。生小钟情便怅然，情乡紧接奈何天。蓝桥易断情难断，长向情波哭少年。烂熳花开烂熳资，采花人也费愁思。虽然折去藏金屋，知道相看能几时？不信情丝刺缚真，聪明误尽自由身。多心偏遇痴心客，同命谁怜薄命人？”[4]因此，这部小说从1912年8月在《民权报》一经连载就深受读者欢迎，1913年单行本出版后陆续再版十余次，行销几十万册，远至香港、新加坡，先后被改编为新剧、电影，在很长一段时间中热度不减。

《民权报》被迫停刊之后，刘铁冷等人在1914年创办了《小说丛报》，邀请徐枕亚担任主编，《玉梨魂》的“溢出效应”使《小说丛报》成为了民初骈体小说的一个重要阵地，而国华书局正是《小说丛报》的代售书局之一。书局于1914年5月《小说丛报》第一期出版开始代售该刊，继而在当年9月发行了由羽白、英蜚、蒴瀛负责编辑的《小说旬报》，其

---

① 《丽情集》广告，《小说丛报》1914年第1期。

② 姚民哀《双鬟记跋》，见《双鬟记》，中国图书公司1916年版。

③ 范伯群《中国近现代通俗文学史》（上卷），江苏教育出版社2010年版，第209页。

④ 佐彤《读〈民权报〉枕亚著〈玉梨魂〉感而赋此》，《申报》1913年4月11日。

上所刊三篇骈体小说以“情”为主题，分别为“幻情”“惨情”与“哀情”，也与徐枕亚《玉梨魂》所开创的骈体小说主题传统一脉相承。

目前可见的《小说旬报》仅有出版于1914年的3期，如果将此刊视为国华书局迎合市场之需的一次浅尝辄止的试探，那么次年发行的《小说新报》则是该书局精心策划的一份标志性期刊，由李定夷担任主编。国华书局主人在《小说旬报》并不成功的尝试之后，选择李定夷作为主编，创办《小说新报》。据民国著名出版人郑逸梅回忆，“《小说丛报》一鸣惊人，销路很广，国华书局主人沈仲华看得眼红，就邀请定夷别编《小说新报》”①。实际上，国华书局先后发行的《小说旬报》与《小说新报》两种小说期刊，无论就创办起因、创刊主旨、文章作者、刊载内容而言，都或多或少体现出《小说丛报》的影响，同时，与民初文学场域息息相关，尤其是其上所刊的10种骈体小说，不少篇目都暗含着徐枕亚《玉梨魂》的影子。

二、《小说旬报》：情节内容的新“变量”

民初引领骈体小说潮流的《玉梨魂》受到了读者的热情追捧，该小说1912年8月在《民权报》连载之后，才登至第八章就有读者来函索要整部小说。1913年小说刊毕发行单行本，虽然定价颇高②，但是“出版两年以还，行销达两万以上”③。这部骈体小说在传统才子佳人小说的基本框架上，结合时代背景和作者自身经历进行了改编，”佳人“的寡妇身份，给当时处在转型期的伦理束缚尚存的社会带去了反叛意味，而哀伤的氛围与悲剧性的结局与当时的文学场域相契合，形成了易为当时读者所接受的“骈文+哀情+才子佳人”的小说模式。《民权报》连载、单行本刊行、民兴社排演新剧等多种媒介形式参与所构成的传播叠加效应，使“《玉梨魂》式”骈体小说模式逐渐深入人心，奠定了强大的读者基础，成为相关创作模仿的经典案例，但是围绕哀情主题进行创作以及小说人物塑造类型化等缺陷，在某种程度上也局限了骈体小说的创作。

1914年9月国华书局试探性发行《小说旬报》，其上共刊载了3种骈体小说，包括《美人队》《鸳鸯劫》与《同命鸳鸯》，其中后两种分别标识为“惨情小说”与“哀情小说”，都讲述了羁旅行役导致佳偶分离的故事，男女主角先后身死，情节内容处处弥漫着悲情、哀情甚至惨情，而《鸳鸯劫》的悲剧性气氛尤其浓厚。

---

① 郑逸梅《芸编指痕》，北方文艺出版社2019年版，第238页。

② 《玉梨魂》单行本定价为每部5角，据《清末上海租界社会》，清末民初普通民众的收入情况为“下层阶级者，其每月工资不过均为4—6银元”，生活较为宽裕的中产阶级，“例如法租界公董局办的学校，中国籍教师的月薪也只有15—25银元”，故此可以判断。

③ 《枕亚启事》，《申报》1915年11月13日。

该小说的作者蒻瀛是期刊的编辑之一，他在创刊号发表的《序》中云，“世事茫茫，浮生草草。痛国魂之未定，念来日兮方艰。惨雾愁云，鬼人思哭；凄风楚雨，岁月含悲。某也从容投笔，愧无班定远之雄才；破浪乘风，恨乏宗将军之壮志。空教斋房日月，无语蹉跎；毋宁客里穷愁，有怀寂寞。应念春花秋月最难堪，孤负良辰，也知绿酒红灯易惹恨，谁怜客梦？爰寄情斑管，托迹书城。忍遭清谈误国之讥，甘受信口雌黄之诮。纵然写恨言情，讵乏寄深思之慨”①，这样的心绪也一览无余地表现在《鸳鸯劫》中。

小说描写的是青梅竹马的男女主人环儿与娟娟婚后因学业而分离，经过短暂的幸福相聚之后，环儿在“二次革命”中因被诬而冤死，娟娟殉情，其父病殁其母自杀的悲惨故事。作品在“青梅竹马—送君南浦—鱼雁往来—葬花悼花—身死殉情”这样哭红咽绿的叙事结构中，塑造出典型的才子佳人形象，又通过骈体文字的抒情，强化了“惨雾愁云，鬼人思哭，凄风楚雨，岁月含悲”的“惨情”主题。

同时又通过对现实世界的凄风苦雨与男女主人公情感世界的酸风楚雨进行渲染，使读者从“冷雨敲窗，凄风入户，送春归去，风雨含愁”的环境描写，以及男女主人公伤春悼春的诗歌应和中，深切感受小说的哀伤氛围。这一点在环儿给妻子娟娟的信中有着突出体现，这封充满伤感的书信中写道：

> 今者异地伤春，深闺埋恨。夕阳流水，荒冢墓门。磷走萤飞，烟愁雨泣。楮钱麦饭，魂兮来馨；惨绿猩红，鬼兮思哭。飘飘飘白带，谁家来少妇祭新坟，片片片飞花，何处剩啼鹃泣残韵。伤心惨目，仆固何人哉！②

异地求学而与妻子分离，毕业之后就能返乡，且所行是谋求前程发展，可以说此番别离是为了更好地团聚，但是环儿却在信中处处流露出生离死别的情绪，春景之翠绿桃红在他的眼中是“惨绿猩红”，并且使用诸如凄凉冷艳的“荒冢”“墓门”“白带”“啼鹃”等意象，仿佛阴阳两隔，一去不回，隐隐透露出不祥之意。读者从这段骈文描写中不难预知悲剧性的结果，而黑暗的社会政治因素正是导致“惨情”发生的原因，也是作者创作这篇骈体小说尤其希望凸显的内容。

蒻瀛在为《小说旬报》所作序言中的感叹，“世事茫茫，浮生草草，痛国魂之未定，念来日兮方艰”，同时又在《鸳鸯劫》文末批语中写道：“蒻瀛曰：‘岁月含愁，江山多故。自二大革命倡后，逮捕之令既申恶蠹之胥吏、无赖之侦探，辄不问是非，以要重赏，无辜被戮，何可胜数，吾滋痛焉。’”③由此可见，作者虚构环儿与娟娟之间的惨情故事，融入了他

① 蒻瀛《序》，《小说旬报》1914 年第 1 期。
② 蒻瀛《鸳鸯劫》，《小说旬报》1914 年第 1 期。
③ 蒻瀛《鸳鸯劫》，《小说旬报》1914 年第 1 期。

对于社会现实的批判、无可奈何以及深深的无力感。虽然小说人物形象类型化严重，是典型的扁平人物，性格没有任何变化可言，而且出现向传统的才子佳人叙事回归的趋势，女主人公从《玉梨魂》的寡妇身份重新变成小家碧玉的闺阁女子，但是作者借现实政治事件导致男女主人公悲剧的故事情节，达到讽喻目的的创作理念，无不体现出文学场域因素的潜在影响。

《鸳鸯劫》发表于 1914 年 9 月，而三个月前，徐枕亚主编的《小说丛报》上其实已经出现了结合现实政治事件而创作的骈体小说《双鸳恨》。这篇由沈东讷创作的哀情小说开篇云："嗟乎！泪透青衫，骨归黄土。庸庸之福，本非所以待英雄，独此弱不禁风之女子，乃亦青冢累累，惯葬名花。岂造物忌才，并其钟情之美人而忌之欤？"其中"青冢累累，惯葬名花"，这样美人殒命的描述，已经暗示了女主人公最终离世的悲惨命运。《双鸳恨》讲述的是由于小人挑拨，导致男女主人公章紫霄与曹青霭双双殉情的惨情故事。章紫霄在日本参加同盟会，回国参与刺杀活动被捕后获释，却因误会而给曹青霭留下一封绝命书："琵琶别抱，卿已得同调之人；琴瑟异征，余独感伤心之赋。慧眼识英雄，可追红拂；私心慕烈女，缅怀绿珠。世本昙花，事多幻梦，此后香盟可毁，覆水难收。卿其好事新人，言欢奥室，余当谢绝浊世，忏恨深山。留此一言，以当永别。"①最终导致青霭殉情而亡，紫霄得知真相亦追随青霭而去。

《玉梨魂》中何梦霞由于白梨影、筠倩两位女子都因为他的缘故而离开人世，于是在留学回国后参加武昌起义，以身殉国，其中政治事件并未导致男女爱情悲剧的发生；《双鸳恨》中章紫霄因参与同盟会的刺杀活动而被捕及获释，这一情况虽然对男女主人公的情感产生了影响，但是真正导致悲剧发生的却是小人利用此事件进行阴险地挑拨离间。与上述两种小说不同的是，《鸳鸯劫》所描写的惨情悲剧则与政治事件密切相关，是由于"二次革命"兴起使当局风声鹤唳，因此捕风捉影造成诬告冤案，直接导致了环儿的丧命与娟娟的殉情。可以说，小说情节与现实事件的联系，成为了民初骈体小说发展的一个"变量"。

三、《小说新报》：题材与语体的选择

经过《小说旬报》短暂尝试之后，国华书局邀请当时著名的骈文小说家李定夷出任即将创办的小说期刊编辑，为了区别于此前的刊物，将名称定为《小说新报》，于 1915 年 3 月开始发行。

国华书局之所以选择李定夷，与他的多重身份密切相关；之所以能够邀请到李定夷，

① 沈东讷《双鸳恨》，《小说新报》1914 年第 2 期。

又与国华书局曾经与他的合作密不可分。首先,李定夷曾经参与过《民权报》《小说丛报》《消闲钟》的编辑,积累了较为丰富的报刊杂志编辑经验,完全符合文学刊物商业化操作的要求。其次,由他担任编辑部主任的《消闲钟》,最初就是国华书局代售的,后来甚至改为该书局发行,这份杂志上刊发过大量国华书局出版的图书广告,同时也包括小说宣传广告,可以说,李定夷与该书局产生过直接交集。最后,他本人就是一位颇负盛名的骈体小说家,正所谓"以文学蜚声大江南北,著作等身,为海内外小说巨子"①,其所创作的悲情骈体小说《殒玉怨》和《鸳湖潮》"内容之美,声价之高,与《民权报》之《玉梨魂》《孽冤镜》等小说一时瑜亮"②,而且这两部小说均由国华书局购得版权发行出版。某种意义上而言,国华书局邀请李定夷出任编辑部主任,正是想通过发行迎合读者需求的期刊,依靠有编辑经历的著名骈体小说家及其人脉关系,创办一份能与徐枕亚主编的《小说丛报》媲美的期刊,在出版市场上分得一杯羹,体现了文学场域中经济因素的影响。据郭战涛《民国初年骈体小说研究》的统计,《小说新报》并未刊载主编李定夷创作的骈体小说,但是却出现了来自《民权报》《民权素》及《小说丛报》的骈体小说作家,例如《帷灯匣剑》的作者吁公,《西湖倩影》的作者绮缘等③,这也说明了主编人脉关系是获得骈体小说稿源的保证。

1915 年至 1919 年期间,《小说新报》共计刊登骈体小说 7 种,具体情况如以下表格所示:

表 1:《小说新报》所刊骈体小说统计表

作品	作者	刊载时间	篇幅	标识
断肠词	绥我	1915 年 10 月第 9 期	短篇	哀情小说
移花接木	胡寄尘	1915 年 12 月第 11 期	短篇	奇情小说
雉经断魂记	悔初	1915 年 12 月第 11 期	短篇	国民模范
西湖倩影	绮缘	1916 年 5 月第 5 期	短篇	写情小说
帷灯匣剑	吁公	1916 年 10 月第 10 期	短篇	革命外史
璇闺怨	酉山	1917 年 1 月第 1 期	短篇	怨情小说
蒸霞妖梦	厚生	1919 年 10 月第 10 期	短篇	俪言短篇

从上述表格不难看出,《小说新报》所刊骈体小说中,标识直接与"情"相关的有 4

① 《出类拔萃之杂志〈小说新报〉》,《消闲钟》1915 年第 11 期。

② 《快看哀情小说〈鸳湖潮〉》,《申报》1914 年 6 月 30 日。

③ 吁公在《民权报》发表《俞影》,《民权素》上发表《龙钟丐》,绮缘在《小说新报》上发表《明月林下美人来》。

种，并且与具体的小说情节挂钩，分类较为详细。例如哀情小说《断肠词》写嫁作他人妇的女子因不堪忍受丈夫冷暴力而自尽，奇情小说《移花接木》写菊影冒名顶替秋痕的身份与建生成婚等等。

怨情小说《璇闺怨》采用了先扬后抑的创作手法，以冯智珠与丈夫石荣椿的夫妻深情，凸显思妇的哀怨之情。女主人公冯智珠由寡母王夫人抚养长大，风姿绰约，妙解玲珑，与王夫人的内侄石荣椿两小无猜，结为夫妇。两人共游林下，把酒言欢，对弈弄笛，谈古论今，是一对志同道合的神仙眷侣。作者使用了大量笔墨描写夫妻闺中相处的情状：

> 东方无那已天明，于以掀锦衾，却角枕。钩起九华之帐，离开七宝之床。对芸窗而盥漱兼施，窥菱镜而凝妆入妙。千丝梳透，髻成堕马之形；八字分开，眉扫长蛾之势。面不须乎傅粉，自生雪白之容；唇何待乎凝脂，本露猩红之色。妆罢低声问夫婿，是否入时；放开笑眼顾仙娥，果然拔萃。举凡柔荑之手、凝脂之肤、蝤蛴之领、瓠犀之齿，无一不绝世而独立。以视夫燕姬赵女，卫艳陈娥，当有过之而无不及。①

整篇小说都醉心于描写才子佳人恋爱相处的日常生活，尤其是佳人容色，以至于小说直到五分之四的部分才展开与闺怨相关的内容，即叙述夫妇的分离。然而故事的发展在石荣椿走后很快停滞不前，小说没有交代他杳无音信的原因，而是写冯智珠在他离开后的所思所感，而且在思妇日日期盼、逐渐猜疑，最终嗟叹所托非人的感叹中戛然而止。从这篇"骈体+哀情+才子佳人"创作模式的小说中不难看出，骈体小说体现了民初失意文人对于现实人生的狭隘目光和颓废情绪，他们将理想人格与才能乃至对于美好生活的向往，全部寄托在小说中的青年男女身上。因此，小说主人公们在爱情中的言行交往是文人式的，所有慨叹也是具有文人情调的，所构建的小说世界也往往是狭窄的、片面的。

写情小说《西湖倩影》依旧延续了才子佳人的模式，难能可贵的是，这体现了一些新变的因素。小说以倒叙开篇，先描绘春日西湖畔男女主人公神仙眷侣的形象，然后再将两人的遭遇娓娓道来。陈惠安是少时失怙寄住周绿霞家的才子，曾为国事所召踏上征途，经历了仕途倾轧黯然归来，丈人周翁以过来人的身份宽慰惠安放下得失寄情山水，妻子绿霞也并未像一些小说作品中的女主人公那样因相思成疾而亡。小说中没有恋情失败的哀怨和才子壮志难酬的牢骚，反而一对璧人在西湖风景中登临古迹，尽情享受惬意生活。甚至当绿霞在苏小小墓前发出"一代红颜千秋黄土"的哀叹时，惠安也以"苟湖山一日存，美人姓氏终不虑湮没也"予以疏导劝慰，毫无哀伤之意。

至于直接标识为"革命外史"《帷灯匣剑》则是以妓女小凤仙帮助蔡锷逃离京城的政治事件为故事情节，以骈体小说的形式描写政治斗争，虽然有情感的描写，但是编辑对其

---

① 西山《璇闺怨》，《小说新报》1917 年第 3 卷第 1 期。

进行细化分类时，却不再使用与“情”相关的字眼，“外史”二字更加强调了其对历史事件的记录与书写。小说中男主人公蔡将军寓身花街看似消沉，放纵于酒色，实则是暗中谋划、韬光养晦，女主人公小凤仙劝说蔡将军出逃的家国大义和勇气谋略，为两人之间的爱情赋予了独特的女性侠气。此篇也可以视为之前《小说旬报》中《鸳鸯劫》将小说创作与现实事件关联的一种延续。

就《小说新报》中出现的骈体小说而言，那种完全沉浸在恨海情天中的作品越来越少。题材的多元化意味着专门抒发哀情的作品生存空间日益缩小，当故事不再限于才子佳人恋爱的老套路，要求对故事情节进行了更为细化的描绘之时，骈文不擅长叙事的缺陷成了骈体小说进一步发展的阻碍。对此，《小说新报》的主编李定夷就曾直言不讳地指出：“言情之作以至诚悱恻为贵，次则清丽芊绵，亦复可诵，若至堆叠字面、排偶是求，品斯下矣。”[①]而江山渊则发表《仂庵文谈》，具体阐述他对于骈散问题的看法，主张“骈文古文，体裁虽殊而实异途而同归”，认为“两汉文字，无骈非散，无散非骈，合二者于一涂。骈散之分实起于后代，古人何尝有哉！文章之道，广大无伦，无所不容纳，无所不包罗，是不特经也，子也，史也，骈文也，散文也，皆同冶于一炉”[②]。

实际上，《小说新报》所刊不少骈体小说作品，骈体为主、骈散兼行，也恰恰印证了上述江山渊的看法。例如《移花接木》开篇就以散文体介绍了建生的父亲屈君毅的身份，“有屈君毅者，三湘之俊杰也，清之季世，以道员需次金陵，风流倜傥，觞饮自豪”[③]。紧接着第二段则用骈体文字来描绘建生的生活环境，“扁舟短棹，暂别秦淮；缓带轻裘，来游笠泽……只有清风两袖，买山无可借之钱；能容破砚一方，赁庑作侨居之客。税三楹五楹之楼，种一竿两竿之竹。门前车马，久绝喧嚣；席上琴樽，自多佳趣”[④]，而这种开篇所营造的与世无争氛围同时也是对爱情故事“移花接木”式圆满结局的一种暗示。另一篇《雉经断魂记》中，作者先用散体文简洁地叙述了端甫临终前的情况和对妻子保珍的嘱托，“气息奄奄，颜色惨白，端甫亦自知不起，执保珍手而告曰：‘我负卿矣，膏肓之病已是不救，吾死而后，望卿善事老母以慰在天之灵。’”“善事老母”成为保珍守节不再嫁的原因之一，也成为后来悲剧的一个诱因。料理完端甫的丧事之后，保珍心如死灰，“结缡二载，方订同心；永诀一朝，忽惊折翼。素帏云冷，帘前之鹦鹉无声；锦帐风凄，枕上之鸳鸯不梦。保珍之命薄，保珍之怨长矣”[⑤]，作者以骈体文字为保珍直抒胸臆，恰如其分地传达出她丧夫之后深入骨髓的锥心之痛。正如庄逸云所言：“骈文是否宜于用来写小说，这个问题其实应该一分为二地讨论。如果小说追求诗化风格，以浓郁的抒情色彩为旨归，且

① 李定夷《古情书》，《小说新报》1919 年第 1 期。
② 江山渊《仂庵文谈》，《小说新报》1916 年第 1 期。
③ 胡寄尘《移花接木》，《小说新报》，1915 年，第 11 期。
④ 胡寄尘《移花接木》，《小说新报》，1915 年，第 11 期。
⑤ 悔初《雉经断魂记》，《小说新报》，1915 年，第 11 期。

人物与情节都较简单,那么写以大量的骈文是无大碍的。骈文的长处本就在于情感性与主观化,其叙事风格是情辞胜于事实,如果骈文在小说中运用得当,作品甚至会获得一种特别的感染力及特殊的美学效果。”①

事实上,连骈体小说潮流的引领者徐枕亚,在此类小说撰写过程中,也间或使用散文体表达。例如刊载在《小说丛报》上的《泣颜回》就是如此。该小说对父母专制的婚姻俗约进行了批判与嘲讽,开篇作者的议论便点明希望天下父母引以为戒,文末又不无讽刺地描述了一番王家父母如今人财两空的凄惨下场,他这样写道:“老夫妇既亡其子,复亡其妇,一场好事,遽尔成空,垂暮光阴,何以自遣。邻人有劝之者,老夫妇辄挥泪曰:‘余之娶是妇,欲以光耀我门庭也,讵料子死于是,妇复不能相安,家声为之尽堕,求荣反辱,皆余二人自作之孽也。’”②

徐枕亚《玉梨魂》的畅销引发了民初骈体小说创作的潮流。虽然1912年至1919年期间出现的骈体小说仅有45种,与数量庞大的民初小说相比,不过九牛一毛,甚至不及当时一份小说期刊一年刊载的小说数量③,但是作为民初文学场域影响下的产物,具有其不可替代的独特性,体现着时代的特征。

表2:民初骈体小说数量统计表

时间	1912年	1913年	1914年	1915年	1916年	1917年	1918年	1919年
数量	1	3	11	12	13	3	1	1

上述表格根据郭战涛所著《民国初年骈体小说研究》,对民国成立之后七年间的骈体小说数量进行了分年统计,我们可以清晰地看到,相比其他年份,在1914年至1916年之间,此类小说创作数量有明显的上升,而国华书局《小说旬报》与《小说新报》上出现的骈体小说大部分也集中在这一时期。从1917年开始,骈文小说的数量出现了断崖式地下跌,这恐怕与当年胡适所撰《文学改良刍议》广为传播,文学改良的主张引发时人的广泛关注与共鸣,反对用典、对仗、模仿古人的声音渐成主流之势有莫大的关系。

对于民初骈体小说,一方面我们不能否认它华艳哀靡的文字是动荡过渡年代民众时代病的载体,具有不可忽略的社会史意义,但是另一方面,它在题材、主题、叙事模式方面的发展始终缓慢。骈文习用的短语没能有跨时代的创新,骈散结合的叙事也很难做到风格协调,因此,骈体小说很难反映现代化进程中社会各种阶级的生存状态。而且由于民初骈体小说绝大部分与情爱主题相关,所涉及的环境、场景、情节、人物的类型和风格异

① 庄逸云《收官:中国文言小说的最后五十年》,商务印书馆2019年版,第323页。

② 徐枕亚《泣颜回》,《小说丛报》1915年第9期。

③ 据统计,《中华小说界》发行3年共连载小说211部,平均1年超过50部。

中有同，与情节同质化相匹配的是描述所用字汇的语义重复，翻阅《小说新报》的骈体小说，送别辄写“折柳”“南浦”，男女约会赏景便写“燕子”“牡丹”“垂杨”“粉蝶”，男女姻缘就用“红线牵足”代称，女子思夫则言“藁砧何在”。

骈体小说的衰落，可谓“成也萧何败也萧何”。狭窄的创作面，不断重复的哀情主题，逐渐将读者的热情消耗殆尽是必然之势。在骈体小说上升发展的时期，上述问题就已经存在，评论界也有过批评此类小说过于集中于爱情题材的声音，“爱情小说所以不为识者所欢迎，因出版太多，陈陈相因，遂无足观也。去年敝报中几于摒弃不用，即是此意”①。1916年前后，那些尝试表现更广阔的社会面貌或非恋爱题材的骈体小说如《帷灯匣剑》《蒸霞妖梦》等，已侧面反映骈体小说在哀情主题上后继无力的情况。

一方面，读者已经厌倦了“熟悉的配方”，另一方面，作者似乎也不愿在谋篇布局上进行突破，例如《小说新报》所刊《璇闺怨》虽标识“怨情”，但作者显然对于写美人及夫妻恩爱更感兴趣，至于前文全无铺垫、男主人公突兀地一走了之，女主人公的哀怨独白不到一百五十字，以致读者很有可能被突如其来的结局弄得措手不及，而《断肠词》从标题拟定来看，意欲使人读后“断肠”，但是通篇没有出现具体可感的生活细节，根本无法打动读者。在此种情况下，文学改良主张的提倡成为“压垮骆驼的最后一根稻草”。

“这根稻草”的分量着实不轻，因为它承载了文学场域变迁对文学创作变革的影响。在表面上，骈体小说从繁盛到衰落的发展进程，是此类小说内部的事情，实质上却与同时期的文学场域的诸多新因素，如社会风尚的流布、作家群体的结构、小说样态的演变、编辑队伍的流变、读者阅读兴趣的变迁等有着密不可分的关联，正是它们的集聚、融合，共同主导了以国华书局小说杂志为载体和视角的民初骈体小说的演进历程，并因此成为文学场域影响小说发展的典型案例。

作者简介：

文娟，1977年生，广西桂林人，文学博士，华东师范大学国际汉语文化学院副教授。研究方向为近代小说与近代书局、文学与教育。

邹王菁，1998年生，江苏常熟人，华东师范大学国际汉语文化学院硕士研究生。

① 恽铁樵《答刘幼新论言情小说书》，《小说月报》1915年第6卷第4期。

民国骈文选本中的宋代骈文

——以《唐宋文举要》和《新体评注历代骈文菁华》为中心

曹丽萍

内容摘要：同为收录宋代骈文的民国选本，高步瀛《唐宋文举要》和张廷华《新体评注历代骈文菁华》选目、评点各有特点，反映出选者对宋代骈文不同的文学认识和审美旨趣，也体现了民国文人多元化的身份立场及文学批评场域的复杂面貌。通过对比研究，有助于丰富我们对宋代骈文传承发展和民国时期文学批评的认识。

关键词：《唐宋文举要》；《新体评注历代骈文菁华》；民国选本；宋代骈文

在我国文学中，选本往往起着传承文学重构经典体系的重要作用。独具风格的宋代骈文在明清时期的传播就离不开《四六法海》《宋四六选》等骈文选本的作用。民国时期，随着新思想新观念的发展，新旧文学交融并存，文学进入转型期。文学批评方面也体现出古典文学总结期的特色，产生了一批骈文专史。与此同时，传统选本也在继续发挥作用，收录宋代骈文的既有如高步瀛《唐宋文举要》这样骈散兼收的综合选本，也有如陈士杰《历代骈文精选》、张廷华《新体评注历代骈文菁华》（以下简称《历代骈文菁华》）等骈文选本，其中《唐宋文举要》和《历代骈文菁华》较有代表性。通过两书宋代骈文收录情况的对比研究，可以深化我们对宋代骈文在民国时期接受的认识。

一、《唐宋文举要》《历代骈文菁华》选目之对比

同为民国选本，《唐宋文举要》《历代骈文菁华》在宋代作家作品选录、评语方面都体现出较大的差异，反映出选者对宋代骈文的不同认识和审美旨趣，也折射出文学传承视野中宋代骈文风格面貌的多元性。

从作者收录情况来看，高步瀛《唐宋文举要》乙编卷四共涵盖两宋 20 位作者，其中北宋作者 8 人，分别为徐铉、王禹偁、杨亿、欧阳修、王安石、苏轼、秦观、晁补之；南宋作者 12 人，分别为汪藻、孙觌、洪适、周必大、杨万里、陆游、王子俊、李廷忠、魏了翁、李刘、方岳、文天祥。这个名单基本涵盖了两宋三百余年骈文创作发展过程中最具典型性及最高艺

术水平的作家,代表了宋四六发展的实际面貌,确实做到了其序言所期待的发展梗概,亦可见选者眼光精当。结合选目及本书注释评语,我们不难判断,高步瀛精读了大量宋代骈文作品及宋代王铚《四六话》、谢伋《四六谈麈》、杨囦道《云庄四六余话》、明代王志坚《四六法海》、清代蒋士铨《忠雅堂评选四六法海》、四库馆臣《四库全书总目提要》、彭元瑞《宋四六选》《宋四六话》、孙梅《四六丛话》等四六文话、选本等相关资料。其中彭元瑞《宋四六选》对高步瀛影响尤为明显,两书共有杨亿、欧阳修、王安石、苏轼、晁补之、汪藻、洪适、周必大、杨万里、陆游、王子俊、李刘、方岳、文天祥等 14 人相重合,民国骈文研究对前人的继承由此可见一斑。

张廷华《历代骈文菁华》以文体为经,朝代为纬,共收录自六朝至清 46 位作家骈文作品 67 篇,其中两宋骈文作家 12 人作品 13 篇。与高步瀛清晰的学术传承脉络相比,本书在宋代骈文作家的选录上则存在某种"非主流"和个人化倾向。《宋四六选序》所列 20 位北宋、南宋作者的比例为 3∶7,南宋骈文名家数量高于北宋,这基本符合词科影响下南宋骈文创作兴盛的历史实际。《唐宋文举要》中该比例调整为 2∶3,更为均衡。而《历代骈文菁华》则将轻北宋重南宋的倾向推向一个极端。全书共涉及两宋骈文作者 12 人,北宋骈文名家仅有苏轼,欧阳修、王安石等大家都没有选录,其余 11 人皆为南宋人①,且这 11 人中除陆游、真德秀、汪藻、文天祥等 4 人毫无争议地为骈文名家,其余如陈傅良、王十朋、岳飞、李纲、赵彦端等多位作者骈文数量和艺术技巧创新性皆不具代表性。

从入选骈文作品来看,两个选本的差异性进一步凸显。《唐宋文举要》共收录宋代骈文 24 首,其中北宋 11 首,南宋 13 首,具体篇目包括徐铉《大宋左千牛卫上将军追封吴王陇西公墓志铭并序》、王禹偁《谢赐御草书诗表》、杨亿《驾幸河北起居表》、欧阳修《谢致仕表》《上随州钱相公启》、王安石《贺致政赵少保启》《英德殿上梁文》、苏轼《除吕公著特授守司空同平章军国事加食邑实封余如故制》《谢赐对衣金带马表》、秦观《贺吕相公启》、晁补之《亳州谢到任表》、汪藻《隆祐太后告天下手书》《建炎三年十一月三日德音》、孙觌《西徐上梁文》、洪适《汤思退罢尚书左仆射同中书门下平章事兼枢密使特授观文殿大学士提领江州太平兴国宫依前特进岐国公制》、周必大《岳飞叙复元官制》、杨万里《辞免赣州得祠进职谢表》、陆游《谢葛给事启》、王子俊《知成都谢到任表》、李廷忠《谢王枢使荐举启》、魏了翁《潼川路安抚到任谢表》、李刘《贺丞相明堂庆寿并册皇后礼成平淮寇奏捷启》、方岳《两易邵武军谢庙堂启》、文天祥《贺赵侍郎月山启》。《历代骈文菁华》收录宋代骈文作品 13 首,其中北宋 2 首,南宋 11 首,具体篇目包括苏轼《谢贾朝奉奠先墓启》《白鹤新居上梁文》、阙名《贺姚观察启》、陈傅良《贺朱中丞启》、王十朋《回丁状元时发启》、陆游《谢周枢使启》、真德秀《谢贺生日启》、汪藻《隆祐太后告天下手书》、岳飞

---

① 《历代骈文菁华》收录两位阙名作家作品《饯和州交代致语》《贺姚观察启》,前者实为(宋)孙觌作品,见于《鸿庆居士文集》,后者在《五百家播芳大全文粹》中列于南宋张真父《贺郑察访启》后,亦应为南宋人。

《和议成贺表》、李纲《谢免荆湖南路安抚大使兼知潭州依旧宫祠表》、文天祥《皇太子生日贺皇太后笺》、赵彦端《饯沈宰致语》、阙名《饯和州交代致语》。对比之后，不难发现两书选目差异极大，仅汪藻《隆祐太后告天下手书》一文重合，其余作家所选代表性作品各自不同。以苏轼为例，高步瀛选了苏轼两篇气质高华之作《除吕公著特授守司空同平章军国事加食邑实封余如故制》《谢赐对衣金带马表》，张廷华则选取了更加私人的《谢贾朝奉奠先墓启》《白鹤新居上梁文》。总体而言，较之《唐宋文举要》，张廷华所选之文更为平易通达。

二、《唐宋文举要》《历代骈文菁华》评语之对比

《唐宋文举要》和《历代骈文菁华》相差甚远的选文标准背后究竟隐藏选者何种考虑和文学观念，文后评语提供了很多信息。两书评语都极为精炼，短至几个字，长也不过两三句，简明扼要点出该文妙处所在。在具体的文章评点时，两书评语既有共通之处，也各有侧重，体现出选者个人的审美旨趣和文学眼光。

骈文发展至宋代，气象已变，“宋自庐陵、眉山以散行之气，运对偶之文，在骈体中另出机杼，而组织经传，陶冶成句，实足跨越前人”①。高步瀛和张廷华都高度肯定宋代骈文的创新之处，称赞诸作“不尚藻丽，一出自然，遂开宋代之体”②“虽用当时体格而神气骏迈，吐属不凡”③“文有气势，非徒以属对之工为长”④“劲气直达，字向纸上皆轩昂”⑤等。另外，宋代骈文佳作常于实用文字和严格体式中透露出作者的真挚情感，两位选者都特别关注到这一点，在评语中多次强调宋代四六文以情动人的感染效果，常曰：“宛转恳挚语能感人”⑥“彦章此文为当时传诵，实能感动人心”⑦“剀切动人，宜其与《隆祐手书》并重于当时也”⑧“感激涕零，言由衷出”⑨“忧谗畏讥，哀痛感人”⑩等。

另一方面，与相差悬殊的选文宗旨相呼应，两位选者评语差异性非常突出，点评时侧重点各自不同，对宋代骈文的认识各有特色，其评语的文学史价值也有显著差别。

注重对骈文形式特征的品鉴点评向来是四六话传统。高步瀛延续传统，特别关注到

---

① 〔清〕程杲《四六丛话序》，见〔清〕孙梅著，李金松校点《四六丛话》，人民文学出版社 2010 年版。

② 高步瀛《唐宋文举要》乙编卷四，北平直隶书局 1934 年版，第 12 页，下同。

③ 高步瀛《唐宋文举要》乙编卷四，第 41 页。

④ 高步瀛《唐宋文举要》乙编卷四，第 42 页。

⑤ 张廷华《新体评注历代骈文菁华》（下册），大东书局 1931 年版，第 20 页，下同。

⑥ 高步瀛《唐宋文举要》乙编卷四，第 24 页。

⑦ 高步瀛《唐宋文举要》乙编卷四，第 26 页。

⑧ 高步瀛《唐宋文举要》乙编卷四，第 29 页。

⑨ 张廷华《新体评注历代骈文菁华》（下册），第 11 页。

⑩ 张廷华《新体评注历代骈文菁华》（下册），第 57 页。

用典、偶对等骈文的具体形式特征。骈文发展至宋代，用典技巧更加高超纯熟，高步瀛反复突出“用古能化，荆公所长”[①]“运典极精切又极活动，可悟推陈出新之法”[②]“运古生新”[③]等。宋四六平易自然风格形成的一个重要原因是用典方式的创新，或减少用典频率，或改变用典内容，多用经语，淡化藻饰效果，后者尤为出新出奇，无论欧阳修“不尚藻饰，一出自然”[④]，抑或苏轼“用经语如已出，而出以大方”[⑤]，这些骈文大家核心风格和艺术特色都在选者评语中揭示得很清楚。至于最基本的骈文特征属对，从高步瀛评语中，我们也能看到宋代作者的用心之处，如“其精切如玉合子底配玉合子盖，竟是鬼斧神工”[⑥]“即以属对论，亦有天造地设之妙”[⑦]“然织组尚为工稳”[⑧]等。

更进一步，两宋骈文作品如云，作家如林，如何客观全面地认识把握，并建立文学史的脉络，《唐宋文举要》乙编卷四在继承前人的研究基础上通过选目和评语进行了非常有价值的探索。高步瀛每篇骈文后的评语文字不多，但将这些文字连贯起来，宋代骈文发展的脉络、关键节点及典型特色就非常自然清晰地显现出来。在高步瀛看来，宋初骈文沿袭晚唐五代余波，徐铉《大宋左千牛卫上将军追封吴王陇西公墓志铭并序》仍“尚存古意”[⑨]，然而经过欧阳修的大胆革新，已然风格大变，展示出宋四六的独有体格，《谢致仕表》“不尚藻丽，一出自然，遂开宋代之体”[⑩]，《上随州钱相公启》“言情运事皆佳，然已纯为宋调矣”[⑪]。宋四六另一大家苏轼则开用经语长句之风尚，对南宋骈文产生了重要影响，《除吕公著特授守司空同平章军国事加食邑实封余如故制》“用经语如已出而出以大方，非如南宋诸家专以成语偶对见长矣，然实已开其风矣”[⑫]。南宋前中期骈文创作进入繁荣时期，涌现了一批骈文名家。但盛久则衰，到南宋中后期骈文数量不减，此时骈文佳作虽“工细中时见新颖”[⑬]“气象峥嵘，字句新颖”[⑭]，其勃盛的生命力却已经被削弱，逐渐黯淡无光。《唐宋文举要》这种梳理基本反映出宋代骈文纵向发展的线索，选本的外核下体现出较为清晰的文学史精神。

---

① 高步瀛《唐宋文举要》乙编卷四，第 16 页。
② 高步瀛《唐宋文举要》乙编卷四，第 21 页。
③ 高步瀛《唐宋文举要》乙编卷四，第 23 页
④ 高步瀛《唐宋文举要》乙编卷四，第 12 页。
⑤ 高步瀛《唐宋文举要》乙编卷四，第 20 页。
⑥ 高步瀛《唐宋文举要》乙编卷四，第 39 页。
⑦ 高步瀛《唐宋文举要》乙编卷四，第 42 页。
⑧ 高步瀛《唐宋文举要》乙编卷四，第 46 页。
⑨ 高步瀛《唐宋文举要》乙编卷四，第 7 页。
⑩ 高步瀛《唐宋文举要》乙编卷四，第 12 页
⑪ 高步瀛《唐宋文举要》乙编卷四，第 14 页。
⑫ 高步瀛《唐宋文举要》乙编卷四，第 20 页。
⑬ 高步瀛《唐宋文举要》乙编卷四，第 46 页。
⑭ 高步瀛《唐宋文举要》乙编卷四，第 56 页。

除对宋四六纵向发展梳理外，高步瀛还准确地把握了宋代骈文发展创新性与传承性并存的特征，对宋代骈文“谨守法度”的派别进行了系统点评。宋代杨囦道《云庄四六余话》便提出：“皇朝四六，荆公谨守法度，东坡雄深浩博，出于准绳之外，由是分为两派。近时汪浮溪（藻）、周益公（必大）诸人类荆公，孙仲益（觌）、杨诚斋（万里）诸人类东坡。”①民国文学批评中这种观点依然被引用，如1934年柯敦伯的《宋文学史》把北宋骈文大家分为宋初“因袭派”及欧阳修、苏轼、王安石开启的“改革派”②，具体作家所属派别有异，但都关注到了宋代骈文独创性的一面。高步瀛通过选本和评语的方式对因袭派进行了延伸性的阐述，从王禹偁《谢赐御草书诗表》“典赡切当”③、杨亿《驾幸河北起居表》“奉表工整”④，到王安石《英德殿上梁文》“典雅是荆公四六之长”⑤，或者杨万里《辞免赣州得祠进职谢表》“其精切如玉合子底配玉合子盖，竟是鬼斧神工”⑥，以及李廷忠《谢王枢使荐举启》“工细中时见新颖”“然纤组尚为工稳”⑦等，宋代延续传统骈文风格的创作思潮一直没有中断，高步瀛对此的揭示也非常准确。

与《唐宋文举要》宋代骈文评语体现出的强烈的文体意识和文学史意识形成鲜明反差，《历代骈文菁华》的评语与选文一致，选家个人特色更为鲜明。高步瀛承认宋四六主流风格具有骈散交融、平易自然的一面，但张廷华则将对这种主流风格的认识推高至极，纯用散体点评通行的术语措辞，如“流利”⑧“爽利”⑨“清利”⑩“健笔凌云”⑪“挺健”⑫“劲气直达”⑬“旷达”⑭等词语形容所选宋代骈文风格，而对骈文典型文体特征如属对、用典、藻饰等方面基本不置一词。从这种散体化的评价体系和选文目录可明显看出，《历代骈文菁华》在面对数量繁多的宋代骈文进行挑选时不太顾及作者骈文名家的身份标签，走的是选篇进而定人的方向，主要根据选者自定义的风格类型，从身份多元化的作者群体中选择目标内容。这种有既定风格的选文方式导致读者视野中的《历代骈文菁华》中的宋代骈文风格较为集中，强化了宋代骈文散体化的独特倾向，展示了一批相对小众的作

---

①〔宋〕杨囦道《云庄四六余话》，商务印书馆1939年版，第30页。
② 柯敦伯《宋文学史》，商务印书馆1935年版。
③ 高步瀛《唐宋文举要》乙编卷四，第9页。
④ 高步瀛《唐宋文举要》乙编卷四，第11页。
⑤ 高步瀛《唐宋文举要》乙编卷四，第18页。
⑥ 高步瀛《唐宋文举要》乙编卷四，第39页。
⑦ 高步瀛《唐宋文举要》乙编卷四，第46页。
⑧ 张廷华《新体评注历代骈文菁华》（下册），第23页。
⑨ 张廷华《新体评注历代骈文菁华》（下册），第61页。
⑩ 张廷华《新体评注历代骈文菁华》（下册），第93页。
⑪ 张廷华《新体评注历代骈文菁华》（下册），第13页。
⑫ 张廷华《新体评注历代骈文菁华》（下册），第18页。
⑬ 张廷华《新体评注历代骈文菁华》（下册），第20页。
⑭ 张廷华《新体评注历代骈文菁华》（下册），第99页。

者作品，有助于提升我们对宋代骈文丰富性的认识。当然，这种做法的缺陷也非常突出，即对主流作家揭示不够，没有反映出宋代骈文多元化风格并存的文学面貌及最具代表性的文学成就。

三、《唐宋文举要》《历代骈文菁华》比较结果之思考

《唐宋文举要》和《历代骈文菁华》选文和评语比较如上所述，其产生背景及背后原因值得探讨。两书都出版于二十世纪二三十年代，彼时白话文运动已取得基本胜利，不过在新旧文学更替的动态过程中，作为旧文学重要代表的骈文并没有立刻退出历史舞台，其社会认知、应用场域及学者的文学观念亦呈现出特殊历史时空下的复杂性。因此，这些收录宋代骈文的选本具有独特价值，反映出新旧文学并存期旧文学的历史生态，而两位选家基于不同身份和文学立场的文学批评体现出民国学者对宋代骈文的多维度认识，有助于丰富后人对民国时期文学批评多样性面貌的重新思考。

这些选本的出现都基于民国时期独特的文学环境，即骈文仍在应用的现实场景及学者多元化的骈文观。民国时期，骈文依然具有一定的生命力，这既跟其独特审美特质和形式特征有关，也源于其在日常生活中的实用性需求。骈文自诞生之初便具有以公私文翰为主体的应用文属性，民国时期虽受白话文运动影响，其应用范围变窄，但在不少公私应酬场合仍受到青睐。在民国骈文成立以后相当长的时间内，骈文依然是普遍应用的公文形式。如1923年终刊的《南社丛刻》就收录了56位南社文人的124篇骈文作品，包含启、檄、序、诔、书、记等多种文体，可见当时社会骈文创作的兴盛。这也正是张廷华在1924年初版的《历代骈文菁华》序言中所坦言的现实动因："今者国体变更，文运陵夷，而公私函牍，以此体为尚。"

故而，虽然社会上对骈文否定批判之声越来越大，但部分文人仍对骈文价值持肯定态度，并时移事易地根据时代发展从不同角度出发为骈文张目。民国初期，面对西方文化的涌入，刘师培等学者提出"俪文律诗为诸夏所独有，今与外域文学竞长，惟资斯体"①，站在民族主义立场刻意抬高骈文的地位，将其视为不可取代的美文代表。此后随着白话文运动的深入，骈文支持者从各个不同的维度对骈文这种古典文体持理解之认同态度。部分文人沿袭国粹派观点，如瞿兑之提出："近人文字之弊，约有三端，皆可以骈文药之。一曰浮浅……一曰肤阔……一曰枯淡。""一言以蔽之，不读骈文不知吾国文字领域之广，法门之多也。"②

与瞿兑之过分拔高不同，《唐宋文举要》《历代骈文菁华》的选者对骈文的认识都更

① 刘师培《中国中古文学史·论文杂记》，人民文学出版社1998年版，第5页。

② 瞿兑之序，刘麟生《中国骈文史》，商务印书馆1936年版。

为客观中立。高步瀛论文颇为通达,不仅不拘骈散,“夫文各有体,因骈俪之体,而诋为衣裳重沓,殆与谓单行之语不得为文者,同一偏激之论耳”[①],而且他认为骈文、古文、白话文可以各美其美,“我以为文章就是一种艺术,如唱戏一般,有京调也可以有昆腔,文章不限于只有一种体裁各能达到美的地步,骈文可以作得美,古文也可以作得美,白话文也可以作得美”[②]。张廷华更识时务,明白新文学已然势不可挡,另辟蹊径努力寻找骈文与白话诗文共通之处,为骈文正名并赋予其新的意义。他着重考虑在新旧文学交替白话文日趋主流的时代背景下凸显骈文的价值,如与新文学有共通之处、易学易写等特点,为传统文体在新形势下的生存争一席之地。他解释编选《广注名家骈体文读本》的缘起时曰:“今日白话诗文盛行矣,乃编古诗文为读本非逆时势耶?曰不然,真古文真古诗皆贵自然尚质朴重性灵,其宗旨无一不与今日之白话诗文合。其拗曲雕琢者皆后起之伪体也。”[③]这也从一个侧面说明了《历代骈文精华》选文的散体化、个人化风格之成因。

另一方面,两书处相近时代背景,对宋代骈文的选录和点评却相差悬殊,其原因颇为复杂,反映出民国时期文人骈文标准、身份心态及文学批评场域的多元面貌。

两书迥然不同的选文和评语首先源于选家对骈文特质的理解有所不同。如前所述,高步瀛论文不拘骈散[④],他在《唐宋文举要》甲编部分通过选文、注释、点评等传统方式对唐宋古文传统重新进行了较为系统的梳理,对清代桐城派散文理论进行了民国视野下的创新性揭示;由于宋代骈文自身具有与古文交融互鉴的典型风格,故而他在乙编卷四很自然地肯定了其融合骈散的努力及与此相关的独特范式。不过高步瀛的不拘骈散基于其明确的辨体意识,在《唐宋文举要》序言中明确提出门户之见不应有,但“门径之辨则不可不审”[⑤],并对骈散文的特质和不可相杂混淆进行了专门阐述:“骈与古途径既分,工力亦异,一以气体义理为主,一以对偶藻采为工,可兼习以致用,不可杂滥以相施。”[⑥]表现在《唐宋文举要》选文和评点中,延续了清代骈文批评的主流观点,从对偶、用典、藻饰等美学维度经典重构地评点唐宋骈文,重视风格“典丽才气发凰者”[⑦]。

张廷华基于民国时期骈文创作和接受的实际状况,对骈文审美特质有一定程度的降格以求,除坚持通体多作偶句外,对骈文用典、藻饰等更高标准的美学要求有所降低,更加注重骈散相融的一面。《骈文浅说》比较系统地表达了他的骈文观,其中他承认骈散之分,但主要在于“骈文有骈文之体裁,散文有散文之体裁;骈文有骈文之音节,散文有散文

---

① 余祖坤《历代文话续编》,凤凰出版社 2013 年版,第 1272 页。

② 高步瀛讲演,张文林笔记《国文研究法》,《女师学院期刊》1933 年第 4 卷第 12 期。

③ 张廷华选注《广注名家骈体文读本》,世界书局 1936 年版。

④ 参见莫山洪《论高步瀛不拘骈散的文章观念——以〈唐宋文举要〉为例》,《广西师范学院学报(哲学社会科学版)》2015 年第 6 期。

⑤ 高步瀛《唐宋文举要》甲编卷一,第 1 页。

⑥ 余祖坤《历代文话续编》,第 1273 页。

⑦ 辅仁大学《文学院学科说明(30 年度)》,1941 年版,第 15 页。

之音节;骈文有骈文之属对法,散文有散文之属对法”,都属于骈文最基本表面的形式特征。具体到骈文作法上,他认为:“今人言着骈偶,便以涂泽捋扯为工,即有善者,亦不过首尾通顺,无逗补之迹,求其冲宕遒逸,风味盎然于楮墨之间者,吾未见之者也。蒋氏之说如此,但所谓冲宕遒逸风味盎然者,吾故不能以言语形容之。所谓即散行文字稍加整齐大肆烘托耳,吾且引申之为作骈文之法。”[①]《历代骈文菁华》评语常见“劲气直达,字向纸上皆轩昂”“不平之气溢于行间”等,而对高步瀛认为区别骈散最重要的藻采特征不甚在意。

这种不同的骈文标准与选家的身份和编写目的有很大关系。武超博士论文《清末民国骈文批评转型研究》提出,民国时期出现了一批新型骈文研究群体,“新型知识分子不仅拥有开阔的中西学视野,而且围绕报刊、学校、学会形成了一个新型骈文研究的群体”[②]。高步瀛正是从旧学精英融入现代教育体系的学院派骈文研究者代表。从某种意义上,《唐宋文举要》可谓民国时期现代高等教育的副产品。高步瀛先后任教于北平师范大学、国立女子师范大学、北京辅仁大学等,有着较为深厚的国学根底和自觉的历史使命,以编选教材讲义的方式表达其主张。《唐宋文举要》乃其在北京师范大学上课时的讲义,体现出新旧文学、中外文学纷争中部分学院派的文学观念。这种大学教育的特殊应用场域带来了选本鲜明的精英化倾向,故而在面对风格多样的宋代骈文时,精选美文典范,尤其偏向词科骈文正体,评点时沿袭传统集文学批评之大成,存发展之梗概,有意识地重构经典体系,体现出老一代知识精英向新一代知识精英转型期文化传承的特点。后余嘉锡执教辅仁大学文学院时亦将其用为《骈体文选读》课的讲义,不为无因。[③]

张廷华的情况则非常特殊。他本人是位骈文作者,《南社丛刻》收录其作品《香艳丛书序》,又编选了《骈体文自修读本》《历代骈文菁华》《广注名家骈体文读本》等多个骈文选本。然而他最重要的身份标签是典型的市场派出版人,曾任鸿文、中华、大东等书局以及商务印书馆、国学扶轮社等出版机构的编辑,编著出版的诸多图书皆以畅销实用为宗旨,如《文汇词典》《文科大词典》《中华新字汇》《实用新字典》《学生辞典》《珠算入门》《评注近代文读本》《评注古诗读本》《论说文作法》《记叙文作法》《短篇游记范本》《白话文法初步》《中学国文成绩精华》《白话诗选》《分类历代评注古诗读本》《清文读本》《香艳丛书》等等,内容五花八门,反映出民国时期出版人以满足普通公众需求、迎合市场为导向的商业性考虑。其骈文选本定位清晰,即为初学者提供入门快捷方式,具有强烈的实用性。《历代骈文菁华》编辑大意明确指出:“不佞为后学计,既编骈文作法以问世矣。从公余暇,就向所熟读而易学者,选得数十篇以为指南之助矣。”“本篇专取篇幅简短意味

① 张廷华《骈体文自修读本》,上海世界书局1924年版。
② 武超《清末民国骈文批评转型研究》,辽宁大学2021年博士学位论文,第42页。
③ 辅仁大学《文学院学科说明(30年度)》,第15页。

浅显易读易学者,以为后学之津梁。”其目标读者为出于骈文应用所需或个人兴趣开始进行骈文写作的社会各界人士,其出发点与民国时期《四六文作法》《骈文速成捷径》之类的图书或骈文速成班别无二致,故而在宋代骈文选录和评点时讲求平易化、散文化和可模拟性。该书于1924年大东书局出版后在1931年再版,说明其作为选本审美旨趣和经典性或许不如《唐宋文举要》,但自有应用市场,反映出民国时期精英文人之外更广泛社会阶层的现实需求。

和前后时代骈文不同,宋代谨守法度派与散体化变革派骈文并存,前者延续骈文传统,文体特征鲜明,后者以散行之气运骈偶之文,少用典、少藻饰,相较六朝体、唐体而言,与散文、白话文更为接近。因上述文学立场、身份心态、编选目的等不同,高步瀛和张廷华对这两个派别各自有所偏向,从而导致了《唐宋文举要》和《历代骈文菁华》宋代骈文选目和点评的较大差异。

作者简介:

曹丽萍,1978年生,江西九江人,文学博士,国家图书馆副研究馆员。研究方向为骈文、唐宋文学及阅读推广。

论孙德谦《六朝丽指》中的骈文理论*

陈丽珍　莫山洪

内容摘要：孙德谦《六朝丽指》是一部“文话”性质的骈文理论著作，在二十世纪初文化转型背景下，这可以说是一部具有“古典骈文理论的终结”性质的著作。孙德谦于其中探讨了骈文与四六的关系，认为骈文与四六并不一致。他将“文气说”运用于骈文理论之中，强调骈文的气韵、阴阳之气和“上抗下坠，潜气内转”。他主张不拘骈散，并从诵读的角度提出骈散相通的方法。孙德谦认为，用典是骈文不可或缺的形态，但要做到“雅”。他将“诗中有画”的理论运用于骈文理论之中，认为骈文的“画理”是“状写山水”和“身入画境”。此外，孙德谦还探讨了骈文的文体等方面的问题。孙德谦的骈文理论解决了过去骈文理论中不少问题，具有重大的意义。

关键词：孙德谦；《六朝丽指》；骈文理论

在二十世纪初期，孙德谦可以说是一个深受旧文化影响的人物，但是，他的骈文理论，却在一定程度上解决了骈文理论中常见的一些问题。

孙德谦（1869—1935），字受之，一字寿芝，一字益庵。号龙鼎山人，晚号隘堪居士，江苏苏州吴县人。他与晚清词人朱祖谋、郑文焯等人均有交往，曾在东吴大学、大夏大学等校任教。在清末民国时期，孙德谦可以算是一个既熟悉传统文化又受西方文化影响的人，其所作的《六朝丽指》一书，以传统的文言文写作，并以随笔的形式，论述骈文相关理论，可谓传统“文话”在文化转型时期的力作，其中的骈文理论，颇有独到之处，解决了一些骈文理论研究中的问题。

一、四六与骈文的问题

骈文的名称，历来不一，有称“今体”，有称“俪体”，也有称“四六”“骈体文”“骈文”等。自李商隐以“四六”命名自己的文集，“四六”似乎成了骈文的固定称谓。宋人文集，

---

* 本文系国家社科基金 2019 年度一般项目“文化转型视角下的 20 世纪骈文理论发展研究”（批号：19BZW078）阶段性成果。

多以“四六”为名，如李刘《四六标准》，宋人文话，也有以“四六”为名，如王铚《四六话》、谢伋《四六谈麈》等。到清代，文人文集又有以“俪体”为名，如陈维崧的《迦陵俪体文集》，也出现了“骈体”“骈文”的名称，如曾燠所编选的《国朝骈体正宗》，屠寄所编选的《国朝常州骈体文录》。四六与骈文的关系问题，成为研究骈文者所不得不面对的一个问题，这也可以说是骈文理论中的一个基本问题。如何区分二者的关系？孙德谦在《六朝丽指》中作了比较明确的界定：

> 骈体与四六异。四六之名，当自唐始。李义山《樊南甲集序》云：“作二十卷，唤曰樊南四六。”知文以四六为称，乃起于唐，而唐以前则未之有也。且《序》又申言之曰：“四六之名，六博格五，四数六甲之取也。”使古人早名骈文为四六，义山亦不必为之解矣。《文心雕龙·章句篇》虽言“四字密而不促，六字格而非缓”，此不必即谓骈文，不然彼有《丽辞》一篇专论骈体，何以无此说乎？吾观六朝文中以四句作对者，往往只用四言或以四字五字相间而出。至徐庾两家，固多四六语，已开唐人之先，但非如后世骈文全取排偶，遂成四六格调也。彦和又云：“今之常言有文有笔，以为无韵者笔也，有韵者文也。”可见文章体制在六朝时但有文笔之分，且无骈散之目，而世以四六为骈文，则失之矣。①

孙德谦首先明确，骈文与四六不同。四六的名称，是从唐代李商隐开始使用的，四六名称的使用，与文章的句式有关，四字句、六字句在文章中的使用，形成了固有的语言形式，因此，前人以此为这一文体的名称。孙德谦非常明确地指出，“四六”之名始于李商隐，因为在李商隐之前并无人使用。“四六”与“骈文”存在一个大的区别，“骈文全取排偶”，“四六格调”则“固多四六语”。从这一论述上看，孙德谦也注意到，“四六”的称谓，是从句式的特点入手的，即四字句、六字句的使用是“四六”命名的根本，而骈文的句子未必都是四字句、六字句，因为“骈”的本意为“驾二马”，是“全取排偶”。所以，骈文和四六是不一样的。同时，在六朝时期文体的分类只有“文”“笔”，而无骈散，所谓“有韵为文，无韵为笔”，在骈文最为兴盛的六朝时期，骈文和散文的名称并未确立。因此，孙德谦认为，四六与骈文并不是一回事。

孙德谦又对“骈文”名称、四六与骈文的交替使用情况进行了辨析：

> 或问曰：“骈文之名始于何时？逮至国朝，别集则有孔巽轩《仪郑堂骈体文》、曾宾谷《赏雨茅屋骈体文》、董方立《移华馆骈体文》，总集则有曾宾谷《骈体正宗》、姚梅伯《骈文类苑》，选本则有李申耆《骈体文钞》，王益吾《骈文类纂》，而古人有其名

---

① 孙德谦《六朝丽指》，四益宧 1923 年刊本。本文所引孙德谦《六朝丽指》中的文字，均出此本，不另出注。

乎?”答之曰:“是固未之深考。以《文心》言,则谓之‘丽辞’,梁简文又谓之‘今体’,唐以前却无骈文之称。自唐而后,李义山自题《樊南四六》,宋王铚所著为《四六话》,谢伋又有《四六谈麈》,明王志坚所选之文亦言《四六法海》。当是并以四六为名矣。其实六朝文只可名为骈,不得名为四六也。证之《说文》,骈训驾二马。由此类推,文亦独一不成。刘彦和所云‘造化赋形,支体必双;神理为用,事不孤立’,即其说也。《庄子》‘骈拇枝指,出乎性哉’,此则言增赘旁出,非其本义矣。昔人有言:‘骈四俪六。’后世但知用四六为名,殆我朝学者始取此骈字以定名乎?”

“骈文”一词的出现,据王利锁先生考证,始于南宋中叶孙奕的《履斋示儿编》[①],但其作为文体的名称,当然不自此始。孙德谦对此文体名称虽未深考,但以其所见,作了初步论证,以为唐以前“无骈文之称”,唐以后,有相当一段时间用“四六”,清代才用“骈”字来命名这一文体。他明确指出,“骈文”作为文体名称,是从清代才开始的。这一论述,虽然孙德谦自称“未之深考”,但却很符合事实。正如笔者在《论骈文名称变化与其文体特征之关系》一文中所论述的,清初陈维崧的文集称为《俪体文集》,在其文集的序言中,陈维崧用的是“四六”,其弟陈维岳用的是“俪体之文”,毛先舒用的是“俪体”,而到康乾时期的毛际可,则径直用了“骈体之文”。这一脉络,可以视为“骈文”名称在清代的逐步确立过程。[②]

从以上两则材料,可以看出,孙德谦对于骈文的名称有一定的思考,虽然在相当一段时间里,骈文的名称被定为“四六”,但是,自清代以来,骈文的名称用“骈”字,表明人们对文体概念的发展有一个认识的过程。四六作为一种特定的文体形式,更强调文章句式的四六形式,而骈文作为文体概念的出现,虽然也是强调文章句式的特点,但更强调其“偶”的形式,而不在于句子字数的多少。这种观念的界定,使人们更能准确地判断骈文,更能准确把握骈文的特点。当然,对于骈文的认识,清人已经比较明确了。袁枚《胡稚威骈体文序》说:“文之骈,即数之偶也。”[③]就是这种认识的代表。孙德谦将这样的认识和骈文与四六的关系结合在一起,更加清晰地分辨出骈文的内涵,使这一认识具有了一定的依据。

从理论上说,文体概念的界定,是认识文体的根本。孙德谦从四六与骈文的关系出发,分清了骈文与四六的异同,对于准确认识骈文有一定的意义。

---

① 王利锁《“骈文”琐议》,《柳州师专学报》1999 年第 1 期。

② 详参拙文《论骈文名称变化与其文体特征之关系》,《中国文学研究》2014 年第 2 期。

③〔清〕袁枚《小仓山房诗文集》,上海古籍出版社 1988 年版,第 1398 页。

二、骈文文气论

“气”是中国古代文论中的一个重要概念,曹丕就曾经提出“文以气为主”的观点。孙德谦将“气”的概念运用到骈文研究之中,强调骈文的文气。骈文的文气,体现为以下几个方面。

一是气韵。他在自序中就提到了“气韵”,称“六朝之气韵幽闲,风神散荡,飙流所始,真赏殆希”。他又称:“余尝以六朝骈文譬诸山林之士,超逸不群,别有一种神峰标映、贞静幽闲之致,其品格孤高,尘氛不染,古今亦何易得?是故作斯体者,当于气韵求之,若取才气横溢,则非六朝真诀也。夫骈文而不宗六朝,拟之禅理,要为下乘。使果知六朝之妙,试读彼时诸名家文,有不以气韵见长者乎?”其中所论,也还是“气韵”。对于六朝骈文的评价,孙德谦认为,气韵是其长处,而不是“才气”:“既言骈文,则当上规六朝,而六朝文之可贵,盖以气韵胜,不必主才气立说也。”“使果知六朝之妙,试读彼时诸名家文,有不以气韵见长者乎?”这种气韵的形成,在孙德谦看来,是一种天然的,自然而然的:“文章之有气韵,则亦出于天成,为可知矣。”从其论述来看,孙德谦所说的“气韵”,有境界的意思,也指文章的气脉。如果从“气盛言宜”的传统来说,则孙德谦以“气韵”为骈文之最大特点,也就突出了骈文的“雅正”。

二是阴阳之气。孙德谦认为,气有阴阳,“六朝骈文即气之阴柔者也”。气和人的秉性有关,“人固有英才伟略,杰然具经世志者,文之雄健似之”。以阳刚和阴柔来作为文章的美学风范,这本是清代桐城派姚鼐提出的观点。在《复鲁絜非书》中,姚鼐称:

> 鼐闻天地之道,阴阳刚柔而已。文者,天地之精英,而阴阳刚柔之发也。惟圣人之言,统二气之会而弗偏,然而《易》《诗》《书》《论语》所载,亦间有可以刚柔分矣。值其时其人,告语之体,各有宜也。自诸子而降,其为文无有弗偏者。其得于阳与刚之美者,则其文如霆,如电,如长风之出谷,如崇山峻崖,如决大川,如奔骐骥。其光也如杲日,如火,如金镠铁。其于人也,如凭高视远,如君而朝万众,如鼓万勇士而战之。其得于阴柔之美者,则其文如升初日,如清风,如云,如霞,如烟,如幽林曲涧,如沦,如漾,如珠玉之辉,如鸿鹄之鸣而入廖廓。其于人也,漻乎其如叹,邈乎其如有思,暖乎其如喜,愀乎其如悲。观其文,讽其音,则为文者之性情形状举以殊焉。①

阳刚之美,气势奔放,阴柔之美,内敛含蓄。从六朝社会状况及士人心态来看,六朝无疑

① 〔清〕姚鼐著,刘季高校注《惜抱轩诗文集》,上海古籍出版社 1992 年版,第 93—94 页。

是偏于柔弱，所以孙德谦称其文章当然也就“得乎阴柔之妙”。

三是所谓“上抗下坠，潜气内转”。这句话本是朱一新《无邪堂答问》提出的：“骈文自当以气骨为主，其次则词旨渊雅，又当明于向背断续之法。向背之理易显，断续之理则微。语语续而不断，虽悦俗目，终非作家。惟其藕断丝连，乃能回肠荡气。骈文体格已卑，故其理与填词相通，潜气内转，上抗下坠，其中自有音节。”①虽然孙德谦提出了这样的观点，但是他并没有作具体探究。孙德谦在解释时称：“余初读六朝文，往往见其上下文气似不相接，而又若作转，不解其故，得此说乃恍然也。试取刘柳之《荐周续之表》为证：‘虽汾阳之举，辍驾于时艰；明扬之旨，潜感于穷谷矣。’上用‘虽’字，而于‘明扬’句上并无‘而’字为转笔，一若此四语中，下二语仍接上二语而言，不知其气已转也。”按照这样的解释，显然孙德谦所理解的“上抗下坠，潜气内转”，指的是上下两句由于在气脉上相连，故而也就不必再使用关联词。没有关联词，上下句之间的关系、顺承并没有任何变化。没有关联词，两句之间却已经包含了转的意味，这种转是通过文意来进行的，而不是通过外在的语言形式来实现的，所以叫“内转”。

以气论骈文，尤其是六朝骈文，这对于人们理解六朝骈文的形式，对于提升六朝骈文的文学价值，具有一定的意义。

三、骈散区分问题

文章的发展，本无骈散问题。自中唐韩愈、柳宗元倡导古文，遂出现了骈散区分的问题，苏轼称韩愈是“文起八代之衰”，更是将韩愈倡导之古文与骈文相对立起来。至清代乾嘉时期，骈散相争更是进入白热化的境地。如何看待骈散相争的问题？孙德谦说：

> 文章之分骈散，余最所不信。何则？骈体之中使无散行，则其气不能疏逸，而叙事亦不清晰。尝欲选辑六朝人文，取其通体不用联语者汇成一编，以示人规范。今录一篇于此。傅季友《为宋公至洛阳谒五陵表》：“臣裕言：近振旅河湄，扬旍西迈。将届旧京，威怀司雍。河流遄疾，道阻且长。加以伊洛榛芜，津涂久废，伐木通径，淹引时月。始以今月十二日次故洛水浮桥，山川无改，城阙为墟，宫庙隳顿，钟篪空列，观宇之余，鞠为禾黍，廛里萧条，鸡犬罕音。感旧永怀，痛心在目。以其月十五日奉谒五陵，坟茔幽沦，百年荒翳，天衢开泰，情礼获申，故老掩涕，三军凄感，瞻拜之日，愤慨交集。行河南太守毛修之等既开翦荆棘，缮修毁垣，职司既备，蕃卫如旧。伏维圣怀，远慕兼慰，不胜下情，谨遣传诏殿中中郎臣某奉表以闻。”此篇竟同散文，几无

① 〔清〕朱一新著，吕鸿儒、张长法点校《无邪堂答问》，中华书局2000年版，第91—92页。

偶句，但究不得不以骈文视之，盖所贵乎骈文者，当玩味其气息。故六朝时虽以骈偶见长，于此等文尤宜取法，彼以骈散画为两途者，盍将季友辈所撰一读之，若以斯文入之散文中，其有以异乎？

对于传统的骈散之分，孙德谦认为并不合适。骈文句式整饬，讲究整齐之美，但也因此带来板滞不畅之感。孙德谦以为，骈文中应有“散行”，才能文气疏逸，才能叙事清晰。好的骈文作品，其中必有相应的散行之气，将其置于散文之中，并无二致。所以，孙德谦列举傅亮的《为宋公至洛阳谒五陵表》为例，说这篇文章，“竟同散文，几无偶句，但究不得不以骈文视之”。

不仅如此，孙德谦还认识到，骈文在读法上，也有其特点：

文之缓读已言之矣，及今思之，又有轻重之别也。六朝骈文既须缓读，则不宜重读明甚，读散文者，固当振吾之气。骈文而用重读，通篇节奏不能合律矣。故读六朝诸家文，大体只从轻读可耳。然亦间有贵重读者。沈休文《为武帝与谢朏敕》：“必不以汤有惭德，武未尽善，不降其身，不屈其志，使璧帛虚往，蒲轮空归。”此处即应重读顿住，其“倾首东路下”乃是属后说。昭明《陶渊明集序》：“宜乎与大块而盈虚，随中和而任放，岂能戚戚劳于忧畏，汲汲役于人闲。”此又当重读束住矣。“齐讴赵女”云云，读之不善，连接上文，意既不合，气亦不贯。《陶集》有一本于“闲”字下出“哉”字，加一“哉”字即易辨别。然能知重读之法，则亦不必有虚字，可以悟矣。至任彦升《为范始兴作求立太宰碑表》“况乎甄陶周召，孕育伊颜”二句，读至此则宜缓而略重，方能作断，否则既以“况乎”二字拓开，似不止两句便收，岂知此是属上读也。他篇不备录，学六朝者庶识此读法哉？

孙德谦认为，骈文与散文的读法不一样，除了有缓急之外，还有轻重。骈文宜轻，散文宜重。这是因为，骈文如果用重读，则节奏“不能合律”。但也并非都是如此，孙德谦认为，六朝文中也有当注重重读的。这其实也就是将骈和散二者结合起来了。所以，孙德谦在对待骈散的问题上，并非一味强调骈散的殊途，骈散对立，而是注重二者的结合，或者说，他所强调的是骈散的融合。从诵读的角度去谈论骈散问题，可以说是比较独特的研究角度。这既涉及音韵学方面的知识，也涉及文章内容方面的问题。读得好，则能意合而气贯。孙德谦认为，掌握了重读的方法，则骈散即可相通，构成散句的虚字都可以不必使用，这就达到了骈散的融合。

骈文毕竟与散文不同，因此，孙德谦又说：

昌黎谓:“惟其气盛故言之高下皆宜。”斯古文家应尔,骈文则不如此也。六朝文中往往气极遒炼,欲言不言而其意则若即若离,急转直下者。北魏孝文帝《与太子论彭城王诏》:“吾少与绸缪,提携道趣,每请解朝缨,恬真邱壑,吾以长兄之重,未忍离远,何容仍屈素业,长婴世网。”于“未忍离远”下应言彼此情好,勉为淹留事等。“周南逾阅,岁纪如是”乃接“何容”云云,方为曲折尽致,今无此等语,似上下气不联属。六朝文所以不易读也。又谢朓《谢随王赐左传启》:“朓未睹山笥,早惜河籍业谢专门,说非章句”,此下亦当言“得承颁赐,有此《左传》一书”,然后接“庶得既困而学,括羽莹其蒙心;家藏赐书,籯金遗其贻厥”,今并不言及“赐”字,而“未睹山笥”四句只作谦逊之词径出,此“庶得”两字文气亦不贯穿。苟非深知六朝文诀,必疑其辞不逮意矣。故骈文蹊径与散文之气盛言宜其所异在此。

在孙德谦看来,骈散的一个重要区别,在于“气”。以六朝文为例,六朝骈文的“气”是“急转直下”,文气多有“不贯穿”,与散文的“气盛言宜”明显不同。韩愈所说的“气盛言宜”中的“气”的内涵,当然不仅仅是诵读的气脉,也包括作家的修养、文章的内在意蕴等方面的内容。在这里,孙德谦从诵读时的气脉的角度,对骈文和散文的差异进行了辨析。从孙德谦所举的例子来看,他认为六朝文在表达上存在“欲言不言而其意则若即若离”的现象,一句话没讲完,即转入另一句话,如其所说,“‘未忍离远’下应言彼此情好,勉为淹留事等”,但原文却并不这样写。六朝骈文被人“疑其辞不逮意”,其实却是六朝文的“文诀”。所以,孙德谦认为,骈文与散文的区别,这也是一个重要的方面。

虽然骈文与散文之间存在着区别,但孙德谦主张的是不拘骈散,所以他在《六朝丽指》开篇第一则中就提到:“吾谓文无骈散。”

四、骈文的用典理论

用典是中国文学的一大特色,诗歌、词和骈文都有这方面的特点。骈文用典,则被视为其主要的修辞形态。对于这一特点,孙德谦颇有研究,在《六朝丽指》中也有多处谈及。他首先谈论用典的方法:

文章运典于骈体为尤要,考之六朝,则有区别焉。梁简文《叙南康简王薨上东宫启》:“伏惟殿下,爱睦恩深,常棣天笃。北海云亡,骑传余稿;东平告尽,驿问留书。呜呼此恨,复在兹日。”此陈古况今,并以足其文气也。倘无“北海”两人故事,文至“爱睦”二语,不将穷于辞乎?故古典不可不谙习也。有此古典,借以收束,而文气亦充满矣。卢子行《为百官贺甘露表》:“昔魏明仙掌,竟无灵液;汉武金盘,空望云表。

岂若神浆可挹，流味九户之前；天酒自零，凝照三阶之下。”此借以衬托，用彰今美也。故典实不必确切，犹“仙掌”等事，虽亦可以比拟，尚不如今之甘露，真为瑞应也。庾子山《为齐王进赤雀表》：“南阳雉飞，尚论秦霸；建章鹄下，犹明汉德。当今天不爱宝，地必呈祥，自应长乐观符，文昌启瑞。”此别引他物取以左证也，题为“赤雀”，而偏举秦之雉飞，汉之鹄下来相附丽，是明知其不类，故用尚论，犹明以申说之。凡事有无从数典，而行旁证之法者，于斯表可睹矣。刘孝仪《从弟丧上东宫启》：“虽每想南皮，书忆阮瑀；行经北馆，歌悼子侯。不足辈此深仁，齐兹旧爱。”此义颇相符，反若未称者也。启文既“上东宫”，引“南皮”“北馆”亦极典雅，犹有不足云云。可见他文中所谓“方之蔑如，曾何足逾”皆是伸此所以屈彼，然后知罗列旧典，贵能变化。否则，何不择切合者从之乎？江总《为陈六宫谢表》：“借班姬之扇，未掩惊羞；假蔡琰之文，宁披悚戴。”此无涉本题，尽力描摹者也。班姬、蔡琰，虽略贴六宫，然文于此，盖是借其扇以写惊羞，假其文以形悚戴。上句言谢，下句言表，故至此亦遂终篇。又足征文中随拈往典，与题无关，可以供我驱遣，特在善用之耳。开此五例，恐未尽言，而六朝运典之法，其粗具于是乎！

他讨论了六朝骈文用典的方法。按照孙德谦的论述，六朝骈文的用典，涉及“陈古况今”“借以衬托，用彰今美”“别引他物取以左证”“义颇相符，反若未称”“无涉本题，尽力描摹”等五个方面。这些典故运用方法，在修辞效果上也不尽相同。“陈古况今”既可以“收束”文字，又可以“文气充满”。第二种方法因是“借”，所以“典实不必确切”。第三种是“左证”，所以“明知其不类”，但仍“故用尚论”。第四种只是“义颇相符”，所以要求“罗列旧典，贵能变化”。至于第五种，则是“无涉本题”的，所以属于“随拈往典，与题无关”，目的是“供我驱遣”。用典的方法，关键在于谙习古典，在于“善用”。

在孙德谦看来，文章用典是必然的，所谓“作文必须用典，骈文中尤当引证故实，为之敷佐”，但是，用典并非无原则，其中也有需要注意的几个方面。一是“应两句为一意”，即两句所用典故说的应该是一个意思。二是要达到雅的境界，骈文用典严谨，加入“上句为汉，下句为明，如此取便恐典而不雅”。

在用典的问题上，孙德谦一方面强调用典的必要性，另一方面强调用典的精准，体现了其在用典理论上的严谨，也体现出其对骈文用典的深刻认识。作为骈文的主要修辞形态，用典一直为骈文作家所重视。新文化运动兴起后，陈独秀号召打倒旧文学，对“贵族文学”给予猛烈批判。用典事关读书，在古代社会，读书多一般出现在贵族家庭。但在古代社会，一些出身下层的读书人，刻苦读书，也掌握了许多历史文化知识，成为用典的高手。孙德谦此论，当然在一定程度上说明了用典在骈文创作中的重要性，也表现了其对传统文学的认可，与新文化运动并不矛盾。

五、骈文的修辞理论

骈文是美文学,讲究形式的美,语言的美。对于这样一种文学样式,其修辞手段自然非常讲究。人们在对骈文进行研究时,一般注重其用典、对仗、声韵和藻饰等几个方面的修辞形态。孙德谦在《六朝丽指》中对于字的选择锤炼以及对偶句式的形成等方面都作了相应的探讨。值得注意的是,除了这些传统的修辞形态外,孙德谦还注意到六朝骈文的一大特点。他从“诗中有画”的角度,对骈文的修辞手段作了不一样的研究。他认为,六朝作家颇能将绘画艺术的原理运用于文章创作之中。他说:“闻画家有烘托法,于六朝骈文中往往遇之。”所以,他在分析六朝骈文时,也比较注重文与画的结合:

> 昔人谓王摩诘“诗中有画”,以吾观之,六朝骈文,能得画理者极多。陶弘景《答谢中书书》云:“山川之美,古来共谈。高峰入云,清流见底。两岸石壁,五色交晖。青林翠竹,四时俱备。晓雾将歇,猿鸟乱鸣,夕日欲颓,沉鳞竞跃。实是欲界之仙都。”观其状写山水,非绝妙一幅画乎?至祖鸿勋《与阳休之书》云:“家先有野舍于斯,而遭乱荒废,今复经始,即石成基,凭林起栋。萝生映宇,泉流绕阶,月松风草,缘庭绮合,日华云实,傍沼星罗。檐下流烟,共霄气而舒卷;园中桃李,杂椿柏而葱蒨。时一褰裳涉涧,负杖登峰,心悠悠以孤上,身飘飘而将逝。杳然不复自知在天地间矣。若此者久之,乃还所住。孤坐危石,抚琴对水,独咏山阿,举酒望月。”书其闲居之乐,深入画境,使后人读之,犹若见其身在画中也。《晋书·顾恺之传》:“传神写照,正在阿堵中。”如此等文以画家求之,真可谓“传神写照”矣。

“诗中有画”是苏轼在评价王维的诗歌时所用的标准,后人理解这一标准,往往从色彩、线条、画面组合等多个角度考虑,主要还是称其诗歌体现了绘画的美。王维本人是一位优秀的画家,将绘画的艺术运用于诗歌创作之中,当然是其高超诗歌艺术的表现。六朝是绘画的一个高峰期,出现了许多著名的画家,如顾恺之等人。六朝文人的艺术水准也达到极高境界,所以孙德谦称“能得画理者极多”。

这种“画理”首先表现为“状写山水”。孙德谦以陶弘景《答谢中书书》为例对此进行了证明。从其所引陶弘景文章看,这篇文章既有画面上常常出现的高山流水,也有两岸石壁,色彩也极为丰富,实写青翠,虚写五色。同时,还有“晓雾将歇”“夕日欲颓”的动态和“猿鸟乱鸣”的声响,以及“沉鳞竞跃”的活跃情境。确实如文中所称,“实是欲界之仙都”。整段文字画面感强,给人身临其境的印象,确实很能体现出“状写山水”的特点。

另外一种表现则是所谓“身入画境”,即一方面描摹画面之美,另一方面又将自己融入绘画之中,更讲究一种体验感。孙德谦以祖鸿勋《与阳休之书》为例来说明这一点。从祖鸿勋文章看,所引文字前半部分侧重写景,写自己所居之地的风物特点,描摹细致,颇有铺排之特点。后半部分则主要写自己居于此地的所谓"闲居之乐",悠然自得的心情与前面所描述的风物之美相得益彰,体验感十足。

六、骈文文体论

作为与散文相对的文体,骈文的称谓主要是从其句式或者说从其外在形式上去进行的界定。关于古代文章的文体分类,自曹丕以来,也有另外一个系统,即从文章的内容及功用上进行划分。曹丕将文学分为四体八类,章表、书疏、奏议及诗赋,其中诗赋当然不好算是文章类的文体。其后的文人对文章的分类越来越细,像刘勰《文心雕龙》和萧统《文选》都将文体分成了几十类。随着文章不断演变,这些文体的表现形式也不断出现变化,既有散体的,尤其是在唐宋八大家及其后的唐宋派、桐城派那里特别明显,也有骈体的。且公文多用骈体,这也是历代一个突出现象——明代朱元璋诏禁骈体,则是另一种情况。因此,一些文体类理论著作,在谈论到这些文体的时候,往往是骈散兼谈,甚至是只谈散体。孙德谦对骈体的文体也进行了探讨。

在《六朝丽指》中,孙德谦对各种骈文文体进行研究,主要探究其起源问题。他主要谈及以下几种骈文文体。一是连珠体。孙德谦认为,这种文体起源于《邓析子》,即"连珠一体,在春秋已有矣",可见其古老。后来因为扬雄喜欢拟古,所以才盛行起来。二是七体。孙德谦认为此体源于《孟子》,但与他人不同的是,孙德谦认为,《孟子·尽心下》中的"大人章"部分更能体现出这种文体的特点。三是墓志。关于这类文体的渊源,孙德谦赞同李善的观点,认为其"始于宋"。四是论,包括论事理和论人物。论事理的,汉代已经出现,而论人物的,孙德谦举范泰及梁元帝文章为例,认为这一文体六朝时已经出现。五是游戏之文。韩愈《毛颖传》是这方面的代表,但孙德谦认为,六朝时已经出现了很多这样的作品,"吾观六朝时如陶通明《授陆敬游十赉文》,袁阳源《鸡九锡文》并《劝进》,韦琳《䱇表》,沈休文《修竹弹甘蕉文》,吴叔庠《檄江神责周穆王璧》,孔德璋《北山移文》,此皆游戏文字"。六是序,包括序录、书序、赠序,这些序有自作的,有为他人作的。孙德谦特别指出,"索人作序"这种情况是"始于左太冲"。为他人文集作序的情况,则盛于六朝时期。七是书启。有些书类似序,如送人的,"梁简文《与萧临川书》诠释录别,亦犹送人之序"。书启类文章尤其像贺启一类有相对固定的使用形式,不过这种形式在六朝后也还是发生了变化,"李义山有《端午日贺启》,观此知逢节致贺事殆始于唐矣"。八是移。孙德谦认为,移文之体始于汉代,成于六朝。九是章表笺奏。在讨论这几类文体的时候,孙德谦注重讨论其特点,如称章表"立言贵乎得体",笺奏"理宜典重"。此外,孙德谦还谈到了诏类等其他文体的简单情况。

在探讨这些文体的渊源时，孙德谦虽然对每类文体的渊源都作了简要考证，但主要还是突出这些文体在六朝的发展，这主要还是因为孙德谦的著作是以“六朝”为中心，所以，他将这些骈体类文体的兴盛或者渊源归结于六朝——这当然也还是符合骈文发展的历史的。不过，孙德谦对于这些文体渊源的认识，有不少与他人不一致的地方，体现了孙德谦在这一问题上的深刻思考，也体现出他对相关材料的熟悉。

孙德谦的《六朝丽指》解决了骈文理论中许多非常重要的问题，但是，这些问题应该说还是自骈文形成以来就亟待解决的问题，其命题范畴仍然属于旧的理论。如骈文和四六的名称问题，这是古人一直没有解决的问题，骈散的问题，也是进入清代后一个比较突出的问题。同时，此书的写作形式，也还是属于传统的“文话”范畴，即随笔式的写作方式，理论观点不集中，随意而写，每则“话”之间并没有连贯的意义。虽然有几则连在一起共同讨论了某一问题，但这并没有改变全书的形式。这就使得其理论仍然显得比较零散，不是现代学术要求的那样严谨、系统。另外，此书以文言的形式写作，在五四新文化运动已经影响巨大的情况下，这显然还是有些守旧——当然，这也与个人的喜好有关，孙德谦本就是传统的文人，这样的写作形式与其身份相符。

正是这样的特点，使孙德谦成为文化转型时期处于新旧交替下的一个代表人物，在二十世纪文化转型背景下，他的骈文理论，可以称为古典骈文理论的终结。

作者简介：

陈丽珍，1994 年生，广西玉林人，文学硕士，南宁师范大学新闻与传播学院教师。研究方向为中国古代文学。

莫山洪，1969 年生，广西忻城人，文学博士，南宁师范大学文学院教授。研究方向为骈文学、唐宋文学。

骈文视域下日本五山禅林《疏》的中国古典受容*

——绝海中津《蕉坚稿·疏》**论考(一)

[日]海村惟一 [日]海村佳惟

内容摘要:骈文,亦称骈俪文,作为一种文体起源于汉末,定型于南朝梁。全篇以俪句为主,讲究对仗工整和声律铿锵。其以四字六字相间定句,故亦称"四六文"。自唐代起公文亦为骈文,此风气后传至禅林社会,并传至日本五山禅林社会。本系列在这样的骈文视域下审视和精读日本五山禅林的《疏》,并考察其对中国古典的受容状况。此《疏》乃日本五山禅林社会下层禅僧向上层禅僧所奏之《疏》,明徐师曾编《文体明辨》有"奏疏"之项。五山国师绝海中津禅师乃元代"蒲室疏"创始人笑隐大訢禅师第三代法嗣,其秉承"蒲室疏"之精华,开花于日本五山禅林。本文以绝海中津禅师的《江湖疏》《山门疏》《诸山疏》三篇为精读对象,考察其如何受容中国古典之精华。

关键词:五山文学;绝海中津;蕉坚稿;骈文;疏

五山禅林之疏大体可分为:入寺疏、淋汗疏、干缘疏三类。其中入寺疏还可细分为:山门疏、诸山疏、江湖疏、道旧疏、同门疏、友社疏、僧官疏等。① 本文精读的对象绝海中津禅师《江湖疏》《山门疏》《诸山疏》均属于入寺疏,日本五山禅林之疏在内容上有其独特性,故在精读的基础上进行骈文结构的分析考察。

一、(129)②宁一庵住姑苏崇福江湖疏

此《江湖疏》乃绝海中津禅师收录于《蕉坚稿》唯一的留学明朝之作。

---

* 本文为国家社会科学基金重大项目"东亚汉诗史(多卷本)"(批准号:19ZDA295)的阶段性成果。

** 本文以日本国立国会图书馆所藏的鹗轩文库本"五山版"《蕉坚稿》为底本。

① [日]玉村竹二著,[日]海村佳惟译《五山文学》,增补版日本历史新书,至文堂 1966 年版,第 141—143 页。

② (129)乃日本国立国会图书馆所藏的鹗轩文库本"五山版"《蕉坚稿》的排列号,笔者附加。

丰城剑气，射斗牛之光芒；陶壁梭精，乘风雷之鼓动。盖神物难测变化，而利器肯久沉埋。用舍有时，显晦合道。某，千金骏骨，五色凤毛。还国师犀牛儿，全机独脱；得如来摩尼瑶，众义绝诠。游华亭慕船子高风，思天台哦寒山妙句。矧练川之胜境，有崇福之佳招。伐鼓考钟，克举三代之盛典；拈椎竖拂，式慰四众之具瞻。毋爽沤盟，从兹鹏翥。

精读并研注其用语受容化典状况如下。“宁一庵”乃当时崇福寺之住持，中国禅僧，经历不详。“姑苏”，即现在吴县之旧名。“崇福寺”乃苏州府吴县萧塘之长芦山崇福寺，贞观二十三年(649)创建，佛印了元重兴。“江湖疏”为入寺疏一种。“江”指长江，“湖”指洞庭湖。唐代马祖道一住江西，石头希迁住湖南，各建法幢举扬禅风；当时云水之禅涌集于江西、湖南。中国禅林江湖疏的“江湖”之称由此而生，指云衲之所集，后延意为人世间、天下。江湖疏指代表四方之云衲而所奏之疏，即禅林社会里，下层禅僧向上层禅僧所奏文书之文体。明徐师曾编《文体明辨》有奏疏之项。“丰城剑气”之典乃出于《晋书·张华传》。其故事为：埋在江西省豫章县丰城之龙泉、太阿两把名剑所放的光芒照射着斗牛，斗牛之间由此出现了紫气。绝海中津以此典故来赞美新任住持的一庵和尚。“斗牛”，即北斗星和牵牛星。“陶壁梭精”之典乃出于《晋书·陶侃传》。其云：“侃，少时渔于雷泽，网得一织梭，以挂于壁。顷有雷雨，自化为龙而去。”“鼓动”，出典于《后汉书·党锢传论》：“蕴义生风，以鼓动流俗。［注曰］《周易》曰：鼓以动之。”“神物”，乃神妙不测之物。《汉书·万石君传》：“皇天嘉况，神物并见。”“利器”，乃英才之意。此语见《后汉书·虞诩传》：“诩笑曰：志不求易，事不避难，臣之职也。不遇盘根错节以何别利器乎？”“用舍”，乃用之于世，弃之于世。此语取之于《论语·述而篇》：“子谓颜渊曰，用之则行，舍之则藏。”“显晦”，此语见《晋书·隐逸传论》：“君子之行殊涂，显晦之谓也。”“某”，此乃指宁一庵。“千金骏骨”，骏骨乃骏马之骨，转谓贤人。“骏骨”语见任昉《天监三年策秀才文》：“朕倾心骏骨，非惧真龙。”“千金骏骨”之典出自《战国策》。其曰：“郭隗谓燕昭王曰：‘古之人君以千金求千里之马。’”“五色凤毛”乃喻超人之文才。“五色”典出《白孔六帖》，其故事为：晋之罗含在梦中吞食五色之鸟，而文章变巧。此处“凤毛”典出《碧岩录·十五则云门倒一说》，雪窦重显“颂”曰：“倒一说，分一节。同死同生为君诀。八万四千非凤毛，三十三人入虎穴。别，别。扰扰匆匆水里月。”对于此颂，圆悟克勤“评唱”引《南史》：“武帝见其文，大加叹赏曰，超宗殊有凤毛。”[①]“国师”，指盐官齐安，乃中国五山第一径山寺第二世住持无上鉴宗之师。“犀牛儿”，指犀牛。此有犀牛扇子之意。典出《景德传灯录·卷七盐官齐安》：“师一日唤侍者曰：‘将来犀牛扇子。’侍者云：‘破也。’师云“‘扇子既破，还我犀牛儿来。’侍者无对。”暗喻悟达。此典亦见于《碧岩

① 《碧岩录》上，岩波书店1992年版，第208—217页。

录・九十一则盐官犀牛扇子》。[①]"全机独脱"语源于《碧岩录・十五则云门倒一说》,对雪窦重显颂之圆悟克勤"评唱":"若非全机透脱,得大自在底人。"[②]"摩尼瑶"亦谓摩尼珠,即摩尼宝珠之略。译为如意珠。意为龙王脑中的清净之玉。其意参见《翻译名义集》。语出《证道歌》:"摩尼珠人不识,如来藏里亲收得。""众义绝诠",乃"一庵禅师之众多义解超绝言语而归真如"之意。"船子"乃船子和尚,名德诚,嗣药山。曾在华亭吴江用船渡来往之人,并在摆渡时向来往之人说法,故被人称为船子和尚。参见《景德传灯录》。"寒山"乃唐宪宗时代之僧人,天台山国清寺丰干禅师之弟子,其常演狂态但其言却契于佛理,词藻深远。遗著有《寒山诗集》,加入丰干、拾得之诗便为《三隐集》。寒山之诗类于偈颂,讽时俗,警流俗。宋代邵雍《击壤集》便承此一流。"练川"乃源流于江苏省丹阳市练湖。"伐鼓考钟"语源于《诗经・唐风・山有枢》:"子有钟鼓,不鼓不考。"绝海所引乃蒲室疏之"伐鼓考钟",意为鸣钟鼓以示入院仪式之顺序。蒲室疏由绝海中津传入日本。其传播途径为:绝海中津→仲芳中正→太白真玄→惟肖得岩→昙仲道芳→江西龙派→心田播清→天隐龙泽。"三代之盛典"之语,恐参见于《金汤编》卷十二引《弘益纪闻》曰:"明道先生,一日,至定林寺,偶见众僧入堂,周旋步武,威仪济济,伐鼓考钟,内外肃静,一坐一起,并准清规。公叹曰:'三代之礼乐尽是。'"此处实指崇福寺第三代住持入院仪式之盛大。"拈椎竖拂"之语乃出于《景德传灯录》卷十八之《玄沙大师》:"若拈槌竖拂,他眼且不见。"住持和尚告诫于众僧时拈椎竖拂以示言诠不及之意。"式"即用。"四众"指比丘、比丘尼、优婆塞、优婆夷。"具瞻"乃(众僧)俱仰看之意。"爽"乃不一致之意。"沤盟"即鸥盟,谓与鸥鸟为友,喻浮世外之会盟。其用例见于陆游《夙兴诗》:"鹤怨凭谁解,鸥盟恐已寒。""鹏翥"之语出自梁元帝《黄门侍郎刘孝绰墓志铭》:"曰风曰雅,文章动神,鹤开阮瑀,鹏翥杨循。"此处之意为"鹏飞",喻气象宏伟,即指江湖对宁一庵之激励,愿其如大鹏高翔于天空,腾飞于禅林世界。此意源于《庄子・逍遥游》:"鹏之徙于南冥也,水击三千里,抟扶摇而上者九万里。"《碧岩录・八十九则颂》亦引此典:"展翅鹏腾六合云,抟风鼓荡四溟水。"

下面对此《江湖疏》的结构和行文进行分析。禅林之疏大致由"蒙头""八字称""过句""袭句"和"结句"构成。"疏"之四六是由"隔对句"和"单对句"适当配合而成的,但严禁"单对句"三对连用及"隔对句"连用,这是"蒲室疏法"的原则。[③]

蒙头:

丰城剑气,射斗牛之光芒;

---

① 《碧岩录》下,岩波书店 1996 年版,第 181—189 页。

② 《碧岩录》上,第 213 页。

③ [日]玉村竹二著,[日]海村佳惟译《五山文学》,第 160 页。

陶壁梭精，乘风雷之鼓动。
盖神物难测变化，
而利器肯久沉埋。
用舍有时，
显晦合道。（42/21 字）[①]

“蒙头”一般描写所任之寺的景致。其“丰城剑气，射斗牛之光芒；陶壁梭精，乘风雷之鼓动”的四六“隔对句”，四字以《晋书·张华传》的“紫气”对《晋书·陶侃传》的“龙腾”，六字以中国古典的“斗牛之光芒”对“风雷之鼓动”，来衬托崇福寺的宏观灵气。接着以七字“盖神物难测变化，而利器肯久沉埋”的“单对句”接续，并化《汉书·万石君传》“神物”和《后汉书·虞诩传》“利器”之典，赞扬崇福寺的物境和僧才。最后，破格加四字“单对句”，并化《论语·述而篇》之“用舍”来对《晋书·隐逸传论》之“显晦”，来形象地描绘宁一庵和尚所任崇福寺的“张弛有序”的临济宗氛围。

八字称：

某，千金骏骨，五色凤毛。（9/8 字）

“八字称”以正宗的四字“单对句”，并融化复数中国古典，以“千金骏骨，五色凤毛”来绝赞宁一庵和尚的“德馨才高”。

过句：

还国师犀牛儿，全机独脱；
得如来摩尼瑶，众义绝诠。（20/11 字）

“过句”以六四“隔对句”的工整化典的“厚重”性来介绍新任住持的法系。“国师”对“如来”，“犀牛儿”对“摩尼瑶”，“全机独脱”对“众义绝诠”；禅宗之系对佛教之法，其精华之对乃“全机”对“众义”。其“全机独脱”还原于“国师”之犀牛儿，“众义绝诠”得之于“如来”之摩尼瑶，法系明了。

袭句：

游华亭慕船子高风，
思天台哦寒山妙句。

① 42 为疏之用字数，21 为化典字数。下同。

矧练川之胜境，
有崇福之佳招。(28/8 字)

"袭句"以"轻快"的八字"单对句"和六字"单对句"来点出其"机缘"。八字"单对句"的轻盈动词"游"对"思"和"慕"对"哦"，亦以化典形式对出动宾结构的宾语"船子高风"和"寒山妙句"，其"机缘"之高、"禅思"之妙跳入脑海。

结句：

伐鼓考钟，克举三代之盛典；
拈椎竖拂，式慰四众之具瞻。
毋爽沤盟，从兹鹏翥。(30/14 字)

"结句"又以"厚重"性的四七"隔对句"和四字"单对句"来呈现"实录"性场面。四七"隔对句"的引经据典极其严谨分明：经学的"伐鼓考钟，克举三代之盛典"对佛学的"拈椎竖拂，式慰四众之具瞻"，营造了庄严的入寺氛围。四字"单对句"化典的"沤盟"对"鹏翥"则起到了画龙点睛、妙笔增辉的效果。

此《江湖疏》的主体部分(即过句、袭句、结句的部分)呈现了厚重—轻快—厚重的结构。全疏用字共 129 字，其中有 64 字是化典而来的，占 49.6%。受容中国古典书籍有《晋书·张华传》《晋书·陶侃传》《后汉书·党锢传论》《汉书·万石君传》《后汉书·虞诩传》《论语·述而篇》《晋书·隐逸传论》《任昉天监三年策秀才文》《战国策》《白孔六帖》《碧岩录·十五则云门倒一说》《南史》《景德传灯录·卷七盐官齐安》《碧岩录·九十一则盐官犀牛扇子》《碧岩录·八十九则颂》《翻译名义集》《证道歌》《景德传灯录》《寒山诗集》《击壤集》《诗经·唐风·山有枢》《金汤编》《弘益纪闻》《景德传灯录》卷十八之《玄沙大师》《庄子·逍遥游》《夙兴诗》以及梁元帝《黄门侍郎刘孝绰墓志铭》等 20 种 27 篇。

二、(130)应无方住筑州旌忠显孝寺山门疏

此《山门疏》乃绝海中津禅师收录于《蕉坚稿》的归国后之作。

海上名蓝，有如珠宫贝阙；关西人物，亦犹麟角凤毛。适得宗门之胜流，当复法席之全盛。某，堂堂仪表，落落襟期。南游二十年，烧珐䒜入水晶宫殿；东归几万里，

把长竿拂珊瑚树枝。辅教志慕仲灵，说法神交寂子。天源一滴，霈法雨于九垓；虚堂三传，耿真灯于五浊。矧忠孝之道并显，而人境之奇有加。龙斗虎争，故国山川如昔；鼍鸣鲸吼，丛林礼乐维新。力扶坠地之宗纲，丕衍齐天之睿算。

精读并研注其用语受容化典状况如下。“应无方”乃日本十刹第四圣福寺无方宗应禅师。其传见于《延宝传灯录》卷二十一：“筑前州圣福寺无方宗应禅师，曾游学于元，元帝请其于宫中说法。归国住福冈显孝寺，后转住于横岳崇福寺，年垂九十，生没年不详。”其间亦为筑前妙乐寺开山。此时其有《东营秋月》一诗，与绝海中津之《东营秋月》一起被收录于《云巢集》（玉村竹二编《五山文学新集》第四卷第787页）诗曰：“东营幕府月明前，刁斗声惊秋夜眠。割据焉休军务事，车书一统见尧天。其嗣法于月堂宗规，月堂宗规嗣法于南浦绍明。而南浦绍明嗣法于虚堂智愚，即其乃虚堂智愚之曾法孙。”“旌忠显孝寺”乃福冈县旌忠山显孝寺，为大友贞宗所建，阐提正具禅师为开山。“山门疏”为入寺疏一种，即寺院为迎接新住持所作之疏。《蒲孽》[①]曰：“山门疏乃请住持之方也。寺之西堂、勤旧、头首等向天子申请也。此疏以禅语为本而书。应书其人之德。总之应书境、德、请也。”“海上”乃海边之意。“名蓝”，蓝即伽蓝之略，故谓名刹。“珠宫贝阙”语出《楚辞·九歌·河伯》：“鱼鳞屋兮龙堂，紫贝阙兮朱宫。［注］文苑作珠宫。［补注］阙，门观也。”“麟角凤毛”乃麟之角凤之毛也，喻稀有而又难得之人才或事物，此语出自元王逢《奉寄兀颜子忠廉使诗》：“君侯素是骨鲠臣，麟角凤毛为世珍。”“胜流”，名门之人也，此处指名门之僧。其语见于《北史·白建传》：“男女婚嫁，皆得胜流。”“堂堂”之语出自《论语·子张篇》：“堂堂乎张也。［注］堂堂，容貌之盛。”“仪表”乃模范也。此语出自《史记·太史公自序》：“人主天下之仪表。”“落落”乃度量之大也。此语出自《晋书·石勒载记》：“大丈夫行事，磊磊落落。”其渡元时期不详，留元时曾参禅于古林清茂、楚石梵琦两大禅师。“琺芗”，“琺”乃“宝”之古字也；“芗”，《荀子·非相》：“欣欢芬芗以送之。［注］芗，与香同。”“宝香”之语出自《华严经·十回向品》：“阿僧祇宝香，其香普熏一切世界。”但“琺芗”的用字恐始于绝海中津，此处为“佛前所烧特别上等之香”。“水晶宫”之语出自任昉《述异记》：“阖闾构水晶宫，尤极珍巧，皆出之水府。”《景德传灯录》卷二十二引其语曰：“益州青城香林院，澄远禅师，初住西川导江县迎祥寺天王院，同院时谓水晶宫。”北宋雪窦重显著、圆悟克勤附以垂示、著语、评唱《碧岩录十七则》之评唱引《景德传灯录》卷二十二之辞，曰：“香林后归蜀，初住导江水晶宫。”绝海中津在作“东归几万里，把长竿拂珊瑚树枝”之句时，恐以杜甫《送孔巢父谢病归游江东兼呈李白诗》之前四句为背景：“巢父掉头不肯住，东将入海随烟雾。诗卷长留天地间，钓竿欲拂珊瑚树。”“辅教”乃暗喻宋僧契嵩著《辅教篇》。“仲灵”乃契嵩大师之名。契嵩之传见于《五灯会元》卷十

① ［日］海村佳惟译《蒲孽》，京都府立综合资料馆所藏。

五。“寂子”乃仰山慧寂,为沩仰宗祖之一。“说法神交寂子”之故事见于《五灯会元》卷九。“天源”,即镰仓建长寺天源庵,乃开山南浦绍明之法流。“霈法雨”乃法雨盛下之意。“法雨”乃佛语,意为教化众生,及人于惠。以雨润万物而喻之。此语出自《无量寿经》上:“澍法雨演法施。”谢灵运《庐山慧远法师诔》引其语曰:“仰弘如来,宣扬法雨。”“九垓”乃无边之天地,亦谓九州。“虚堂三传”谓虚堂智愚之法三传:一传于南浦绍明,二传于月堂宗规,三传于无方宗应。“真灯”意为正真的法灯。“五浊”之语出自《法华经·方便品》:“诸佛出于五浊之恶世。所谓劫浊、烦恼浊、众生浊、见浊、命浊也。”“忠孝之道并显”乃暗系着寺名旌忠山显孝寺,由忠而孝并显。“人境之奇”乃谓无方禅师(人)与显孝寺(境)两者皆奇,无方禅师与显孝寺之(法)两者皆有道。其语源于中国五山第四净慈寺四十八世大慧派东叟仲颖禅师《住净慈寺诸山疏》:“境胜人奇相称。”“龙斗虎争”乃喻战国争乱。此语乃化用《汉书·班固传》:“龙战虎争。”“战”“斗”乃同义字,此处以“斗”换“战”。“鼍鸣”乃鼍告时之声,转指告时之鼓声。此语基于《诗经·大雅·灵台》:“鼍鼓逢逢。”“鲸吼”乃喻梵钟之音。其语出自陆游《诗》:“劫火不能坏鸿钟,雷震鲸吼声隆隆。”“丛林”乃僧侣集居住处。此语出《无门关》:“某甲乍入丛林。”“维新”乃一扫旧弊万事刷新之意,语出《诗经·大雅·文王》:“周虽旧邦,其命维新。”“力扶坠地之宗纲”之句,参见《文字禅》疏中:“欲扶云门已坠之纲宗。”“丕衍”之语恐出于此文。“齐天之睿算”乃齐天之天子年寿。

下面对此《山门疏》的结构和行文进行研读和分析。

蒙头:

> 海上名蓝,有如珠宫贝阙;
> 关西人物,亦犹麟角凤毛。
> 适得宗门之胜流,
> 当复法席之全盛。(34/10 字)

“蒙头”一般描写所任之寺的景致,此《山门疏》则以“寺境”与“住持”并重。以“海上名蓝,有如珠宫贝阙;关西人物,亦犹麟角凤毛”的四六“隔对句”开端,直颂“寺”与“僧”,四字以“海上名蓝”之寺对“关西人物”之僧,六字以化中国古典之“珠宫贝阙”对“麟角凤毛”,来衬托崇福寺的宏伟寺境和新住持的德高望重。接着以七字“适得宗门之胜流,当复法席之全盛”的“单对句”作续,推出“蒙头”之高潮,以副动性二字语“适得”对“当复”引出其宾语“宗门之胜流”对“法席之全盛”。为下面的“八字称”铺垫了良好的氛围。

八字称:

某，堂堂仪表，落落襟期。（9/6 字）

“八字称”融化复数中国古典，以极为恰当的“堂堂仪表，落落襟期”四字“单对句”盛赞无方宗应禅师的“仪表”和“襟期”。

过句：

南游二十年，烧珐芗入水晶宫殿；
东归几万里，把长竿拂珊瑚树枝。
辅教志慕仲灵，
说法神交寂子。（38/16 字）

“过句”为了加强“厚重”性，首先以五八“隔对句”的五言时空特征词语“南游二十年”对“东归几万里”，又以化复数中国古典之双动宾三五型八言“烧珐芗”对“把长竿”，“入水晶宫殿”对“拂珊瑚树枝”的句型来介绍新任住持的法系时空性。再以六字“单对句”的“两字对”点明无方宗应禅师的法系：“辅教”对“说法”，“志慕”对“神交”，“仲灵”对“寂子”；云门宗之系对沩仰宗之法，法系明了。

袭句：

天源一滴，霈法雨于九垓；
虚堂三传，耿真灯于五浊。
矧忠孝之道并显，
而人境之奇有加。（34/13 字）

“袭句”以“轻快”的“一、三、五、九”奇数的四六“隔对句”和七字“单对句”巧妙地点出其“机缘”之“奇”。四六“隔对句”以“天源一滴”对“虚堂三传”，“法雨”对“真灯”，“九垓”对“五浊”，亦以化典形式对出其所嗣日中之“机缘”。七字“单对句”亦化典巧妙，“忠孝之道并显”对“人境之奇有加”以主谓结构来暗系寺名的旌忠山显孝寺，由忠而孝并显，以及无方禅师（人）与显孝寺（境）两者皆奇。其“机缘”之奇、“禅思”之显回荡千秋。

结句：

龙斗虎争，故国山川如昔；
鼍鸣鲸吼，丛林礼乐维新。

力扶坠地之宗纲，
丕衍齐天之睿算。（34/14 字）

“结句”又以“厚重”性的四六“隔对句”和七字“单对句”来呈现“实录”性入寺场景。四六“隔对句”的引经化典极其严谨分明：史学的“龙斗虎争，故国山川如昔”对经学的“鼍鸣鲸吼，丛林礼乐维新”，营造了厚重的入寺气象。七字“单对句”以动宾结构作修饰词的“力扶坠地”对“丕衍齐天”，把“宗纲”对“睿算”提高到“天地”的空间高度，高度颂扬新住持入寺之后的使命。

此《山门疏》的主体部分亦呈现出厚重—轻快—厚重的结构。全疏用字共 149 字，其中有 59 字是化典而来的，占 39.6%。受容中国古典书籍有《延宝传灯录》《云巢集》《蒲孽》《楚辞·九歌·河伯》《北史·白建传》《论语·子张篇》《史记·太史公自序》《晋书·石勒载记》《荀子·非相》《华严经·十回向品》《景德传灯录》《碧岩录十七则》《景德传灯录》卷二十二之辞、《辅教篇》《五灯会元》卷十五、《五灯会元》卷九、《无量寿经》《法华经·方便品》《住净慈寺诸山疏》《汉书·班固传》《诗经·大雅·灵台》《无门关》《诗经·大雅·文王》《文字禅》，以及元王逢《奉寄兀颜子忠廉使诗》、任昉《述异记》、杜甫《送孔巢父谢病归游江东兼呈李白诗》、谢灵运《庐山慧远法师诔》、陆游《诗》等 26 种 29 篇。

三、（132）元章和尚住天龙诸山疏

此《诸山疏》乃绝海中津禅师收录于《蕉坚稿》的归国后之作。

河出昆仑，乃九曲而到海；日生旸谷，必三浴而升天。故大业不贵速成，而直道奚求捷径。时既至矣，君其图之。某，望重当时，识高前古。宝掌岩畔，袖桂子之天香。真懒室中，漱洎川之芳润。悟化城则非宝所，眷乔木而到故家。北阙紫诏入云，幡然兴起，西山朱帘卷雨，驾言来归。锁口诀，电卷雷鞫，司农印，横拈倒用。万人拭目，四邻增光。词语清高，想芙蓉于秋水，风仪简远，睹鸳鹭于晴空。

精读并研注其用语受容化典状况如下。“元章”乃元章周郁禅师（1321—1386），天龙寺二十三世住持，梦窗疏石国师之法嗣。1366 年渡明留学，参于笑隐大师之嗣用章廷俊禅师。1375 年回日本。先住近江金刚寺、金田寺，后历住京都等持寺、三会院、法华堂、天龙寺。与义堂周信、古剑妙快有雅交。示寂后葬于嵯峨瑞芳院。元章周郁禅师的《天龙寺江湖疏》乃汝霖妙佐所作，可见其在禅林文坛之地位。“天龙”乃天龙寺，京都五山

第一灵龟山天龙资圣禅寺，开山为梦窗疏石国师。《诸山疏》乃新任之寺所在国（地方行政区）各寺为了督促新任住持入院的疏。在仪式上由后堂首座朗诵。“昆仑”，按《尔雅》乃为黄河发源之地。“九曲”在此指黄河。“旸谷”之语，源于《书经·尧典》，其疏曰：“日出之处名为旸明之谷”，出自《淮南子》：“日出旸谷，浴于咸池。”“三浴”乃三浴三薰之略。此语出自《国语·齐语》：“比至，三衅三浴。”“不贵速成”，此语化典于《论语·子路》：“子曰：‘无欲速，无见小利。欲速则不达，见小利则大事不成。’”“求”底本为“来”，恐刻版时之误，此处按其意应作为“求”。“捷径”，此语源出《楚辞·离骚》：“夫唯捷径以窘步。”“之”乃针对上句“时既至矣”而言，“时”可谓直道大业已到之时。“望重当时”乃指元章周郁禅师当时德高望重。“识高前古”乃指元章周郁禅师见识高于古人。“识高前古”之句出于蒲室湛堂《住上竺寺疏》。“宝掌岩”，指位于杭州中竺寺宝掌道场之岩。“桂子之天香”，此语见于宋之问《灵隐寺》诗：“桂子月中落，天香云外飘。”“真懒室”乃中国佛教五山第四杭州净慈寺懒庵（用章）禅师之室号。“洎川”源于江西省德兴市南流入乐安江。“化城”意为导悟之方便。此语出自《碧岩录·二十五则本则》：“权立化城”，源于《法华经·化城喻品》。“宝所”乃谓得真悟而安住之处。与“化城”相对，化城喻小乘之涅槃，而宝所乃喻大乘之涅槃。“乔木”，此语出自《孟子·梁惠王》：“所谓故国者，非谓有乔木之谓也。”“故家”乃指天龙寺。“北阙”，宫城之北门，此乃指宫中。“紫诏”指诏敕。“西山朱帘卷雨”之句化典于《滕王阁》诗：“朱帘暮卷西山雨。”“驾言”意为出游，此语出自《诗经·邶风·泉水》：“驾言出游。”《锁口诀》乃佛光国师无学祖元在中国雁山时所作，指宗旨之根本。来日本之后，以此传高峰显日，高峰传梦窗，梦窗退天龙寺时传其后继者无极志玄。元章周郁亦作有《锁口诀》。“司农印”之语出自《新唐书·段秀实传》：“倒用司农印追其兵。”此处“司农印”之意为大法相续之证明印。“横拈倒用”之“倒用”亦见《新唐书·段秀实传》：“倒用司农印追其兵”；而“横拈倒用”则取之于《碧岩录·二则赵州至道无难》圆悟克勤“评唱”：“横拈倒用，逆行顺行，得大自在。”“万人拭目”乃众人注目之意。“四邻增光”为四邻增加光荣。“想芙蓉于秋水”之句化于《大成抄·地理门》：“芙蓉乃莲之花也。莲花开于秋之水池。”“鸑鷟”之语出自《国语》：“鸑鷟鸣于岐山。”其注曰：“鸑鷟乃鸾凤之别名也。”

下面对此《诸山疏》的结构和行文进行分析。

蒙头：

河出昆仑，乃九曲而到海；
日生旸谷，必三浴而升天。
故大业不贵速成，
而直道奚求捷径。

时既至矣，
君其图之。（42/14 字）

《诸山疏》的“蒙头”由四六“隔对句”、七字“单对句”、四字“单对句”构成。首先以四六“隔对句”的“河出昆仑，乃九曲而到海”对“日生旸谷，必三浴而升天”的比喻来颂扬元章周郁禅师所任天龙寺之想象性景致。因为其寺境之“九曲”和“三浴”，故有“单对句”的“大业不贵速成”对“直道奚求捷径”，对之真又实。四字“单对句”以“时至”对“君图”来形象地描绘元章周郁禅师所任天龙寺之“时运”和将新住持之“使命”融合在入寺的场景氛围里。

八字称：

某，望重当时，识高前古。（9/4 字）

“八字称”以正宗的四字“单对句”直截了当地评价元章周郁禅师的“望重当时，识高前古”。

过句：

宝掌岩畔，袖桂子之天香。
真懒室中，漱洎川之芳润。
悟化城则非宝所，
眷乔木而到故家。（34/18 字）

“过句”由四六“隔对句”和七字“单对句”构成。六四“隔对句”以“轻快”性的“天香”对“芳润”来介绍新任住持的法系：“宝掌岩畔”对“真懒室中”。七字“单对句”以严谨的化典词语“悟化城”对“眷乔木”形成了佛教之法对儒教之系，其精华之对乃“宝所”对“故家”；“宝所”乃得真悟而安住之处，“故家”乃儒学教养深厚的天龙寺，此对法系清晰，学脉分明。

袭句：

北阙紫诏入云，幡然兴起，
西山朱帘卷雨，驾言来归。
锁口诀，电卷雷輷，
司农印，横拈倒用。（34/22 字）

“袭句”由六四“隔对句”和三四“隔对句”构成。先以“厚重”性极强的“北阙紫诏入云,幡然兴起”对“西山朱帘卷雨,驾言来归”的六四“隔对句”谨表京都五山第一天龙寺敬仰皇室和经学的虔诚。更以化典严谨的“锁口诀,电卷雷輷”对“司农印,横拈倒用”的三四“隔对句”来烘托其厚重的机缘。

结句:

万人拭目,
四邻增光。
词语清高,想芙蓉于秋水,
风仪简远,睹鸑鷟于晴空。(28/6字)

“结句”以“轻快”性的四字“单对句”和四六“隔对句”来展现“实录”性的入寺氛围。“万人拭目”对“四邻增光”的四字“单对句”轻快明了。四六“隔对句”的“词语清高,想芙蓉于秋水”对“风仪简远,睹鸑鷟于晴空”展示了日式“清高”和“简远”的入寺氛围。“秋水”和“晴空”对,写天龙寺的渊源起到了妙笔生花的效果。

此《诸山疏》的主体部分呈现了轻快—厚重—轻快的结构。全疏用字共147字,其中有64字是化典而来的,占43.5%。受容中国古典书籍有《尔雅》《书经・尧典》《淮南子》《国语・齐语》《论语・子路》《楚辞・离骚》《住上竺寺疏》《碧岩录・二十五则本则》《法华经・化城喻品》《孟子・梁惠王》《滕王阁》《诗经・邶风・泉水》《锁口诀》《新唐书・段秀实传》《碧岩录・二则赵州至道无难・评唱》《大成抄・地理门》《国语》以及宋之问《灵隐寺》诗等16种18篇。

作者简介:

海村惟一,1956年生,日本福冈人,湖南科技大学特聘教授,福冈国际大学名誉教授。研究方向为东亚汉学、东亚汉字学。

海村佳惟,1984年生,日本福冈人,文学博士,华东师范大学博士后、客座研究员。研究方向为日中比较文学,日中比较语言学。

八股文比法的前驱

[日]铃木虎雄撰　蒙显鹏译

内容摘要：八股文的“比法”与四六文的对法同中有异，在字数、句数、助词使用等都有各自特点。八股文在明代初期的先驱者有刘基、吴伯宗、姚广孝、黄子澄等人。据《元史·选举志》记载以及《四库全书总目提要》对于王充耘《书义矜式》、袁俊翁《四书疑节》、倪士毅《作义要诀》等的论述，可以推测明代八股文可能是模仿元代相关文章而形成的。上溯至宋代，朱熹的经论文对元以后的经义文产生了极大影响，且其代圣贤立言的代言体也是八股文的前驱。除此之外，据《四库全书总目提要》所论，其前驱还有刘安节的《刘左史集》以及《经义模范》等所收宋代经义文。从其渊源来讲，或许还要追溯到欧阳修、苏轼等的四六文、宋代词科等，甚至唐代陆贽的四六文、韩愈、白居易等散文的某些部分，乃至更早的连珠、七体乃至辞赋。

关键词：八股文；四六文；比法；制义；渊源

这里所要论述的是（甲）距离八股文发生时代较近的前驱，（乙）可以视作其渊源的东西。下面依次论之。

八股文是从明代某个时期至清朝末期官吏登用时用来考试的文体。“比法”指用于此文体中某种形式的对句法。单论对句之法，《诗经》《尚书》《周易》等古经典已经屡屡用之。其最简单者称为单对，由甲乙两句分别以相同数量的字构成，其各字由同性质的品词两两相对，譬如以下。

例一，《周易·乾卦·文言》云：

云从龙，风从虎。

例二，《尚书·大禹谟》云：

罪疑惟轻，功疑惟重。

例三，《尚书·皋陶谟》云：

天聪明自我民聪明，天明畏自我民明威。

自东汉末至六朝，四六骈俪体之文流行，不仅用四字句、六字句单对，其隔对亦屡屡用之。隔对法由四个句子的关系而形成，即第一句对第三句，第二句对第四句。

例一，徐陵《玉台新咏集序》云：

琉璃砚匣（第一句），终日随身（第二句）；
翡翠笔床（第三句），无时离手（第四句）。

以上即隔对。同样的方式也可作六字句的隔对。

例二，同上云：

惊鸾冶袖（第一句），时飘韩掾之香（第二句）；
飞燕长裾（第三句），宜结陈王之珮（第四句）。

以上是四字六字句的隔对。将“四六”颠倒而为“六四六四”隔句对亦有之。

中国文章中的对句主要有如上所列举的单对、隔对两种。而八股文的对句法与此有何异同呢？

八股文的对法虽然不能说与前述截然不同，但也有其特殊之处。先来看其中一例。例如，明永乐时代薛瑄《论语》题“一日克己”至“非礼勿动”一节（《可仪堂制义》卷二，第六十四叶）：

思昔圣人，因颜子问仁而告之，意谓
己者一身之私欲也，而吾克之如胜敌然，
礼者天理之节文也，而吾复之如赴家然。
今日克己，而惟礼是复，则今日天下之好是懿德者，莫不与吾仁，
明日复礼，而无己可克，则明日天下之同此秉彝者，亦莫不许吾仁。
然
速虽在于一日之顷也，而克复之机，我自决尔，人何所庸其功焉？
大虽极乎天下之归也，而克复之机，我自尽耳，人何所措其力焉。
岂非论为仁之效，而言机之不预于人乎？

上文中“已者”“礼者”一联、“今日”“明日”一联,“速虽”“大虽”一联并用“比法”。

由此观之,八股文的对法为:

(一)一句的字数如四六文不拘泥于三、四、六等字数。

(二)对句的句数范围不限于四句之间,四句以上亦频频有之。四六文的对法多在于四句。四句以上的对句,前人称之为“长偶对”。我姑且将四句以上的八股文对法称为“长对节”。八股文的“对”或称“比”。之所以名之为“股”和“比”,是因为字句两部分是相对的。“对”的一半称为“扇”。

(三)四六文的对偶中助词的位置可以相同,其他位置则相异。八股文可以用同字作对偶。

(四)四六文多用实字(名词、动词、形容词)作句,杂用助词时其在句中的位置大概是确定的。例如,六字句的第四字、七字句的第四字,诸如此类。八股文则可以使用除了上述实字以外的字。前人称之为“散语”,大概是因为其相当于普通散文所用的句法。

以上四点是八股文对法所带有的显著特点。

那么用此种对法的文体的前驱如何?下面我将从明代开始探索。

据梁章钜之说,诸家选本中多以刘基《敬事而信》题文为有明一代制义之祖,且评其文云“是初体之尤者”(梁章钜曰:“按,各选本多以刘文成公(基)《敬事而信》题文为有明一代制义之祖,然是初体之尤者,其提一‘机’字,以为敬之原,衬一‘势’字,以为信之影,究未精的。”(《制义丛话》卷四))我没有见过刘基之文,因此没有资格评论之,但是刘基于元朝至正二十年(据《明通纪》为十八年)谒见明太祖,后来即成为备顾问之人,刘基不可能为考试而作文。或者刘基在元末某种机会下创作此文,也未可知。

《明史·选举志》云:

科目者,沿唐宋之旧,而稍变其试士之法,专取四子书,及《易》《书》《诗》《春秋》《礼记》五经,命题试士。盖太祖与刘基所定,其文略仿宋经义,然代古人语气为之,体用排偶,谓之八股,通谓之制义。

这是概括性的记述,八股文是从何时开始的并不明确。

顾炎武《日知录》(《集释》卷十六)引《太祖实录》云:

洪武三年(庚戌,1370)八月,京师及各行省开乡试。初场《四书》疑问,本经义及四书义各一道。

原注:元制有《四书》疑、本经义,洪武三年开科,以《大学》“古之欲明明德于天下者”二节、《孟子》“道在迩而求诸远”一节合为一题,问二书所言平天下大指同异,

此即宋时之法。

这大概是最早的公开举行的考试。

当时考试作文的实例,《四库全书总目提要》卷百六十九著录吴伯宗《荣进集》四卷,记其集末载关于科举的文章《乡试会试御试卷》。《明史》本传卷百三十七云,吴伯宗名祐,金溪人,洪武四年(1371)廷试第一(《提要》云洪武辛未进士第一,“辛未”为“辛亥”之误,洪武四年为辛亥),“时开科之始,帝亲制策问,得伯宗甚喜,赐冠带袍笏,授礼部员外郎,……伯宗成进士,考试官则宋濂、鲍恂也”。此《荣进集》中经义之文,即明代最早的制义,其形式如何还俟他日之调查。

之后有姚广孝(至元元年生,明永乐十六年卒,1335—1418)的《所谓诚其意者》二节题文。此当是洪武中礼部试时所作,而在洪武几年则不详,与下述黄子澄所作文章的时间孰先孰后则不能确定。观姚文的形式,中间有我所谓“长对节”2 处,其他部分对法不工整。《制义丛话》卷四所收全文如下:

所谓诚其意者(二节)

姚广孝

诚意之功在独,非慎不可也。夫不慎独,则意得欺之。此君子而小人也。盖闻明德以天下为体,然每为天下之念所昏。圣经以致知言诚意,而求端于格物。此有深意焉。夫所格者何物也?若曰一人明德耳,何为天下国家之皆贯其间?则必有为人一念,欺吾初心,是与小人之不格物者一也;如何修身然后齐治平皆在其间?又有求人一念,并欺我知,是与小人之不能致知者一也。凡好恶发于赤子之真,皆可通之天下。此圣贤之意,亦帝王之意,自慊也;凡好恶为天下而饰,即非赤子之真,此杂霸之意,即盗跖之意,自欺也。虽以圣人帝王,而不能无杂霸之心,即不能无盗跖之心。故君子必慎其独也。慎之何如?时时格物,则时时知致矣。少人惟致知格物之间,略有不慎,而求之天下;圣人王者,方持大鉴,以照心中之盗跖,而天下之盗跖皆入其鉴。此小人之所以不免也。嗟乎!小人亦误,求之天下之间,而失之于先后焉者也。其害如此。可不慎哉。惟慎,故格物致知;格物致知,正慎也。此明明德也,诚意者可不知哉。

梁章钜曰:当洪武中,道衍尝以通儒书僧试礼部,入格,不愿为官,仍赐僧衣。事见《明史》本传。此作殆即试于礼部之文,存此以见明初仕途之广。

《明史·太祖纪》云:

洪武十七年三月戊戌朔，颁科举取士式。

同上《选举志》云：

颁科举定式，初场试《四书》义三道，经义四道，《四书》主朱子集注，《易》主程传、朱子本义，《书》主蔡氏传及古注疏，《诗》主朱子集传，《春秋》主左氏、公羊、穀梁三传及胡安国、张洽传；《礼记》主古注疏（附记：永乐间，颁《四书五经大全》，废注疏不用，其后《春秋》亦不用张洽传，《礼记》止用陈澔《集说》）。二场，试论一道，判五道，诏、诰、表、内科一道。三场，试经史时务策五道。

按其实例，有洪武乙丑十八年（1385）科黄子澄文。子卯午酉举行乡试，丑辰未戌举行会试，例如，黄文当作于会试之时，文题云《天下有道则礼乐征伐自天子出》。《制义丛话》卷四录其全文。

天下有道则礼乐征伐自天子出

黄子澄

治道隆于一世，政柄统于一人。夫政之所在，治之所在也。礼乐征伐，皆统于天子。非天下有道之世而何哉。昔圣人通论天下之势，首举其盛为言。若曰天下大政，固非一端；天子至尊，实无二上。是故民安物阜，群黎乐四海之无虞；天开日明，万国仰一人之有庆。主圣而明，臣贤而良，朝廷有穆皇之美也；治隆于上，俗美于下，海宇皆熙皞之休也。非天下有道之时乎？当斯时也，语离明则一人所独居也，语乾纲则一人所独断也。若礼若乐，国之大柄，则以天子操之，而掌于宗伯；若征若伐，国之大权，则以天子主之，而掌于司马。一制度，一声容，议之者天子，不闻以诸侯而变之也；一生杀，一予夺，制之者天子，不闻以大夫而擅之也。皇灵丕振，而尧封之内，咸懔圣主之威严；王纲独握，而禹甸之中，皆仰一王之制度。信乎非天下有道之盛世，孰能若此哉。

录前明制义者，自以洪武乙丑科分宜黄子澄元墨为第一篇文字。解大绅学士批云："庄重典雅，台阁文字。"徐存庵曰："时未立闱牍科条。行文尚涉颂体。而收纵之机，浩荡之气，已辟易群英。况此篇文章之始，自应首录，以存制义之河源也。"（《书香堂笔记》，《制义丛话》卷四之一）

至此文八股文已经具备完全的形体，永乐以后自不待言。

顾炎武云："天顺以前，经义之文，不过敷演传注，或对或散，初无定式"，"经义之文，流俗谓之八股，盖始于成化以后。股者，对偶之名也"，"嘉靖以后，文体日变，而问之儒生，皆不知八股之何谓矣”，又对八股文构造的破题、承题、原起、起讲、大结等进行说明（参看《日知录集释》卷十六，第二十、二十一叶）。顾氏意谓八股文具备完全的形体是成化（1465—1487）以后，上述黄子澄之作如果真实可信，那么不用等到成化，洪武乙丑十八年（1385）已经有八股文了。

以上仅就明代范围内及八股文内部来论述明代八股文，下面将进一步上溯，探究宋元是否已有八股文，以及是否有从八股文外部催生八股文的原动力。

根据《元史·选举志》，元朝也有以下诸制度：仁宗皇庆二年（1313）定科举事宜，第一场出《四书》题，以朱子的《章句集注》为主，限三百字以上，策五百字以上，五经五百字以上等，参看《日知录集释》所引沈氏说，如下：

> 沈氏曰：《元史·选举志·科目篇》：仁宗皇庆二年（1313）定科场事宜。蒙古、色目人第一场经问五条，《大学》《论语》《孟子》《中庸》内设问，用朱氏《章句集注》。其义理精明、文辞典雅者为中选。第二场策一道，以时务出题，限五百字以上。汉人、南人第一场明经、经疑二问，《大学》《论语》《孟子》《中庸》内出题，并用朱氏《章句集注》，复以己意结之，限三百字以上。经义一道，各治一经，《诗》以朱氏为主，《尚书》以蔡氏为主，《周易》以程氏、朱氏为主，以上三经兼用古注疏，《春秋》许用《三传》及胡氏传，《礼记》用古注疏，限五百字以上，不拘格律。第二场古赋、诏诰、章表、内科一道，古赋、诏诰用古体，章表四六，参用古体。第三场策一道，经史时务内出题，不矜浮藻，惟务直述，限一千字以上成。乡、会试同例。……元统中（1333—1334）复稍变程式：减蒙古、色目人明经二条，增本经义；易汉人、南人第一场《四书》疑一道为本经疑；增第二场古赋外，诏诰、章表一道。（《日知录集释》卷十六，第十三、十四叶）

据《提要》“《荣进集》四卷”条下所引陆深《金台纪闻》，云“洪武前三科，犹沿元制，用经疑……至二十一年戊辰，始定今三场之制”，明制大体模仿元制，这是可以确定的。

这里本应举元明经义文的实例进行比较，但是我未见元文的实例，因此这里不能进行讨论。

《提要》著录元代王充耘的《书义矜式》六卷。王充耘，字与耕，江西吉水人，元统甲戌进士，以《书经》登第。此书是其所作经义的程式，关于其形式，《提要》论述文中有冒题、原题、讲题、结题等部分，云：

> 综其格律有破题、接题、小讲，谓之冒子。冒子后入官题，官题下有原题，有大讲、有余意，亦曰从讲，又有原经，亦曰考经，有结尾。承袭既久，以冗长繁复为可厌。

或稍稍变通之，而大要有冒题、原题、讲题、结题，则一定不可易。充耘即所业之经，篇摘数题，各为程文，以示标准云。

《提要》又著录充耘《四书经疑贯通》八卷及元代袁俊翁《四书疑节》十二卷。“贯通”条下云：

盖延祐（仁宗年号，1314—1320）科举，经义之外，有经疑，此与袁俊翁书皆程试之式也。

又著录元代倪士毅（著有《四书通释》）的《作义要诀》一卷云：

是编皆当时经义之体例。

明以来科举制文，实因是而引伸者也。

《提要》还举书中数条关于文章本源的论述（第一，要识得道理透彻。第二，要识得经文本旨分晓。第三，要识得古今治乱安危之大体。又云，长而转换新意，不害其为长；短而曲折意尽，不害其为短。务高则多涉乎僻，欲新则类入乎怪。下字恶乎俗，而造作太过则语涩。立意恶乎同，而搜索太甚则理背。）接着评曰：

皆后来制艺之龟鉴也。

综上所述，虽然在形式上明代与之不同，但是可知明代的八股文大体上力追元代科举文的形式。

那么从元代上溯到宋代如何呢？

《提要》卷百八十七著录魏天应的《论学绳尺》十卷。魏天应盖南宋时人，此书录当时场屋应试之论。《提要》记云甲集十二首，乙集至癸集十六首，每两首立为一格，共七十八格，并云：

当日省试中选之文，多见于此，存之，可以考一朝之制度。

又曰：

且其破题、接题、小讲、大讲、入题、原题诸式，实后来八比之滥觞，亦足以见制举之文源流所自出焉。

此书主要收集各种论述，文中所论从上述引用部分可见一斑。

接下来是南宋，我认为朱子的论经之文相当重要。其中最明显的是《中庸·或问》中所用的文体，其中的一例是关于《天命之谓性》章的文章：

盖天命之性，仁义礼智而已。
循其仁之性，则自父子之亲，以至于仁民爱物，皆道也；
循其义之性，则自君臣之分，以至于敬长尊贤，亦道也。
循其礼之性，则恭敬辞让之节文，皆道也；
循其智之性，则是非邪正之分别，亦道也。
盖所谓性者，无一理之不具，故所谓道者，不待外求而无所不备；
所谓性者，无一物之不得，故所谓道者，不假人为而无所不周。

（《中庸·或问天命之谓性》）

还有如下，例二：

致者用力推致，而极其至之谓，致焉而极其至，至于静而无一息之不中，则吾心正而天地之心亦正，故阴阳动静，各止其所，而天地于此乎位矣；动而无一事之不和，则吾气顺而天地之气亦顺，故充塞无间，欢欣交通，而万物于此乎育矣。（案，“充塞”二句比法不工整。）

（《中庸·或问致中和天地位焉万物育焉》）

例三：

学而知者，有所不知，则学以知之，虽非生知而不待困也；
利而行者，真知其利，而必行之，虽有未安而不待勉也。

（《中庸·或问诚者天之道也》）

例四：

以理言之，则天地之理至实而无一息之妄，故自古至今，无一物之不实，而一物之中，自始至终，皆实理之所为也；

以心言之，则圣人之心亦至实而无一息之妄，故从生至死，无一事之不实，而一事之中，自始至终，皆实心之所为也。

（《中庸·或问诚者自成也》）

此种文体在《中庸·或问》中随处可见。

元代以后《四书》的解释主要以朱子注为主，朱子的文体或许对元以后的经义文产生了最大的影响。

八股文代圣贤立言，即所谓代言之体，在朱子的文体中已十分明显，“盖云云”即是。

此体是否为朱子所创设，还需更精确的考察。

《提要》著录有《刘左史集》四卷，这是北宋元符三年（1100）进士刘安节的集子。关于此，《提要》云：

其文章亦明白质实，不失为儒者之言。经义尤明白条畅，盖当时太学之程式，后来八比之权舆也。

并指出其有经义文十七篇。

提要又著录《经义模范》一卷。明正德甲戌进士王廷表序，同年进士朱良矩刻。其中收宋代张才叔、姚孝宁、吴师孟、张孝四人的经义共十六篇。张才叔（庭坚）题为《自靖人自献于先王》一文收录于吕祖谦的《宋文鉴》（参看拙著《中国文学研究》第702—703页）。其他三人的文章以及前述刘安节文的具体样貌如何不得而知，假若这些文章类似于张才叔的文体，那么还不能称之为八股文。

事实上北宋已经有经义文，但是不能确认其体是否如后世的八股文。

《可仪堂制义》以“宋六家”之名录北宋王安石、苏辙，南宋杨万里、陆九渊、陈傅良、汪立信、文天祥诸家之作。这些是后世八股文之体。纪昀及梁赞图并以其出处不明之故而疑之。他们的怀疑也有其道理。

假如南宋朱子前后接近八股文的文体开始流行，那么需要考察它是如何产生的，也即渊源如何。

关于这方面的考察，需要注意宋代欧阳修、苏轼等引领的四六文体的变化，从更广范围来说，要注意宋代词科的兴盛等强有力的氛围。在此氛围酝酿下，其间朱子出焉，朱子著作被用于科举，进而其文体也被认为最适合用于科举。

更进一步或许当追溯到唐陆贽四六文和韩愈、白居易等的散文的某些部分，又或者当追溯至连珠、七体甚至是赋。

清代张甄陶（惕庵）《四书翼注论文》云：

《大学》释“止至善”一章，首引《商颂·玄鸟》诗以影“止”字，正如破题。次节引《小雅·缗蛮》之诗，点出“知”字，如承题。三节引《文王》，作个至善标准，如开讲。“淇澳”节乃“明明德”“止至善”之实。“前王”节乃“新民”“止至善”之实。正如两扇时，此亦天造地设，为制义开先格调。

又曰：

且不第此也。如《论语·季氏将伐颛臾》章、《孟子·见梁惠王》章、《王立沼上》章、《好乐》章、《文王之囿》章等类，中间或具三股格，或具两股格，今之制义无不与之暗合。其余《左传》及秦汉唐宋诸大家文，默示制义格式者，不一而足。人特忽而不察耳。(据《制义丛话》卷一所引)

我斟酌其中所说之意以读《四书》之文，张氏诚不吾欺。只是张氏从某些特例而言之，我则从时代的大势来论之。

(大正十五年三月中国学会讲演)

作者简介：

铃木虎雄(1878—1963)，字子文，号豹轩，生于日本新潟县西蒲原郡粟生津村(后为吉田町，今与燕市合并)。日本著名汉学家，京都学派代表学者之一。自1916年留学中国两年。著有《中国文学研究》《中国诗论史》《业间录》《赋史大要》《豹轩诗钞》《禹域战乱诗解》《药房主人歌草》《豹轩退休集》《骈文史序说》等。曾任京都帝国大学教授，吉川幸次郎、小川环树等著名学者皆为其弟子。

译者简介：

蒙显鹏，1988年生，广西贺州人，文学博士，广西师范大学文学院副教授。研究方向为日本骈文、宋代文学。

清代及现代的骈文界

[日]今关天彭撰　陆锦连　蒙显鹏译

内容摘要：今关天彭(1882—1970)《清代及現代の駢文界》(北京：今关研究室，1926年)是日本最早的清代(包括民国)骈文史著作。其结构主要如下：一、何谓骈文；二、骈文的变迁；三、清代的骈文界(1.清初的骈文界；2.乾隆时代的骈文界；3.嘉庆以后的骈文界；4.清末的骈文界；5.现代的骈文界)。其中列举的主要作家，清初有陈维崧、尤侗等人；乾嘉时期有"骈文八大家"，另有汪中等。嘉庆以后的骈文家有"十家四六"，此外有龚自珍等。清末骈文家有王闿运、王先谦。民国作家有：清末遗老樊增祥、陈三立等；江苏阳湖一带的冯煦、屠寄等；苏州有张尔田、孙德谦等；北京有王式通、邵瑞彭等；军阀幕僚有饶汉祥、由云龙等。

关键词：清代；民国；骈文家；骈文史

一、何谓骈文

笔者在此处想要谈论的是清代骈文界的状况以及骈文在当下转变为怎样的面貌。那么，骈文究竟为何物呢？关于这一点若不作些说明，可能会难以理解，所以尽管看似无用，但笔者这里还是试作说明。

骈文是中国的一种文体，使用对句进行创作，又名四六文。另外，完全以表意为主的则称为散文。散文与骈文是中国文章的两大派别。骈，本义为牵引一辆车而并行的两匹马，引申为"对句"之意。之所以又称为四六，是因为骈文的一句由四字或六字构成。如王勃《滕王阁序》"豫章故郡，洪都新府"，"豫章"之地名对"洪都"之地名，故郡对新府；"望长安于日下，目吴会于云间"，前后句各以六字相对。如此以四字成一句、六字成一句，但不以单句独立存在，必有另一句与之相对，这样相对的二句称之为一联。这与诗是相同的情况。一句与一句相对的对偶谓之单对。此外，每四字一对或每六字一对，在音律上会显得单调乏味，因而采用"偶对"使其表现更为丰富。即如"渔舟唱晚，响穷彭蠡之滨；雁阵惊寒，声断衡阳之浦"，每两句为一对，称作偶对或隔对。此对法由四字句与六字句间巧妙地结合而成，在朗读时自带节奏，引人入胜。虽然最常见的是四字句、六字句，但字数并非一定得四六不可，只是概括而言，也有三字句、五字句或者七字、八字、九字句。这些句子巧妙地结合，并且重视音律，因此行文在呈现上达到了自然而合乎平仄的效果。加之对句选词精当，使语义和文字都显得更为精炼。这就是骈文。

如上所述，骈文与音律有着很大的关系。如此，六朝以来朝廷的诏诰多采用此文体，因此逐渐影响臣下上呈朝廷的文体中，此后作为“词章之学”而被运用到各种文章。诏诰之所以采用此文体，是因为在对臣下宣读时，音节庄重而流丽，又因其文字无比精炼，就威严而言也是最适宜不过的。在日本，宣命所使用的也是一种特有的文章，在运用枕词、音律协调等方面，与骈文的诏诰异曲同工。或许在奈良平安时期，日本就在学习骈文诏诰了。

关于骈文的应用领域，从六朝至唐宋，骈文不受题材限制而被广泛应用，到了明代以后使用范围才逐渐缩小。在此，试举传为陈维崧的《四六金针》中的部分类型。

诏

诰

表：贺表、谢表、进表等。

笺：贺笺、进书、赠物笺（笺为太子、诸王所用。）

以上文体多与朝廷有关，而使用最广泛的则是启。

启：为友人间相互通问的文体：谢启、通启、定婚启、聘婚启、贺启、小贺启。

疏：用于一般大众的请疏，与佛教有关的劝缘疏等。

此外，特殊的文体有：

露布：战时发出的布告。

青词：道士的忏过文。

朱表：方士告天文。

功德疏：僧侣向佛陀祷告之文。

致语：乐人开幕时所用之文。

上梁文：木匠在上梁时所用之文。

宝瓶文：用于泥瓦匠在屋顶上（中国古代建筑）涂漆时的祝文。

诸如此类。如此说来，在明末清初，骈文的应用也是相当普遍的。乾嘉以来骈文复兴以后，论说、序跋、传状、碑志，无论何种文体都使用骈文，但是从清末到现在，特别是现在，骈文已显著衰落。然而，启和疏文不仅依然使用骈文，最引人注目的是，大总统的谕告和公事通电文，无一不用骈文。由此看来，把骈体文完全视作旧时的文体，至少是错误的。

中国是个古老的国家，遗留着各种具有历史的传统习惯。这并不是说要清除就能立刻改变的事情。虽说这七八年来白话文开始流行，但似乎都是发生在青年学生之间的事。上了三十岁的人，是无法仅靠白话文解决一切的。因此，首先大概了解一下骈文是非常重要的。我在此讨论骈体文,也正有此微意。

二、骈文的变迁

首先,简单介绍一下骈文的变迁。

关于骈文的起源,在上古时期,由于尚未出现文字的书写工具,古人用“漆”书写,或刻在竹上。因此,文字势必要求简洁,不仅如此,能用眼睛来阅读的人十分有限,因此还要求通过耳朵进行记忆,因此音律就必须工整。对偶的兴起也正基于此。正如李兆洛所云,在中国人的思想观念里,万事万物皆如阴阳相对立。他认为对偶也起源于此,但这终究不过是一家之言。

中国人的尚古思想根深蒂固。因此也有人在《易经》的《文言》,《诗经》的《大序》中探求骈文的本源,当然,骈文与之大概有一丝的联系。自屈原的《离骚》以来,音律工整的对句大量涌现,西汉有司马相如、扬雄,尤其是到了东汉,崔骃、蔡邕之作尽是对偶。三国、六朝初期以后,骈文绮缛妙丽,句斟字酌,逐渐迎来了极盛时期。必须知道的是,在骈体文中存在着汉魏体和晋宋体。

骈文以六朝为鼎盛时期。其中人们对齐梁体和徐庾体评价最高。齐梁体是从南朝宋至齐梁形成的,齐梁朝间沈约等人研究音韵,创立了四声的区分,并据此创作出音韵和谐的骈文作品。当时昭明太子编选的《文选》就是骈文的典范。而同一时期成书的刘勰的《文心雕龙》则是论述有关骈文批评、创作规范等方面的典范之作。这两部书名有必要特别记住。

徐庾体较之齐梁体,诞生的时代稍晚一些,梁出现了徐陵、庾信两位名家,徐陵入陈,庾信入周(北朝),文坛名声盛极一时。这一时期的骈文,华丽巧密,极文章之变。然而此时骈文的法则还未十分绵密,其精华也尚未散尽,包含在文体之中,柔和饱满,如西汉之文、盛唐之诗,元气浑然。

到了唐朝,随着初唐四杰(王勃、杨炯、卢照邻、骆宾王)的出现,唐代骈文规模大开。唐代骈文的特点在于各体兼备、法度森严。风格虽不如六朝,但音节嘹亮,高华秀朗,难以企及。

唐代的文章全用骈体,所以骈体也成为了通行之文。在此形势之下,文章中的种种弊端逐渐显露出来也是不可避免的事。于是韩愈开始倡导古文,极论骈文之弊端,尽管在当时产生了一些共鸣,但大体上唐朝仍是骈文盛行的时代。晚唐时代出现了李商隐(义山)。李商隐首次将其骈文集命名为《樊南四六》,骈文也开始被称为“四六”。这里需要注意的是,六朝的文章不宜称之为四六。四六指的必定是唐朝以来的骈文。

骈文的弊端以五代至宋初最为明显。此时出现的欧阳修继承了韩愈倡导古文的思想,成为了文体改革的先驱。随后苏轼兄弟、曾巩等人相继出现,极力推进这一主张。于是古文盛极一世,骈文则随之日渐衰落。然而由于科举考试依然使用骈文,所以其应用范围却越来越广。

欧阳修、苏轼本就是古文大家,同时也是骈文领域的名家,擅长以古文的笔法创作骈文,因此文章具有不同于六朝、唐朝骈文的气格。这是宋代骈体文的独特风格。此前的骈文使用吟咏风月的艳丽文字以成对偶,此时变成了自由剪裁经书、诸子的文字而成对偶,并且在句法上进行了新的尝试。长偶对也诞生于这个时代,如"臣闻圣人之行法也,如雷霆之震草木,威怒虽盛,而归于欲其生;人主之罪人也,如父母之谴子孙,鞭挞虽严,而不忍致之死"这样的对偶法。

南宋的四六文与北宋相比,虽有清新的旨趣,但却较为靡弱。

元明时期的骈文没有特别值得一提的地方,皆继承了宋体之四六文风,缺乏情藻之美。明弘正以后,前后七子虽提倡文章复古,但专以汉魏文风为指归,对齐梁不屑一顾。偶尔会在尺牍之类小小地卖弄一下四六对偶,但这些都不值一提。直到明末才出现喜爱六朝文字的倾向,自陈子龙等人出现骈文才变得精工。清朝复兴了骈文而使之大为流行,相关内容正如后文所述。总之,骈文以六朝为最先,后演变成为唐体,再变化为宋体。假如不知道这三个时代文章的差异,那么要说明骈文也是十分困难的。然而要了解其中的差异也绝非一件易事。有志之士若能再看看《文选》《唐骈文钞》(陈均纂)、《宋四六选》(彭元瑞纂)是很有帮助的。

在我们日本,奈良、平安时代的文章吸收了隋唐之风,清一色是骈文。太安万侣为《古事记》所作序文,在当时是出色之作。《本朝文粹》收集了平安时代的文章,其中有些作品完全被认为是唐朝人的笔致。据说杨守敬到日本时看到这本书,钦佩不已。然而德川时代以后,唐宋古文大为流行,日本文人十分认同苏轼等人的言论,即韩愈文章一除六朝靡弱之恶风,并非常厌恶骈体文。此外,古文派执"文章乃载道之器"的意见,古文与儒教紧密联系,而骈文则与之相反。因为世间存在这样一种偏见,即六朝以来风俗的淫靡是骈体文这一种华丽、纤柔且不甚抑制男女之情的文体流行使然。日本的儒者如实地继承了这种偏见,也将平安时代的淫靡与骈文联系起来。这样的误解在世间常常存在,稍知历史、辨别事理,就不会随便被这些宣传蒙骗,但宣传是任何时候都需要的。由此可知,世间之事出乎意料地不可靠。我们需要站在公平的立场,提供真正的事实与道理来论述。这里离题万里了。总之,骈文蒙受了极大的冤罪。虽说如此,尚有皆川淇园等好事家,幕末至明治初年,作此体之人还有数人,但如今除内藤湖南翁外已无他人了。以后恐成绝响,实在是可惜的事。

三、清代的骈文界

(一)清初骈文家

骈文离不开清朝人的复兴,是清朝最得意的文体。

由宋代开始衰落的骈文,到了明末又再次呈现出了流行的倾向。松江陈子龙(卧子)的出现,使该文体变得精工,江苏、浙江一带的才子们掀起了翕然响应之风。当时,受东林社影响,文会盛行。其中,以苏州复社、松江几社最为特出。陈子龙即为此两社的盟主。

与复社有关的文人有诗人吴伟业(梅村),他所称的“江左三凤凰”吴兆骞、彭师度、陈维崧均是出身于江苏一带的骈文名家,而陈维崧更是清初骈文界之大家。

陈维崧(其年)

陈维崧,江苏宜兴人,祖父为明末东林党陈于廷,父亲是陈贞慧(定生)(贞慧是明末四公子之一。四公子即冒辟疆、侯朝宗、方密之、陈贞慧。)字其年,号迦陵,因面部多髯,被称为“陈髯”,陈髯之名曾响彻当时的文坛。他曾游如皋,在冒辟疆的水绘园寄居长达十年之久。辟疆感佩于其才气,安排乐伎为其排遣无聊寂寞。乐伎即杨枝、紫云,二人均善解音律。尤以紫云最受宠爱。康熙十八年(1679)应举鸿词科,由诸生授检讨,参与纂修《明史》,于康熙二十八年(1689)逝世,享年五十八岁。著有《湖海楼集》五十卷。

陈维崧也擅长写诗,得意之作在韩愈与和苏轼之间。他天生爱好词作,据说兴起时还会吹笙为自己所作的词配乐,是非常优秀的词作家。四六文写作是最能体现此人才气之处,徐乾学谓其庾信以来一人而已,汪琬说唐开宝以来七百年间,没有出现过这样的作品。然而,由于他创作了太多应酬文,难免重复赘述同一件事情,文笔有欠精炼。这不得不说是他的一个缺点。

附录《上芝麓先生书》(略)。

当时,作为四六文作家活跃于文坛的,除陈维崧外还有吴绮、章藻功。吴绮,字园次,江苏江都人,著有《林蕙堂集》;章藻功,字岂绩,浙江钱塘人,著有《思绮堂集》。二人与陈维崧并称“骈体三家”,但吴绮才学能力稍弱,旨在流丽;章藻功则旨在新巧,欲超越此二家,一变而为别调。李元度曾以明代诗人作比喻评价此三家“其年导源庾信,才力富健,如李崆峒之学杜,园次追步李义山,如何大复之近中唐,岂绩专用宋格,则公安竟陵之流亚也”。由此可以想象三家之大略。

在同时代,与陈维崧可共推为大家的是毛奇龄。此外能想到的人还有尤侗(西堂),但此人的创作多有近乎游戏之憾。

毛奇龄（西河）

毛奇龄，浙江萧山人，清初经学大师。此人也曾在明朝灭亡时奔走四方，飘荡于江湖近二十年，隐姓埋名，饱尝艰辛。康熙十七年（1678），举博学鸿儒科后，才有了安稳的生活，得以专注于学术，所著诗文集共计四百九十八卷。此人聪明绝世，善于雄辩，听上去多少有点类似"坚白异同"之辨，但不可否认的是，其着眼点有着崭然的见识。其文章气味甚近六朝，虽不是特别以骈文著名，但妙手偶得，也有出色的作品。《沈云英传》《平滇颂》等都是很有名的作品，但由于篇幅太长，就不附载了。

附录《复沈九康成书》（略）。

（二）乾嘉时代的骈文家

关于清初至康熙时代的骈文家就介绍到此，接下来进入乾嘉的骈文全盛时代。最先出现的骈文大家是胡天游。

胡天游（稚威）

胡天游，浙江山阴人，别号云持，乾隆初年，举博学鸿词科，虽然最终未应试，但文名极盛。生性桀骜不驯，曾把当时很有名气的方苞骂到脸色发青，因此遭到憎恨而不得官职。晚年到山西投奔友人，直至乾隆二十三年（1758），结束了他一生的旅程，享年六十三岁。所著文集名为《石笥山房集》。

胡天游的文章，即便是长篇大作也能信笔而书，学识渊博，引用颇多，"如长江大河砂石并下，顷刻不能得分合之源、归虚之委"，是真正的大家，并且从中能窥见唐代樊宗师（绍述）的痕迹。樊宗师文章艰涩，虽不太为世人所知，但韩愈却十分推崇。胡天游的文章有多艰涩，大抵能想象得到。

胡天游文章的特色是替换熟字，即选择字义相通的词去替换熟字而为新；向来使用熟字的对句颠倒而用之以示奇；此外，尽量不使用助词，以此加强意义深刻之感。正因如此，文章要如何断句，即使断了句也依然会有不明白的地方，阅读起来相当困难。世人大部分都爱好轻浮华丽的文章，但与之相反，胡天游喜欢诘屈的音调和难以理解意义的所谓艰深之文。此人颇受知识分子阶层的喜爱。对于胡天游的文章，朱仁琇等人表现出颇不满之意，与之相反，如齐召南等人则完全为之倾倒。胡天游是骈文界的一代文豪不足为奇。

附录《贻友人书》（略）。

介绍胡天游的部分就暂时到这里，下面谈乾嘉骈文的极盛时期。方便起见，先介绍吴鼒（山尊）所编定的"骈文八家"。八家即袁枚、邵齐焘、刘星炜、孔广森、吴锡麒、曾燠、孙星衍、洪亮吉。该八家于嘉庆三年(1798)选出,故可以以之大体概括乾隆年间的骈文界。汪中虽漏选,但他在清代骈文界属出类拔萃之人,所以在八家之后稍作简短的说明。

如前所述,在清朝初年走向复兴的骈文,随着各种学术的勃兴而流行开来。进入乾隆的极盛时代,骈文作者顿时辈出,除吴鼒所选八家之外,尚有许多作者不得不提,但由于笔者的这篇小作只是作极其简要的说明,所以就不在这里详细叙说了。此外,这个时代最杰出的骈文作家是胡天游、邵齐焘、汪中、洪吉亮四人,关于这四人需要特别注意。

江浙自六朝以来,就是文学的主要阵地。就如南京之于南朝、杭州之于南宋,其间的关系自不待言。而这个地方的文人爱读《文选》,因此也就自然成为了骈文流行的阵地。特别是江苏常州一带是骈文家的阵地,这也是要记住的(与古文的阳湖派也有一定关系)。

那么,接下来就谈谈骈文八大家。

袁枚(随园)

袁枚与前述的胡天游一样,是乾隆初年被举博学鸿词科最年少且著名的文人。笔者在讲述《清朝的诗界》时,曾提到袁枚是乾隆时期的"三大诗人"之一,袁枚的确是诗文界之逸才,作诗恰如能言之人的叙说,毫无艰涩之感,其文如此,骈体文亦如此。但由于此人的诗文过于纵横自在,也被世人讥为伪体或俗调,就连其骈体文也不免遭到这样的批评。收录其骈文的文集名为《小仓山房外集》。

附录《岳水轩诗序》(略)。

邵齐焘(叔宀)

邵氏以擅长西汉、六朝、初唐风的文章而闻名。同时期的王太岳(芥子)也工于同样风格的骈文,传闻自他看了邵氏的作品后,遂决定弃笔不再写作。邵氏品行高尚,古人论文章云"于绮藻丰缛之中,存简质清刚之制",可以直接移用这两句来概括邵氏的文章。总体来说,风格清新而蕴含雅丽之趣。文集名为《玉芝堂文集》。(字荀慈,江苏昭文人。)

附录《送顾古湫同年之荆南序》(略)。

刘星炜(圃三)

刘星炜与邵齐焘处于同一时期,官至兵部侍郎。在文选中对班固、徐陵、王勃倾注心力,有"清转华妙"之称,但也有人批判他古韵甚浅。但要注意的是,到了他的笺启和序记就没有了清初文章经常能看到的浮华和晦涩之感。刘氏字映榆,江苏武进人,著有《思补堂集》。前述的吴鼒曾私淑刘氏。

附录《为胜国阎陈二公征诗启》(略)。

孔广森(顨轩)

孔广森为孔子第六十八代孙,自唐孔颖达以后,世间再没有像孔夫子一样出类拔萃的子孙出现,而孔广森虽然年少却闻名于世。进士及第时年仅二十岁,可是却在三十六岁时早逝,实为可惜。学风受戴震(东原)影响,长期研究已绝迹于世的公羊学,并谋求公羊学的复兴,著有《春秋公羊通义》。擅长骈体文,在《仪郑堂骈体文》中有相当好的作品。

他的言论具有一定的借鉴意义。其云,须熟读徐陵与庾信之文集;初唐四杰之文集,须注意除去其平常之处,而要学其音节之古。庾信"落花与芝盖齐飞,杨柳共春旗一色"之句,由于王勃的化用,至今仍时常有人模仿,但如果去掉"与""共"二字就沦为了俗调。就如陈维崧"四围皆王母灵禽,一片悉嫦娥宝树",调子俗套。若古人尚在,也许会把"灵""宝"二字代之以两个"之"吧。这些都是他从实际的学习中得出的独到见解。

附录《闺秀王采薇长离阁诗集序》(略)。

吴锡麒(谷人)

吴氏为浙派诗人的殿军人物,是论及清朝的浙派时不得不说的人物,而笔者在此首先要说的是,即使在骈体文领域他也有着一定的影响力。吴氏以前多学六朝,此人则以唐为主。

随着吴氏文风流行,出现了与其他流派的摩擦,也是基于此。其门下的吴鼒曾激烈讽刺云"近代能者或夸才力之大,或极摭拾之富,险语僻典,欲以踔踪百代,睥睨一世,不知其虚骄易尽之气为有学之士所大噱也",恐怕指的就是胡天游等人。吴氏"不矜奇,不恃博,词必择于经史,体必准于古初",也即他所持立场与胡天游完全相反。

吴氏的文风总是带有新的风味。恰如其诗,色彩、声调自然地易为当时的人们所接受,这也是其骈体文能流行起来的原因。所著有《有正味斋骈体文》《有正味斋骈体文续集》。但与此同时,他气格柔弱,不免多应酬文之弊。出生于浙派阵地的浙江钱塘。

附录《张船山池南老屋图记》(略)。

曾燠(宾谷)

曾氏出生于江西南城,江西向来就是两宋以后文士辈出之地,文有欧阳修、王安石、曾巩;诗有黄庭坚;骈体文汪藻出焉,被称为继唐朝陆贽、李商隐之后的大家。到了清朝,诗作方面蒋士铨首屈一指,骈文也当推此人。

曾氏是比吴锡麒稍晚一些的后辈,但两人交情颇深,因而受到其影响。精通《文选》,

文风学六朝、唐初,既有充满力量之作,也有姿态极佳之文。其著述有《赏雨茅屋骈体文》。

曾燠编纂的《国朝骈体正宗》,收录了从清初的毛奇龄开始到汪全德为止,全编四十三人的作品,在文章的选择上也相当公平,是讲骈文必读的著作。只不过实际承担编纂任务的人是彭兆荪。

附录:《书徐阆斋桃花夫人庙碑后》(略)。

孙星衍(渊如)

孙氏不仅是经学家,对于诗文、金石书画等各个方面,都有着独到的见解,与同乡(江苏阳湖)的洪吉亮齐名。文章方面不喜唐宋八大家之文风,而有意置身于六朝汉魏之间。且阳湖一带是《文选》的流行地,孙氏自年少时起就受教于其父,据说达到了能全文背诵的程度,所以他获得骈文大家的地位也是理所当然的事。其骈文集名为《问字堂外集》。

附录:《三国疆域志后序》(略)。

洪亮吉(稚存)

洪亮吉是血性好男儿,曾当街上书,直言时事,因此虽免遭斩首之罪,获嘉庆帝特赦,充军伊犁,无几赦免归乡,从此以后便完全进入了学者的状态。所作骈体文收录于《卷施阁乙集》《更生斋乙集》。

洪氏之文章可见其性情流露。这一点是极好的,但是疏纵、繁碎的地方太多。但不管怎么说,在清代骈体作家中,他应该是可与汪中比肩的大家。

附录:《再与孙季逑书》(略)。

骈体八大家就讲到这里。

吴鼒的编定多少夹杂着私心,这是显而易见的,即他只列举了与自己有关系的人。吴锡麒作为其师列于首位;曾燠不仅是吴锡麒最好的朋友,同时也十分关照吴鼒本人;孙星渊与其有姻亲关系;洪亮吉与之亦师亦友;孔广森是与之相识之人,刘星炜是其私淑的人;还有袁枚、邵齐焘,作为其前辈给予他褒奖;等等。正是因为有着这样的关系,所以当时的人评价骈文八大家,就如桐城派一样,只把与自己有关的人列入其中,并非毫无道理。顺带一提,吴鼒号山尊,安徽全椒人,嘉庆四年(1799)进士,因文章而为朱珪所知。所著有《夕葵书屋集》。

汪中(容甫)

我在《清代诗文界》文中已经对汪中进行了评论,其对近代学术的影响无需赘言,文章学汉魏六朝,尽管多少有些狷洁之感,但实在是文笔绝佳。梁启超曾评价,清朝的骈文家中，属汪中一人最善文章，余子免不了堆垛柔曼。这同样有些夸张的成分。然而，整个清代的骈文家中，以汪中、洪亮吉两人为最优已成为公论。可一读其所著《述学》中的外篇，感受其文采翩然之处。（江苏江都人。）

附录：《自序》（略）。

除这十几家外，还有彭兆荪（甘亭）、杨芳灿（蓉裳）、杨揆（荔裳）兄弟，以及刘嗣绾（芙初）。这个时代的文章大部分收录于曾燠的《国朝骈体正宗》，希望有志之士能够一览之。

（三）嘉庆以后的骈文界

从嘉庆至道光，清朝也已经从极盛时期走向衰落，不久便引发了太平天国运动。因而嘉道的五十年间成为了一个变迁期，在学界，汉学也从后汉向前汉推进，公羊派崛起，出现了如龚自珍等人；在文学界，阳湖派文风一变，绚烂丰缛的骈文开始流行起来。譬如董祐诚兄弟、方履篯等人，文采斐然。平定太平天国以后的清朝，史称"同治中兴"，实际上就如回光返照。随之，学界、文学界也发生了变化，学界开始出现汉宋折中的思想，文学界则发展了经曾国藩改革后的桐城派。而在骈文界，若要找寻贯穿前后两个时代的作家，首推方履篯、李慈铭两人。

该时代前期需要注意的是李兆洛《骈体文钞》的编纂以及阮元对于骈体文的相关评论。

李兆洛，阳湖派作家，效仿姚鼐（姬传）的《古文辞类纂》而编纂了《骈体文钞》，收录了秦至隋的各类骈体文共三十一卷，成为后学之典范。李氏的骈文理论说道：天地之道即阴阳，奇偶、方圆都是它的体现。阴阳相并而生，所以奇偶不能相离。文章亦是如此。秦至唐之间文体发生变化，但文不曾改名，自唐开始有了古文、骈文的叫法。骈文以六朝为最佳。随后有了唐宋的派别之分。总而言之，他认为，古时骈文也好，散文也好，都是一物，强行将其划分为二，就违反了天地阴阳之道，两汉的文章不分骈散，是最好的文章，故而他推崇两汉的文章。

阮元作为大官而尽心于奖励治学，是骈文的大力倡提倡者。他认为，"直言"或"论难"的语言不是有文采的语言。孔子在《易经》中所作《文言》多用韵和对偶，这是文章的鼻祖。然而后世读孔子的文章为什么要持反对态度呢？虽然骈体文到了唐朝变得卑俗，但那并不是文体之罪。作为文章的系统，骈体依然是正统。韩愈崛起，写出所谓的古文，是在矫正《文选》的流弊，竭力维护骈体文。正是因为该时代有着这样的倾向，所以在同治前后，"骈散不分体"的文章流行开来绝非唐突之事。"骈散不分体"指的是骈文与散文混为一体，谭献等人频频创作此体。

要选出这个时代的骈文家相当不容易。于是我出于方便起见,仿照前面所引用的《八家四六文钞》的例子,援引王先谦所撰《十家四六文钞》,介绍从该时代至清末的骈文界之一斑。由于《十家四六文钞》是接着吴鼒的《八家四六文钞》编纂的,将两书的内容汇总到一起,就能把握清朝三百年间骈文的大致情况。但这样难免有太过通俗之讥。

王先谦所选十家有刘开、董基诚、董祐诚、方履篯、梅曾亮、傅桐、周寿昌、赵铭、李慈铭、王闿运,但也不能不提龚自珍(定庵)、郭麐(频伽)和姚燮(复庄)、王昙(仲瞿)等。此外,王氏十家中的王闿运放到下一节的清末骈文界中介绍。因为王闿运一直活到了民国五年,至今其余流尚存。

刘开(孟涂)

刘开,桐城人,姚鼐的得意门生,可惜他还是个书生就英年早逝了。在文章方面是桐城派中的佼佼者,擅长古文自不必说,骈文也极好。所著《孟涂全集》四十四卷中有二卷为骈文。

刘开认为,汉朝以后的散文杰出者当属韩愈,晋朝以来的骈文杰出者则是刘勰。刘勰是南朝梁时《文心雕龙》的作者。刘开感叹当时的骈文作家只学《文选》,不做学问。若根底不深,就不能发挥出骈体的妙处。因此他提出首先要熟读屈原的《离骚》,以培养哀怨之情和明丽之文笔。然后为使意蕴深远,在参考周秦诸子的同时,也有必要借鉴《山海经》《抱朴子》《淮南子》等,为文章增添各种色彩。总而言之,他主张骈文和散文同源异流,所以必须立经学之根底。以上是作为桐城派古文家视角的论述,注重哀怨和色彩,正是此人的价值所在。

附录:《游石钟山记》(略)。

董基诚(子诜)

江苏阳湖人,阳湖派作家,并且还是著名骈文家李兆洛的亲戚。此人的骈文虽不及其弟祐诚,但与其弟、方履篯等相较,自有其独特才笔,善于描绘荒凉的光景和落拓的心情。所著有《子诜骈文》。

附录:《书舅氏庄达甫先生春觉轩诗集后》(略)。

董祐诚(方立)

为前述董基诚之弟。弱冠之年游陕西时作《西岳华山神庙赋》而文名远扬。也许是因为后来殚精竭力专攻数理和地理学,年仅三十三岁就夭折了。其兄基诚痛惜不已,校刻其遗书十六卷。其中多数涉及数理,文集两卷左右。

董祐诚与同乡方履篯交情颇深,其文章有许多与方氏的应酬文字,可想见其友情。

董祐诚英年早逝后，方氏倾注平生的才华，写下《董方立诔》《兰石斋骈体文遗稿序》，其中遗稿序写得尤其出彩。道光年间的骈文界，可以说是此二人的擅场。

他的文章于清峻的风骨中，带着满含哀伤的音节，尽管在整齐上逊于方氏，但清转之处却更胜一筹。虽然作为附录显得过长，这里还是收录其《舆平县马嵬堡唐贵妃杨氏墓碑》。这篇文章以申诉杨贵妃的冤情为主旨，关于杨贵妃与安禄山之事，小说家之说繁多，究竟哪些是真实的并不清楚，且玄宗末年怠于政事，致使国事衰颓，将其全部归咎于杨贵妃实在太过于残酷。何况杨贵妃马嵬坡一死，“可谓情系私家，而功存君国者矣”，董祐诚用尽极致艳丽之词，刻画了贵妃可怜的情态。

附录：《舆平县马嵬堡唐贵妃杨氏墓碑》（略）。

方履篯（彦闻）

方履篯是嘉庆、道光年间杰出的骈文家，所著《万善花室文》六卷是近代中国人喜爱的读本之一。

方氏虽原籍北京，但实为江苏阳湖人，自幼写骈文，甚至震惊了杨芳灿。其前辈有张惠言、李兆洛，同辈中交情最深的是董祐诚。方氏记述了两人的交游情况：“清樽互赏，连襼偕游。嘘霭生云，飞藻如雨。扬袖高咏，仰屋苦思。对影竟日，为欢弥年。”可以想见他们笔墨应酬之态。此人虽比董氏年长一岁，但在董氏早逝八年后的道光十一年（1831）辞世，享年四十二岁。才刚刚步入初老，实为可惜。

世人评价方氏的骈文，上溯齐梁，集晋宋之精粹，还有人评价其不让唐代开元、天宝名家。陈寿祺云，宋至明朝期间，未能出现此等人物。读其作品，齐整中带有珠玉般温润，又以高古的语调来进行议论，其健谈在骈文家中十分少有。《万善花室文》的单行本近来在市上销声匿迹。如果想要一览，请在云自在龛丛书中查阅。

附录：《莫愁湖秋泛图记》（略）。

梅曾亮（伯言）

此人也是姚鼐门下的著名人物。出身于江苏上元（南京），自幼爱好骈文，到了三十岁，开始立志于古文创作。据说其所作骈文多达十五卷，我曾阅读过《柏枧山房集》中收录的上下两卷。

附录：《展东坡生日序》（略）。

周寿昌（荇农）

湖南长沙人，道光二十五年（1845）进士。太平天国运动时期，曾国藩欲辟之为幕僚，因周寿昌与胡林翼之间产生不愉快，遂作罢。周氏对骈文的看法是：“学胡天游之广博而去其僻怪;爱洪亮吉之俊爽而除其细尖。”他本人的作品也大体如此。文稿虽多,但现在只留存下《十家骈体文钞》里收录的三十余篇。其门生有瞿鸿禨、王先谦、叶德辉等。

附录:《枌东老屋校书图记》(略)。

傅桐(味琴)

号梧生,安徽泗州人,著有《梧生骈体文钞》。

附录:《夏瘦生诗序》(略)。

赵铭(桐孙)

浙江秀水人,今嘉兴府一带。此人的文章颇为老练,他将清末的形势写入骈文之中,有主张,也有论辩,颇有趣味。著有《琴鹤山房骈文》。

附录:《十六国宫词自序》(略)。

李慈铭(莼客)

笔者在《清代诗文界》也曾提到过李慈铭,但骈体文才是其最擅长的,简古凄艳、让人一读便手不释卷。

他学识渊博,且喜好辩论,有点像毛奇龄。他常年居住在北京,俨然成为了文坛的盟主。所撰日记名为《越缦堂日记》,因其持续记录长达四十年之久,所以能对当时的情况有清晰的把握。出身于浙江会稽,于光绪二十年(日本明治二十七年,1894 年)离世,享年六十六岁。

我想通过撰写他的事迹来窥见清末文人的生活之一斑;通过寻访他的寓居所在地北京城商保安寺附近,看看轩翠舫旧址如今变成了怎样的光景,但还没有这样的机会。那附近还有王士禛和翁方纲的旧迹,是清代文学界的纪念地。

李慈铭的骈文,善于叙情,更工于叙景。《轩翠舫记》等就是非常出色的作品。此外,由于他学识渊博,即便用了生僻的文字,也不会显得特别突兀,反而呈现出了一种别样的姿态。《壬申七月北海郑司农生日集郑庵记》是论述郑玄学术的文章,一读就能感受到阵阵古香袭来。若说嘉道至清末的这段时期的大家,非此人和方履篯莫属。

附录:《极乐寺看海棠记》(略)。

(四)清末的骈文界

清末也即光绪宣统年间,清朝全面衰落,随着万事更替,西洋的势力如决堤的洪水涌进中国。军械、练兵都采用西洋式,接着宪法也不得不学之,举世如饮狂泉,一片骚动。在此期间为何仍有骈文创作?然而大河之水不断绝,昆山之玉也搜不尽。在此举湖南的

“二王”为例,总论此时代的骈文界。此外,下一节将要论述的现代骈文界与这一节关系紧密,只是出于他们仍在世的缘由,并非别有深意。这点还请读者诸君理解。

王闿运(壬秋)

王闿运是湖南湘潭人,在近代中国学界、文章界颇负盛名。他在学问上属于公羊学,据说继承了戴望之学,然而何时遇到戴望仍不可知。词章之学出于天禀,于诗尤其能发挥其妙,骈文亦被认为接近六朝的颜延之、庾信。他好谈经世之大略,实际上是迂远之人。然而人品相当之高。问及王先谦门人,虽不常如此评价,但都那么认为。王氏曾入四川,为成都尊经书院院长,又为湖南长沙的校经书院、衡州的船山书院院长,出其门下之人颇多。特别是四川至今仍有其显著影响。如廖平、宋育仁等人,都是受其熏陶而成长的人才。四川人的文章带六朝古艳之趣,也不得不说即是王氏的流风余韵。民国五年(1916)殁,年八十八岁。另外,此人事迹也在《清代的诗文界》有论述,敬请参照。

附录:《秋醒词序》(略)。

王先谦(益吾)

王先谦是湖南长沙人,与前述王闿运并称“湖南二王”。文章仿曾国藩,虽是桐城派中人,而骈文极好。然而文学上的地位不可与王闿运之天才相比。此人与清末学界联系甚多。其在江苏学政时,继阮元的《皇清解经》之后,编辑出版了《续皇清解经》。其自身亦著有《后汉书补注》《合校水经注》等,多以考证为主,虽对学者有所裨益,而并无甚识见。我在乍看《后汉书补注》时,怀疑是改订其师周寿昌的旧稿。最近询问得知《合校水经注》是改订湖南著名诗人邓显鹤的旧稿。据说王氏依靠慈禧太后的“宠儿”李莲英而立身,其后为了掩盖此事实而攻击李莲英。这似乎是事实。其后似乎并不甚注意自身行为。戊戌政变前,门人苏舆等编修《翼教丛编》,相比康有为的《孔子改制考》,王氏所采取的行动比较倾向于主张孟子的护道,如今看来似乎可一笑置之。

王氏在文学方面有诸多编纂。古文方面,继姚鼐《古文辞类纂》之后,编修《续古文辞类纂》;骈文方面,继吴鼒《八家四六文钞》后,编修了《十家四六文钞》,更编修《骈文类纂》四十六卷。虽然这是取曾燠《国朝骈体正宗》之意而欲撰骈文之正宗;仿姚鼐《古文辞类纂》体例而划分部类,有意成为骈文界的指南,然而该书出版于光绪末年,尚未广泛行世。王氏殁于民国六年,门人甚多。

附录:《十家四六文钞序》(略)。

(五)中国现代的骈文界

骈文在现代也未曾灭绝。黎元洪幕下有饶汉祥,唐继尧幕下有由云龙,从其骈文通电文可见一斑。如前所述，笔者也在此略述清末迄今的骈文界之事。

现在在世的作家中，先从樊增祥（樊山）说起。此人是现代诗界的耆宿，也是骈文作手。光绪帝蒙尘西安时屡发诏书，即成于此人之手，作品充满哀痛之感，善于抓住人心。其案件的判决文明辨是非，同时能权衡人情深处，可谓能言之士。在骈文方面，他收藏与之关系颇深的李慈铭的旧作，并将之装订成书，传为佳话。

清末遗老陈三立（散原）、况周颐（字夔笙，广西临桂人）、宋育仁（字芸子，四川富顺人）、秦树声（字幼衡，河南固始人）等都是骈文名手，且以上诸公不以骈文家名世，其看家本领在其他方面。也即陈三立于诗、况周颐于词、宋育仁于经学特别是《周礼》，只是秦树声在盛昱门下，精通佛典，有文人之风，此外没听说他有何特长。

此外出自清代骈文的阵地江苏阳湖一带的还有冯煦。冯煦号梦华，现在应该已经八十五六岁，此人在中国中部地区相当有名，著书有《蒿庵类稿》。此外还有屠寄（字敬山，武进人）、李详（字审言，兴化人）、孙雄（字师郑，昭文人）、曹元忠（苏州人）等，屠寄已殁，李详、孙雄如今是否在世不得而知。

我所知道的苏州人中有工于骈文的人，即张尔田（字孟劬）、孙德谦（字隘堪）二人。乍看张氏，惊讶其如乡野之人的风貌，然而他学问渊博，最精于史学，文章上工于骈文，有相当有趣之作。孙氏通史学，与张氏同奉章学诚之学说。孙氏近来著有《六朝丽指》之书，大论六朝骈文之本旨。此外戏曲通吴梅（字瞿安）尚未上年纪，由于是苏州人，也工于四六文。

王式通（字书衡），祖籍山西汾阳，实际上是浙江山阴人，作为中国法律学者，也以四六文名手而闻名。此人作为官僚，仕途通达，曾任内阁秘书长。此外，在北京居住的还有邵瑞彭、高步瀛、丁闇公等，都相当有名。

现今以骈文挥洒其纵横才笔的是饶汉祥。此人字宓僧，出生于湖北，是樊增祥门人。入民国以后，应黎元洪之聘为秘书，屡屡创作长电文骈文，使读者产生共鸣，因而提高了黎氏声誉。黎氏为大总统时其任秘书长，是黎氏幕下最得力者。我当时也时常遇到他，他身材高挑，看起来是温和的文人，但也像是在吸食鸦片。我记忆中他谈到让我读庾信的文集，他自己则以书经为典范。

饶氏创作文章非常迅速。发表于民国十二年（1923）元旦的黎氏通电非常长，覆盖报纸的整个版面，然而听说他没有太费心劳神就完成了。去年冬天，饶氏受郭松龄所托，写了七八篇骈文通电文，都是情感饱满之作。由于郭松龄长期受张作霖恩惠，而以兵谏之名义迫其退隐，若非最富情感、披肝胆、恻恻动人，则无论如何也不能赢得世人认同。然而不愧是饶氏，写作极巧妙地拉近了世人，似乎使张作霖都哑口无言。

现今军阀官僚各自有各自写作文案的文人，他们都是善于写应用文的才子。从饶汉祥的骈文来看，虽是带有俗调的文笔，就这一文人群体来说也不失为鹤立鸡群。

此外，唐继尧幕下的由云龙，号夔举，云南姚安人，曾留学日本，文章学洪亮吉，如艳丽之花，意气飞动。作为革命时代的电文，从鼓舞青年之心来说是最好的作品。唐氏势力衰弱之后，久不见其文章。

附录：孙德谦《六朝丽指序》（略）。

附录：饶汉祥《为郭松龄与张作霖书》（略）。

作者简介：

今关天彭（1884—1970），本名寿麿，生于日本千叶县。主要著作有《东京市内先儒墓田录》（政教社1913年版）、《宋元明清儒学年表》（1919年）、《清代及现代的诗文界》（今关研究室1925年版）、《清代及现代的中国文学界》第2编《清代及现代诗余骈文界》（今关研究室1926年版）、《近代中国的学艺》（民友社1931年版）、《骏河与临济禅》（静冈谷岛屋书店1934年版）、《骏远之诗界》（静冈谷岛屋书店1935年版）、《中国文化入门》（元元社1955年版）、《朱舜水》（东洋文化社1965年版）、《宋诗选》（集英社1966年版）等。

译者简介：

陆锦连，1988年生，广西贺州人，广西师范大学外国语学院日语笔译硕士生。

蒙显鹏，1988年生，广西贺州人，文学博士，广西师范大学文学院副教授。研究方向为日本骈文、宋代文学。

统一新罗时期的汉文学研究*

［韩］梁光锡撰　肖大平译

内容摘要：统一新罗时期，占据汉文学主流的是近体诗与骈文。近体诗在八世纪初期（圣德王在位前后）开始流行；到了九世纪初期，在入唐宾贡诸子手中定型；此后，崔致远、朴仁范等人发展了近体诗的写作技巧和表现内容，成为韩国汉诗的龟鉴。新罗统一之前就已经传入朝鲜半岛的骈文，要比近体诗更早，在八世纪初期成熟，到九世纪初期广泛流行，成为汉文学的主要的文体。统一新罗时期的近体诗与骈文，更多的是受到了重视修饰的晚唐文风的影响。此外，当时还产生了一些文学理论，文坛上各种文体兼备。统一新罗时期，汉文学逐渐发展成为韩国文学的母胎。**

关键词：统一新罗；汉文学；近体诗；骈文；文体

一、绪论

本文旨在把握汉文学的特性、摸索其有机关系，以揭示统一新罗时期汉文学的特性为主要目的。

朝鲜半岛在统一新罗之前就已经出现了成熟的五言诗，出现了骈散结合的文章，文章写作中表现出审美意识，文学领域也不断扩大，这些都充实着汉文学的内容，文学创作的个性也逐渐形成，等等。这些都为统一新罗时期文学的发展奠定了基础。此后，在学习从唐朝传来的词章之学，以及接受唐朝文物的过程中，朝鲜半岛汉文学获得进一步发展，产生了一些汉文学作家，形成了汉文学文坛。自此以后，汉文学在韩国文学中占据中枢性位置，地位逐渐巩固，这一时期汉文学中最为重要的文体是近体诗与骈文。

关于近体诗，五七言诗受到齐梁之际盛行的声韵学影响，到了唐代逐渐定型。骈文也受到了声韵学的影响，文章追求音调的调和；到南北朝时期，走向成熟。比起内容而言，骈文在美学上追求形式上的整齐化，外形上的调和，比起朴实的古文，骈文更加精巧、华丽。

---

* 论文原载诚信女子大学《论文集》卷36，1998年，第619—638页。

** 韩文论文中原无摘要，此为译者据内容概括。

统一新罗时期的文学创作队伍主要是活跃于八世纪期间的、以入唐宾贡诸子为代表的入唐留学生,他们真正意义上接受了近体诗与骈文,进一步形成了文学理论,诸种文体也走向完备。

因此,本文为了具体阐明当时汉文学的特征,将对近体诗与骈文的发展过程及其特性进行考察,同时说明统一新罗时期的这些文学理论及各种文体的发展情况。这一研究不仅将有利于理解统一新罗时期的汉文学,也将有利于促进汉文学作为一门学问的体系化。

二、诗歌的流行与近体诗的发展

王夫之在《诗广传》中说,诗歌参与天地和育,与宇宙精神浑然一体,广为流行。钟嵘在《诗品》中说,诗歌不仅对于人的性情会产生影响,同时也能感动天地与鬼神。① 诚哉斯言!诗歌不仅与宇宙精神和谐为一,也能与人类的性情实现和解。因此,诗歌具有很强的教化功能,被用作政教的手段,在统一新罗时期也不例外。

统一新罗时期汉文学的领域不断扩大,国王与僧侣也使用诗歌进行外交,或者从事学问研究。唐玄宗得到新罗国孝成王二年(738)圣德王去世的消息后,写作了一篇诗序。其后,又命太子及周围大臣作诗,并令使臣邢璹在出使新罗时将这些诗作带往新罗。景德王十五年(756),唐玄宗又亲自作五言诗十首②,并令人将这些诗歌带往新罗。受此影响,新罗也写作了诗歌,请唐朝使臣胡归厚带回唐朝。③ 这一时期,僧侣和一般文人一样,能够用诗歌来表达自己的思想与感情,诗歌写作极为盛行。义湘所创作的《一乘法界图诗》七言30句210字中,表现了他的华严思想;慧超④在前往印度途中诗兴大发,创作过五言偈体,对自己的学问和生活情况作了形象化的描述。慧超在来到天竺以后,巡访了释迦牟尼的遗迹地,在见到荒废的彼罗尼斯国后,作诗描述了所见到的荒凉景象:

> 不虑菩提远,焉将鹿苑遥。只愁悬路险,非意业风飘。
> 八塔难诚见,参差经劫烧。何其人愿满,目睹在今朝。

---

①〔清〕王夫之云:“君子之心,有与天地同情者,有与禽兽草木同情者,有与女子小人同情者,有与道同情者,悉得其情,而皆有以裁用之。大以体天地化,微以备禽鱼草木之几。”(〔清〕王夫之《诗广传》,四部备要本)钟嵘云:“气之动物,物之感人,故摇荡性情,形诸舞咏,照烛三才,晖丽万有,灵祇待之以至飨,幽微借之以昭告,动天地,感鬼神,莫近于诗。”(〔南朝梁〕钟嵘《诗品》,正中书局1969年版)

② 见《三国史记》“新罗本纪孝成王二年”条。

③〔新罗〕崔致远《大崇福寺碑文》:“何则鸡林多佳山水,东王诗以印之而赠。赖愚尝学为缀韵语,强忍愧酬之不尔,为海外笑必矣。”

④ 慧超并不满足于作为留学生入唐的经历,在其30岁前后的开元十年(722)前往天竺求法,他所作五言四句的近体诗5首,收录在《往五天竺国传》中。这些诗歌中的诗句皆满溢着佛教的气脉,也有着诸天的气味。

在佛教圣地巡礼的同时，他还写作诗歌表达求道的喜悦。在行经天竺国那揭罗驮娜寺时，听到一位中国僧人在回国途中突然发病而死的消息后，慧超伤心不已，在诗中写道：

故里灯无主，他方宝树摧。神灵去何处，玉貌已成灰。
忆想哀情切，悲君愿不随。孰知乡国路，空见白云归。

诗中，慧超把自己比拟为这位中国僧人，在诗歌中表达了求道的苦行。

类似这样，诗人以诗歌的形式形象化地描述自己的生活，这可以说是朝鲜半岛诗歌成熟的一个标志。此后，新罗文人与唐朝文人写作了不少交游诗歌，也表现出这些特性。宪康王九年(883)，新罗国王临幸三郎寺，命文臣各作汉诗一首。①

类似这样，以汉诗来表现日常生活的多种样态，意味着汉诗与汉文学获得了全面发展。在统一新罗之前流行的、那种受到《文选》所录诗歌影响而形成的古诗，到了统一新罗时期逐渐出现了。神文王时期(681—692年在位)渐开(译者按：新罗景德王时期高僧)所作的《咒愿词》等古体诗②，宪康王在位时期(809—892年)中岳山神所创作的《佛简飞扬歌》③，景哀王(？—921)创作的《繁花曲》等乐府体④，以及类似《海歌词》⑤一类汉译诗歌，以及唯一的女性诗人薛瑶的《返俗谣》之类的楚辞风诗歌⑥，这些都丰富了新罗的诗文学。近体诗在传入朝鲜半岛以后，格式严整的近体诗在当时的文坛占据主导性地位。

继古诗之后流行起来的近体诗，其形式在初唐(618—712年)末期沈佺期与宋之问等人手中走向完备。这一时期，新罗与中国交流频繁，涌现出圣德王时期(702—737年

---

①《三国史记》"新罗本纪惠康王九年"条："春二月，王幸三郎寺，命文臣各赋诗一首。"

② 据说是神文王时渐开所作，乐府体五言古诗。"檀越好布施，天神常护持。施一得万倍，安乐寿命长。"参见《三国遗事》卷五"大城孝二世父母"条。

③ 宪德王时(809—826在位)中岳山神所作，汉初大风歌体乐府。"碍岩远退砥平兮，落叶飞散生明兮，觅得佛骨简子兮，邀于净处投诚兮。"参见《三国遗事》卷四"心地继阻"条。译者按：韩文中误作《三国遗史》，今更正。

④ 绮丽乐府体古诗。"只国实际分二寺东，雨松相依兮萝中。回首望兮花满坞，细雾轻云并蒙浓。"参见《增补文献备考》卷一〇六《乐考·俗乐一》。

⑤《三国遗事》"水路夫人"条："龟乎龟乎出水路，掠人妇女罪何极。汝若防逆不出献，入网捕掠燔之吃。"译者按：韩文中误作《三国遗史》，今更正。

⑥ 唐新罗人薛承冲之女薛瑶所作，离骚风乐府。小序载："薛瑶，东明国人，左武卫将军承冲之女，嫁郭元振为妾。""化云心兮思淑贞，洞寂灭兮不见人。瑶草芳兮思芬蒀，将奈何兮青春。"《全唐诗》一函十册。

在位）的《北庵词》与《南庵词》[①]，以及景德王时期（742—765 年在位）金地藏的《送童子下山》[②]等作品。由这些作品可以看出，虽然在八世纪初新罗诗歌创作受到了中国诗歌的影响，但诗歌创作活动则真正始于九世纪初期入唐宾贡诸子归国以后。这些入唐宾贡诸子回国以后，极大地推动了近体诗的发展。

宾贡诸子，包括宪德王十三年（821）在中国科举及第的金云卿，以及后来的金可纪、崔利贞、金叔贞、朴季业、金允夫、金立之、朴亮之等 12 人，其后还有崔致远、崔匡裕、金夷吾、金文尉、李同、崔承佑、朴仁范、崔彦抮、崔光允父子以及金渥等人。

对于宾贡诸子，崔致远说：

> 顾鸡林之士子，特令朴仁范、金渥两人，双飞凤里，对跃龙门；许列青襟，同趋绛帐。不容丑虏，有玷仙科。此实奉太宗逐恶之心，守宣尼择善之旨。振嘉声于鳌岫，浮喜气于鲲溟。伏以朴仁范苦心为诗，金渥克己复礼。获窥乐镜，共陟丘堂。自古已来，斯荣无比。[③]

结合《全唐诗》中所记载的唐人章孝标、张乔、杜荀鹤[④]等人为入唐宾贡诸子所作的赠别诗来看，入唐宾贡诸子表现出强烈的学习热情，以及诗文学创作的热情。其中，金立之作为宪德王十七年（825）随入朝使金昕度唐的 12 名宿卫学生之一，《全唐诗》一卷中收录其所作诗句七联。[⑤]

这些联句对于事物皆如实描绘，语言高雅、清丽，含蓄地表现了作者的生活与心境，表现出中唐诗歌的风味。从这些联句中所使用的词汇和风格来看，金立之应当受到了杜

---

① 圣德王时某娘子所作，题目从［韩］李家源《韩国汉文学史》，作简要记载。《北庵词》：“行逢识落千山暮，路隔城遥绝四邻，今日欲投庵下宿，慈悲和尚莫生嗔。”《南庵词》：“日暮千山路，行行绝四邻，竹松阴转邃，溪洞响犹新。乞宿非迷路，尊师欲指津。愿顺惟从我请，且莫问何人。”最后一句中“问何人”平仄为下三平，属于初唐近体诗风。

② 新罗王子金地藏（705—803）于至德初年（景德王 5—16 年）入唐，来到九华山隐居。所作《送童子下山》为盛唐风的七言律诗，清新脱俗。

③〔新罗〕崔致远《新罗王与唐江西高大夫湘状》，第 63 页。

④〔唐〕章孝标《送金可纪归新罗》（八函四册）：“登唐科第语唐音，望日初生忆故林。鲛室夜眠阴火冷，蜃楼朝泊晓霞深。风高一叶飞鱼背，潮净三山出海心。想把文章合夷乐，蟠桃花里醉人参。”〔唐〕张乔《送朴充侍御归海东》（十函一册）：“天涯离二纪，阙下历三朝，涨海虽然阔，归帆不觉遥。惊波时失侣，举火夜相招。来往寻遗事，秦皇有断桥。”（译者按：韩文原文中“离”字脱，今补。）〔唐〕杜荀鹤《送宾贡登第后归海东》（十函八册）：“归捷中华第，登船鬓未丝。自应天上桂，别有海东枝。国界波穷处，乡心日出时。西风送君去，莫虑到家迟。”

⑤《全唐诗》卷一中所载上述七言联句七联中，金立之与金云卿的诗歌各收录一联。日本的《千载佳句》中收录金立之诗联 6 句、金云卿 1 句、金可纪诗句 1 联。此三人的联句未见互相重复者仅此联句。《秋夜望月》：“烟破树头惊宿鸟，露凝苔上暗流萤。”《峡山寺玩月》：“山人见月宁思寝，更掬寒泉满手霜。”《赠青龙寺僧》：“绀殿雨晴松色冷，禅林风起竹声余。”《宿丰德寺》：“风过古殿香烟散，月到前林竹露清。”《赠僧》：“更有闲宵清净境，曲江澄月对心虚。”《秋夕》：“寒露已催鸿北去，火云渐散月西流。”《早春》：“园梅坼甲迎春笑，庭草抽心待节芳。”

甫、白居易、元稹等盛唐与中唐诗人诗歌的影响，比起社会诗而言，他更擅长山水诗的写作。

除金立之以外，金云卿与金可纪二人也各有一联诗句传世①，这些联句也是以七律形态写作的山水诗歌。可以说，这些以中唐风格写作的近体诗，到了九世纪初期入唐宾贡诸子手中逐渐走向成熟。

此后，被誉为韩国汉文学开山之祖的崔致远也有不少近体诗传世。② 在当时新罗末期混乱的社会现实中，崔致远通过文学表现其求道的精神，作为当时的代表性文人，以诗歌升华了心中的恨，提高了作品的品格，其所创作的诗歌成为了新罗近体诗创作的典范。

崔致远擅长七言律诗的写作，今天我们仍然将崔致远所写作的诗作视为典范。他所作的《登润州慈和寺上房》③是一首脍炙人口的诗作，也是他最杰出的作品。诗作如下：

登润州慈和寺上房

登临暂隔路岐尘，吟想兴亡恨益新。
画角声中朝暮浪，青山影里古今人。
霜摧玉树花无主，风暖金陵草自春。
赖有谢家余境在，常教词客爽精神。

该诗平仄合律，颔联与颈联对仗绝妙，山水描写精彩，是典型的晚唐风格的七言律诗。首联中表露了在混浊的世俗社会中内心所藏之恨意，颔联与颈联中通过绝妙的对仗句，表现了在无限自然中感受到的对世事的虚无之感，而尾联中升华了这种恨意。从写作技巧与手法上来看，虽然诗歌只在吟咏人生之无常，但语韵清华，表现出作者求道的精神，是崔致远一篇得意之作。

除崔致远以外，崔匡裕、朴仁范、崔承祐等人也各有十首七言律诗入选《东文选》，特别是朴仁范所创作的《题泾州龙朔寺》④。可以说，与崔致远的《登润州慈和寺上房》同是当时代表性的作品。

---

①《全唐诗》载〔新罗〕金云卿《秦楼仙》："秋月夜闲闻案曲，金风吹落玉箫声。"〔新罗〕金可纪《题游仙寺》："波冲乱石长如雨，风激疏松镇似秋。"

② 李圭大认为共有 127 首，参见［韩］李圭大《崔孤云汉诗研究》，韩国汉文学会《汉文学研究》1976 年第 1 辑。

③ 平仄如下：平平仄仄仄平平，仄仄平平仄仄平，仄仄平平平仄仄，平平仄仄仄平平，平平仄仄平平仄，仄仄平平仄仄平，仄仄平平平仄仄，平平平仄仄平平。

④ 平仄如下：平平平仄仄平平，仄仄平平仄仄平，平仄平平平仄仄，平平平仄仄平平，平平平仄平平仄，仄仄平平仄仄平，仄仄仄平平仄仄，仄平平仄仄平平。

泾州龙朔寺阁，兼柬云栖上人

翚飞仙阁在青冥，月殿笙歌历历听。
灯撼萤光明鸟道，梯回虹影到岩扃。
人随流水何时尽，竹带寒山万古青。
试问是非空色理，百年愁醉坐来醒。

此诗符合七言律诗的格式，语韵清华，句格豪迈，自然没入，曲尽其妙地表现了诗人摆脱烦恼的慧心。

《东人诗话》中评价说："吾东人之以诗鸣于中国，自三君子始。"这里的三君子分别就是《登润州慈和寺上房》的作者崔致远、《题泾州龙朔寺》的作者朴仁范和《题泗州龟山寺》的作者朴寅亮。因崔致远、朴仁范以及高丽时期朴寅亮等人，韩国诗歌遂为中国所认可。事实上，上面这些诗作都收录在宋人祝穆所编纂的《方舆胜览》之中，受到中国人的称赞。在高丽时期，成为汉诗创作的规范，朝鲜半岛律诗受到重视即始于此。

然而，统一新罗时期的诗风诚如崔致远所说，并未能摆脱晚唐形式主义的束缚。这种情况不仅是晚唐如此，这些诗歌作品都创作于中国，这些新罗诗人身处异国他乡，虽然其诗歌创作受到了盛唐与中唐时期社会诗歌的影响，但比起那些表现诗人参与社会现实的诗歌而言，这些新罗诗人更多的是创作那些描绘田园与山水风光的诗作，以及表达内心郁闷之作。这种创作风潮一直持续到新罗末期，使得技巧主义成为当时盛行的诗歌创作风气。

总之，诗歌广泛盛行的统一新罗时期，在圣德王前后受到近体诗创作的影响，到九世纪初期近体诗创作在入唐宾贡诸子手中定型。此后，崔致远、朴仁范等人发展了近体诗的写作技巧和表现内容，使得近体诗成为韩国汉诗的龟鉴。

三、文体的变迁与骈文的兴盛

汉文本来并没有骈散之分，其后随着文章写作中对文章整齐与修饰等定型化的追求，汉魏时期骈文兴起，六朝时期骈文随着汉文学的发展逐渐盛行起来。到了唐代骈文弊端渐显，韩愈、柳宗元发起古文复兴运动，古文与今文分道扬镳。当时盛行骈文（时称"今文"），而在此之前的先秦与两汉时期的文章都以古文写作。在韩愈发起古文运动时，将骈文称为今文，柳宗元在《乞巧文》中将之称之为四六，到了清代改称骈文。古文与今文，先是被称为古文与四六，其后改称散文与骈文。古文与今文是从使用时期上所作的区分，古文与四六文则是从精神上所作的区分，而散文与骈文则是从形式对立的角度所作的区分。

所以，散文并非是与韵文对立的名称。从形式方面来看，与骈偶以及四六句的骈文相比较而言，散文使用散语行文，基于此被命名为散文。南宋时期，王应麟在《辞学指南》中解释说，此前人们将文体分为散文与四六文；而关于散文的理论，直到韩愈、柳宗元的古文复兴运动才得以确立，这样骈文的定义也清晰起来。

刘开在《与王子卿书》中写道："文之有骈散，如树之有枝干。"骈文与散文如同树的枝与干，对于散文家而言，在文章写作时不可避免地会追求文章整齐与修饰效果，会使用骈偶与对句。韩愈的《原道》是一篇说理文，以散语行文；而《进学解》与《送李愿归盘谷序》等文中大量使用对偶句，句格整齐，接近骈文。柳宗元较韩愈更甚，骈散兼用。

古文复兴运动以后，人们在文章写作中兼用骈散。这种现象的出现，是因为散文以说理和记事为主，以五经和先秦诸子以及《国语》《战国策》作为法古的对象，而骈文则是十分重视辞藻的抒情性文艺文，从汉代的辞赋中发展而来，追求内容与形式的和谐，骈散结合可以说是一种必然的趋势。

但骈文作为一种抒情性的文体，并不适合谈论义理。到了汉代以后产生了以骈文进行论说的趋势，魏晋人喜好谈论义理，这一时期的文章多以骈散结合语体写成。到了六朝时期，则基本上都是骈文。不仅如此，到了唐代，陆贽在写作诏令和奏译文时，也使用骈散结合的文体，而此后的诏令和奏议则为兼具骈散，新罗时期的《花王戒》和《上唐玄宗谢恩表》等等文章就受到了这类影响。

新罗在统一之前，那些僧人们所写作的论文，都表现出某种程度上接近《文选》风格的骈文。而统一新罗之后，受到六朝和唐初文风的影响，骈文写作广泛流行。《文选》一书被指定为国学教科书，在读书三品科中，作为考试科目受到重视，随着宾贡诸子返回新罗，晚唐文风在新罗流行，新罗文章写作逐渐转变为骈文一统天下，骈文成为当时文章写作的主流。

现在流传下来的新罗时期的骈文作品，有《文武王答薛仁贵书》[①]以及《文武王陵碑文》[②]等等，文章中阐述了新罗与唐朝的关系，表现出雄强的文风，当时著名的文章家主要有强首和薛聪等人。在文章方面，协助文武王统一三国的强首未能留下相关作品，不过根据《三国史记·列传》的记载，可以推测强首当具有很高的汉文学造诣，也十分擅长文章写作。从时期上大体来看，《文武王答薛仁贵书》很有可能就是强首的作品，而薛聪则只有一篇《花王戒》传世，借由该篇可窥其文风。

《花王戒》中，薛聪论述了神文王（681—692 年在位）治理天下的道理，文章采用拟人和寓意等手法，委婉地暗示了儒家的君臣之义。同时采用对照等手法，明确地对比词义，充分地发挥文章讽谏的效果。文章中大量使用四六等精巧的对仗句和典故，以及叠字叠

① 《三国史记》"新罗本纪文武王十一年"条。

② 〔清〕刘喜海《海东金石苑》，影印本，亚细亚文化社 1976 年版，第 68 页。

韵、色彩对、数字对等，是一篇整齐的骈散结合的文章。[①]

不过，从文章中单纯地对事件进行简单罗列的骈文初期的形态来看，此文尚未摆脱统一之前骈文体形式的束缚。这种情况也体现在神文王死后、圣德王五年（706）为王祈冥福而制作的、安放在皇福寺石塔中的金铜舍利函上所镌刻的《皇福寺址出土铜函铭文》。

此后的金大问与禄真皆堪称当时的骈文创作代表性人物。金大问于圣德王三年（704）出任汉山州都督，擅长文章写作，著作丰富，有《花郎世纪》《高僧传》《乐本》《汉山记》[②]《鸡林杂传》[③]等著作，但可惜的是这些著作未能流传下来，只有《三国史记》"真兴王三十三年"条中，有这样一句记载："贤佐忠臣，从此而秀；良将勇卒，由是而生者。"这句话就是《花郎世纪》原文中的一部分，对仗精巧，文章洗练。如果这篇流丽、洗练的文章能流传下来，那金大问绝对是杰出的文章大家。《高僧传》中收录了三国高僧们的传记，《花郎世纪中》记载了花郎的历史，《鸡林杂传》中记载了新罗的野史，《汉山记》中记载了汉山的风物和人物，而《乐本》则记载了新罗时期的音乐。

可以看出，金大问著作的内容非常广泛，从这些著作皆围绕新罗这一点来看，金大问不仅自主，而且博学多识，是当时代表性的文人，这是毫无疑问的。从这些著作的特点来看，此后的《海东高僧传》《三国史记》《三国遗事》等著作，或直接或间接地受到了其著作的影响。可以说，金大问的著作对韩国文体产生了巨大影响。

圣德王时期表文获得极大发展，其中代表性的有圣德王三十二年（733），唐玄宗派使臣送来鹦鹉和丝绸等物品，为此新罗写作了一篇《圣德王上唐玄宗谢恩表》。该文中不仅大量使用对偶句，句中自对、概念对、数字对，典故与华美语句比比皆是，可以看出文章写作中对形式美的追求。

这些文章都是具有骈文四大家[④]品格的初唐风的骈文。上述《花郎世纪》就深得骈文真髓。从上述这些事实来看，圣德王时期文人从唐朝学习了词章之学，骈文走向成熟，而且骈文要比近体诗更早走向定型。

根据《三国史记·列传》的记载，禄真的姓名字号未详，是一吉飡（译者按："一吉飡"为新罗时期的官职名）秀奉之子，宪德王十年（818）任执事侍郎，当时他向角干金忠恭献

---

① 参照拙稿《薛聪与花王戒》，高大国语国文学研究会《语文论集》第23集，1982年。

② 《三国史记·列传·薛聪》："金大问本新罗贵门子弟，圣德王三年为汉山州都督，作传记若干卷。其《高僧传》《花郎世纪》《乐本》《汉山记》犹存。"

③ 《三国史记》"新罗本纪法兴王十五年"条："此据金大问《鸡林杂传》所记书之。"

④ 指的是唐初之骈文大家王勃、杨炯、卢照邻、骆宾王。

上阐述用人方略的《上角干金忠恭书》[①]一文，此文让人同时联想到韩愈的《潮州刺史谢上表》以及《为韦相公让官表》。此文是一篇具有中唐风格的古文，行文古雅、简洁。

文圣王时期的金立之所写作的《圣住寺碑文》（约850年前后）[②]以及《昌林寺无垢净塔院记》（855年）[③]，这两篇文章都是对仗极为整齐的骈文，由此可以看出骈文截至这一时期获得了相当大的发展。

接下来是被认为是东国文宗的崔致远。由其文章，可见其文章写作深得中国文艺文之精髓。《桂苑笔耕集》20卷收录了崔致远在唐朝时所写作的诗歌60首、文章300篇，是崔致远最早的诗文集。此后，他还写作过《四山碑铭》《无染和尚塔碑铭》《真鉴和尚塔碑铭》《大崇福寺碑铭》《智证和尚碑铭》等，这些都可以说是崔致远的代表性文章。

《四山碑铭》序文效仿唐代碑文格式，文体优美，词意圆滑。《无染和尚塔碑铭》序文开头采用骈散结合的形式写成，且其结构如下：

> 帝唐揃乱以武功，易元以文德之年，
畅月月缺之七日。日蘸咸池时，海东两朝国师禅和尚盥浴已，
跌坐示灭。国中人如丧左右目，矧门下诸弟子乎。呜呼！应东身者八十九春，
服西戒者六十五夏。去世三日，倚绳座，俨然面如生。门人询乂等号奉遗体，假殡禅室中。

“易元以文德之年，畅月。仲冬曰畅月，月缺之七日。应东升者八十九春，服西戒者六十五夏。”对句绝妙、整齐，但大多数文具采用的是骈散结合的形式，词意圆滑，成为韩国碑文的龟鉴。因此，崔致远的《桂苑笔耕集》及归国以后所写作的表状碑文成为我国文体的模范。

此外，还有金默贞的《神行禅师碑文》（813年）、崔贺的《寂忍禅师塔碑铭》（872年）、朴居勿的《皇龙寺九层木塔刹柱本记》（827年）、金颖的《普照禅师塔碑铭》（884年）、《圆郎禅师塔碑铭》（890年）、金远的《弘觉禅师碑铭》（886年）以及新罗末期的朴仁范的《梵日国师影赞》《无碍智国师赞》、崔彦抝的《真镜大师塔碑铭》（924年）、崔承祐的《代甄寄高丽王书》等等。这些文章都收录在徐居正所编的《东文选》之中。这些碑文，与崔致远的《四山碑文》类似，写作中采用的是六朝与唐代的骈散兼用的碑文格式，摆

① [韩]黄寿永《韩国金石遗文》，第86—90页；[韩]黄寿永《新罗圣住寺碑》，文化财第4号，文化财管理局1969年版，第9—14页。

②《三国史记·列传·禄真》。

③ [韩]黄寿永《韩国金石遗文》，第147—149页。

脱了碑文写作严格的格式。其中《神行禅师碑铭》①,气魄宏大;《寂忍禅师塔碑铭》②,则是表现儒佛道内蕴一致的代表作。文章中并未使用十分晦涩的典故,而使用较为平易的语言,内容与形式完美结合,这种碑文体的写作体例当在崔致远之前的崔贺那里定型。此外,崔承祐代甄萱写作过《代甄萱寄高丽王书》③,全文少修饰,行文简洁,但又能尽达其义,十分重视义理,表明了高丽儒学肇始的一面。

以上这些文章除了禄真的《上角干金忠恭书》以外,其他文章接近于骈文,可以说反映了统一新罗时期骈文的盛行,是当时文章写作的主流文体。早期的《花王戒》采用的是以骈句为主、以散句为辅的写作语体,还未能摆脱统一新罗之前的状态。而到了《圣德王上唐玄宗谢恩表》的文章中,则使用纯粹的骈文体,骈文体成熟起来。到了圣德王前后,骈文写作广泛流行,作家极力追求形式美,文章中大量使用典故,表现出骈文的弊端。在碑文写作上,无论是在记事上,还是在隐喻儒佛道思想的说理的特性上,以骈句为主的行文中,往往穿插有散句,词意明确,摆脱了骈文严格的格式,成为以后接受古文的苗头。

这里不可忽视的是,汉文学的发展始终是建立在新罗自主精神基础之上的。新罗在统一三国以后,耽于享乐、陶醉于中国文物之中,固有的传统精神逐渐丧失。因此,当时知识分子力图匡救当时的社会现实,薛聪写作《花王戒》、李纯写作《建好乐文》等文章,即旨在向新罗王进行劝谏;而金大问的《花郎世纪》等文章,则旨在为新的时代呼唤走向三国统一的民族精神。这与圣德王时期汉译的《海歌》一脉相承,表现出新罗汉文学自主的主体立场。

四、文学论的形成与诸文体的具备

对于文学的认识,新罗时期原原本本地继承了初期统一新罗以前的文学观念。其中,占据主导的是儒教的使用的文学观,《三国史记》“强首”条中记载道:

> 强首文章自任,能以书翰致意于中国及丽、济二邦,故能结好成功。我先王请兵

① 朝鲜总督府编《韩国金石总览》,影印本,亚细亚文化社 1976 年版,第 113—116 页。“夫法之体也,非名非相,则盲聋智者,莫能观其趣;心之性也,若存若亡,则童蒙理者,焉可测其源。故有学无学,才尝香钵之饭;二乘三乘,宁得药树之果。”

② 朝鲜总督府编《韩国金石总览》,影印本,第 116—120 页。原文如下:“夫钟也者,叩之声之闻之,可能定虑。镜也者,磨之光之照之,足以辨形。以物之无情,犹妙用若此。矧伊夙植间气生,蕴灵愿心非妄,心行是真行,空中说有,色际知空,方净六尘,自超十地所体,大于虚空之大,所量深于瀚海之深,神通也。不可以识。识,智慧也。不可以知,知者乎,既禅师其人也。”

③ [朝]徐居正《东文选》卷五十七:“昨者新罗国相金雄廉等,将召足下入京。有同鳖应龟声,是欲鷃披隼翼,必使生灵涂炭、社稷丘墟……”

于唐，以平丽、济者，虽曰武功，亦由文章之助焉。则强首之功，岂可忽也？[①]

此外，强首、金仁问、安景恭[②]等人利用文章解决当时复杂微妙的国际关系，其贡献不亚于金庾信等人的武功，文武之力实现调和，完成了国家统一的伟业。在儒家看来，文学需有助于政治或外交活动。当时，这种儒家的实用的文学观念十分浓厚。记录非常简短，《文武王陵碑文》中记载道："诗礼之训。"[③]《金仁问碑文》中记载道："董狐之经史。"[④]这些记载虽然简短，却能证明这一点。虽然上述两篇碑文中有很多阙文，并不容易了解前后文意，但不难看出这两篇碑文关涉的是文武王与金仁问的学问及其治教。所谓诗礼之训，指的是以《诗经》和《礼记》来教化百姓，意味着对儒家经典的理解与实践。"董狐之经史"中的"董狐"指的是春秋时期晋国的史官董狐，其在写作史书时采用秉笔直书的写法来阐明大义。诗与礼具有很强的治教上的功能，而直笔则是国家治乱盛衰的尺度。新罗在统一三国之前，为了实现国家统一必须强盛国力。而在统一三国以后的30年间，则必须为了摆脱唐朝的干涉而持续努力。因此，必须建立强力的中央集权体制，强大本国的实力。这样，新罗王朝在现实问题基础之上，以追求王道政治理想的儒教为统治理念之根本，强化国家体制。这样，在文学方面，儒家的文学观成为主流。其中，文学实用性的一面得到强化。

然而统一之后，随着国家体制逐渐走向完备，领土得以扩张，资源得以增大，同时一些唐朝文物传入新罗，王公贵族生活奢侈安逸，实现统一伟业的新罗人的气象和精神逐渐衰退。其中，典型的例子有文武王（661—680年在位）与神文王（681—691年在位）。文武王建造了豪华的雁鸭池，其后打算在庆州重建都城，询问僧侣义湘等人意见，遭到义湘等人的反对。[⑤] 神文王继位以后，发生了国舅金钦突等人与报德国的叛乱。[⑥] 然而，神文王继续沉迷在安逸的生活之中。于是薛聪写作《花王戒》[⑦]一文，试图劝说神文王建立王道政治。《花王戒》一文中，依托花王牡丹，采用委婉含蓄的语言，向国王进谏治国理政之道。类似这样采用讽谏的方式向国王劝谏道理，建立王道，这就是儒家传统的文学观。除了薛聪的《花王戒》，金大问的《高僧传》《花郎世纪》《乐本》《汉山记》及《鸡林杂传》[⑧]等著作，也发挥了匡救现实的作用。虽然这些著作未能流传下来，但从这些著作皆

---

①《三国史记·列传·强首》。

② 译者按：韩文论文中作양도，经查当为良度公安景恭（1347—1421）。作者误将安景恭封号"良度"视作其姓名。

③［韩］许兴植《韩国金石全文·古代篇》，亚细亚文化社1984年版，第101页。

④［韩］黄寿永《韩国金石遗文》，第65页。

⑤《三国史记》"新罗本纪文武王十四年""二十一年"条。

⑥《三国史记》"新罗本纪神文王元年"条。

⑦《三国史记·列传·薛聪》。

⑧《三国史记·列传·薛聪》，同"新罗本纪法兴王十五年"条。

围绕新罗展开来看，并非只是单纯地传达知识，更进一步的是为了弘扬传统文化与精神、匡救现实。这些文章让当时有着透彻的历史意识的学者感受到当时社会上的不安，同时感受到在新的时代唤醒统一三国的新罗文化与精神的必要性。

处在这种时代氛围之中，新罗致力于发展国学的文治之策，以此来实现国家与社会的安定。这样，在圣德王与景德王时期迎来了新罗文化的全盛时期，文运隆盛。这一时期涌现的《甘山寺弥勒菩萨造记》(719 年)以及《圣德大王神钟铭》(717 年)，很好地反映了当时的时代状况。

> 披阅五千言之道德，弃名位而入玄；穷研十七地之法门，坏色空而俱灭。①
>
> 举忠良而抚俗，崇礼乐而观风。野务本农，市无滥物，时嫌金玉，世尚文才，不意子灵有心老诫。②

在前一篇文章《甘山寺弥勒菩萨造记》中，很好地融合了道教与佛教；而在后面一篇文章《圣德大王神钟铭》中很好地体现了儒家与道家的文学观。三教时有对立，但如同上面两篇文章所显示，比起冲突而言，三教很早就有调和的趋势。所谓“百圣同头，本来无异”，三教融合为一。特别是在唐代道家与佛教以及儒家都各自受到保护，三教在唐代以平等的姿态获得发展。当时的知识分子，于三教都必须具有很高的学问素养③，而在统一新罗时期，三教十分自然地融合为一，在参与并解决现实问题方面皆发挥了重要的作用，形成了三教合一的格局。而反映在文学上，三教的文学观同时发挥作用，这些都具体体现在当时的诗文创作活动中。

惠恭王八年(771)，金弼奥所作《圣德大王神钟铭》开头部分如下④：

> 夫至道包含于形象之外，视之不能见其原；大音震动于天地之间，听之不能闻其响。是故凭开假说，观三真之奥载；悬举神钟，悟一乘之圆音。

该文章为了阐明钟的功能，先是以庄子的“言不尽意”⑤为论据，接着提到老子的“希夷论”⑥，最后以佛教的文学观终结，其中很自然地融合了道家与佛教的文学观，是代表性的例子。

---

① [韩]许兴植《韩国金石文》，亚细亚文化社 1984 年版，第 126 页。

② [韩]许兴植《韩国金石文》，第 137 页。

③ 拙稿《崔致远的思想与文学》，《我们文学研究》第 3 集，我们文学研究会 1978 年年版，第 42 页。

④ [韩]许兴植《韩国金石文》，第 137 页。

⑤《庄子·天道篇》。

⑥《老子》第十四章所谓“希”，意为欲听却听不见，欲看却看不见。

其后到了元圣王四年(788),在国学中设置了读书三品科①,培养并选拔人才,学风盛极一时,在本国培养了很多学者,也涌现出宾贡诸子②等一些文人。

《誓幢和尚碑铭》(哀庄王时,800—808年)中写道:"不学书无以言,亦无以记录,如何知其由来?"③金献贞所作的《神行禅师碑铭》(813年)中提到"离言之法"④,即表明了各自的文学观。新罗人的文学观,除了上述这些,崔贺的《寂忍禅师塔碑铭》(872年)⑤中也体现了一定的文学观,这些关于文学的评论逐渐积累,到崔致远时终于形成体系。

崔致远在《与客将书》与《献诗启》的文章中透露了自己的文学观:

> 以诗篇为养性之资。以书卷为立身之本。(崔致远《与客将书》)⑥
>
> 虽儒宫慕善,每尝窥颜、冉之墙;而笔阵争雄,未得摩曹、刘之垒。(崔致远《献诗启》)⑦

儒家发现了诗歌中的性情,涵养性情,经典为入德之门。崔致远依据这种儒教文学观,通过诗歌来涵养性情,通过书籍来积累见解,以此为立身之根本。他学习颜渊和冉伯牛的德行与学问,学习曹植和刘桢的文章,表现出强烈的意志。他相信,在对儒家"文以载道"这一认识之下,以诗文对万事万物进行形象化处理,以此获得审美满足、增长学识、涵养性情。比起通过穷究、思索万事万物来获得人生与宇宙的原理,他更相信根据不同的事件采用不同的理论(所谓"以文为事"),也能在传情达意上达到极致。因此,他的文学观并不偏向于某一个学派的主义或主张,而是包含了三教。崔致远说,德非言不著,言依德不朽⑧,主张文道并重,他对六朝时期的沈约和谢朓给予了很高的评价⑨。沈约与谢朓等人都是追求唯美主义文风的文人,主张儒家的诗教,其所表现出来的追求唯美主义的倾向,二者看似矛盾,然而崔致远的观点是道文一致,这种倾向贯穿于崔致远一生的文学创作。

---

①《三国史记·新罗本纪》"元圣王四年"条。

② 最早的宾贡诸子,是宪德王十三年(821)科举及第的金云卿。宾贡弟子以外,还有入唐留学生与留学僧,现存新罗时期的诗文多出自这些人之手。

③ [韩]许兴植《韩国金石文》,第150页。

④ [韩]许兴植《韩国金石文》,第160页。

⑤ [韩]许兴植《韩国金石文》,第187页。

⑥〔新罗〕崔致远《与客将书》。

⑦〔新罗〕崔致远《献诗启》。

⑧〔新罗〕崔致远《无染和尚塔碑铭》。

⑨〔新罗〕崔致远《初投献太尉启》。

另外，如脱离文字，则无法言“法”。因此，如若没有文字，就无法照亮人的眼光，[①]指出了文笔的必要性。崔致远的佛教文学观，与他的《四山碑铭》中所体现的道家文学观混为一体。[②] 进一步地，基于这种文学观崔致远从事着文学创作活动，也实现了对文学的理解。《贤首传》中写道：

旧史本无，若谓吾文篇幅广大、夸张其事，则实为讹传，此亦为泛滥之根本。……文辞再盛，又有何益？不若简介，最为珍贵。[③]

以文字来夸张内容，显得有失古法。在文章中，作者自问自己是否是这种人。在回答中明确地指出，自己严格遵守古法，对于事实，采取以简洁的文字如实记载的立场。就像这样，为了获得写作的真意，自己遵守古法，以简洁的文字写作了《贤首传》，崔致远就是在这样一种确固的理论基础之上从事作品创作活动的。另外，在《真鉴禅师碑铭》（889年）中也揭示了理解作品的方法。崔致远主张，为了正确地理解作品的内容，不能受到字句的约束，而必须通过作品来理解作者的本意。[④]

以下这段文字中表露了其批评意识：

但如青莲居士，惟夸散诞之词；白石山人，只骋荒唐之作。但以风月琴樽为胜概，不以君臣礼乐为宏规，遂使千年万年所流传，皆嗟《大雅》《小雅》之沦弊。[⑤]

对于李白的文章，他评价称李白热衷于写作放纵的文字，而将诗歌视作君臣和礼乐的规范。其文学观建立在儒家文学观基础之上，同时也涵盖了诸家的说法。

这里各种文体兼备，并行不悖。

一般我们认为，作家通过文体来表现和传达其思想，而读者则依据文体来把握内容。因此，形成了这样一些方法：对汉文学类别进行分类，选出作品，按照类别进行归纳，对汉文学作品建立整体上的认识，这就是所谓的文体分类。

对文体进行分类的著作，代表性的有刘勰的《文心雕龙》[⑥]，萧统的《文选》[⑦]，清人姚

---

① ［新罗］崔致远《真鉴禅师塔碑铭》。

② ［新罗］崔致远《真鉴禅师塔碑铭》。

③ ［新罗］崔致远《贤首传》。

④ ［新罗］崔致远《真鉴和尚塔碑铭》。

⑤ ［新罗］崔致远《谢高秘书示长歌书》。

⑥ 骚、诗、乐府、赋、颂赞、祝盟、铭箴、诔碑、哀吊、杂文、诸隐、史传、诸子、论说、诏策、檄移、封禅、章表、奏启、议对、书记类。

⑦ 论辩、序跋、奏议、书说、赠序、诏令、传状、碑志、杂记、箴铭、颂赞、辞赋、哀祭类。

鼐的《古文辞类纂》等等。《文心雕龙》并不区分骈散，而将文体分为 21 类，《文选》中将骈文体视作正宗，共分为 39 类，《古文辞类纂》中将散文体分为 13 类。

诚如上文中所指出的，《文选》在新罗与梁、陈交流频繁的六世纪末期传入朝鲜半岛。虽然在传入初期未能产生很大的影响，但在新罗统一以后，被列入国学校科目，成为诗文创作以及文体形成的典范。《文选》分类具体如下：

赋·诗·骚·七·诏·册·令·教·策·表·上书·启·弹事·笺·奏记·书·移书·檄·难·对问·说论·辞·序·颂·赞·符命·史论·史述赞·论·连珠·箴·铭·诔·哀·碑文·墓志·行状·吊文·祭文类

在朝鲜半岛，近世朝鲜成宗朝时期，文人徐居正选编截至当时的诗文，编成《东文选》一书，该书中收录了三国时期的诗文 232 篇，这 232 篇诗文被分为 14 类。① 其中，184 首是崔致远的作品。

下面我们以崔致远为中心，对三国时期的文体做一番概括说明。当时除了崔致远的《桂苑笔耕集》，还有崔承祐的《糊本集》②。可以看出受到了唐代的影响，文集类编纂盛行。现在《桂苑笔耕集》传世，《桂苑笔耕集》中的文体分类具体如下：

表、状(奏状、堂状、书状)、别纸、檄书、书(杂书)、委曲、举牒、斋词、祭文、记、疏、启、诗。

一共分为 13 类，虽然比《文选》和《东文选》分类较少，但崔致远的遗集《孤云先生文集》和《孤云先生续集》中又有如下分类：

赋、诗、表、状、启、记、碑、赞、愿文、传。

又分了十类，可以看出，崔致远创作过各种文体的作品。

然而，这里的问题是，在崔致远之前朝鲜半岛产生过哪些文体？从严格的意义上来说，崔致远是统一新罗末期的人物，考察其诗文在多大程度上对文体的形成产生影响这一问题，也可以不成为问题。从只有崔致远一人创造过上述各种文体的作品来看，这些

---

① ①诗：五言古诗 5(1)·五言律诗 4·七言律诗 40(30)·五言绝句 3(1)·七言绝句 10，总 62 首；②表笺-11；③启-8；④状-35；⑤檄书-4；⑥赞-4(3)；⑦奏议-2(2)；⑧书-40(4)；⑨记-5；⑩序-7(7)；⑪牒-32；⑫祭文-5；⑬疏-2；⑭齐词-15　※(　)中是除去崔致远作品的作品数。

②《三国史记·列传·薛聪》："崔承祐以真圣王四年入唐。至七年，唐侍郎杨涉下及第。有四六五卷，自序为《糊本集》。"

问题也不具有普遍性。除上面我们提到的一些诗文之外,我们再举一些例子,对其形成过程进行说明。

新罗与中国往来的国书,在格式上一般具有诏书和表文的形式,历代国王在从中国接受册命时,新罗国已经熟悉了诏令类与奏议类文章的写作。文武王册封安胜为高丽王的册文①与教书②,文武王下达给百姓的教书,下达诛杀伊湌军宫命令的教书,以及文武王、宣德王、文圣王的遗诏,等等,由这些文章来看,诏令与奏议类文章的写作已经达到了十分圆熟的境界。神文王七年(687),神文王派大臣前往祖庙进行祭祀,所写作的祭文格式严整。此外,也有金大问的《花郎世纪》《鸡林杂传》《高僧传》等史记类,以及《汉山记》方志类。除此以外,僧侣们所写作的序文和论疏,以及《三国遗事》和《特异传》中的志怪类,这些作品与前面提到的诗文,具备了崔致远以前圣德王与景德王时期的各种文体。

此后,金石文方面有:金立之的《圣主寺碑文》(850年前后)、金颖的《普照禅师塔碑铭》(884年)、金远的《弘觉禅师碑铭》(886年)等碑志类,金立之的《昌林寺无垢净塔院记》(855年),朴居勿的《皇龙寺九层木塔刹柱本记》(872年)等杂记类;碑铭方面,《真鉴和尚塔碑铭》与《大崇福寺碑铭》皆为四言,《无染和尚塔碑铭》为五言偈颂体,《智证和尚碑铭》为七言偈颂体,金献贞的《神行禅师碑铭》为四言,金颖的《普照禅师塔碑铭》为九言与八言混合体,《圆郎禅师塔碑铭》为七言,崔贺的《寂忍禅师塔碑铭》为八言乐府体,这些碑铭皆各具特色。

由以上这些事实来看,圣德王在位前后新罗国人已经熟悉了各种文体。此后,经过入唐宾贡诸子的努力,韩国汉文学局面形成。到了崔致远,朝鲜半岛汉文学更加成熟,汉文学的领域都有扩大,汉文学的深度也有所拓展。

五、结论

以上我们对统一新罗时期汉文学的特征进行了分析说明。综合以上分析,可得出如下结论。

统一新罗时期的汉文学建立在此前汉文学基础之上,在发展过程中,吸收了唐代的词章之学。汉文学扩散,文人辈出,形成了汉文学文坛。汉文学定型的背景走向成熟,汉文学在韩国文学中逐渐占据中枢地位,其中占据主流的是近体诗与骈文。

近体诗与骈文是汉诗文中最为齐整的文艺形式。近体诗在八世纪初期(圣德王在位前后)开始流行。到了九世纪初期,在入唐宾贡诸子手中定型。此后,崔致远、朴仁范等

---

①《三国史记·新罗本纪》"文武王十年"条。
②《三国史记·新罗本纪》"文武王二十年"条。

人发展了近体诗的写作技巧和表现内容,成为韩国汉诗的龟鉴。此外,在新罗统一之前就已经传入朝鲜半岛的骈文,要比近体诗更早,在八世纪初期成熟,到九世纪初期广泛流行,成为汉文学主要的文体。而此后,以骈文写作的碑文必须表现儒释道思想,致力于说理。因此,行文中必须兼用散文,以明确地表达辞意,这样就形成了骈散兼用的写作风格,也成为此后接受古文的契机。

近体诗与骈文相比,在内容上更多地受到了重视修饰的晚唐文风的影响。晚唐时期,六朝文风风靡一时,致力于追求形式上之美。这种倾向深刻地影响了崔致远的诗文创作。除崔致远,当时汉文学中还出现了薛聪的《花王戒》和金大问的《花郎世纪》等作品,这些作品都建立在自主精神基础之上,无论是从思想上还是从文学上,崇尚自由,尊重个性,推动了汉文学的急速发展。

当时还产生了一些文学理论,文坛上各种文体兼备。在这种基础之上,文学活动极为频繁,文学表现出它的真正面貌。因此,汉文学为人们所接受,获得了真正意义上的发展。这样,汉文学在韩国文学中逐渐占据中枢地位。到了高丽时期,高丽甚至自称为“小中华”,韩国汉文学逐渐发展成为韩国文学的母胎。

作者简介:

梁光锡,本论文发表时(1998 年)为诚信女子大学汉文教育系教授。

译者简介:

肖大平,1984 年生,湖北云梦县人,文学博士,博士后,现为暨南大学助理研究员。研究方向为中国古代文学、域外汉籍、中国文学域外传播。

桐城派文人对骈文的认识

[韩]金镐撰　肖大平译

内容摘要：前期与中期桐城派文人对待骈文有两种不同的认识。方苞、管同、吴德旋等人强调纯粹的古文写作，排斥骈文。与此相对，刘大櫆与姚鼐等人虽然对于骈文持批判性态度，但同时也在其作品创作或批评中认为骈文具有一定价值。而此后的梅曾亮、方东树、刘开等人直接创作骈文，他们对于骈文持肯定性的认识与态度。从前期到中期，桐城派文人对骈文的认识与态度从否定性的评价逐渐转向肯定性的评价。造成这一认识变化，既有乾隆与嘉庆年间骈文兴盛的外部原因；更重要的是，实际上也是骈文在文体表现方式上逐渐被散文吸收的过程。而这正是我们必须研究桐城派与骈文之关系的重要原因。

关键词：桐城派；骈俪文；古文；文体论；梅曾亮

一、引言

桐城派是清代著名散文流派。从清代一直延续到民国时期，影响巨大。基于此，桐城派文人的散文以及散文理论，在中国文学史上占据着非常重要的地位与意义。然而，有趣的是，作为散文流派的桐城派文人于骈文也有很深的造诣，甚至一些桐城派文人创作过不少骈文。

这一点早为中国学界所关注，并且有相关先行研究。① 不过，既有研究仅仅聚焦于骈文这一文体上，或者围绕骈文理论或相关主张的中期桐城派文人刘开、梅曾亮等人。这类研究具有一定的合理性。然而，桐城派文人中有一些人或者排斥骈文，或者否定骈文的价值，而这种潮流却受关注不多。在笔者看来，桐城派文人并不是将骈文视作单纯的文体，而是将其视作从事古文写作文人的文体论的重要内容。换言之，在笔者看来，即便通过对骈文予以否定的这种认识，我们也可以看到桐城派文人文章写作的多种观念。

① 主要研究成果有：(1)杨旭辉《清代骈文史》，人民出版社2013年版，第449—461页；(2)吕双伟《清代骈文研究》，上海古籍出版社2018年版，第219—259页；(3)杨新平《从选本编纂看桐城派骈散观的演进》，《云南师范大学学报(哲学社会科学版)》2018年第1期。

本文在前人研究基础之上，对桐城派前期与中期文人对于骈文的两种认识的发展进行了考察。[①] 同时也对这两种不同认识所具有的意义进行了论述。与前人研究相比，笔者认为本文的研究有两方面的特点。第一，在论述展开过程中，较之前人研究提出了一些更为详细的原文资料。第二，本研究与前人研究在认识上有一定共识，与前人研究一样，在桐城派从前期向中期转变过程中，桐城派文人对于骈文的认识也从否定性的层面逐渐转向肯定性的层面。然而，在说明这种认识发展时，前人研究多聚焦于肯定性的认识这一方面，而本文另外也说明了即便是在桐城派中期，也有部分文人如管同、吴德旋等对于骈文持批判性的立场与态度。笔者认为，只有对这一问题作出解释，才能对桐城派文人的骈文观念有一个整体性的把握。此外，韩国学界关于桐城派文人与骈文相关的先行研究相关成果乏善可陈。希望通过本文的研究，可以为研究者理解清代骈文发展过程中某一环节提供参考资料。

二、前期桐城派文人的骈文认识及其特征

(一)前期桐城派文人的骈文认识及其态度

我们在考察戴名世、方苞、刘大櫆、姚鼐等前期桐城派文人的骈文认识及态度时，可以发现他们有如下一些共同之处。

第一，戴名世、方苞、刘大櫆、姚鼐等人对骈体文章兴趣不大。我们从以下几方面可以找到证明这一点的相关事实。首先，上述诸人文集中基本皆未收入其所创作的骈俪文。换言之，戴名世、方苞、刘大櫆、姚鼐等人文集中未收录骈文。这也意味着，他们对于骈文并无太大兴趣。其次，他们也很少写作与骈文相关的文章，比如他们很少写对周边友朋所写作的骈文进行评价的文章。这种现象的形成，有两方面原因：一是在文章写作中他们更为集中在古文方面。二是清初期开始兴盛的骈文，对于以戴名世为首的四位前期桐城派文人产生的影响还十分有限，这或许是造成这一现象的主要原因。清人王先谦在其所编《骈文类编》[②]中，对清代骈文家，按照时代与地区(江苏、浙江、湖南、安徽、河北、江西、山东、河南、广东、福建)进行了分类。其中，顺治、康熙年间的骈文家不过五人，而桐城派所在的安徽地区的骈文作家却一位也未收录。这也是我提出上述观点的一个重要根据。[③]

不过，出生年代晚于戴名世、方苞、刘大櫆的姚鼐，主要生活在乾隆、嘉庆年间，他曾

---

① 本文中所谓桐城派前期与中期，包括戴名世、方苞、刘大櫆、姚鼐及姚鼐主要弟子管同、梅曾亮、刘开、方东树、吴德旋等人所活动的时期。

② 译者按：原文作《骈文类编》，当为《骈文类纂》之讹。

③ 杨旭辉《清代骈文史》，第14页。

在北京做官，交游广阔，因此应当有很多机会接触到骈文作家。姚鼐的文集中提到四六或者骈文的文章，如《翰林院庶吉士侍君权厝铭并序》《袁随园君墓志铭并序》《广州府澳门海防同知赠中宪大夫翰林院侍讲加一级张君墓志》《香岩诗稿序》等等，姚鼐在上述文章中对于骈文持比较客观的态度。[①] 总体上来看，桐城派中期文人文集中都有收入骈文作品者，此外桐城派中期文人对于其所交游的骈文作家及其作品提出了多种见解。桐城派前期的文人与中期文人在对骈文的认识上有相当大的差异。

第二，在文章写作问题上，桐城派文人更多集中在古文写作方面。代表性的例子，我们可以参考他们所编纂的古文选集。方苞的《古文约选》、刘大櫆的《评选唐宋八家文钞》、姚鼐的《古文辞类纂》等等，这些选本是清代前期以来对古文兴盛与发展产生过重要影响的古文选本。有趣的是，刘大櫆与姚鼐等人在讨论文体时多围绕古文写作展开。比如，在讨论时文和辞赋写作时，常常将这两种文体与古文进行比较，然而他们却从未提及骈文。比如，时文是科举考试中需要使用的一种文章写作方式。同时，古文与时文也是清初顺治至雍正年间文章学方面的主要探求对象。刘大櫆的文集《刘大櫆集》中未收录任何一篇与骈文相关的文章。[②] 而与之相反的是，在卷三中却收录了《东皋先生时文序》等 11 篇与时文相关的文章。此外，文集附录中还收录了一篇《时文论》。[③] 特别值得一提的是，刘大櫆强调，对古文的学习是提高时文写作水平的一个重要方法。其中原因，刘大櫆有如下解释：

> 故习其业者，必皆通乎六经之旨，出入于秦、汉、唐、宋之文，然后辞气深厚，可备文章之一体，而不至龃龉于圣人。[④]

值得注意的是，刘大櫆认为时文作为一种文体，具有充分的存在价值。然而他同时也认为，为了写出更好的时文，必须学习六经与秦汉唐宋时期的古文。从这一点上我们可以看到，时文与古文有着密切的关系。此外，还有一点不可忽视，时文写作的题材中，已经包括了骈文的修辞技法。时文这种写作方式，从内容上看有歌功颂德与代言的特点；从形式上来看，又融入了骈体与古文的格式。因此，骈文的基本特征，即对偶与排比等修辞技法在时文创作中占有相当重要的分量。通过上面的分析可以看出，刘大櫆认为在写作时，时文必须十分重视其与古文的关系。因此，刘大櫆在其文集中从未提及骈文这一点，这也证明了在刘大櫆的观念里骈文并不是十分重要的文体。为了便于对刘大櫆

---

① ［清］姚鼐对骈俪文的态度与认识，请参考吕双伟《清代骈文研究》，第 229—234 页。

② ［清］刘大櫆著，吴孟复标点《刘大櫆集》，上海古籍出版社 2008 年版。

③ 关于［清］刘大櫆的时文论，可参考［韩］金镐《刘大魁时文论一考》，《中国学报》2017 年第 79 辑，第 73—93 页。

④ ［清］刘大櫆著，吴孟复标点《刘大櫆集》，第 97 页。

的骈文观念进行论述，在下面第三个部分中我们从五个方面进行说明。

第三，前期桐城派文人的骈文观念也存在部分肯定性的内容，不过大部分是持否定性的看法。首先，戴名世在他所写作的《凌母严太安人寿序》一文中说："世俗寿其亲，必有称寿之文，铺张其平生之迹，以致其颂祷之意。然而骈俪之体，廓落之辞，虽有盛德懿行，反以掩其实，非君子之所以寿其亲也。"在戴名世看来，在写作寿序文时并不适合使用骈俪这种文体。方苞的看法更为强硬、明确，试看：

> 但南宋元明以来，古文义法久不讲。吴越间遗老尤放恣，或杂小说家，或延翰林旧体，无一雅洁者。古文中不可入语录中语，魏晋六朝人藻俪俳语。汉赋中板重字法，诗歌中隽语，南北史佻巧语。①

方苞追求行文雅洁，为了达到这一目标，古文中不能使用那些追求文学形式的文体。在古文写作中不能使用的诸种文体中，就有"魏晋六朝人藻俪俳语"。方苞甚至认为，四六时文、诗赋等也是"按其格式，填词而已"，这些文体与载道的古文有着相当的距离。② 方苞这种带有宣言性质的观念，对桐城派产生了重要影响。因此，即便是到了对于骈文持开放性观念的中期桐城派文人那里，其中也有不少人继承了方苞的这种主张，甚至发展了方苞这种观念，对于骈文依然持批判性的态度。

刘大櫆对于骈文也持批判性的立场，他并未对骈文有直接的评论，只是在《论文偶记》中对骈文略有论及。刘大櫆在《论文偶记》中针对散文的写作提出了 12 个十分重要的概念。这就是"文贵奇""文贵高""文贵大""文贵远""文贵简""文贵疏""文贵变""文贵瘦""文贵华""文贵参差""文贵去陈言""文贵品藻"。其中，"文贵华"的相关叙述，表明了刘大櫆对于骈文所持的立场。刘大櫆认为："文贵华。华正与朴相表里，以其华美，故可贵重。所恶于华者，恐其近俗耳。所取于朴者，谓其不着脂粉耳。"接着，他从"华"的观念出发，对于魏晋南北朝以前的中国文学的兴衰过程进行了说明，具体如下：

> 天下之势，日趋于文，而不能自已。上古文字简质。周尚文，而周公、孔子之文最盛。其后传为左氏，为屈原、宋玉、为司马相如，盛极矣。盛极则孽衰，流弊遂为六朝，六朝之靡弱，屈宋之盛肇之也。③

---

①〔清〕方苞《方苞集》，上海古籍出版社 2008 年版，第 890 页。

②〔清〕苏惇元："文，所以载道也。古人有道之言，无不传之不朽。文所以佳者，以无肤语支字，故六经尚矣。古文犹近之，至于四六、时文、诗赋，则具有墙壁窠臼，按其格式，填词而已。以言乎文，固甚远矣。"〔清〕方苞《方苞集》，第 890 页。

③《论文偶记》第二十四则，见贾文昭编《桐城派文论选》，中华书局 2008 年版，第 69 页。

刘大魁对于"华"的观念,认为"六朝之靡弱",对骈文给予了否定性的评价。换言之,在刘大櫆看来,六朝文章虽然符合"文贵华"这一大的标准,但六朝文章过分华丽,于是文风转为靡弱、"华"走向衰落。可以看出刘大櫆对于骈文所持的态度。然而问题是,刘大櫆所写作的散文中,有不少使用的是骈文的写作方式。刘大櫆的散文,如论辩类的《文章天道(上下)》《观化》《辨异》等等,我们在这些文章中能看到不少地方使用了对偶或者排比的句法。因此,刘大櫆的文章风格被人评价为"瑰奇恣肆,铿锵绚烂","足使震川,灵皋惊退改色"。[①] 值得引起我们思考的是,为什么刘大櫆对于骈文持否定的态度,而在写作散文时却大量使用了骈文的写作方式?对这一问题该如何理解?对此,下文中笔者将从五个方面进行说明。

第四,姚鼐在其《古文辞类纂》中,对文章选录的标准进行了说明。此外,对于古文与骈文之关系有如下解释:

> 古文不取六朝人,恶其靡也。独辞赋则晋宋人犹有古人韵格存焉。惟齐梁以下,则辞益俳而气益卑,故不录耳。[②]

姚鼐基于"辞益俳而气益卑"的观念,解释了《古文辞类纂》中并不收入六朝时期骈文的原因。通过这一点,我们不难看出姚鼐对于骈文所持的基本态度。然而,姚鼐对于骈文所持的认识有双重性,对此有两方面的原因。即《古文辞类纂》中虽然不收录六朝时期的辞赋,但收录了晋宋时期的作品。这表明姚鼐对于骈文与散文并未作明确区分。此外,对于友人所写作的骈文,姚鼐并未表现出反对的立场,而是对友人写作骈文的兴趣作了如实的记载。如对袁枚的文章,姚鼐评价说:"君古文,四六体,皆能自发其思,通乎古法。"这里所谓四六体文章,指的就是骈文,由这一评语可以看出,对于骈文姚鼐并非持全盘否定的态度。

(二)认识的多样性及其原因

从以上的分析可以看出,桐城派前期文人对于骈文所持的认识与态度并非完全一致。具体而言,方苞强调古文写作的纯正性,否定骈文写作。而与之不同的是,刘大櫆在散文创作中使用了大量骈俪体,姚鼐对于骈文并未表现出排斥的立场。

造成桐城派前期文人对骈文所持认识的多样性有以下两方面原因。首先,是文坛环境的变化这一外部原因。姚鼐即属于此种情况。上文中提到,与戴名世、方苞、刘大櫆不同,姚鼐主要生活在骈文兴盛的乾隆至嘉庆时期,在文坛上十分活跃,自然就能接触到很

---

① 〔清〕吴定《海峰先生墓志铭》,见〔清〕刘大櫆著,吴孟复标点《刘大櫆集》附录三,第623页。

② 《古文辞类纂序》,见贾文昭编《桐城派文论选》,第105页。

多当时的骈文作家。[①] 换言之，姚鼐生活在肯定骈文价值的时代环境之中，对于当时骈文写作的流行风气，自然不能不受其影响。然而，在笔者看来，刘大櫆与姚鼐的文章观念与方苞的不同，最根本的原因在于刘大櫆与姚鼐二人对于骈文与方苞持有不同认识。姚鼐所谓"论文之高卑以才也，而不以其体"的这种观念，正代表了这一认识变化的趋势。文章写作是否能取得成功，作家的才能是最为重要的因素，而不是文体。将姚鼐的这种观念与方苞主张的散文文体的纯正性的观念进行比较时，可以看出二者有较大差异。

更值得注意的是刘大櫆。在他看来，骈俪之体与骈俪之文是两个不同的概念。他在《评选八家文钞》中对于韩愈的《送李愿归盘谷序》给予高度评价："兼用偶俪之体，而非偶俪之文，则哲匠之妙用也。"那么，刘大櫆所谓骈俪之体与骈俪之文意味着什么？韩愈的《送李愿归盘谷序》一文受到历代文章评论家的高度评价。苏轼评价说："唐无文章，惟韩退之《送李愿归盘谷序》而已。"[②]这一评语就是代表性的例子。《送李愿归盘谷序》一文，从内容上来看，"一节是形容得意人，一节是形容闲居人，一节是形容奔走伺候人，却结在'人贤不肖何如也'一句上。终篇全举李愿说话，自说只数语，其实非李愿言此，又别是一格"[③]。同时，从形式上来看，行文中将散体与歌赋的韵文结合起来。第一句皆为散体，中间部分却兼用骈俪体与散体，全篇行文浑然一体。我们不妨来看一下中间段落。为了行文方便，这里省略韩语译文。

> 穷居而野处，升高而望远，坐茂树以终日，濯清泉以自洁。（字数:5/5/6/6）
> 采于山，美可茹；钓于水，鲜可食。（字数:3/3/3/3）
> 起居无时，惟适之安。（字数:4/4）
> 与其誉于前，孰若无毁于其后；与其乐于身，孰若无忧于其心。（字数:5/7/5/7）
> 车服不维，刀锯不加，理乱不知，黜陟不闻。（字数:4/4/4/4）
> 大丈夫不遇于时者之所为也，我则行之。

很容易可以看出，从一篇文章的标准来看，上文的结构与意义前后连贯，且多用对偶句。从一句话的字数上来看，前后也是保持一致。另外，第四行中，在句子开头使用的"与其……""孰若……"等惯用语，进一步强化了文章的气势与节奏感。同时，第五行中

① 清代骈俪文的兴盛主要发生在姚鼐活动的乾隆、嘉庆时期。这一时期，出现了孔广森、王友亮、吴锡麟、袁枚、刘星炜、邵齐焘、孙星衍、洪亮吉等骈文大家。对此，后人评价称："阅《骈文正宗》，此事莫盛于乾嘉之际。"（谭献《复堂日记》）至于乾隆、嘉庆时期骈文新兴盛的更为具体的原因，可参考前揭杨旭辉《清代骈文史》（第181—446页）及吕双伟《清代骈文研究》（第122—154页）等的分析。

② 东坡云："欧阳文忠公尝谓晋无文章，惟陶渊明《归去来》一篇而已。余亦以谓唐无文章，惟韩退之《送李愿归盘谷》一篇而已。平生愿效此作一篇，每执笔辄罢。因自笑曰：'不若且放教退之独步。'"

③〔宋〕楼昉《崇古文诀》卷九。

继续使用了“不维”“不加”“不知”“不闻”等等否定性的词汇,强调了不得志士大夫的各种行动样式,连续使用否定副词“不”,增强了文章的气势。从以上说明可以看出,《送李愿归盘谷序》中使用了骈俪体。事实上,《送李愿归盘谷序》一文中除了第一段以外,全文基本上都使用了骈俪体。有意思的是,刘大櫆并未将《送李愿归盘谷序》称为骈俪之文,而是使用了骈俪之体这一概念进行评价。

刘大櫆的主张具有两方面的含义。首先,在刘大櫆看来,文章写作的典范当是骈散结合的作品。我们从他的这一观念出发,就容易理解刘大櫆的散文写作为何常常混合使用骈体。其次,对于《送李愿归盘谷序》一文,刘大櫆评价称,此文并非骈俪之文,而是包含了骈俪之体的文章,这为解释韩愈散文写作中使用骈俪之体的正当性提供了理论性的根据。韩愈与柳宗元的文章是桐城派文人文章学习时的典范之作。刘大櫆在学习唐宋散文的过程中,接触到了无数的以骈俪之体所写作的文章,刘大櫆在方苞所提倡的纯正的古文写作基础之上,又往前迈了一步,创作了包含着骈俪体的散文,这种观念自然就扩大到实际的批评领域。骈俪之体相关的批评观念也反映在刘大櫆的《论文偶记》一文中。刘大櫆认为,“文贵参差。天之生物,无一无偶,而无一齐者。故虽排比之文,亦以随曲注为佳。好文字与俗下文字相反。如行道者,一东一西,愈远则愈善”[①]。刘大櫆这里所说的“参差”与“排比之文”,实际上与骈俪之体是同一概念。

更有趣的是,对骈俪之体与骈俪之文进行区分的并非刘大櫆一人,清代中期的其他文人也有着与刘大櫆相似的看法。比如清人盛大士[②](1771—1839)对于韩愈与柳宗元的散文有如下的评述:“有唐之文,莫盛于元和。然韩集《进学解》《盘谷序》诸作,散而骈者也;碑铭诸作,钩章棘句,骈而散者也。柳集碑文规仿六代,既深既博,亦骈亦散。世之论者谓韩、柳薄骈体不为,陋矣诬矣。”[③]就是说韩愈与柳宗元的文章中兼用骈散,后代评论家认为,韩愈、柳宗元贬低骈体,而在盛大士看来这种看法实为误解。

总之,桐城派前期文人对于骈文有两种不同的看法:一种是对骈文持全面的批判性态度,代表人物是方苞;另外一种看法,虽然对骈体持一定的批判性态度,但同时在作品创作或批评中部分地肯定了骈俪体的价值,代表性的人物有刘大櫆与姚鼐等人。刘大櫆将骈俪之体与骈俪之文进行区分的这种观念,对于我们理解唐宋散文中使用骈俪体的这一问题,具有相当重要的理论价值。

---

①《论文偶记》二十五则,见贾文昭编《桐城派文论选》,第69—70页。

② 字子履,号逸云或兰簃道人,又称兰畦道人。镇洋(今江苏太仓)人,嘉庆五年(1800)中举人,清代著名学者、诗人,擅长山水画。

③〔清〕盛大士《蕴愫阁别集》,《蕴愫阁别集自序》,见《续修四库全书·集部·别集类》第1494册,复旦大学图书馆藏,清道光五年刻本影印,第1页。

三、中期桐城派文人的骈俪文认识及其特征

（一）中期桐城派文人对骈俪文所持的两种认识

一般我们认为桐城派中期文人处在乾隆、嘉庆这一骈文兴盛的外部环境之中，受到这种风气的影响很大。因此，一般认为桐城派中期文人对于骈文态度上的变化，与当时文坛的骈文重视倾向有着密切的关系。当然，这种观点有着相当的合理性。不过在笔者看来，以这一观点来解释桐城派与骈文的关系多少具有一定局限性。这是因为，在骈文兴盛的乾隆、嘉庆年间，桐城派文人中也有不少人并未受到骈文兴盛的时代环境的影响；或者即便受到了影响，也有一些像方苞那样仍然强调古文写作纯正性的文人。换句话说，身处骈文兴盛时期的桐城派中期文人对于骈文的认识，在当时骈文兴盛的时代环境之中，他们对于骈文的认识及态度具有多样性。

为了考察桐城派中期文人对于骈文的认识及其态度，笔者制作了表1，表中选择了六名作家。之所以选择这六名作家，是因为除了第三位吴德旋以外的五人，其中四人被誉为“姚门四杰”，是桐城派中期代表人物姚鼐的弟子。① 而第三位吴德旋有《初月楼古文绪论》一书，此书是桐城派代表性文学理论著作，吴德旋也继承并发展了方苞与姚鼐的文章学观念，是桐城派中期的代表文人。因此，笔者认为，上述诸人对于骈文所持的认识足以代表桐城派中期文人对于骈文的认识。

表1：桐城派文人文集收录骈文概况

	人名	生卒年	文集名	骈文收录与否
1	刘开	1784—1824	《刘孟涂集·文集》12卷②	《骈体文》2卷： 卷一26首/卷二40首
2	管同	1780—1831	《因寄轩文初集》10卷，《因寄轩文二集》9卷，《补遗》1卷③	无
3	吴德旋	1767—1840	《初月楼文钞》10卷，《初月楼文续钞》8卷④	无
4	方东树	1772—1851	《考盘集文录》12卷⑤	卷十二：《骈体文》18首

① 关于“姚门四杰”成员，请参考［韩］金镐《梅曾亮及其文学研究》，台湾大学2005年博士论文，第203页。

② 见《清代诗文集汇编》第543册，清道光六年姚氏檗山草堂刻本，上海古籍出版社2010年版。

③《因寄轩初集二集补遗》，见《清代诗文集汇编》第532册，清道光十三年管氏刻本。

④ 见《清代诗文集汇编》第486册，清道光三年刻本。

⑤ 见《清代诗文集汇编》第507册，清道光二十年刻本。

续表

	人名	生卒年	文集名	骈文收录与否
5	姚莹[1]	1785—1853	《东溟文集》6卷,《外集》4卷,《文后集》14卷,《文外集》2卷,《遗稿》5卷,《遗稿续编》2卷[2]	无
6	梅曾亮	1788—1856	《柏枧山房全集·文集》16卷,《续集》1卷,《骈体文》2卷[3]	《骈体文》2卷:卷上18首/卷下13首

从上述表1中我们可以看到,桐城派文人与骈文的关系有两个重要的事实。

第一,从是否创作过骈文的角度,可以对上述六位桐城派中期文人进行分类,可以分为两类:一类是创作过骈文的梅曾亮、方东树、刘开等人;一类是未创作过骈文的管同、姚莹、吴德旋等人。是否创作过骈文,实际上也反映了他们对骈文这一文体的某种认识。也就是说,创作过骈文的梅曾亮、方东树、刘开等人,在自己的文集中对于骈文持肯定性的评价,三人对骈文持肯定性评价的原因各不相同。特别是梅曾亮与刘开的骈文,在当代甚至后代受到很多文章评论家的高度评价。有人评价称,梅曾亮的骈文超过其散文与诗歌。[4] 清代中期以后出现的著名骈俪文总集中就收录了梅曾亮的骈文能证明这一点。比如清人王先谦所编纂的《国朝十家四六文钞》中就收录了梅曾亮的《柏枧山房骈体文》一卷。此外,清人张鸣珂所编纂的《国朝骈体正宗续编》中也收录了梅曾亮的三篇骈文。[5]

与此不同的是,我们在管同、姚莹与吴德旋等人的文集中很难找到他们关于骈文的评述文字。因此我们可以看出桐城中期文人对于骈文所存两种截然不同的认识和态度。以下我们具体举例说明。姚鼐在钟山书院讲学时,管同曾与同门就骈文与古文写作相关手法有过激烈论争,他反对以骈俪体写作,认为"独庄盛言古文"[6]。对于古文极力称赞。

---

① 译者按:论文原文中作"姚茔",当为"姚莹",今更正。

② 见《清代诗文集汇编》第549册,清同治六年姚濬昌安福县署刻中复堂全集本。

③ 见《清代诗文集汇编》第552册,清咸丰六年杨以增绍谷等刻、民国七年蒋国榜补修本。

④〔清〕谭献(1832—1901)很早就对梅曾亮的骈文有如下的评述:"阅《柏枧山房骈文》,情深婉约,殊近彦升、季友。伯言先生以桐城派古文名,乃骈俪成就如此,贤者不可测也。"参见"光绪十三年十二月初六日"条,第333页。甚至评价清人梅曾亮的骈文成就远在其古文与诗歌之上。具体的评述文字如下:"大抵曾亮骈文为上,诗次之,散文循桐城家法,平易无情实。"陈耀南《清代骈文通义》载:"整散秉行,饶有自然高趣,如《书陈宝田男文保圹铭后》,绝肖宋人四六,《题陈小松绿杨城郭是扬州图》,亦明白晓畅,无艰涩斧凿之病。然相岘终右古文,而轻骈体,固由异之所讽,亦己性之近也。"(《江宁府志·梅曾亮传》)

⑤ 此三篇骈俪文分别是《呈侯抑庵舅氏书》《题陈小松绿杨城郭是扬州图》及《江亭展禊序》。见〔清〕张鸣珂编《国朝骈体正宗续编》卷二,《历代诗文总集》本,光绪戊子冬寒松阁校刊本,世界书局1961年版,第34页上—36页下。

⑥〔清〕梅曾亮《马韦伯骈体文叙》,见《柏枧山房文集》卷五,《清代诗文集汇编》第478册,第522页。

此外，吴德旋还认为，在古文写作中不能使用其他文体，对骈文的价值进行否定。

> 古文之体，忌小说，忌语录，忌诗话，忌时文，忌尺牍。此五者不去，非古文也。国初如汪尧峰文，非同时诸家所及，然诗话尺牍气尚未去净，至方望溪乃尽净耳。诗赋字虽不可有，但当分别言之：如汉赋字句，何尝不可用？六朝绮靡，乃不可也。正史字句，亦自可用；如《世说新语》等太隽者，则近乎小说矣。公牍字句，亦不可阑入者。此等处辨之须细、须审。①

可以看出，吴德旋的观念十分明确。他认为，在古文写作时不能使用六朝绮靡字句。换言之，不能使用骈俪体。可以看出，他的这种看法应该是直接继承了姚鼐的主张。吴德旋的这种主张收录在《初月楼古文绪论》中。《初月楼古文绪论》与刘大櫆的《论文偶记》、林纾的《春觉斋论文》被认为是桐城派的古文理论代表性著作。可以说，吴德旋的认识足以代表中期桐城派对于骈文的理解。此外，在吴德旋的文集《初月楼文钞》10卷、《初月楼文续钞》8卷中，我们看不到一篇骈文，反而能看到不少时文和经义相关文章。从这一点来看，中期桐城派文人中的一部分作家，对于文章写作仍然坚持着方苞所主张的必须写作纯正的古文的这种观念。同时，从文体的角度来看，中期桐城派文人与前期桐城派文人一样，对于时文与经义写作表现出浓厚的兴趣。

与吴德旋不同的是，姚门四杰之一的刘开极力肯定骈文的价值，刘开在《与王子卿太守论骈体书》一文中说：

> 夫文辞一术，体虽百变，道本同源，经纬错以成文，玄黄合而为采。故骈之与散，并派而争流，殊途而合辙。千枝竞秀，乃独木之荣；九子异形，本一龙之产。故骈中无散，则气壅而难疏；散中无骈，则辞孤而易瘠。两者但可相成，不能偏废。②

在刘开看来，文章写作中骈散结合、融为一炉，是最为理想的文章。也就是说，对于文章写作，刘开说明了骈散合一的必要性。这一主张可以说是桐城派文人对骈文认识的一个重要转关；同时在理论的深度上，也大大地超越了前期桐城派文人。另外，从《与王子卿太守论骈体书》一文本身就是一篇骈文的角度来看，刘开对骈文的认识与吴德旋的骈文观念截然相反。

总体上来看，桐城派中期文人对于骈文的认识有两个不同的方面。尽管桐城派中期文人对于骈文的认识也并不完全一致，但部分桐城派中期文人对于骈文的兴趣与理解的

---

①〔清〕吴德旋《初月楼古文绪论》第2则，人民文学出版社1959年版。

②〔清〕刘开《与王子卿太守论骈体书》，《刘孟涂集·骈体文》卷二，见《清代诗文集汇编》第532册，第596页。

深度，是前期桐城派文人所无法比拟的。换言之，桐城派中期文人对于骈文的理解，无论是在量还是质的方面，都在前期桐城派文人的基础之上获得了较大的发展。

(二)中期桐城派文人对于骈文的理解及其特征

下文中我们将对有过骈文创作经历的刘开、方东树、梅曾亮等人如何理解骈文进行考察，同时说明三人骈文认识上的共通性。我们先来看刘开的见解。刘开以韩愈的散文创作为例，强调了文章写作中兼采辞赋与六朝骈俪文的重要性。① 他在《与阮芸台官保论文书》一文中写道：

> 韩退之取相如之奇丽，法子云之宏肆，故能推陈出新，……夫退之起八代之衰，非尽扫八代而去之也，但取其精而汰其粗，化其腐而出其奇，其实八代之美，退之未尝不备有也。②

刘开说："但取其精而汰其粗。"对韩愈关于辞赋与六朝骈文的态度进行了说明。不仅如此，他还认为韩愈的文章具有六朝文章的美感，对韩愈的文章给予了高度评价。这一评价引人深思。在此之前人们一般认为，韩愈倡导古文、反对骈文创作。然而，如果我们细读韩愈文集，我们很难找到他直接反对骈文的相关记录。③ 此外，我们在韩愈文集中也能看到韩愈散文中频繁使用堪称骈文基本属性的对偶句。④

方东树认为，骈文和古文不分你我。方东树说："骈体之文，运意遣词，与古文不异。"不过他和姚鼐一样，对于齐梁时期的骈文仍然持否定性的立场。⑤ 有趣的是，方东树的主张所说明的，正好是清代不少骈文家所强调的理想的骈文的境界。比如，生活年代早于方东树的孙梅(1739—1790)认为，骈文创作中"文以意为之统宗"⑥。这种观念与重视文章形式的传统评论理论相比，堪称异见。同时也表明，在孙梅看来，在骈文创作中"意"也就是内容要比形式更为重要。众所周知，古文这种文体写作时，内容要比形式重要。从这一点来看，孙梅的这种主张从理论上说明了骈文与古文这两种文章写作方式的共通

---

① 正是因为如此，有评价称：刘开虽为姚鼐弟子，但并未承袭老师的文章写作法。参见〔清〕陆继辂《合肥学舍札记》："桐城刘开孟涂，姬传先生古文弟子也，然其文不尽守师法，故余尤爱其俪体。尝跋其后云：'拾其词组，皆焦氏之奥词，检取数联，成连珠之妙制。而作者才思喷涌，用之如泥沙'，非虚誉也。"第5页下。

② 〔清〕刘开《与阮芸台官保论文书》，《刘孟涂集文集》卷四，见《清代诗文集汇编》第532册，第522页。

③ 姜书阁说："韩，柳皆以古文倡，论者便说他们反对骈文，说他们极不以骈文为然。其实，遍读他们两人的文集，并没有直接反对骈文的言论。"姜书阁《骈文史论》，人民文学出版社1986年版，第446页。

④ 谷曙光称韩愈的骈文为"新骈体"。见谷曙光《韩柳骈文写作与中唐骈散互融之新趋势》，《文学评论》2015年第3期。

⑤ 〔清〕方东树《跋彭甘亭小谟觞馆文集》："骈体之文，运意遣词，与古文不异。椎轮既远，源派益歧，悼先秦之不复则弊罪齐梁，陋骈格之无章，则首功萧李，自是而降，殊用异施，判若淄渑，辨同泾渭。"《考槃集文录・骈体文》，见《清代诗文集汇编》第532册，第317页。

⑥ 〔清〕孙梅著，李金松校点《四六丛话》卷二八，人民文学出版社2010年版，第532页。

性。方东树所谓“骈体之文，运意遣词，与古文不异”的这种主张，可以说与孙梅的认识如出一辙。

刘开与方东树虽然肯定了骈文的价值，但有一个前提条件，那就是，他们并不是孤立地理解骈文，而是从骈文与古文的关系的角度来理解骈文。方东树认为，在文章写作中，意义的传达与文字的运用方面，骈文与古文二者一致。刘开说，韩愈的文章中具有代表骈文美感的所谓“八代之美”。这些认识可以说是桐城派文人中对于骈文的一种新的认识。上文中提到，刘大櫆也曾指出过，韩愈在文章写作中经常使用骈俪体，这是韩愈散文写作之所以成功的一个秘诀。总而言之，刘开与方东树聚焦于骈文与古文的相似性，对骈文的价值和意义进行了说明。特别是，自刘大魁以来，以韩愈文章为例，对在散文创作中使用骈俪持肯定性的评价，尤其值得我们重视。基于此，刘开与方东树的骈文认识并不是单纯地就骈文本身进行理解，而是将其放在与古文的比较中进行理解而形成的认识。

至于梅曾亮的情况，他对骈文进行观察的视野较刘开与方东树更宽广，同样对骈文的价值予以极力肯定。值得注意的是，梅曾亮曾与同门管同一起探讨过骈文。梅曾亮在他48岁那年(1833年)所写的《管异之文集书后》中，表达了对于同门管同别世后的想念之情，同时也记载了他与管同一起讨论骈文的逸话：

> 曾亮少好为骈体文，异之曰：“人有哀乐者，面也，今以玉冠之，虽美，失其面矣。此骈体之失也。”余曰：“诚有是，然《哀江南赋》《报杨遵彦书》，其意固不快耶？而贱之也！”异之曰：“彼其意固有限，使有孟、荀、庄周、司马迁之意，来如云兴，聚如车屯，则虽百徐、庾之词，不足以尽其一意。”余遂稍学为古文词，异之不尽谓善也。曰：“子之文病杂，一篇之中，数体驳见。武其冠，儒其衣，非全人也。①

梅曾亮这一短暂的回忆并未停留在说明自己与骈文相关的经历层面。事实上，上述这段文字完全可以视作桐城派中期文人骈文认识的浓缩。通过上面这段引文，我们可以看到，梅曾亮先是学习了骈文写作，其后在与管同讨论以后，接受了其劝告，开始致力于古文写作。除此以外，还有如下几种事实值得注意。

第一，管同评价梅曾亮的文章称：“一篇之中，数体驳见。”这意味着，管同所见到的梅曾亮的文章中兼有骈散。在管同看来，这是梅曾亮文章的弊病。然而有趣的是，我们在管同的评述中可以看到上文中所提到的方苞与吴德旋的观点。管同甚至认为，即使有百位徐陵、庾信这样擅长文辞之士，也无法反映《孟子》《荀子》《庄子》以及司马迁等的文章之“意”，可以说，管同对于骈文表现出极端的否定立场。由此可见，即便是到了桐城派中

① 〔清〕梅曾亮《管异之文集书后》，《柏枧山房文集》卷五，见《清代诗文集汇编》第532册，第522页。

期，也有一些桐城派文人主张纯正的古文创作，反对使用骈俪体。

第二，管同认为，骈文具有修辞性的特征。表面上看文字优美，然而在意义传达上，却不尽如人意。对这一观点，梅曾亮表示赞同。这是因为梅曾亮幼年起即十分喜爱骈文，致力于骈文创作，因此骈文的缺点为何，他比谁都更清楚。梅曾亮 31 岁（1816 年）所写作的《复陈伯游书》一文中写道："盖骈体之文如俳优登场，非丝竹金鼓佐之，则手足无措，其周旋揖让，非无可观，然以之酬接则非人情也。"指出了骈文的不足之处。不过他也举《哀江南赋》与《报杨遵彦书》为例，指出骈文并非皆如此。《哀江南赋》是北周人庾信的骈俪作品，作品中表达了作者离开故国的苦痛，同时也记载了梁国的兴亡盛衰，被誉为"赋史"。从内容上看，《哀江南赋》也是一篇非常优秀的作品。《报杨遵彦书》也是梁、陈之际徐陵所作的一篇著名骈文。梅曾亮的意图非常明确，在梅曾亮看来，《哀江南赋》与《报杨遵彦书》两篇作品都是骈文，同时，从内容上来看，也是两篇很好地传达了作者之意的著名文章。他在书信中向管同说道，此二文堪称典范性的骈文。那么可见，梅曾亮对骈文的理解与管同有着根本性的区别。在梅曾亮看来，优秀的骈文作品不仅要求形式优美，在内容上也要能很好地反映作者的意图。

然而，对于梅曾亮而言，写作时是采用散体还是骈体，这并不是特别重要的问题。对于文章写作最为重要的事项，梅曾亮有如下的说明：

> 文贵者辞达耳，苟叙事明，述意畅，则单行与排偶一也。①

在梅曾亮看来，文章写作时，如果能达到"叙事明，述意畅"，那么是采用散体，还是骈俪体来写作并不成问题。这种见解，毫无疑问是对骈俪文的肯定性的看法。同时也可以作如下的解读，在文章写作过程中，并不存在一定要采用何种文体的这种制约。梅曾亮 65 岁时，对于文章应该如何写作有如下的说明：

> 文气贵直，而其体贵屈，不直则无以达其机，不屈则无以达其情，为文词者，主乎达而已矣。②

由以上引文可以看出，在梅曾亮看来，文章写作最为重要的是文章之"气"与"体"，在文章体裁营造方面，梅曾亮强调"屈"，也就是强调骈俪体。然而更为重要的是，文字传达过程中要做到"达"。对于这一命题，梅曾亮又称之为"文贵者辞达耳"。换句话说，从梅曾亮的立场来看，文章写作时最为重要的是作家的意图是否在文章中得以表现，除此

---

①〔清〕梅曾亮《马韦伯骈体文叙》，《柏枧山房文集》卷五，见《清代诗文集汇编》第 532 册，第 522 页。

②〔清〕梅曾亮《舒伯鲁集序》，《柏枧山房文集》卷五，见《清代诗文集汇编》第 532 册，第 629 页。

以外的其他东西都是次要的。因此，在文章写作中区分骈俪体与散体，并不具有绝对的意义。梅曾亮说："为文词者，主乎达而已矣。"从这一观点来看，骈文如能准确传达意义，那么以骈文进行写作也不会有很大问题。在文章写作过程中，是否采用骈俪体进行写作的问题，取决于作家所说的修辞策略。换句话说，依照梅曾亮的观点，肯定骈文，虽然是对文体本身的肯定，但为了写出理想的文章，骈俪体也可成为有效的写作手段。梅曾亮的观点表明了桐城派文人对骈文认识的变化。

总之，桐城派中期文人对骈文的认识与态度，可分为两派。一派是梅曾亮、方东树、刘开等人，他们直接创作过骈文，同时对骈文持肯定性的认识和态度。与此相反的是，管同、吴德旋等人从未创作过骈文，不仅如此，他们对骈文持排斥的态度。特别需要指出的是，管同与吴德旋等人对待骈文的认识与方苞的立场可谓一脉相承，他们都主张纯正的古文写作。而刘开与梅曾亮等人在自己的散文中使用了骈俪体的形式来创作散文，摆脱了此前方苞所主张的为了写出雅洁的古文必须通篇按照古文手法进行写作，不能融入其他文体的这种严格的文体制约。比起形式而言，梅曾亮等人追求的是自由的文章写作，将这点放在文章学史的视野中进行观察，可以看出其具有相当的文学意义。张裕钊（1823—1894）很早就对梅曾亮的文章有如下评述："梅氏胜处，最在能穷尽笔势之妙，其修辞诚愈于方姚诸公。"这句话表明，由于梅曾亮的文章同时使用了骈俪体与散体，因此取得了实质性的效果。

四、结论

本文对清代最大的散文流派——桐城派如何理解骈俪文这一问题进行了考察。通过以上分析，我们得出如下结论。

第一，桐城派从前期到中期，他们对待骈文的认识和态度并非完全一致。桐城派前期文人对于骈文并无太大兴趣。只能看到方苞在强调纯正的古文写作的同时，对骈俪文持排斥的态度。此外，刘大櫆与姚鼐等人，虽然对于骈文也在某种程度上是批判的态度，不过他们也通过创作和批评来部分肯定骈文的价值。

第二，桐城派中心文人对待骈文的认识和态度可以分为两派。梅曾亮、方东树、刘开等人直接创作过骈文，他们对骈文持肯定的认识和态度。与之相反的是，管同、吴德旋等人从未创作过骈文。不仅如此，他们对于骈文持排斥的态度。特别需要指出的是，管同与吴德旋等人对骈文所持的认识，可以说与方苞的立场一脉相通，他们都主张纯正的古文写作。

第三，桐城派从前期到中期，其对骈文的认识和态度，从否定性的评价逐渐转向肯定性的评价。特别需要指出的是，桐城派中期文人中刘开与梅曾亮等人对于骈文持极为肯定的评价。这一认识上的变化非常重要，罗东升、何天杰的《清文评议》中指出，清代散文之所以引人关注，其中最重要的一个原因是清代散文家在散文以外，还吸收了其他文体表现方法的长处，同时也十分重视散文与其他文体的关系。[①] 因此，从这一点上来看，从前期桐城派到中期桐城派，桐城派文人对骈文的认识上的变化，实际上也是骈文这一文体表现方法逐渐被散文所吸收的过程。

第四，需要指出的是，桐城派文人无论是有意还是无意，对于唐宋散文中使用骈俪之体都持肯定性的态度。刘大櫆与刘开等人都以韩愈文章为例，说明那些实用的骈俪之体的文章是著名文章，即反映了上述事实。同时，刘大櫆将骈俪之体与骈俪之文进行区分的观点，对于我们如何理解唐宋散文中使用骈俪文的问题具有重要的理论价值。此外，从刘大櫆开始，一直到刘开与梅曾亮，他们都在散文创作中积极使用骈俪体，这当然是他们对骈俪体持肯定评价的一种结果。另一方面，他们认为那些如韩愈等人所作的古文同样包含典范性的骈俪之体，是散文文体的一种自然现象，是骈散文相互学习的一个过程。对此，笔者希望在将来的研究中做进一步的探讨。

作者简介：

金镐，台湾大学文学博士，现为韩国成均馆大学中文系教授、韩国中国散文学会会长。

译者简介：

肖大平，1984年生，湖北云梦县人，文学博士，博士后，现为暨南大学助理研究员。研究方向为中国古代文学、域外汉籍、中国文学域外传播。

---

① 罗东升、何天杰《清文评议》，《文学遗产》1987年第3期。

《四六雕龙》叙录

余祖坤

内容摘要:《四六雕龙》采用类书分类编次的形式,汇编了相当丰富的骈句,而每一对句之下,又以双行小字形式注明其典故的文献出处,堪称一部骈句辞典和典故辞典。尽管《四六雕龙》还存在搜罗不全面、分类详略不均等缺点,但它不仅有助于骈文写作时搜讨素材,对于散文、诗赋等其他文体的创作而言,也是一部极便于作家积累典故和辞藻的工具书。此书与《骈语雕龙》书名相近,但其实是同一部书,只不过书名和编排略有不同而已。

关键词:《四六雕龙》;体例;文献价值;《骈语雕龙》

相比于散文,骈文写作需要作者有很丰富的典故、词汇、修辞技巧等方面的储备,这就需要作者平时有意识地不断记诵、积累,否则很难在写作时左右逢源、游刃有余。明代骈文写作虽不如六朝、唐宋和清代兴盛,但也有很大的应用空间,尤其是在一些社交场合和庙堂活动中,仍有广泛的应用,因此如何写好骈文,仍是广大文士必须面对的一个问题,初学者更是需要这方面的指导。明代商业出版发达,坊贾们瞄准商机,刊刻、出版一些有关写作技巧和素材的工具书,就是很自然的事了。《四六雕龙》就是在这种背景之下产生的一部写作参考书。此书具有一定的特点和价值,但学界似未给予足够的关注,因此本文拟对其内容、体例和价值略作探讨。

一、编纂者

《四六雕龙》凡八卷,首卷署"琅琊王世贞元美选,莆阳游日章学絅著,晋安林世勤天懋注,太原王稺登百谷校"。据《千顷堂书目》和《(乾隆)福建府志》载,游日章字学絅,嘉靖己未进士,官至廉州知府,著有《洪范释义》《学庸释义》等①;林世勤字天懋,尚书爌次

① 参见〔清〕黄虞稷撰,瞿凤起、潘景郑整理《千顷堂书目》,上海古籍出版社2001年版,第21、46页。

子，博览群书。[1]

该书卷首有林世勤序，其中有云“偶瞩莆阳游公《雕龙》，典故猬奋，允四六之指南也”[2]，却无一字言及王世贞。这应该是由于王世贞长期主盟文坛，声名显赫，书贾为了扩大销量，遂假托他为此书的编选者。此种做法，在明代商业出版之中相当普遍，其中托名为王世贞所编、所撰的书，不在少数[3]，《四六雕龙》只是其中之一。

二、编纂过程与流传

《四库全书总目》著录有《骈语雕龙》四卷，单从书名看，似与《四六雕龙》为同类之书。《骈语雕龙》虽未收入《四库全书》，但被陈继儒辑入《宝颜堂秘笈》之中，今有明万历间绣水沈氏刊本和1922年上海文明书局石印本。《丛书集成初编》亦收有此书。今将其与《四六雕龙》的分卷情况列表如下：

《骈语雕龙》《四六雕龙》分卷之比较

书名	《骈语雕龙》四卷	《四六雕龙》八卷
分卷	卷一：星—中书令	卷一：星—河 卷二：皇帝御极—中书令
	卷二：吏部尚书—监察御史	卷三：吏部尚书—国史院 卷四：监修国史—监察御史
	卷三：谏院—龙涎香	卷五：谏院—状元 卷六：进士及第—龙涎香
	卷四：衣—归美	卷七：衣—丝 卷八：扇—归美

通过以上比较，并将二书每卷内容进行细致对照，可知二书的内容、分类以及各门名目的顺序均完全相同。因此可以断定，二者实为同一部书，只不过书名、分卷略有不同，后者卷首多出一篇林世勤所作之序而已。而卷数的不同，乃因《四六雕龙》八卷是将《骈语雕龙》的四卷，每卷析为二卷而成。

---

① ［清］鲁曾煜纂《（乾隆）福州府志》卷六二，清乾隆十九年刊本，第24b页。

② ［明］游日章撰，林世勤注《四六雕龙》，明万历刊本，卷首第4b页。下文引用此书，均据此本，不再一一出注。

③ 参见许在元《署名王世贞的伪书、存疑书与重复书叙考》，《经学文献研究集刊》第25辑，上海书店出版社2021年版。

三、版本

此书初名《骈语雕龙》，有明万历间刊本，后又改名为《四六雕龙》，重新刊刻，亦在明万历间。明末，《骈语雕龙》入选陈继儒所编《宝颜堂秘笈》。后《丛书集成初编》又据《宝颜堂秘笈》本排印，予以收录。

四、收录内容及其特点

《四六雕龙》仿照类书，分类编次，所分有天地、君臣、宸翰、晏飨、官制、制科、文学、著作、音乐、宫室、瑞物、冠类、珍宝、器用、农桑、物类、兵旅，共 17 类。每类之下，又细分为若干目。如君臣类分为"帝王御极""圣寿""诞皇子""教储""藩王""宗子""爱君忧世""荐贤"8 目；官制类分为"三公""太师""太傅""太保""左右丞相"等，共 85 目；文学类分为"文士""博记""勤学""不学"4 目；著作类分为"著书""诗""箴""铭""颂""赞""春秋""历代史"，凡 8 目。每类所分细目，数量不一，多则数十目，如官制类共分为 85 目，较为详细；少则只有三四目，如文学类只分为"文士""博记""勤学""不学"4 目。可见此书存在分类详略不均的缺点，虽然部分门类较为详备，但绝大多数门类的资料搜罗尚不全面，不唯分类较少，而且内容单薄。

每目之下，均由若干骈句组成，上下文之间没有明显的承接关系，故不能称之为一篇完整的、血脉贯通的骈文，而只能称为专题骈句汇编。如卷二"诞皇子"一目云："瑶光呈贯月之祥，紫电显绕枢之瑞。李君下空而入梦，神人捧日以置怀。戏馆二龙，太宗征异；嘉禾九穗，刘秀成名。仙李盘根，笑唐基之未大；猗兰奕叶，掩汉事而有光。"每一对句，均是对皇子诞生的描写或叙述，各自独立，不成完篇。但须承认的是，每一对句均较工稳，后世作者只需稍作截取，然后巧妙地排列组合，即可形成新的句子。

此书每一对句之下，均采用双行小字的夹注形式，注明了典故的文献来源。如"文士"一目有云："三影词丽，张先之乐府独奇；八采才高，卢郎之诔歌卓绝。"林世勤注云："《道山清话》曰：张先长于诗词，有'浮萍断处见山影''云破月来花弄影''隔墙风弄秋千影'，人目为'张三影'。"又引《三国典略》曰："齐文宣崩，杨愔选其挽歌，令乐署歌之，惟卢思道八首入用，于是晋阳人谓思道为'八采卢郎'。"此书在目录之后，列有《注〈四六雕龙〉书目》。据此书目可知，《四六雕龙》的注释所引典籍相当丰富，其中经部 70 种，史部 234 种，子部 178 种，集部 194 种，总计 676 种。《四六雕龙》就这样通过一对对偶句，将纷繁复杂的典故，以专题形式进行了较有体系的汇编。

五、骈文史意义与价值

《四六雕龙》可以视为一部典故辞典，不仅有助于骈文写作时搜讨素材，对于散文、诗赋等其他文体的创作而言，也是一部极便于作家积累典故和辞藻的工具书。此书的刊刻与流传，从一个侧面表明类书、汇编类工具书在明代文士的骈文学习和创作中起到了比较重要的作用，也在一定程度上透露了他们的知识结构。《四六雕龙》的编纂，不是一个孤立的文化现象，而是一种适应文士阅读需求、图书供应规律和社会文化风气的文化再生产活动。

附录：

四六雕龙序

长洲张献翼幼于撰

先民有作，文苑如林，赖以为资，取其适用，孰有逾于《艺文类聚》及《初学记》二书者乎！然《类聚》博矣，未及于对偶；《学记》对矣，未及于骈语。逮观莆阳太守南荆游公《雕龙》，得晋安太学林若天懋注释，岂惟游氏之青箱，其类书之黄绢耶？余览不终篇，如宫商杂奏，并出雅音；丹素互施，悉呈艳绩。乃知山自介丘以至崔嵬，山之全也，而天台特标其异；海自涓流以至回洑，水之全也，而鳀壑特著其灵。是以游赤水之津，所见无非珠，而夜光独耀于目；登荆山之麓，所见无非玉，而垂棘独骇于魂。越允之治无钝剑，而湛卢著其用；周穆之厩无凡马，而奔霄擅其雄。至宝必稀，用多为拙。阐诸人文，谁曰不然？若林君者，授玄肖诸童乌，属草方之文考。覃精艺藻，郁志儒林。糟粕城旦之书，寤寐竹帛之业。一经口诵，允为腹笥。旁通柱下，流览稗官。左史尚其能读，东方讵云足用？子政谢其博极，中郎惭乎该综。兹乃述匠心之源，究作者之概，亡异元凯之诠《左传》，子玄之释《南华》，文得注而始明，游借林而益传者矣。他日开东观延贤之阁，置金马著作之庭，振露羽于彤阶，奏风音于清庙，讵可量哉！余昔枢侍尊公大宗伯对山先生，见庭训肃然，义方惕若，固知君之宗其家学，济其世美，而光绍四公，雕龙之庆，有以也。余学非半豹，才乏全牛，而中年为太学游士，前后司成公拔于诸生之中，隆以国士之顾，空其冀北，励以图南，况君之学之才，余称畏友者耶！君将卒业成均，遨游璧水，其鉴以伟器，期以千里，倒屣之接，推毂之奖，又当何如？万历戊申孟春谷旦。

四六雕龙序

晋安林世勤天懋撰

夫文之难，四六为尤哉！易于俳而难于雅也。六朝崇尚此体，诸名家虽言人人殊，迹其声口婀婉，词华典丽，使人诵之，如入上林武库而目艳心悦者埒也。国朝士以明经晋，以故鲜工之。独不惟凤阁鸾台，代宣纶綍，若表若启，种种匪一，岂尽去六朝习哉？余幼溺此好，自从宦京邸，家大人课督严甚，余廪廪然一意呫哔。稍暇则涉猎墨庄，凡遇骈俪，有俾公车业者，辄遴之。偶瞩莆阳游公《雕龙》，典故猬奋，允四六之指南也。寻以得之耳目者诠之，未敢輶以灾木，乃就正于博洽君子。咸咄咄谓若昉型之镜，粉以玄锡，磨以白旃，其有功游氏非浅鲜，亟镌之勿吝。余因受劂氏事竣，沾沾自喜。脱令博士弟子精此，操战笔而摛藻□闱，俾主司遇之，不啻适蓝田、欧冶，冀壮邓林而结绿太阿，骅骝、豫章，固其选也。离是异日待诏金马，使二陆辈不得擅美于前，非《雕龙》为之地耶？毋曰今天子重制义，不策骈俪而弗工耳。余内兄黄君闻而笑曰："执若谭丁谢青衿，武玉堂以绍祖父芳躅，而屡放孙山外，谓何？"嗟夫！嗟夫！若不闻宋人有善为不龟手之药者，或以封，或不免于洴澼絖；鲁有施、孟两氏者，所业均也，或为公子傅而爵荣，其亲或下蚕室，罹刖刑，若脱编须、婴鳞之危，岂巧拙尔岐哉？大都皆遇也。借吾之不遇，犹夫宋人、孟氏。庸可以若之遇，而抑吾之不遇；庸可以吾之不遇，而阻人之遇乎？余忆畴昔之登北固也，遥视江畔青雀鳞集，迨天吴助顺，扬帆星散。有疾若驷马，须摇抵岸者；有耶许竟日半渡者；有捩柁迎流弗进者。当斯时也，以半渡者与弗进者，凝眸前棹，弗及远甚，然特迟速间耳，岂终弗及抵岸也耶？若之得，吾之失，方此亡两。黄君翻然然之，遂录斯语为《雕龙》序。游公名日章，举嘉靖己未进士，仕至二千石，以廉能著声，居平论撰甚溥，此仅一斑耳。黄君名功懋，属黄内翰所吁士也。余为谁？晋安脉望生林世勤也。万历柔兆阉茂玄月哉生明。

作者简介：

余祖坤，1977年生，湖北监利人，华中师范大学文学院教授。研究方向为中国古代散文及其理论、批评。

《滇骈体文钞》叙录*

颜建华　罗廷瑶

内容摘要:《滇骈体文钞》与孙雄《同光骈文正轨》、王先谦《十家四六文钞》、张寿荣《后八家四六文钞》等选本声气相求,构成清代尤其是清代后期骈文发展与转变的重要内容。此文对其编纂者、选编宗旨、版刻、文本价值以及作家进行初步梳理和系统描述,为我们了解清代云南骈文情况提供线索和相关资料,当不无裨益。

关键词:《滇骈体文钞》;叙录;考辨

一、选编者及版本

《滇骈体文钞》二卷,王灿选辑。民国三十六年(1947)石印本①,无别本参校。尺寸长25毫米,宽15毫米,白口,版心题"滇骈体文钞"及卷数、页码,前缀姚安由云龙和王灿所撰序,无总目,李根源署签。②

辑录者王灿(1881—1948)字惕山,号铁山,昆明人,清末以云南高等学堂高才生选送日本东京明治大学政法科。辛亥革命后毕业回滇,历任云南督军公署秘书官、云南法政学校校长、云南省政府秘书长、高等警察学校校长、讲武堂将校讲学会教官等职。护国之役时任唐继尧的秘书,专司机要函电,民国五年(1916)任云南省驻京代表,在京创办《共和新报》,并任《谠言》月刊主编,鼓吹民主法治。1937年回滇任云贵监察使署秘书长,积极投身抗战。王灿对旧体诗及古文有深厚造诣,早年所作诗文深受陈荣昌、赵藩等的赏识。曾与当时名家陈衍、章炳麟、金天羽、张一麐、李根源诸先生诗文酬唱,陈石遗誉为"滇中近代崛起不可多得之诗人"。王灿文章早年效法梁启超的政论,晚年改宗桐城。著有《知希堂诗钞》《挈瓶斋笔记》《旅京笔记》,并纂修《腾冲县志》,辑录《滇八家诗选》《滇

* 本论文为国家社科基金重大课题"明清骈文文献整理与研究"(18ZDA251)的阶段性成果。在写作文献方面洪伟博士提供了很多帮助,惠赐了相关资料并且提供了思考,谨致谢忱。

① 王灿自序作于民国三十四年(1945),由云龙序作于民国三十六年(1947),但无牌记,学者多以民国三十六年作为此书刊刻具体时间。

② 孔稳舒主编《滇东北馆藏地方文献目录汇编》误为李根源著,云南科技出版社2009年版,第139页。

六家文选》《滇八家诗钞》《滇骈文钞》等，译有日本古城贞吉撰《中国五千年文学史》。而他的《知希堂文钞》《知希堂骈文》等多种其他著作，因未付印，故未被著录。① 这里所附《知希堂骈文》是否全本尚待考证。其生平资料见《云南省志·人物志》。

二、选编宗旨、体例及篇目

《滇骈体文钞》首冠由云龙及王灿自序，共选录赵士麟等 20 人骈文作品 52 篇，分上下两卷，无总目，所选作者基本以年代先后排列，从康熙年间赵士麟到近代袁嘉谷，最后附录王灿《知希堂骈文》作品十八篇②，可以说是清代云南骈文精选本。因无总目，为便于读者和研究者按图索骥，我们这里把具体篇目罗列如下。

卷一 26 篇，分别是赵士麟 4 篇：《种松堂诗文合序》《少司马李梅公先生诗序》《研雪堂诗序》《朝天集自序》，王思训《征刻滇诗启》，张汉《等音图序》各一篇，师范《咏怀古迹诗引》《秋斋四十咏小引》，袁文揆《征刻杨文襄公诗启》，吴怡《洞庭舟中雪夜怀人诗后序》，方学周《题严匡山行草诗集后》《题张幂州先生大海观澜图》，李维新《题段七峰和师荔扉秋斋四十咏后》，黄琮《晚翠轩诗续钞序》《滇诗嗣音集序》《倚云山房诗文集序》《陪顾南雅学使师龙泉观观海记》，戴絅孙《游铁峰庵记筇竹寺读书记》《与王鲍生孝廉书》《与李即园同年书》《与宋云湖明府书》《上林少穆师启》《仇芝轩上舍封翁懿行录》《家古村晚翠轩诗集续钞序》《范廉泉明府诗集序》《会泽王烈女殉节征诗启》。

卷二 26 篇，分别是：许印芳《为李寿农先生告帮公启》，赵藩《壬午公车日记序》《培州东郭外月夜泛舟记》《东华别墅上梁文》，吴式钊《致杜鹤泉表兄书》《答友人书》《赵蝯仙同年湖楼倚笛图序》，张思敬《五华书院新建潘忠毅公祠碑》，陈荣昌《幽贞琐记序》《报丁潜客书》《论国学宗旨书》《明夷河解》《虚斋词自序》《方梦亭遗稿序》《与莲上人书》《题蛘山载笔图文》，朱庭珍《重修永北厅志序》，苏桂芬《移山簃随笔序》，李坤《续修云南通志序》《王夔石制府寿序》《陈昆山观察寿序》《昆明儒寡会募薪米启》《游华亭寺记》，熊廷权《塞上消寒会征诗启》《绿杨村舍卖茶启》，袁嘉谷《游华亭寺记》。

选本对骈文作家偶有品评，比如对王思训，引《滇南诗略》曰："其古诗文词尤为擅长，骈体亦臻徐庾。"《滇骈体文钞》载王思训《征刻滇诗启》："兰津南渡，篇什初兴；司马

---

① 相关资料见《昆明文史资料集萃》第 3 卷、《昆明文史资料选辑》1991 年第 17 辑，第 139 页。另《续云南通志长编·通志馆编幕人物传客》中，即有关于他的一篇 200 多字的简传可以参阅。

② 王灿《知希堂骈文》具体篇目：《曲石文录序》《觉庵诗草序》《关防布告》《孔烈妇传》《重修海源寺募捐启》《滇云耆年会启》《募捐刻书启》《蔡松坡先生建铜像启》《云南各界庆祝元省载诞特创建中正图书馆启》《昆明设粥厂劝捐启》《国乐研究会启》《祝国民政府蒋主席六十大寿电》《大理王采臣先生七十秩寿序》《春璞安先生八秩寿序》《朱母何太夫人七旬寿序》《马直坡太翁暨德佩李太夫人八旬晋六双庆序》《宜良段秀峰封翁八旬晋三大寿征文启》《段筱峰处长暨德配李夫人六秩双庆序》。

西征，人文踵至。一章颂体，祀隆缥碧之鸡；十卷《赋心》，客过孙原之水。盘蛇頳木，桓溪则僰道载歌；笮马髦牛，常璩亦华阳作志。白狼远徼，悉奏风谣；赤虺炎河，尽登露布。王仲初《宫词》百首，南中之辨真者七篇；刘须溪《诗统》全书，滇国则补完其半集。弢弓插矢，行号兵车；花髻朱缨，诗传骠乐。金枝玉叶，羌奴解咏珊瑚；云片波粼，阿盖长吟吐噜……”这里用骈文描述云南文学发展简史，也是苦心经营，锻炼以出，与相关评论可以参互资证。

《滇骈体文钞》是一部富有特色和价值的地域性骈文选本。与此类似清代骈文选集诸如屠寄《国朝常州骈体文录》、姜兆翀编《国朝松江骈体文见》、曹允源《吴郡骈体文征》、古直《客人骈文选》（又名《客人八家骈文选》）等后先辉映，各具特色。《滇骈文钞》所选骈文以序跋、启、书札、寿序、游记等居多，题材主题较单一，但其中不乏精心结撰，情思醇厚之作。

这部骈文选本自有价值：一是具有保存文献价值，裒辑清代康熙到近代云南骈文作家作品，这些作家大多还不被研究者注意，或者没有文集传世，赖此得以保存[①]。二是该选本具有地域性、群体性特征，尤其对我们研究云南地方文学史具有独特价值和意义。三是王灿选录本人作品较多，虽然列于最后，于选文体例不合，但王灿本人对于云南乡邦文献整理亦著劳绩，其《知希堂骈文》虽酬应之作居多，但有些篇目如《蔡松坡先生建铜像启》并非无病呻吟之作，具有考经证史之价值。

三、作家及著述考略

《滇骈体文钞》所选作家中，陈荣昌著有《桐村骈文》专集，张汉著有《月槎集》，戴絅孙著有《味雪斋诗文钞》，他们与昆明李于阳、楚雄池生春合称“五华五子”。另有师范（1715—1811），乾隆年间举人，主要著作有《滇系》四十卷，诗文集有《金华山樵前后集》《二余堂诗文稿》等，是清代云南文学具有重要影响的人物，方树梅撰有《师荔扉先生年谱》，为师范树碑立传，可资借鉴。所辑作家中师范、许印芳、赵藩、陈荣昌、朱庭珍、袁嘉谷为清代云南教育文化名人，生平材料颇多，也颇受关注。但其中还有许多作家或者名位不显，或者文集不彰，赖此保存只字片言。有鉴于此，我们对本编所辑作者略作考辨，注意从文学创作尤其是骈文方面的成就分析，从中可以勾勒出云南清代骈文大致发展轨迹，揭橥骈文发展与清代科举制度、书院制度、文人交游方面内在的联系，进一步探究整

---

① 滇人所著书，多可供史料，已有方树梅《明清滇人著述书目》，而诗文总集基本上与《滇骈体文录》作家有关系，其中大多由这些作家编纂，或者与之有联系。诸如袁文典、袁文揆等编《滇南诗略》四十七卷、《滇南文略》四十七卷，黄琮编《滇诗嗣音集》二十一卷，许印芳编《滇诗重光集》十八卷，陈荣昌编《滇诗拾遗》六卷，李坤编《补遗》四卷，袁嘉谷编《滇诗丛录》一百卷，秦光玉编《滇文丛录》一百卷，赵藩编《滇词丛录》三卷。

个清代骈文史的关系,其中消息,值得我们更进一步探索。所以,对本编所述作家进行考述,应该是题中应有之义,条列如下。

赵士麟(1629—1699)字麟伯,号玉峰,河阳(今云南澄江)人。清康熙甲辰(1664)进士,官至吏部侍郎,一生"潜心正学,以朱子为归"。《清史稿·赵士麟传》,著有《读书堂彩衣全集》(北京大学图书馆藏清康熙三十五年刻本)。

王思训(1659—1728)字畴五,号永斋。清代云南昆明人。康熙四十五年(1706)进士。历宫翰林院侍读、江西督学。工诗词古文,尤擅长骈体文。著有《滇乘》二十五卷(《见山楼诗文集》若干卷今皆不传)。《滇南诗略》录其诗76首,《续刻》录140首。

张汉(1680—1759)字月槎,一字蛰存,号莪思,云南石屏人。康熙四十七年(1708)举人,五十二年(1713)万寿恩科进士,乾隆二年(1737)中博学鸿词科,仕至山东道御史。云南省图书馆有《留砚堂诗集》七十三卷(道光二十四年刻本)及《留砚堂集古诗三卷、骈体文二卷》乾隆间刻本及《留砚堂集古诗》三卷,《留砚堂诗选》为袁嘉谷所选。另纂修《河南府续志》四卷。

师范(1751—1811)字端人,号荔扉,又号金华山樵。白族,云南省弥渡人,今大理市凤仪镇人。乾隆三十九年(1774)举人。初选任剑川州学训导,后为安徽望江县知县,在任8年,兴利除弊,为政清廉,后因病离任,贫不能归,客死望江。生平勤于史学,亦工诗文,喜绘画,纂辑大型地方文献史料《滇系》40册,师范创作个性鲜明,风格突出,赵藩评价"其于学无所不颖,故于文无所不能"。其作品集主要有《金华山樵前后集》《二余堂诗稿》《二余堂文稿》《抱瓮轩诗汇稿》《抱瓮轩文汇稿》等。自太平天国时期以来传本日稀,征刻"云南丛书"时已不全,名为《师荔扉先生遗集》。现存作品主要是诗歌,《滇南诗选》录其诗21首,《滇诗嗣音集》录其诗131首。近代方树梅撰有《师荔扉先生年谱》,对其生平事迹进行了系统考辨,可以参阅。

袁文揆(1750—1815)字时亮,一字苏亭,保山人,袁文典弟。乾隆丁酉(1777年)拔贡,廷试不第,以誊录效力四库馆。著有《时畬堂诗稿》《适余堂文稿》《滇南诗略》《滇文略》。

吴怡(生卒年不详)字友堂,号和轩,保山人。乾隆壬子(1792年)与其弟吴协为同榜举人,官山东邹平县知县。与弟吴协合刻《思补斋诗草合钞》,《滇诗嗣音集》录其诗三首。生平事迹见陶应昌编著的《云南历代各族作家》(云南民族出版社1996年版,第416页)。

方学周(1757—1838)字愚谷,号梦亭,云南晋宁人。乾隆六十年(1795)举人,官至四川射洪县知县,年八十二终于任。少负才名,书法钟、王,善抚琴,诗文格韵俱清。著《梦亭诗文集》(收入《丛书集成续编》《云南丛书》)。

李维新(生卒年不详)字芑泉,呈贡人。乾隆乙卯(1795)北闱举人,官直隶井陉县知县。负文誉，与师荔扉、张溟洲、方梦亭、段七峰极投分，能诗，喜作骈文，尤精于画。工山水，所诣不在钱芷汀下。画梅，清奇有致。著有《散木吟》。（参阅《滇系》《师荔扉诗集》《段七峰诗选》）

黄琮（1798—1863）字象坤，号矩卿，昆明人。道光丙戌年（1826）进士，由翰林院庶吉士，迁右春坊左赞善，典试广东。还充侍讲学士，累官至兵部左侍郎。咸丰间，回籍养亲，掌教五华书院，以诗古文辞倡后进，成材甚众。同治二年（1863），马荣攻陷会城，杀总督潘铎及首府县官，焚毁书院，琮自尽死。诏赠右都御史，谥文洁，敕建专祠。生平著述，已刻未刻者，悉毁于火。今存《知蔬味斋诗钞》（又名《蜀游草》，收入《丛书集成续编》），另纂辑《滇诗嗣音集》（咸丰元年（1851）五华书院刊本）。

戴絅孙（1796—1857）字袭孟，号筠帆，云南昆明人。道光九年（1829）进士。官浙江道监察御史。告归后，掌教育材书院。著有《味雪斋诗文钞》（收入《丛书集成续编》）。另云南省图书馆有《味雪斋吟草删存》稿本十卷、《味雪斋日言》稿本一册。絅孙擅诗古文，工词，善行书，为“五华五子”之一。

许印芳（1832—1901）字麟篆，别号“五塘先生”，石屏人。清同治庚午（1870）举人。历任昆阳州学正、永善县教谕、大理府教授，五华书院监院、经正书院及石屏玉屏书院山长。著有《清秀集》《滇诗重光集》《五塘诗草》《五塘杂俎》《诗法萃编》《诗谱详说》《律髓摘要》《陶诗汇注》《增订发蒙三字经》等，除《清秀集》外，均已收入《云南丛书》。许印芳对滇中文化教育贡献巨大。

赵藩（1851—1927）字樾村，一字介庵，白族，云南剑川人。清光绪元年（1875）举人，清末官四川永宁道，署盐茶道，入民国曾任众议院议员、护法军政府交通总长。赵藩少负才名，工诗词，善制曲，所书昆明大观楼长联广为人知。著有《向湖村舍诗初集》《二集》《小鸥波馆词钞》及《滇词丛录》，又刻《云南丛书》，另1912年赵藩与李根源合著《鸡足山志补》一书共四卷。

吴式钊（生卒年不详）字小谷，号刓其，一号完奇，小字楚生，云南保山人，吴嗣仲之子，吴协之孙，光绪甲午（1894）科进士，改庶吉士，授翰林院检讨，他与石屏许印芳、朱庭珍，剑川赵藩，并称“滇南四子”。吴式钊曾为赵藩《向湖村舍诗初集》作序，并为之刊刻。晚年潦倒，殁于京城。著有《彊静斋诗录》《切音导源》。

张思敬（生卒年不详）宇止奄，号天虚。屏南人。民国期间曾任小学校长、参议员。著有《旅行吟草》。清光绪十二年（1886年）撰有《大唐天宝战士冢》。

陈荣昌（1860—1935）字筱圃、小圃，号虚斋，又号铁人、盾农、困叟、桐村。云南昆明人，祖籍江苏上元县（今南京），云南历史上著名的教育家、诗人和书法家。1882年应乡试中解元，次年应会试中进士，授翰林院庶吉士，1886年授编修，供职国史馆。1888年、1906年两任贵州省学政，1910年任山东提学使。数度返滇，历任经正书院山长、云南高等学堂总教习、云南学务处总参议、学务公所议长、云南教育总会会长、云南国学专修馆馆长。辛亥革命后，隐居不仕，潜心著述。主要著有《虚斋诗文集》二十五卷，中有《桐村骈文》二卷，收入《云南丛书》。云南图书馆另有《虚斋尊孔集》稿本1册。

朱庭珍（1846—1911）字筱园，石屏城关人，朱家学之子。光绪戊子（1888）科举人。著有《筱园诗话》四卷、《穆清堂诗钞》三卷、《穆清堂诗钞续集》二卷等行世。辑刊滇中诗文，有《天船遗诗》《云峰剩稿》《云帆续集》。

苏桂芬（生卒年不详）字筱荼，昆阳人。由清光绪乙酉（1885）科举人大挑分发贵州，署理修文县知县。辛亥光复，陆军第二师师长兼南防匪司令宫刘祖武聘任军法处长兼参议，调署大理县知事。八年以后，历任云南督军公署枢密官，北伐军司令部、云南省禁烟公所、昆明市政府秘书长，云南全省团务督练处秘书。桂芬赋性明敏，古文学。生平著作甚富，因抗战敌机轰炸昆市，稿遗失无存。生平资料见《续云南通志长编（下册）》。

李坤（1866—1916）字厚安，别号思亭，昆明人。经正书院成立，以高材生考入，院长许印芳器重，每试常冠其侪辈。光绪癸巳（1893）举人，癸卯（1903）进士，选庶吉士。曾任云南高等学堂教务长，晋编修、国文教授。民国五年（1916）卒，年五十一。著有《思亭诗钞》三卷、《雪园文钞》二卷、《云南温泉志》一卷、《明滇诗拾遗》一卷、《续拾遗》一卷、《古文一隅注》四卷、《齐风说》一卷、《盈联》一卷、《筱风阁笔记》四卷等，总名为《雪园丛书》，1913年结集，由开智公司印刷，务本堂发行，后再编为《思亭诗文钞》，收入《云南丛书》。王灿辑《滇八家诗选》录其古近体诗百首。生平事迹见《新纂云南通志·文苑传》。

熊廷权（1866—1941）字种青，晚号佚叟，昆明人，清光绪癸巳（1893）科举人，戊戌（1898）科进士，以即用知县分发四川，初补高县，后调补营山县、富顺县等，卓著政声，保知府。民国元年（1912）回滇任丽江知府，民国五年（1916），署川边财政厅长，兼川边道尹。民国八年（1919），署腾越道尹，著有《唾玉堂诗钞》《唾玉堂文存》《绮香阁词存》等。另有《文府集》《经史札记书牍公牍》《西藏宗教源流考》等。熊廷权与李坤、袁嘉谷均为经正书院所培养，为云南近代史上风云人物。王灿《熊廷权传》叙说详细，可资借鉴。

袁嘉谷（1872—1937）也写作"袁嘉穀""袁嘉穀"，字树五、树圃、南耕，号屏山。云南石屏人。著名学者、教育家、书法家、佛学家、诗人。清代经济特科状元，光绪二十九年（1903）进士，历任翰林院编修，浙江提学使、布政使。袁嘉谷长期从事云南地方史的研究，编有《滇诗丛录》一百卷、《云南大事记》。著有《卧雪堂诗集》《滇绎》《讲易管窥》《史记札记》《孔氏弟子籍》《移山簃随笔》《东游日记》《两浙輶轩三录》等书。袁嘉谷与陈荣昌、由云龙为刘显世合写了一篇文采斐然、书法精妙的墓志铭，为云贵两省文化交流的重要象征。他在史学、文学、经学、书法和教育方面均有突出成就。今人辑有《袁嘉谷文集》。

《滇骈体文钞》所述如上，我们对其版刻流传情况、纂辑体例以及作家略作考述，进而对清代骈文总集、选集进行深入的探索和思考，由此观照和审视清代骈文创作地域分布、群体特征以及审美风尚与趣味，会有更多的思考和发现。

附录：

滇骈体文钞序

由云龙

太极两仪，是生偶体；六经诸子，并多俪言。魏晋以来，斯体益盛。隋唐而降，演变弥昌。至于有清，称极盛矣。综其著者，盖可略言。稚威博奥，横绝一时。北江遒炼，独有千古。越缦效之，遂博时名。迹其沿袭，殆可历溯。然而迦陵《湖海》之集，杂以外编；园次《林蕙》之文，犹伤靡格。曾宾谷、彭甘亭辈起而矫之，选《骈体正宗》，一意以复古为尚，远俗为工，六朝以后，罕有甄录。不知古人语文合一，音节高古，本出自然，非强而致。必欲合车轮于大辂，概酒醴以太羹，傎矣。故两汉文辞朴茂，虽魏晋不能强同；三唐格调铿锵，至明清何能尽弃，其趋势然也。滇自碧鸡南祀，颂体斯兴；司马西征，赋心遂播。虽闾邱回归之流寓，而月槎、畤五各逞长才。扬门七贤，颇多制作；九华五子，播厥风骚。洎乎末季，则虚斋之豪，具征性情；石禅之丽，亦见学力。远则云帆，既赡采铿钩；近而雪园，亦词林隽秀。极至张氏榛舆，苏子桂芬，断简零篇，时在人口。不有辑录，曷彰美盛。惕山先生怀旧念切，思古情深，爰撷朝华，借启夕秀。自彩衣堂以逾袁、熊诸君，咸有才掇。譬百味之萝前，堪尝一脔；任五采之炫目，足窥一斑。呜呼，十步之内，芳草未歇；十室之邑，忠信所存。况王善宝扬才，照诸碑记；书既古劲，文亦博大，精深皆出于土著荒郊者乎。摛词睒藻，薄逸少圣人之言；洗陋开荒，矫檀萃山茶之比。愿与读者共证斯言。

民国三十六年岁丁亥仲夏姚安由云龙撰

滇骈体文钞序

王灿

吾滇远处天末，视同域外荒僻，号为边地，开化晚于中原。然山为南干之祖，极险峻而雄奇；水是大江之源，自远长而浩瀚。楚汉开疆而后，文治宏昌。盛张传学以来，人才竞出；彩云灿其光华，甘露征其祥瑞。学校兴而门承邹鲁，士风朴而文焕星云。分六朝之古艳，墨渖流香；腾万丈之丹霞，笔花簇锦。俪青妃白，非无徐庾之流；吐凤雕龙，亦擅齐梁之体，此《滇骈体文钞》所由辑也。溯原前代，大有词宗，雄如玉峰，丽如畤五，博如留砚，厚如味雪，粹如知蔬，秾如彊静，豪如困叟，洁如栎生，虽多寡之殊科，悉四六之正格。此外零篇短简，亦复甄收，要令巨制宏裁，终无遗弃。纵非全豹，已足窥其斑文；况是炳麟，自能发其异采。轨范咸师往古，与唐初四杰同源；文章岂限方隅，比海内八家无愧。世之谈艺知言者，倘亦同情快睹乎。

民国三十四年岁在旃蒙作噩相月朔日昆明王灿识

作者简介：

颜建华，1967年生，湖南新邵县人，文学博士，湖南师范大学文学院教授，出版《清代乾嘉骈文研究》等著作及论文，研究方向为古典文献及明清文学。

罗廷瑶，1997年生，重庆市城口县人，长沙理工大学硕士研究生。

《合刻移华馆骈体文》叙录

马文博

内容摘要：董基诚和董祐诚是著名的清代常州骈文家，二人的骈文在清代产生了一定的影响。现存《合刻移华馆骈体文》实为方履篯集二人骈文的合刻本，其中分为董基诚两卷和董祐诚两卷。考诸二人的骈体文，可见其将赋体、序体作为主要的写作体裁，彰显了二人的才气和文体本身的文学性，为清代骈文史添了浓墨重彩的一笔。

关键词：董基诚；董祐诚；《合刻移华馆骈体文》

一、"二董"生平概述

董基诚（1787—1840），字子诜，一字籽莘，号玉椒，嘉庆二十二年（1817）进士及第，官至河南开封府知府，有政声。工于骈体文和词。董祐诚（1791—1823），原名曾臣，字方立，号兰石，嘉庆二十三年顺天乡试举人。清代常州董氏本来声名显赫，但是到了董基诚和董祐诚的时候，已经家道中落，因此当二董年幼之时，家庭的全部重担都压在了其父亲的肩上。正如方履篯在《万善花室文稿·董方立诔并序》中所言"侍宦汧雍，所历遐僻"。尽管二董一直随父亲颠沛流离地谋生，但二人天资聪慧，以至于后来两人参加府县的考试，每试必摘其冠。因此，阳湖二董的名气迅速在常州地区传开，方履篯言及"元方季方，并誉汉世；大山小山，骋英齐代"，可见二董的声名逐渐被世人所知。

二董人生的前半段的经历大致相同，兄弟二人境遇差距的是科举考试。依据现存史料，董基诚的仕途相当顺利，嘉庆二十二年考取进士之后，不久便升至户部主事，且有政声，前途一片光明，后来又做到了一方知府。古人常言学而优则仕，董基诚凭借科举考试，顺利地走上了一条众多文人梦寐以求的道路。但是，相比董基诚的顺利为官，弟弟董祐诚则颇多坎坷，董祐诚师从陆耀遹，嘉庆十六年（1811），董祐诚二十一岁时，便随其师赴陕西寓幕，直到嘉庆二十三年（1818），方举顺天乡试恩科，至此之后"三应礼科，两就杂试，奥渫未升，容刀屡脱"。方履篯形容董祐诚的境况云：

衡宇花飞，故园春老，流景易逝，侘傺无聊。寸履初阐，徒招奔驶之讥；缄口未弛，已罹哓渎之咎。南阳之竹，取憎茅茨；龙门之桐，辱置爨下。低头马坂，昔人所悲；奋翼鹏溟，此志谁展？[1]

从方氏所述可知，董祐诚虽然聪慧过人，但年仅三十三岁便英年早逝。难怪后世梁任公对董祐诚之死甚为惋惜："呜呼……夫使巽轩、方立辈有定九寿，则所以嘉惠学界者宜何如哉！"[2]

董祐诚逝世后，董基诚将其著述汇刻为《董方立遗书》，张成孙为其校勘。《董方立遗书》中包括《董方立文甲集》二卷、《董方立文乙集》二卷、《兰石词》一卷和其他各种学术著作。《董方立文甲集》基本为学术性文章；《董方立文乙集》为骈文，亦即为《合刻移华馆骈体文》之卷三、卷四，计 27 篇。

二、《合刻移华馆骈体文》的版本

董基诚刊刻《合刻移华馆骈体文》共分为四卷，时间为道光十四年（1834）。由于方履篯对董祐诚骈体文的偏好，因此在合刻本出现之前，董基诚的骈体文未经刊刻，然而董祐诚的著作却已经有了方履篯的刻本。据路海洋在其专著《社会·地域·家族：清代常州古文与骈文研究》中分析，方氏刊本如今或已佚失，其刊刻年代不可确考。按照董、方二人的卒年（方氏殁于道光十一年，1831 年），以及刘大观《兰石斋序》的写作年份（刘大观《兰石斋序》的写作年份尽管仍不能确知，但刘氏收录此文的《玉磬山房文集》刊于道光八年，即 1828 年，故可推知，方履篯《兰石斋骈体文遗稿》，至迟刊刻于道光八年），可以推知方氏刻本的刊刻时间，当在道光三年至道光八年之间（1823—1828）。再从数量上看，方氏刊本录董祐诚骈文 25 篇，董基诚于道光六年（1826）所编《移华馆全集》收董祐诚骈文 27 篇，故我们可以进一步推测：一、方氏刊本很可能就是董氏刊本的底本；二、若前一点成立，则方氏刊本应刻于道光三年至道光六年间。据以上的分析与推论，我们当下见到的《移华馆骈体文》应为二董的合刻本。

三、《合刻移华馆骈体文》的体例

《合刻移华馆骈体文》当为四卷，共计 57 篇，为董基诚、董祐诚二人合刻之书。其中《合刻移华馆骈体文》收录董基诚作品两卷，其中 5 篇大赋，7 篇骚体短赋，书、序共 9 篇，

---

① 〔清〕方履篯《万善花室文稿》卷二《答董方立书》。

② 梁启超《中国近三百年学术史》，上海三联书店 2006 年版，第 305 页。

其他文体为传、记、诔等，共计30篇，这些作品主要作于道光元年（1821）以前。玉麟《移华馆骈体文序》中提及，道光元年其还京师，基诚已经以进士任职户曹，因为基诚“奉职勤谨”，故“不暇复治旧业”，也就是说没有空闲时间进行诗文写作了。收董祐诚作品两卷，共计27篇。其中大赋《西岳华山神庙赋》1篇，抒情短赋5篇。书、序二体分别为3篇和7篇，其余为传、记、跋、诔、铭、祭文各一首。董祐诚的作品主要写于嘉庆十六年至嘉庆十七年（1811—1812）的两年间。基诚序《董方立遗书·文乙集》云：

> 嘉庆庚午，方立年二十，初学为汉魏六朝之文，明年辛未，客游陕西，首成《西岳华山神庙赋》，名大著。居西安二年，得文二十余首。自后稍稍弃去，或阅数年不一作，即作亦鲜有存者。①

由上述引文可知，董祐诚的骈文创作主要是“居西安二年”，届时他也仅为二十一二岁而已，不得不佩服董祐诚的年少才气。然而后来董祐诚不再创作骈文，主要是和他认为包括骈文在内的文学创作是“无用之学”，不愿意再在这个方面倾注精力了。②

四、“二董”骈文师法

方履篯在《兰石斋骈体文遗稿序》一文中概括二董的骈文风格特点为“俊不害窕，缛而有则”③。所谓“俊不害窕”，指的是文章虽然清隽利落，但并不妨碍文章兼有窈窕柔静之风；“缛而有则”，指的是文章华而不靡、丽而不缛，绮丽之中有些许清隽之气。方氏对二董文章风格的概括不可不谓之精当。然而二董的风格的形成是有其师法渊源的。

方履篯《兰石斋骈体文遗稿序》中言及二董文章渊源时云：

> 遂欲发兰台之奥府，夺陈留之重席。上析潘陆，下综任刘。勤身奋志，显光气于寰中；瑰词绮章，操雅丽之绝格。④

上述引文中“上析潘陆，下综任刘”，意味着二董的文章风格从远的角度来看，师法于西晋潘岳、陆机与南朝任昉、刘峻等人，当然这只是一个概括的说法，实际上二董的骈文

---

①〔清〕董祐诚《董方立文乙集》卷首。

②〔清〕董基诚《董方立遗书·文乙集》：“呜呼！是固方立所谓无用之学也，舍无用之学进而求有用之学，卒亦无所成，徒赍盛志以殁，其命也夫！”

③〔清〕方履篯《万善花室文稿》卷五《兰石斋骈体文遗稿序》。

④〔清〕方履篯《万善花室文稿》卷五《兰石斋骈体文遗稿序》。

风格是取法于魏晋六朝时期的众多骈文家。

纵观二董骈文的风格，远取魏晋六朝的骈文家，而近处之源，则师法于洪亮吉、刘嗣绾。遍览《合刻移华馆骈体文》，整体表现为写景清新雅致，抒情沉郁回环，议论卓尔不群，练字精工独到，用典精确巧妙，这与洪亮吉有极大的相似之处。如董基诚《郝筱初南游小草序》中"枯僧两三，戴明霞而回渡"与洪亮吉《钟南山圭峰寺铭》"怖鸽一队，枯僧两三"语词雷同；董祐诚《游牛头山记》"怪禽五色，礼陀罗之幢；迷蝶两三，涂天人之粉"一联，在字、词、句法上锤炼精到，其用心、功力与刘嗣绾《龙泉寺记》"鸟团梦于幽栋，虫选言于古墙。草蝶出茧，黄于野人之衣；风蝉上枝，绿成秋士之鬓"颇为接近。再如董祐诚《与杨绍起书》中"堂前击筑，已销佣客之魂；台上引弦，自陨惊禽之羽"一句，与洪亮吉《伤知己赋序》"秦声扬，不能激已沮之气；鲁酒薄，不能消未来之忧"，实有异曲同工之妙。

五、骈文史意义与价值

纵观二董骈文，远取魏晋六朝之骈文名家，近则取洪、刘等骈文名家之文，实际上远至魏晋六朝，近至洪刘，实为一脉相承，都是在接受前代丰厚的文学遗产基础上的再创作。二董在师法前人的基础上，又具有了自己独特的风格，这不但丰富了"常州体"骈文内容，而且接续了清代常州骈文在陈维崧、刘星炜、洪亮吉、孙星衍、刘嗣绾等人创造的辉煌，并在此基础上给清代骈文史上添了浓墨重彩的一笔。

附录：

移华馆骈体文序

《移华馆骈体文》四卷，阳湖董子诜农部、方立孝廉之所作也。余于嘉庆己巳视学江苏，是秋按试常州，闻阳湖二董年少有俊才，县试、府试□冠其曹。余奇其文，取入府县学，亦各第一。明年余秩满去，欲携之入都。适方立将入秦，子诜亦以事不果。癸酉夏，子诜来京，馆余南海淀寓园，始得尽见其所为辞赋及方立《西岳华山神庙赋》《武功县后稷庙碑》。瑰玮绝特，规橅渊云，叹为必传之作。未几，余有西域之行，子诜亦南归，七年不相见。

道光改元，余还京师，子诜已成进士，官户曹，方立亦举于乡，就试礼部，昕夕过从，相得甚欢。子诜奉职勤谨，不暇复治旧业，方立则一意著书，词章而外，更肆力于律历、数理、舆地、名物之学。涉猎既博，撰述亦益富，余方期其置身天禄石渠，为一代大手笔，而方立于癸未秋遽殁世矣。方立遗书凡九种，曰《割圆连比例术图解》三卷、《椭圆求周术》一卷、《斜弧三边求角补术》一卷、《堆垛求积术》一卷、《三统术衍补》一卷、《水经注图说残稿》四卷、文甲集二卷、文乙集二卷、《兰石词》一卷。殁后三年，子诜悉取而裒录之，又自检其所著古文二卷、骈体文二卷、《玉椒词》二卷，都为《移华馆全集》二十二卷，请余为之序。

余老矣，学问日益荒落，于子诜、方立之所论著，愧未能尽通其说。独于其骈体文见之最早，赏之最深，向许为必传之作也。爰属子诜别录四卷，先为刊板行世。子诜为郎官甚有声，方将入参枢机，扬历阀阅，其所施用、正未可量。独惜方立赍盛志以殁，不及有所表见，而仅以文学传也。为志数语，以抒余悲，并述十余年来相知始末，以存感旧之意，即以贻子诜云。道光六年春二月长白玉麟序。

移华馆骈体文后序

右董子诜先生手编骈体文二卷，并哲弟方立先生文二卷，都为二册，授之梓人，以受祺粗审义类，命与校雠，因得遍揽璎琛，博观鸿秘。陈思之悦讥弹，应时改定；士衡之论文体，严核锱铢。惧弗涵领神旨，探索渊微。就所臆揆，系之帙后。夫结绳寝化，文辞肇宣，圆方互旋，奇偶迭应。义量物以适志，气谐律以布声，志远则有冲豫之神，声和斯有抗坠之节。华实一揆，笴干并荣，自晋以还，放佚渐甚。魁达有志之彦，惩于骈偶之词，思标质以去文，竱本而实末。就其偏者亦皆违于自然，激于亢厉，又噍杀之响，促数失中，去此适彼，讵为得乎？然歧辙既分，径途鲜合。指事意者放厥辞，资诘辨者繁厥义。至于彝典之制，奏进之篇，与夫缘情象物，逐影绘声，则皆追琢以敷华，绵邈以察类。偶体之用，致为多焉。要其纯驳，亦匪朝夕。瑰奇奋铄，洪侈浩衍。钟球在序，凡玩非珍；隋和置怀，望气知贵。凡以诵法训谟，绍述惇史。缛者为之，则或襞绩牵引，丹雘涂附，其失也茶。以鉴承景，形不能遁；明燧烛物，质不能夺。迤慢惝恍，凌虚构象。缘情以暴采，寓境以晰理。或逞其谲，罔究其实，则将险迫织刻，诞慢忘反，其失也佹。元酒以设飨，鸾刀以就割，累重以蕲挚，浑噩以存厚，黜今之薄而惟古是抗，辄践其堂下叹其蔵，入其逵，言脱其辐，其失也槬。他若曼丽窕巧，妍悦微致，晨荂曜影，夕霞镜空；春鸟自鸣，秋蟾微魄。大雅之士，翕然仿慕。然或靡而不经，荡而鲜制。譬之纂绣千纯，未足以御凉燠；郑卫二八，不足以协宫商，其失也侻。四美既肇，其蔽因之，近古明哲，时与去就。其有奄备盛诣，芟荡杂累，神锋颖解，精识内涵，雷电倚户，出幽入明，河渎顺流，浮天夷岳，密纬竭于纤芒，盛藻灿于黼黻。铸欧冶之剑，饬五金以成材；叩无射之钟，和六气以应律。舍兹编也，其谁与归。盖先生之学，沉毅敏瞻，无所不窥，就其一端，可测全量。而哲弟所造，则更穷极幻渺，焕乎大成，乾端坤倪，不可为象。镂纂刻素，具于此篇，亦见骈偶之制，渊源所归，未可与流宕之韵，钩孑之辞，同类而称述之也。同里后学庄受祺谨序。

作者简介：

马文博，1991 年生，黑龙江省牡丹江市人，广西师范大学古代文学博士研究生。研究方向为清代骈文。

《尚絅堂骈体文》叙录

马文博

内容摘要：刘嗣绾《尚絅堂骈体文》今存两卷，共83篇文章，包含赋、序、跋等文体。刘氏一生坎坷，其骈文却继承洪亮吉、孙星衍创造的“常州体”，逐渐发展出“赋物纤新”和“深情缠绵”的特点，其骈文进一步扩大了常州骈文在清代骈文史上的意义与价值，为后世树立了摹写的典范。

关键词：刘嗣绾；《尚絅堂骈体文》

一、刘嗣绾生平概述

刘嗣绾（1762—1820），字简之，亦作柬之、醇甫，号芙初、扶出，又号撄宁子，常州府阳湖县人，刘汝器之子，刘琬怀之弟。嘉庆十三年（1808）会试第一，授编修，为翰林十余年，归主无锡东林书院。为人和善安雅，见义勇为，专意文学，诗、词、骈文俱佳。人称其“少作多明艳，中年则以沉博排奡胜，晚更清遒骏迈，以快厉之笔，达幽隐之思”。其生平事迹详见于《清史列传》卷七十二、《国朝诗人征略》卷五十七、《清代毗陵名人小传稿》卷六、《冬生草堂文录》卷四。

刘嗣绾出生于常州的名门望族，刘翊宸在《重修族谱序》中言及：

> 吾宗自明初始祖恪公，由凤阳迁常，迨万历末年，子姓日繁，科名渐起。至清朝雍、乾时，文恪、文定二公相继作相，圃三、青垣二公相继作卿贰，其间甲科不绝，出为方伯、观察、郡守者亦多，遂煌然为兰陵望族。[①]

通过这段文字可以看到，刘于义（文恪）是刘嗣绾的高祖父，官至吏部尚书、协办大学士，名噪一时。此外，刘嗣绾的曾祖刘复为雍正丁未（1727）进士，官至浙江督粮道，祖父刘寅宾、父亲刘汝器皆为举人，刘氏一门，皆为饱学之士，相门之风，一脉相承。

然而刘嗣绾却一生坎坷，其志愿十而未展其一。《武进西营刘氏清芬录第一集》引刘

① 武进刘氏绣衣坊大宗祠重修，刘琛、刘昕泰、刘尚德等校订《武进西营刘氏家谱》卷一，民国十八年排印本。

嗣绾友人张维屏《听松庐文钞》云：

> 芙初以相门子，稽古绩学，绮岁能文，乃青衫落魄，破砚依人，可谓穷矣。然卒以礼闱榜首，簪笔木天，不可谓非达也。顾中年以后，心力就衰，又以不工小楷，未获奉使衡文。身居京国，心系家园，归咏《循陔》，出仍负米。迹其生平，盖穷而达、达而穷者也。①

刘氏穷则穷矣，然而同为清代学者的法式善却认为刘氏"遇穷矣，而其心未穷，其心穷矣，而其诗未穷也"②。此外，法式善在《尚絅堂诗集叙》中继续总结刘氏一生诗歌演变云："常郡故多诗人，黄仲则死，洪稚存、秦小岘、孙渊如、赵味辛、杨蓉裳、吕叔讷皆与余游好，余皆尝论定其诗，如醇甫者，其在数子之间乎！"法式善此语，将刘氏与洪亮吉、孙星衍等人并驾齐驱，给予刘氏颇高的肯定。

二、《尚絅堂骈体文》的体例

刘嗣绾所著骈文共为两卷，分别收录在刘嗣绾《尚絅堂集》和《花雨楼丛钞》中，后结集为《尚絅堂骈体文》，共 83 首骈文作品，后屠寄《国朝常州骈体文录》第十八卷收录尚絅堂文 36 篇，纵观其 83 首骈文作品，其中书文收录 28 首，启文收录 7 首，碑文收录 5 首，诔文收录 2 首，铭文收录 1 首。记文收录 9 首，引文收录 1 首，序文收录 29 首，祭文收录 1 首。由此可见，书文和序文收录得最多，分别为 28 首和 29 首。其代表作有《山中与鲍若洲书》《与蔡浣霞书》《与王秋塍书》《贻友人书》等。刘氏的骈文，大多是作于乾隆末至嘉庆年间，这些文章主要集中在书记序启及诔祭等各种文体中，而以书信与记、序三体数量最多，质量也最高，并且题材也是相对集中，一般写旅居之况、身世之感、朋友聚散之情、人生进退之理等。

《续修四库全书·一四八五·集部·别集类》影印有道光六年（1826）大树园刻本《尚絅堂集》五十六卷，《尚絅堂骈体文》为其中两卷。此外，台湾新文丰版《丛书集成续编》第一九三册影印有清光绪九年（1883）花雨楼刻本《尚絅堂骈体文》两卷。以上为《尚絅堂骈体文》的两种常见版本。

三、骈文史意义与价值

刘嗣绾的《尚絅堂骈体文》，堪称为一部独具刘氏风格的骈文别集，其骈文创作在继

---

① 刘祺编，刘继丰校订《武进西营刘氏清芬录第一集·先世佚事·轶史类》。

②〔清〕法式善《尚絅堂诗集叙》，见〔清〕刘嗣绾《尚絅堂诗集》卷首，清道光六年大树园刻本。

承洪、孙开创的"常州体"的基础上,更上一层楼,表现出明显的"赋物纤新"和"深情缠绵"的特点。

刘氏的骈文作品,不但给当时的应考举子提供了大量的模拟写作的范本,还进一步扩大了"常州体"的影响,丰富骈文的写作素材。该书的刊刻与流传,从一个侧面表明清代常州地区名家辈出,刘氏的骈文为常州骈文的发展贡献了自己的力量。类似于《尚絅堂骈体文》作家别集的编纂,不是一个单一的现象,而是一种优质文化土壤孕育下的文人的生产活动,从而确立了常州骈文在清代骈文的地位。

附录:

尚絅堂骈文序

乾嘉之间,海内言文章者,必归毗陵;为之渠魁者,皆以茹汉哜唐、荣古虐今为能。其所为学固据人所尊,而诗文乃别立门户,人亦莫敢易视之也。其时,芙初刘君已有闻于世,而与之上下议论矣。初与相接,未及深言,间复往返,窥寻意旨,知其自有所得,而非与俗同,因各出所著,迭相箴规。余固服君,而君亦不余迕也。尝窃论诗之为道,宏博广远,初非一途,然必以古为程,自己而出,近之髦士,专希声尘,与今为缘,优孟即似,顺时而趋,附和胥同。人有其心,斯擅其制,彼亦法古,我乃从今,即与之齐,去古已远,其有自负盛名,特标新格,佚辞放笔,有偭前规。或又专诋前辈,深掎利病,忌孝章之大名,谓孔融之近俳。呜呼!文人相轻,自古已然。究之千秋之事,必非一人之私所可轩轾,扼吭拊背,亦复何为?今芙初之诗具在,其抗心希古,渺虑述怀,谆复婉笃,悱恻芬芳,体不沿袭,骨不俾靡,章志而幽,称心以出。身世之荣悴,心灵之感兆,胥于是见之。而其辞能工,是亦足以传矣。其为文多出腹稿,有不暇锻炼而滔滔自运倚声,喜于委折,善言儿女,然其迈往之气,隽永之味,不可诬也。南城曾宾谷先生,以君遗稿将付剞劂。谓麐获私于君,属为订定。伏念宿昔知好,零落殆尽,正礼小文,秣陵书札,为忆当时,邈若山河之隔;犹存后死,敢忘平生之言。至比之乡贤,非止不愧;贻之来者,庶亦无讥。知我罪我,又何懵焉?道光四年二月毗陵舟中吴江郭麐序。

作者简介:

马文博,1991年生,黑龙江省牡丹江市人,广西师范大学古代文学博士研究生。研究方向为清代骈文。

《讷盦骈体文存》叙录

宋莹莹

内容摘要:《讷盦骈体文存》二卷,由清末李恩绶撰写,其子李丙荣、孙李正学校字。它集中体现了李恩绶的骈文观:一是学习韩欧之笔,以桐城姚鼐为宗,深邃衍奥;二是选言宏富,追求丽则,骈文高华秾粹;三是骈散兼收。本书版本流传甚简,为光绪二十四年(1898)冬心书屋木活字印本,国家图书馆、中科院、皖图、复旦、吉林图书馆有藏。

关键词:李恩绶;《讷盦骈体文存》;骈文

李恩绶(1835—1911),江苏丹徒人,清代诗文家,清末镇江文坛的领袖人物。字丹叔,号亚白,又号荫轩、荫翁、三山樵者、冬心老人,因说话结巴,晚号讷盦。自幼聪颖好学,笃志经史,博览群书,诗文精解独到。室名四益斋、紫蓬山房、冬心草堂、缝月轩、眉洲室、四养生印斋。喜藏书,工书、文。清末光绪年间附贡生,候选训导。不喜欢时文,因此科举不利,以教馆、作幕和卖文自给。祖籍安徽舒城,万历中叶迁润州,据其在《紫蓬山志》中自述:"余本舒人,万历中叶,始迁润。家乘载,余宗出自龙眠,明初断自省三公,为一世公。"光绪十年(1884),赴合肥游历,曾在合肥西乡紫蓬山下的周老圩教书多年。合肥周家谦、王尚辰、善化陆本滋、无为方澍、紫蓬山虚腹和尚皆与之游。他到过的地方很多,以在安徽的时间最长,得江山之助,诗也从早期的峻洁秀雅变而为雄奇浑化。长期客居于肥,对皖中文献、逸事甚为留意,故谂熟皖中史事、掌故。光绪初以生员身份参加修纂《丹徒县志》,志成后,"续有所闻知""凡所搜采,约计数帙",未及汇送者,厘为《摭余》十卷,但未竟而殁,后其子李丙荣(1867—1938,镇江近代文史学家,清末民初镇江刊刻文献和修复古迹等等,多半由他经办并作序记)乃继其志,"三易寒暑,六易稿本",扩充至二十卷,终成《丹徒县志摭余》行世。光绪二十五年(1899)返乡,宣统辛亥(1911)五月卒于家中,终年七十有七,里人私谥曰"文靖先生"。著有《讷盦骈体文存》①《缝月轩词录》《冬心草堂诗选》《讷盦类稿》等,辑有《巢湖志》《香花墩志》等志书。

据民国十九年(1930)刊印的《续丹徒县志》卷十三《文苑》载:李恩绶,字亚白,晚号

① 莫道才主编《骈文要籍选刊》第107册,北京燕山出版社2020年版。本文所引《讷盦骈体文存》出于此版本,下文不再另作注释。

讷盦，附贡生。幼颖悟，笃志经史，长益博览载籍，诸子百家，靡不研究。工诗、古文，词闳深奥衍，不袭浮藻，以是不利场屋，遂橐笔壮游。名公争延致师友，切劘所诣益深，鲍学使源深、薛山长时雨尤激赏之。性耽吟咏，游屐所至，名流硕彦，迭相唱和，积稿盈箧。生平留心掌故，幽光畸行，极意表章。咸、同以来，宿学凋零，浮华日骋。恩绶独研精古学，考证源流，著作等身，里人目为边笥。尤笃内行，族党称之。著有《讷盦骈体文存》《读骚阁赋存》《缝月轩词录》《冬心草堂诗选》《眉州室试帖》《历代诗人祠堂记》，并辑《润州赋钞》，俱已刊行。尚有《巢湖志》《香花墩志》《紫蓬山志》《采石志》《庐阳名胜辑要》《广圣贤群辅录》《尚友录箴补》《文苑矩矱》《讷盦随笔》《讷盦文钞》《泛湖唱酬集》《彭门诗文存》《皖江游草》《哀弦集》《百衲琴》《词林撷隽》《谚林》《评林》等书待梓，藏于家。

《讷盦骈体文存》由李恩绶之子李丙荣、孙李正学校字。子李丙荣字树人，晚清附贡生，授安徽候补县丞署按察使司照磨兼署司狱。1911年，参与重修《招隐山志》。著作有《大观亭志》二卷、《牙牌繇辞详注》《绣春馆词钞》二卷、《京江诗钞》四卷等。合肥李国筠序其词集曰："素人之诗，清工遒上，不坠宗风，而尤嗜填词……凡哀丝豪竹之音，铁板铜琶之概。杏花春雨，邵庵归去之吟；杨柳晓风，屯田羁离之感。莫不综采繁缛……今读素人之词，益见吾师之替人矣。"李丙荣生平尤其重视地方文献的整理，清末民初镇江刊刻的文献和修复的古迹，多数由他经办，并作序记。抗战爆发后，逃难至江北，于1938年去世。[①] 孙李正学，字崇甫，生于1885年。优附贡，湖北候补府经历。[②]

《讷盦骈体文存》共二卷。光绪二十四年(1898)冬心书屋木活字印本。收李恩绶骈文作品55篇，附录柳诒徵《讷盦骈体文存叙》和《诸家评跋》，书末有一篇跋。分成上下卷，印有"讷盦骈体文存"6字和"光绪戊戌开雕冬心书屋藏板"。目录前有《讷盦骈体文存叙》和《诸家评跋》。在清代，江南私家刻书逐渐占据主导地位，雕刻精良，精审校勘，所刻书籍质量上乘，《讷盦骈体文存》即是刊刻精美，印制清晰。

在体例上按文体分类编次，上卷为：赋3篇、序13篇、叙1篇、书11篇、启2篇、记5篇、题词1篇；下卷为：跋1篇、引2篇、诔2篇、祭文1篇、传1篇、赞1篇、序8篇、颂1篇。从整体来看，应俗文章居多，论学之文较少。

柳诒徵在乡里，颇得陈庆年、赵申甫、李恩绶等先辈的熏陶和契引，学识大进。[③] 柳诒徵在叙文中提到了写作缘由，以及对李恩绶文学成就的推崇。叙文中"而长者之命，既辞之不获；老成之风，实仰之有素。是用勉竭固陋，谨事扢扬，取旧所闻于先生者，序述如此"[④]。可以看出，柳诒徵是受邀为此书作叙文。

---

① 镇江市历史文化名城研究会编《镇江历史文化大辞典》(下卷)，江苏大学出版社2013年版，第698页。
② 张玉藻、翁有成、高觐昌等纂《民国续丹徒县志》，江苏古籍出版社1991年版，第624页。
③ 范然《名人与镇江》，南京大学出版社1992年版，第186页。
④ 莫道才主编《骈文要籍选刊》第107册，第343页。

李恩绶致力于骈体文的写作，在柳诒徵所作的叙文中概括了李恩绶的文章特征。《讷盦骈体文存》体现的骈文观大致有三。第一，学习韩欧之笔，以桐城姚鼐为宗，深邃衍奥。清代蒙古族诗人延清与李恩绶以诗文结识，李恩绶曾为延清的《奉使车臣汗记程诗》写过序跋。延清在《李丹叔先生墓志铭》中云："君之诗雄奇峻洁，孕茹万汇。论者谓丹徒诸老先生风流歇绝，惟君实振起而光大之。……君于诗既中所独得，推之为散行文、为骈体、为倚声，罔不工。"①

韩愈作为唐文的代表人物，欧阳修作为宋文的代表人物，李恩绶学习韩愈、欧阳修的古文，宗经尊儒，在《姨丈颜艮亭先生七十寿序》中提到："经学之尊自汉始，……我姨丈艮亭夫子，幼好谈经，长而闻道，学不厌博，综百氏之言，思不欲疲"，对其姨丈的文学修养高度赞扬。柳诒徵的《讷盦骈体文存叙》中写道："曾南城云：'古文丧真，反逊骈体；骈体脱俗，即是古文。'若先生者，其真脱俗乎！"可谓是高度肯定了李恩绶在古文写作方面的成就，同时这句话也说明李恩绶在骈文和古文创作方面的互相借鉴。

第二，选言宏富，追求丽则，骈文高华秾粹。《江苏艺文志 · 镇江卷》称李恩绶："作诗初从阮亭，晚作则简质宕逸；作词得碧山、玉田法乳；为文宗桐城姚鼐，深邃衍奥，骈文高华秾粹。居合肥十二年，与谭献等结为吟社，良辰佳日，觞咏流连，极一时词坛之盛。"②

李恩绶的骈文中运用典故较多，追求文采，如其在《拟尤西堂反恨赋》中"假如博浪之椎，秦皇击中。韩仇已复，顿失悲痛。又如西楚项氏，定鼎咸阳。千秋而后，谁称愤王。亦或赤壁一炬，烧死曹瞒，先主乘之，汉业复完。甚至景略不亡，坚奉正朔。临终无悔，其气岳岳"。句句用典。再如《复谦斋王先生书》："攀嵇慕吕，吐任含沈，啖宋嫂之鱼，写入老饕赋里。"而且喜欢化用前人诗句，如《金陵后湖观荷记》中"姑偷半日之闲""衔觞赋诗"等语句即是对前人诗文的化用。有浓厚的抒情意味，如《双红豆馆人艳体诗翰题词》："於呼！茫茫逝水，人愁我亦欲愁……琅琊宜为情死，宋玉大都秋悲。"《拟尤西堂反恨赋》："於呼！茫茫宇宙，不知何地埋忧；落落古今，尽可据鞍读史。等兴亡于逝水，忏茵溷于浮生。感春无情，悲秋作赋。此浊酒频浇，斫杜老凄凉之剑；回车欲绝，纵阮郎痛哭之声也。南齐江醴陵侯，亦古之伤人心。稽其孤贱厉志，廑充豫章王记室时，冶亭之笔花尚粲，樵径之貂蝉无灵，因作恨赋以寓寄托，以遣抑塞，至今艺林流播，与所作之泣赋、别赋同传。"总体来看，追求语言的宏伟富丽，亦是求雅的一种表现。

第三，骈散兼收。骈文重藻饰，散文则相对来说简洁朴素一些。在李恩绶的骈体文中，既有诸如"青春兮易老，白日兮太速。古今如棋，兴亡转毂。且陆云之善笑，漫唐衢之善哭。养和气于四时，蠲穷愁之万斛"（《拟尤西堂反恨赋》）之类典雅的语句，也有《店月

① 墓志铭见李恩绶《讷盦类稿》附。

②《镇江历史文化大辞典 · 文学部》（下卷），第697页。

桥霜赋》:“从来词客,例作劳人;每际晨征,惯踏寒色。月在马首,照残梦而不温;霜逼乌啼,拥敝裘而逾瑟。此种况味,仆尝之屡矣。”“月则将落未落,霜则似晴非晴。他乡不比故乡,几经瑟缩;今夜还如昨夜,同此分明。五更野店人家,辚辚征驿;一幅小桥流水,历历邮程。”这样用散文化的古文娓娓道来羁旅之苦的语句。《渡巢湖赋》中关于巢湖的描写,虽然文章短小,但不乏宏大场面的描写:“望湖波其无极兮,策轻艅以攸济”“骇浪黏天,惊涛浴日。”

在《讷盦骈体文存》中还可见李恩绶的交游情况。如李恩绶与王谦斋、林湘涯、谭仲修、虚腹上人等人的交游。在这些交游文章中,引经据典,且不虚美,如在《林湘涯先生瓣香亭古文序》中称林湘涯其文“惊其气体,神韵奄有众长,质厚而不粗,意深而不閟,音雅而不滑,格老而不杂”“心虚若谷,气行如虹,直欲起千载之作者而遥证之精进如此,足令余目骇心摇矣”。在《白香词谱笺序》中提出自己对词的理解,“词之为道,意内言外。选音考律,贵在精研”,对谢朝徵的《白香词谱笺》给予了较高评价,认为它具有较高的学术质量,“当与复翁《箧中》一选,播惠艺林”。下卷中有 7 篇寿序,寿序文中交代写作由来,无虚夸之言。

《讷盦骈体文存》二卷,由清代李恩绶撰,清光绪二十四年(1898)冬心书屋木活字印本,中科院有藏。根据李灵年、杨忠主编的《清人别集总目》(上卷)记载,该书在皖图、复旦有藏。根据国家图书馆记录,该书在国家图书馆、吉林图书馆亦有藏。

附录:

讷盦骈体文存叙

吾邑洞野清淑,联郊旁魄,江流三峡之声,山揽五州之势。士生斯土,类得其助。然江乡诸宿老,虽人骋騄骥,家饰轮辕,独于俪体罕遘颛集。夫虞廷璪火,臣邻施其五色;嶰谷莸筈,伶伦协之六律。事归雕琢,体肇排偶。知夔后虽众,无取么弦;鲛客虽巧,罔资独茧。文章之道,亦犹是矣。亚白先生,柱史华胄,儒林丈人,贫约嗜书,沈研劬学。蒐猎子史,食鸡跖数千;驰骋古今,握兔颖三寸。所著诗赋各集,兼丽卿云,同风甫白。湘灵鼓瑟之什,正则结茝之遗,句炼字戛,音核均轧,灏灏然,缤缤然,古人无以过也。顾生平尤致力于骈体文,胎息汉魏,跟蹰齐梁,衔烛龙之华,炳雕虎之采。鸿律瑰颖,翠旍赫其翳天;虬姿蟠郁,玄圃灿乎照夜。僧孺好用新事,士龙时逢逸藻,出其胸臆,一国群推,假之谭宴,万言可待。信足陵江轹鲍,含庾超徐矣。先生尝谓近世伦者,捃摭为能,卑靡是病。比龙朔之制,争构纤微;夸獭祭之工,罔问气骨。徒知斗离商之奇字,接《夷坚》之琐言,不收满屋散钱,空贩他人锦段,真宰不存,伪体滋甚。甚至稍知帖括,略裁官样,便欲高揖卢薜，方驾王杨。配白抽青，鲜能泽古；属四比六，徒以说俗。匪云邯郸之步，实乃詅痴之符。故先生为文，以韩欧之笔，运骈俪之体。选言宏富，膏腴无害；树骨训典，边幅弥阔。驾缋水之高浪，发寒木之春华。根柢既深，宗法尤正。曾南城云："古文丧真，反逊骈体；骈体脱俗，即是古文。"若先生者，其真脱俗乎！诒幼孤贫，育于外氏。先生与家外祖仲铭先生韦弦洽谊，松水契心。诒因得诵雍陶诗，为李膺御先生每见，诒有述作必加奖借。才谢邺侯，时蒙九龄小叒之号；学愧何逊，独结范云忘年之交。矜羊鹤之氃氋，宠驽马以顾盼，亦可见先生与人为善矣。今先生编次诸作，都为一集，将付手民，辱委弁语。昔东阿摛藻，龙骧禁步；车子引声，夔骥辍唱。鄙人拙作，有类燕石，何敢对公输而操郢，见夷光而饰貌？而长者之命，既辞之不获；老成之风，实仰之有素。是用勉竭固陋，谨事扢扬，取旧所闻于先生者，序述如此。慕博学于崔儦，愧无五千卷以入室；摹大文于商隐，聊效一品集之冠篇。光绪二十二年孟夏下浣晚学生柳诒徵谨序。

诸家评跋

骈俪之文，贵于排偶之中，运散行之气，曲折清隽，不蔓不支，乃称上乘。此胡书农学士与吴谷人祭酒所以同源而异派也。仆犹亲炙，学士生平奉《崇雅堂文稿》为圭臬，与诸名士驰骋文坛，往往才力有不逮，而辞旨之幽邃过之。亚白寄此册见示，学问渊博，文思横溢。赌明纱之万粒，豆笑贫簀；艳云锦之九张，机停寒女。固非鄙人《竹南精舍骈文》一集所可争衡也。大比之年，大多攻举业、修温卷。二三老师宿儒，结习未除，回顾龙门，始惊天险；强描螺黛，冀合时趋。其恐校阅失当，为修罗簿录耶（戏用《聊斋志异》）？为魔王吹求耶（乾隆己卯，磨勘较严时有魔王之号，见吟梅居士《藤阴杂记》）？抑恐已亦簪笔，风檐寸晷中，大受其窘耶？噫嘻，可谓真矣。亚白破砚秃毫，覃思著述，余亦鬓丝禅榻，屏除俗缘，人以为忙到槐黄。君但知心游竹素，非天机清妙，未易臻此。挑灯读竟，缀数语以还之。旃蒙大渊献，夏五尾日，书于旃檀庵，愚弟朱泰修拜手。

讷盦俪体文，姚冶五色之雨，喑呜九疑之云。衣裾兰成，餐味枚发。馨逸在气，珑玲有声。且也纯白仪性，循门子之陔；飞黄前路老车尘之阪。仁义者质，骚辨其师。韵不单奏，浮玉在县；啸必双应，堇铜一削。所谓领袖后进，独步江东也。献先施窥鞶，向若晞瀣。和氏入褒而连城可弃，号钟发响而流水如闻。未接履綦，已尊簿录。目眩瑶藏，神游樊桐，原与天下共之而已。乙酉夏同门学小弟谭献跋于合州署斋。

向见君赠方伯贞别驾《归桐城序》始订交。骈体者，齐梁人之学秦汉而变焉者也，本与散文通。今读此集，胎息深厚，异乎飞靡弄巧、瘠义肥辞者。余为之胝沫不置怀，甯仲赓弟郝同篪跋于都门。

惊才风逸，壮采霞轩，尤妙在沈博绝丽之中有清气以纬之，故能意举其要，词得所宗。刘舍人所为。酌奇而不失其真，玩华而不坠其实者也。展读数过，钦佩良深。世愚弟支恒荣谨注。

峡倾海倒之词，潮起澜回之笔。北江有此遒逸，无此宏丽；简斋有此宏丽，又无此遒逸。迨合稚威之精博奥衍、仲瞿之郁律纵横为一手。国朝骈体安得不于汉帜赵帜外特起苍头乎。甲午春仲原学弟周家谦拜读。

统观斯集，体约而不芜，风清而不杂。昔在肥西，得君读骚阁稿，谓为诗人之赋，此亦诗人之骈文也。君年则吾友，学则吾师，山中病夫，辱寄此相质，何撝谦乃尔。三复之余，用志倾倒霍山。弟宋鸿卿读于六安赓飏讲舍，时丙申孟冬。

仲修尝云："心余蒋氏评次《四六法海》主开阖生动，固不刊之论。然又须识晋宋人散朗洄澓之妙。"今亚白俪体实兼此众长，境地良不易到。遗园紫藤大放，余置酒其下，君缄至，告将梓其文数十首以自怡。余读之觉清辩滔滔，异于钩章棘句者，所以可贵。岭上白云，将持赠我乎？戊戌清和月谦斋王尚辰书，时年七十有四。

跋

吾庐郡自浙中谭仲修大令下，车适亚白明经馆，余中表周棘，庄舍人家，一时订侨肸之雅，复互以俪体文相提唱。余心怖其能。嗣余从事义宁榷局，亚老由都门归，寄所著《讷盦文》相质。吾闻谭侯既以合孔洪为一治，许君矣，乃三复之。凡简质清刚之作，信如涪翁煎茶所云"建溪如割，双井如遽，日铸如勢"等言也。至其诸小品，隽而弥永。又如昔人评岕茶得片旗可终日者，旋语林太守右丞。右丞颇谓余言之不谬，独念先生纂述繁富，皆无力寿之梓。闻昔金陵诗人陈古渔氏客吾郡时，其诗概上下卷，赖吾里人丁嵩来参军典衣刊之，遂传至今。亚老此集与《复堂类稿》可颉颃。又客肥上最久，请少俟之，必有踵丁参军后者。然先生志趣高，性尤耿介，劬书若嗜炙，尝函索苦茗。及西江官板诸丛书，有以验君浏览之富矣，固宜其文之弸中肆外也。光绪辛卯中夏，社愚弟辑五阮贞瑞谨识于宁州差次。

作者简介：

宋莹莹，1990 年生，河南西平人，广西师范大学博士研究生。研究方向为先秦两汉魏晋南北朝文学。

骈文丛话

郑好事撰　尹梦雨整理

内容摘要:《骈文丛话》的作者署名为“昭文郑好事”,“昭文”为地名,今属江苏常熟,“郑好事”为作者姓名或笔名。此书的编纂时间大致在1915—1919年间,目前藏于上海图书馆,油印本,未见公私书目著录。全书只分为两章,即第一章“绪论”,第二章“源流”。内容包括骈文学的概念、骈文的体质特征、骈文史等内容,对阐明骈文文学价值、提高骈文文体地位有着重要意义。

关键词:骈文学;文体特征;骈文源流;骈文史

第一章　绪论

梁任公曰:“居今之世,三《传》束阁,《论语》当薪。”沉痛哉,是言也。然诚过通都巨邑间,闬闳广大之书肆,凡层见叠出,陈列之图书贸易品,非小说即学校用书而已,而小说尤其最多数也。问以经史子集,非摇首曰未备,即腼颜曰不完。间有居今稽古之士,偶欲向书肆中购求一二骈文册子者(如《骈体文苑》《骈体十大家文钞》等),则蹈破铁鞋,书贾且白眼视之矣。不独书贾然也,即号称智识最高尚之士人,其思想、其行事,宜若为保存国粹之分子乎。乃上者醉心科学,竞为终南之捷径,犹可说也。普通者或且强半为小说所同化,思想必于是,行事必于是,充其势力之所扩张,几乎弥漫浸渍于全国社会中。故虽谓吾国今日之社会,为强半以小说魔力造成之,非诞言也。余以漫书作一二小说家言,得从海上小说诸大家游,而实则鄙意只为长门卖赋计,为翰墨消遣计,非真欲借以名世也。盖小说本纯粹一白话体裁,几见古小说中,有文胜于质者,今则琢句雕词,日新月异,时趋所至,数典已忘其祖。而六俪四骈,联偶逞奇,余犹恶其以刻鹄画虎之文,乱我累圣相传之古骈文学也(此论未完,以多言占篇幅,姑从略,后当别论之于说部科)。夫古文学,为研究国文进化之学。骈文学,犹研究古文变化之学,属诸文体变化之一部分,其范围似较普通文学为稍狭。顾人类莫不有爱美之思想,即莫不有爱美文学之思想。虽古今之好尚不同,而同此官赋,要皆有辨美恶的能力。丑如无盐,断不视为西子之美。生居乡僻,或偏好为时世之妆,其见端也(近世风行小说中,所有尚文言而兼尚骈句者,尤一铁证）。是则骈文学之范围，实同诸普通古文学之范围，而一无所狭。职是之故，研究此项之文字者，不得不以保存国粹之眼光，而周详以视察之也。

第一章（续）

大凡号称美术者，非专以摹拟为能事者也。设专以摹拟为能事，则尽其技之所至，不过与实物相等焉而已。人间世固自有实物者，试问何烦此矫揉之造作耶？是即使真能肖之，尚无足取，况摹拟者之决不能确肖原物乎（若画家之写生，虽在美术范围中，故此又别是一理）？然则骈文学之创始，与夫古今人之好尚骈文学者，其命意又将于何焉解之？曰：美术者，人类之美的性质之发现于实际者也。美的性质之发现于实际者，谓之美的制作。凡一切美的制作，其内部必富有，其外部必光艳。以俭腹小儒当之，固应咋舌而却步。即如华颜巨儒，向不赞成骈文学者，授以是文，当亦见之发良心语曰："是孰却亦沈博渊懿者。"而断不掉首弃之也。何则？盖以文气而论，骈文或不如散文之疏古，然而学散文之流弊，亦有四端。一曰散漫之漫：散文必以疏落为主，固已，然苟无文气以运之，文笔先后以呼应之，则游骑无归，便成一漫无纪律之文矣。失之毫厘，谬之千里，而骈文无是也。一曰油滑之滑：散文正则，本着不得一点肤衍语，虽篇幅长短，初无一律，然长者自具长江大河之观，短者亦自有短小精悍之实。短固不易学，苟学长而无文思文势以佐施之，非肤廓即油滑矣，而骈文无是也。一曰支离之支：散文妙处，全在气以运行，然文气者浩然之气，养到功到，非面壁十年，不足以语此也。间有浅当薄植，亦能为洋洋洒洒之观者，人或谓其得天之独厚，余独谓其客气之嚣张耳，而骈文无是也。一曰枯寂之寂：散文之古者，虽高纯朴茂中，自有一种不可思议之精彩，流露行间，所谓精彩内含，宝光外溢也，苟不善学，而避华就朴以为古，高操凑拙以为能，甚而卖弄奇字，向人吊诡，徒见其学佛者死耳，而骈文无是也。

第一章（再续）

居尝即骈散文而比较之。散文似古董，而骈文似油画；散文之澹逸如隐士，而骈文之艳冶如美人；散文之苍劲如古树，而骈文之妍丽如名花；散文如须发皆古之华颠老宿，骈文如风流竞赏之惨绿少年。散文如布帛菽粟，淡而弥旨，骈文如金玉锦绣，潜且发光；散文如古佛寺钟声，逾远逾韵，骈文如新嫁娘妆奁，逾近逾华；散文之古处，如幽燕老将气横秋，骈文之妙处，如豆蔻女郎春试马；散文之气盛言宜，如三峡源泉，沛然莫御，骈文之流霞散绮，如七襄云锦，斐然成章。昔曾子宾谷之言曰："古文丧真，反逊骈体；骈体脱俗，即是古文。迹似两歧，道当一贯。"若是乎骈散文之相似，洵所谓两京三都，异曲同工者也。

虽然,学散之难,学骈文亦何尝不难。刻鹄类鹜,画虎类狗,弊相等也。今试历举其习见者,有肥腻之病焉,镂金错采,表面固有繁缛之观,而文胜于质,义瘠辞肥,文气转有壅肿之患矣。此不宜者一也。有轻靡之病焉,宋玉阳春、相如典册,本高华而名贵,而一乱以巴人之曲,一杂以方朔之谐,弱植浮文,便无价值之可言矣。此不宜者二也。有甜熟之病焉,处世贵圆融,而行文最忌圆融。袭他人之牙慧,有句皆甜;剿旧说之雷同,无调不熟。虽文通亦复字顺,而徒工獭祭,品斯下矣。此不宜者三也。有生涩之病焉,或割裂经文,或剥吞成语,避熟就生,自矜狡狯,看似较胜于庸冗,然必斟经腋与史腴,而扬声炼色,斯生气回出,而闳议自不可刊,不尔者,适见其语硬而文拙耳。此不宜者四也。有板滞之病焉,骈文虽称俪句,亦自贵才气卓越,笔无滞机,古人所谓明绚以雅赡,迅发以宏富者,盖神明于法,而不为法囿者也。否则两联一意,名为合掌,七拼八凑,何以称心?是直叫化淘中百结衣耳。试问尚何足以章身耶?此不宜者五也。

第一章(三续)

有新奇之病焉,或苦事虫雕,搜罗古字,或妄争虎绣,杜撰成言。不思著述为名山之藏,徒以技巧为骇俗之举,虽光怪陆离,小儒或为咋舌,而蒙马虎皮,自作不典,纵富丽奚珍焉,此不宜者六也。有变体之病焉,夫骈体自有文原,所谓四字密而不促,六字格而非缓者,本百世所不祧,即或变以三五,别有定程,而文贵缀兆之工,句重抗坠之节,则文胜而质犹存也。不然而乐髭须以轻前辈,易刀圭以误后生,矫揉造作,是直骈学之罪人矣,此不宜者七也。有庸冗之病焉,散文以气行,故一意可变化千百,若骈文则辞先而易竭焉。不善作者,爱博而昧于修辞,往往敷衍成章,而几于浮响满纸,篆刻不厌,而未免沉闷填胸,则蛟螭而杂以蚯蚓,岂骈文之正则哉,此不宜者八也。有此八难,而于是学骈文在无着手处矣。不知进取之儒,不随颓俗,特立之品,必企前修。昔韩昌黎为文,能起八代之衰,彼亦犹是一笔一舌耳,岂古今人之不相及耶。况骈文周规折矩,维不拘拘于成法,而自有成法之可循,初非若散文之有模范无范围也。入手者,诚能按部就班,不为矜奇吊诡之文,不袭剿说雷同之弊,则循序渐进,始虽平淡而无奇,而本简炼以揣摩,自是入骈文之堂奥,而绰有余裕,彼一切肥腻轻靡诸大病,尚何足以绕其笔端乎。盖骈文本易学,而学骈之弊,往往多于学散者,则以学散不成,尚不失为时文也。若骈文不善学,则腹笥本空空也,而西袭东钞,以为矫饰,而不惜自丧其真。文字本平平也,而古书僻典,以相欺蒙,而不惮自坚其误,充其弊,势不至支离驳杂,格磔钩辀,变其格为有文无理而不出(近世学骈文而蹈此弊者,何啻千百)。呜呼,康庄具在,竟入歧途!圭臬可师,奈甘左道。是岂果骈文之不易学累之耶?夫亦我之自误于学耳,绪论既竟,源流宜详矣。

第二章　源流

原夫骈文之始，本于六经。观"万邦九族"之语，见诸《虺诰》；诵"水湿火燥"之句，载于《文言》。嚆矢权舆，足为明证。至若武灵王之论骑射，丞相斯之谏逐客，往复征引，排偶犹多，竟委穷源，尚班班可考。是骈文之与散体古文，初非派别者也，溯其开山时代，当以齐梁人学秦汉之变体，其论为较确（此论发自南城曾燠）。故夫称骈文者，以六朝为极盛焉。居尝读六朝四家集（四家者，陶潜、谢朓、鲍明远、庾子山也），莫不缊然其馨，醰然其味，有空山无人，水流花放之致，不厌百回读也。顾六朝诸家中，虽皆幽艳玲珑，各尽其妙，而尤以鲍、庾二公，丰骨最劲，光焰最足，音调最铿锵，为学骈者之唯一门径。以此为准，无歧趋焉。厥后岁历绵暧，条流遂纷。盛于六朝者，乃骤衰于三唐。至宋元二代，欧、曾派出，而骈文之正宗遂亡。有明嗣兴，厥风未盛，虽有刘子盛、王元美、卢次柟诸人，以两汉六代为宗尚，而和者既寡，文体未成，少数人之提倡，终不足以起三代（此三代指唐宋元）之衰也。入清以来，文学界之以骈体名家者，举以陈其年、吴次园、章考功三人为鼻祖。然飞靡弄巧，实无私毫价值之可言。迄乾隆中特开鸿博科，文学之世，骈肩比踵，相率而为沉博典丽之文。其高者直能俯睨王、杨，上接潘、陆而有余。于是而六朝之正则，稍稍复焉。他如随园之纵横、石笥之古奥、尚絅之娟秀、仪郑之遒丽、更生斋之纪游、玉芝堂之言情、黄瘖堂之集古、谟觞馆之精悍，皆能独树一帜，无与伦比者。至于汪容甫、周保绪、李申耆、胡天游诸公，更能合汉魏六朝为一手，尤彬彬乎文有其质焉，谓非骈文之特色哉？不仅此也，胡公天游，以孙樵、李观为宗师，本卓然以古文名家，而曾选《骈体正宗》，且仰之为泰山北斗，可知骈文、散文，本为一体。谓与古文分派者，似尚未窥昌黎、河东之奥也。

第二章（续）

且夫古文云者别乎今文而言，非必谓散文有古，而骈文无古也；亦非必谓散文是古，而骈文非古也；且非必谓散文能古，而骈文难古也。三坟五典，八索九邱，吾知其为古书也。顾当其作是书时，犹今书耳。章甫缝掖，长袖响屧，吾知其为古装也，顾当其为是装时，亦今装耳。商盘周鼎，汉瓦唐砖，吾知其为古玩也，顾当其制是玩时，都今玩耳。试思骈文开始于齐梁，以齐梁人之眼光，为齐梁人之论调，骈文自是今文体之一种。迨阅数世而其文古焉，则骈文即古文矣。昔吴山尊《四六文钞》自序曰："以多为贵，双词非骈拇也；沿饰得奇，偶语非重台也。要其捋扯虽富，不害性灵；开阖自如，善养吾气而已。"亮哉言乎！所以有散体之古文，即有骈体之古文，不过同一文也，此何独不古，则必所以有其异乎常文者在。盖古人之文，其雕琢较浅，其胎息较深。其味醰醰，如饮醇醪，醉而不能知其旨；其声渊渊，如出金石，嗜而无由辨其真。第以今人而妄思学古，苟言不居要，藻丰既恐伤烦；文或离宗，思骛又多近谬。则虽在在摹仿，字字推敲，而末流既变，非笔不足以达意，即力不足以振气，所谓得迹象而遗神髓，拾糟粕而弃精华者，虽复始沿黛饰容，绮罗被体，尚得谓倩盼之原质耶？不尽是也，古文之定名，实古人独有之名词，本非今人所得而攘夺，至今人何必不如古，此理虽似难言，然亦要其有至理存也。古时浑厚敦朴之风，远超近世。当日士夫，以得天独厚之禀赋，而发为文章，虽为骈俪，亦如旸谷、幽都之属对古史，觏闵、受侮之偶联葩经耳。自夫年代递降，酬应递繁，人所禀于天者，其浑厚敦朴之风亦递减。加以风气转移，其思想、机械汩没其性灵，虽复硬语盘空，巧思绮合，或至好驰骤而亡规者有之，或且贪摭拾而失真者亦有之。

第二章（再续）

厥后矫其弊者出，唾时艳而宗前修，诚一扫浮响满纸之习。然而形似徒具，真宰消亡，屋下架屋，岐途又岐，以是而言古文，所谓皮之不存，毛将焉附者非耶？又其下者，经史可以剪裁，而边幅益俭。时好工于摹仿，而气息愈嚣。敷词则好为诡趋，撰句且自作不典，文胜其质，华过其实，而古文更几乎息矣。故同是一文，由今而古，由古益古，逐世递降，阶级重重，本一步不容以跻越，散文如是，骈文亦如是。固一而二，二而一者也。今夫典谟训诰，风诗雅颂，非文之最古者耶？然而当时实未尝揣以为古。皋夔稷契，生上古时代，社会之习惯，不过借竹帛以为书契，复何有他书之可读。乃其所流传之少数文字，断简残篇，偏独有其千古，后之人开卷展诵，至有欲增减一字而不能，刻划一字而不得者，抑又何耶？可见后之人所读之书由少而多，即其所造之境，亦由近而远，则信乎古文之真，殆天授非人力也。今秦汉以上且弗论，即以骈文之开始言，齐梁之文，唐宋视之则为古；唐宋之文，明清视之亦为古。大凡一代中文字之兴，必有一二优秀者，起而执文坛之牛耳，存先辈之矩矱，开后学之津梁。才非不美，而究之以年代之参错，程度遂不能一致。程度既不能一致，则其所留遗之成绩，自亦各如其应得之分际，而无能自异。譬如六朝之间盛矣，唐固不如六朝，唐之间衰矣，而宋元且更不如唐，虽清初诸老，壮采鸿文，颇有能以大气包举者。然而综核名实，按求分量，则非特上者江鲍之艳，徐庾之遒，长卿子云之古藻骏迈，云谲波诡，不能为项背之望。即其次如彦升之简练、简文之清思，与夫幽峭珑玲、鲜华朗映等文字，能颉颃于玉谿金荃间者，又十不获二三焉。而千辟万灌中，彼委恭沉膇啴缓庸冗诸流弊，且见不一见，可与言今，不可与言古，此骈文源流派别之大略也。

第二章（三续）

要而言之，齐梁之骈文，取法乎上，非洞穴乎经史，即钻研乎六书。所谓以立意为宗，不以能文为本者，故能藻缋而倍焕光华，追琢而不厌斧凿者也。后之人求源流而不得，以为骈文散文，显分两岐，体格既殊，文章遂异。于是扬南宋之余波，不复遵齐梁之雅调，极其弊。遂至新格别成，而古意浸失，则以取法乎下者多，而复以色泽涂附其筋节，繁缛斵伤其元音。所谓古文者，盖骎骎乎将绝响矣。顾或者谓唐初四杰，并驾一时，有燕许之鸿裁，而复有常扬之巨制。与夫会昌一品之集，元白长庆之编，莫不并掞鸿文，推为作者。而宣公翰苑之集，笃挚曲畅，国事赖之，其更加一等者乎。若是乎论骈学于三唐，亦正有戛戛独造者，似不得谓之衰。然而晓风柳岸，三数晨星，零露槿篱，几希硕果，彼数子者，其亦千钧一发之存乎。或又谓宋诚衰矣，而鼎臣大年，犹振采于初叶，足为唐代嗣音。南渡而还，经浮溪之首倡，遂相继有野处西山之名集，渭南北海之高文，虽机杼大变，光景亦未始不新也。降及元骈，议者所谓自郐以下者，然而元之袁揭，弁冕一世，则又新博领异，克自树立者矣。审是则宋元虽敝，顾必一笔以抹煞之，似亦不可。虽然，斯文升降，时会使然。古调云遥，初非一二人所能嗣续，之数子者，盖又庸中之佼佼，而无当于正始之音者也。总之，骈文之古者，源流派别，万绪千头，以视散文之分门别户，各自有其家数者，绝无少异。昔刘舍人云："伊挚不能言鼎，轮扁不能言斤，其微矣乎。"刘氏此论，非谓鼎斤之无以喻人也，夫亦以视通万里，思接千载，神明乎法，而变化因心，则其微仍存乎其人耳。后世学者，须知骈体源流，浩如渊海，非沿委以讨原，断无以收酝酿深沉之效果。故善者应以为轨范，其不善者亦自足以備采择，而固非只工涂附，漫无机杼者，所得而语其崖略也。

第二章（四续）

斯无他，吾人肆力一文学，由问径而求其入门，由入门而冀其升堂，复由升堂而谋逐其室家之目的地，固普通心理所咸有者。于是择善者以资研究，即不可无不善者以供其取舍。所谓学以知古今得失之林，端须集思以广益也。大凡各家文集，有其擅场处，亦多有其弊病处。有其弊病处，亦必有其擅场处。不过号为大家名家者，于弊病处较少，而擅场处较多。其小家与不名家者，于擅场处较少，而弊病处较多耳。必谓大家名家者，有擅场处而无弊病处，其小家与不名家者，有弊病处，即不复有其擅场处。此瞽言也，而非吾侪学文学者所宜盲从。盖目未见众集者，往往震于大家名家之名，率以为大家名家，有擅场而无弊病。后有作者，遂不复为之余地，不知经学如汉之郑马、诗学如唐之李杜，其草率处，亦正或不免，草率即弊病也。夫以经之郑马，诗之李杜，固中国之有数人物，负鼎之盛名于今古者，乃犹弊病与擅场间出若是，他复何论焉？不观乎美玉乎，和璧瑕瑜不相掩，惟碔砆乃纯然而一色。向使不揣其求而齐其末，是和璧尚须经人之评点，而碔砆转足以欺庸众人之耳目，是乌乎者。所以英杰之士，宁取瑕瑜不掩之和璧，而不取纯然一色之碔砆。既取瑕瑜不掩之和璧，而又不弃置纯然一色之碔砆。盖和璧足以供琢磨，而碔砆并足以试鉴别也。虽然，有志文学者，取他集以为研究，专集时之参考则可，而绝不当取琐琐之选本，奉为金科玉律，以自汩没其大好之性灵，是尤所当知者。盖人资无智愚，学而久之，必自有其辨别。媸妍之识见，此尽人所同具，无俟外求者也，故选本而不佳，既可不论。即使选本而佳，亦仅足为入门之途径。夫以有志于文者，方共拟为堂奥之登，今乃以迷信选本，而仅予以入门之结果，是虽无南辕北辙之殊途，亦必有相去径庭之慨叹矣。

第二章（五续）

然则如之何而可，曰：是在先辨别其流源，而后可徐议其他。源流者何，门径径所由导也。诚使门径既得，即致力于各家之专集，泛滥之余，乃取吾性所近者而服膺焉，则擅场处与弊病处，已较然俱见，而文思亦于是乎进矣。夫骈俪门径首在体裁之识别，体裁之识别，可区其类为三。上为者曰：制作之文，其目凡十有八。（一）铭刻。如李斯《绎山刻石》，班孟坚《封燕然山铭》等是。（二）颂。如扬子云《赵充国颂》，鲍明远《河清颂》等是。（三）杂飏颂。如扬子云《剧秦美新》，司马长卿《难蜀父老》等是。（四）箴。如崔亭伯《官箴》，张茂先《女史箴》等是。（五）谥诔哀策。如江文通《齐太祖诔》，谢希逸《宋孝武帝哀策文》等是。（六）诏书。如汉《报李广诏》，隋《赐高丽王汤玺书》等是。（七）策命。如汉武《封燕王策》，潘元茂《册魏公九锡文》等是。（八）告祭。如刘先主《即位告天文》，江文通《萧太傅东耕祝文》等是。（九）教令。如汉王子赣《敕掾功曹教》，梁武帝《禁奢令》等是。（十）策对。如晁错《对贤良文学策》，樊孝谦《刑罚宽猛对》等是。（十一）奏事。如刘子政《上灾异封事》，谢希逸《上封禅仪注奏》等是。（十二）驳议。如孔文举《肉刑议》，晋挚仲洽《驳用古尺》等是。（十三）劝进。如阮嗣宗《为郑冲劝晋王笺》，刘越石《劝进表》等是。（十四）贺庆。如曹子建《庆文帝受禅表》，庾子山《贺平邺都表》等是。（十五）荐达。如陈忠《荐周兴疏》，孔文举《荐祢衡表》等是。（十六）陈谢。如李令伯《陈情表》，江总《为陈六宫谢表》等是。（十七）檄移。如司马长卿《喻巴蜀檄》，简文帝《答穰城求和移文》等是。（十八）弹劾。如任彦升《奏弹刘整》，宗元饶《劾陈哀奏》等是。凡此种种，皆朝堂之制，奏进之篇，垂诸典章，播诸金石者也。盖拜扬殿陛，敷颂功德，同体对越，表里诗书，义必严以闳，气必厚以愉。然后纬之以精微之思，奋之以瑰灿之辞，故能高而不槬，华而不缛，雄而不矜，逶迤而不靡焉。

第二章(六续)

马班以降,知者盖鲜。于是或猥琐铺叙以为平通,或诘屈雕琢以为奇丽,朴即不文,华即无实,未有能振之者也。至于诏令章奏,本无取乎俪辞,乃自古人为之,未尝不沉详整静,茂美渊懿,训词深厚,实见于斯。岂得以唐宋末流,浇劾浮尪,兼病其本哉,此制作之文之源流,略存大凡者也。次者曰:冠冕之制,其目凡八。(一)书。如郑朋奏记萧望之,刘越石《答卢谌书》等是。(二)论。如李萧远《运命论》,卢子行《劳生论》等是。(三)序。如刘子政《上战国策叙》,昭明太子《文选序》等是。(四)杂颂赞箴铭。如刘伯伦《酒德颂》,陆士龙《荣启期赞》及裴逸民《女史箴》,庾慎之《团扇铭》等是。(五)碑记。如王仲宣《荆州文学记》,简文帝《招真馆碑》等是。(六)墓碑。如蔡伯喈《胡公碑铭》,王仲宝《褚渊碑文》等是。(七)志状。如庚子山《吴将军墓志铭》,沈休文《柳司空行状》等是。(八)诔祭。如潘安仁《扬荆州诔》,谢惠连《祭古冢文》等是。凡此种种,皆指事述意之作,或缜密而端悫,或豪侈而詄荡。盖指事欲其曲以尽,述意欲其深以婉,泽以比兴,则词不迫切,资以故籍,故言为典章也。韩非淮南,已导先路;王符应劭,其流孔长。立言之士,时有取焉。顾枝叶既繁,或枝其本。以仲宣之覃精,而子桓犹病其体弱,亦学者之通患也。碑志之文,本与史殊体,中郎诸作,最为质而有文,可资取法,尤学者宜三致意焉,此骈文冠冕之制之源流也。三曰喻志之作,其目凡五。(一)设辞。如扬子云《解嘲》,蔡伯喈《释诲》等是。(二)七。如枚叔《七发》,简文帝《七励》等是。(三)连珠。如陆士衡《演连珠》五十首,庚子山《拟连珠》四十四首等是。(四)笺牍。如陈孔璋《答东阿王笺》,庚子山《谢滕王集序启》等是。(五)杂文。如沈休文《修竹弹甘蕉文》,简文帝《为人作造寺疏》等是。凡此种种,都缘情托典之作。战国诙谐辩谲者流,实肇厥端,其言小,其旨浅,其趣博,盖多半托思于言表,潜神于旨里,而引情于趣外者也。

第二章(七续)

是故其言虽小而能微,其旨虽浅而能永,其趣虽博而能舍。第就其徧者以观,亦润理内苞,秀采外溢,不徒以缕绘为工,遒峭取致已也。居尝综三者而考核之,则制作之文,与夫冠冕之作,在战国嬴秦时,已时引其绪。至枚乘、司马长卿出,而其体大备。如尚书之昭明,毛诗之讽谏,三礼之博物,左氏之华腴,几乎合一炉而冶之。盖其文典,为载道之文章,其音和,为盛世之元音,有上古之遗意焉,不徒以文言也。虽其间为六言之文(如陆士衡《吊魏武帝文》等是),或为四言之文(如扬子云《赵充国颂》等是),或为效骚体之文(如贾谊《吊屈原文》等是)。较之齐梁间骈俪文体,容有稍异,然而是类文章,即长短之不同，初未尝无韵者，有韵而后有偶对，有偶对而后有平仄。饮水思源，盖其由来者渐矣。所以极其规至齐梁而益工，问其津则周秦已先导，先进吴育有言曰："昔史臣述尧，启四言之始；孔子赞《易》，兆偶辞之端。"蹑足昆仑巅，探源星宿海，后之人诵读古人文字，祖述古人文体，不当于此而加之意耶？且汉魏诸作，不散不骈，亦散亦骈。无论有韵而无韵，及无韵而有韵，较之陶潜、谢朓、鲍明远、庾子山等，固不大类，即较之子虚、上林、羽猎、长杨、两都、两京之赋体，亦自各别。此无他，盖汉魏之骈，竟是一篇古文，而蒙以骈之面目，非真有意于作骈，而斤斤求合于骈之绳墨者也。若夫元黄错采，丹青昭烂，以文体论，则齐梁之骈，诚可谓工且美矣。然而人工极矣，天真恒亡，雕琢甚者，性灵较牿。文至齐梁，盖已不能有古人之意。其荡者为之，或且徒供跌宕，放而不收；或且穷极靡丽，浮而无实。读骈自魏晋以降，未尝不叹至萧氏父子而其流斯极也。独当时如任昉、沈约、丘迟、徐陵，及陶、谢、鲍、庾诸子，其所为文，莫不渊渊有金石气，为数一数二之人物耳。

第二章（八续）

至其他多数骈家，彬彬璘璘，笔难尽述。虽工巧之互殊，亦瑜瑕之不掩。逮及近世，作者代兴，有其举之，莫敢废也。夫亦以庙廷之上，敷陈至德，宣扬纶音，非金声玉振之词，断不足以示郑重而昭法守。于此而求文之裔皇，辞之典丽，具博大之观，无瑟缩之态，深有合于厚德载物之至意者，自莫不以此体为最宜。若彼散文之以澹远取神，以朴实说理，非不语重心长，音近旨远也。然而此种文字，所谓藏之名山，传之其人者，诚绰乎其有余裕。而一语夫黄钟大吕之音，清庙明堂之器，则非所以壮观瞻者矣。虽然，此非予之菲薄散文也。譬犹衣服然，适吾身于山野之间，韦布朴素，只见其高。一旦而置身台阁之间，朝觐宴会，酬酢日繁，所与游者，非裘马翩翩之贵公子，即象服巍巍之缙绅先生。至是而虽欲吾行吾素，以离群而领异焉，其相形之下，必有未免自惭形秽者。况乎朝廷之典章，官场之体面，先有迫之不得不遵者在耶？至若喻志之作，虽战国时已常见之，而约举其大略，则秦汉以上之篇章，犹不过什之三，而六朝以来之著作，实居其什之七。盖齐梁间为极盛焉。骈文中以此类体例，最为复杂，或嬉笑怒骂，皆成文章，或绣虎雕龙，务工词句，或半为陶情适性之篇，或竟为投赠酬报而作，其谋篇之长短，与夫行文之繁简，至无一定。论者以其文体之无定也，于是又别是文，而名之曰六朝小品。然而篇愈短者，其语愈工；文愈简者，其词愈艳。推之即一事一物、一丘一壑之微，亦无不惨澹经营，描摹尽致焉。故是体虽非六朝所始创，而六朝中关于是体之文，实足以前无古人，后无来者。盖文虽小品，犹独见班香宋艳才也。总而论之，吾人受天地之中，资五气之和，其发吭引声，属和言者中宫，属危言者中商，属疾言者中角，属微言者中徵羽，此自然之体势，而亦不易之定理也。

第二章(九续)

所以其一言之中,莫不有律吕之相和,宫徵之相宜,而又莫之致而致,不期然而然者。彼骈俪之文,不由是而作者耶?后世论者,乃往往右韩柳而左徐庾,殆非通论。夫钟鼓在堂,屏弃竽瑟,听弗广也。膏粱在御,彻绝菜食,味弗深也。况其为风华典赡,巧夺天工,灿烂国粹中之骈文学乎?是故同一叙事也,同一写景也。而一入骈文家之手腕,便温馨而不寒酸,华腴而不枯寂,其一种炳炳烺烺之名贵气,不特可为后学之益智粽,直可作为俭腹者之馈贫粮,宜腐儒见之色骇焉。所以然者,散文学虽不易,尚偶有天姿颖异,稍加学力,便不懈而及于古者。独此骈俪之文,其拉杂成篇者所弗论,否则琳琅满目中,直无一字不有其来历,向非面壁十年,储有边腹之便便者,断不足构成此华贵之文章也。况乎所贵乎散文者,为其苍莽斑驳,浩翰排奡,能令读者神无离合,如天矫游龙之捉摸不定耳。而骈文之佳者,亦复沉郁顿挫,辞以气行,虽词华绵缛,而古致错落,亦尽有能化板以为活者。则乌得谓一学骈俪,便无性灵之文字耶?总而论之,吾国数千年来之文学史,其间源流派别,变迁升降之形,至为蕃赜。初不自骈散始也,而文学之变迁升降,又尝与其时代精神相表里,学术为文学之根柢,思想为文学之源泉,政治尤为文学之滋补品,此皆文学史上盛衰变迁之所由也。试征之风气,中国伊古以来,邹鲁多鸿儒,三楚多秀士,郑卫多淫声,燕赵多怨歌慷慨。故南人好文,北人尚质,画有南宗北宗,书有南派北派,推之词曲戏剧,亦莫不然。《北史·文苑传》云:“江左宫商发越,贵于清绮,河朔词意贞刚,重乎气质。”盖北方气候严寒,风物萧索,古重气节,故理胜于词。而南方气候温暖,风光明媚,俗尚绮靡,故文过乎意。实质之文,多产于北,情韵之文,多起于南,有由然矣。

第二章(十续)

今为根本言之,则骈俪之文章,虽由齐梁人学秦汉之变体,而早以西汉王褒开其端。观褒所为《圣王得贤臣颂》,其润色鸿业,黼黻休明之辞藻,一以排偶出之。汉以前无有也,继之者,为东汉冯衍,所撰著如赋诔铭说诸作,凡五十篇,其文颇有排衍之致、骈俪之形,比于王褒而更进矣。然气力充沛,风骨遒劲,以年老失意故,其文时有郁勃之观。东汉以还,骈俪益盛,词华益茂,故论文至魏晋之际,而汉世所萌芽之排偶文,已演而为骈四俪六之体。初不必下逮齐梁而始尚绚烂也,后世以其语为四六,声必求其弼谐,辞必配以俪偶,故别其号曰骈体,或竟曰四六焉。由其修辞上观之,脂粉之香,花钿之饰,涂布行间,有如倡冶,虽浓妆转形其丑,多宝不足为珍。及其敝也,用事浸巧,点鬼贪多,或至有气累于词,文过其质者,然究非可以概论也。厌世之想,喜近自由,放达之形耽于审美,文质纵衰而文貌自开一新生面。况夫造物赋形，支体必双，神理为用，事不孤立，则丽辞之体，本非矫揉。昔唐虞之世，辞未极乎文也。而皋陶赞云：“罪疑惟轻，功疑惟重。”又《益陈谟》云：“满招损，谦受益。”岂彼时古人之为文，已营丽辞哉。夫亦以审美之出于自然耳，不宁惟是如《周易》之《文》《系》，圣人之玅思也。乃观其序乾四德，则句句相衔；龙虎类感，则字字相俪；乾坤易简，则宛转相承；日月往来，则隔行悬合。虽其间遣词立句容或相殊，而味乎其言几无一不具有偶意。至于诗人之偶章，大夫之联辞，奇偶适变，尤见天然，是皆三代之文体也。而老子元经，词多妃偶；孙卿儒雅，文则斑斓。后之人读其文者，其气力何等迈往，其规度又何等雄壮耶。自是而后，秦亡汉兴，文学之士代作，若扬马，若张蔡，其提倡丽辞，尤无微不至。观其为文，几如宋画吴冶，刻形镂法，盖丽句与深采并流，寓意与逸韵俱发矣。

第二章（十一续）

然而风骨遒上，足障东川议者，亦未尝以辞而害其意也。魏晋群才辈出，析句弥密，联字合趣，剖毫析厘。子建倡霸魏朝，规橅东京，加以工整，骈俪之帜以张。暨乎晋初，斯风益畅，陆机连珠五十，属对精巧，更大开四六之门。然树骨立干，运气遣词，犹未甚靡。五马南奔而后，文格之凌夷日甚，四六之浊流涨溢于大江南北，滔滔之势，难可复返，秉意乎炎刘、迥薄乎唐宋、通望乎来今，亦足以见天地间自应有此一种美文，不可澌减。顾西汉以上之为俪辞者，率本自然。魏晋以降，则意存奇巧，涂抹粉黛，不厌娇娆，斯为凿焉耳。间有于此骈俪弥漫之中，而能不入浮靡，自成质奥，足追西汉以上之气格者。斯真严霜之中，而见黄华之傲；时妆队里，而见古衣冠之人。魏晋之交，风轨未遥，犹存古逸，如诸葛亮之《出师表》、李令伯之《陈情表》、王羲之之《兰亭集序》，皆发于满腔之至情，而非同排衍之虚饰者。其高简有法，足与马班抗衡，下逮刘琨、陶潜，以抗愤之辞，冲缓之气，颇欲挽颓风于末俗，而卒病未能。斯亦足扬古文一缕之命脉者也，试为分析以言，则属于魏朝，为建安文学。建安文学者，两汉之殿军，六朝之先导也。曹操以一世之雄，投身兵马倥偬之中，收揽英雄、推奖文学之士，一时天下俊才皆集于邺下。若鲁国孔融文举，广陵陈琳孔璋，山阳王粲仲宣，北海徐干伟长，陈留阮瑀元瑜，汝南应玚德琏，东平刘桢公干，斯七子者，皆一世之隽，世称邺下七子。以其时当建安前后，或云“建安七子”，而号其文为建安体。七子之于文，咸骋骥騄于千里，仰齐足而并驰。王粲长于辞赋，家本秦川贵公子，遭乱流寓，自伤情多。徐干少无宦情，有箕颍之心事，故仕事多素辞，虽时有齐气，然粲之匹也。孔璋章表殊健，旧为袁本初书记，故述丧乱者尤多。元瑜亦筦书记之任，有优渥之言，翩翩然致足乐也。

第二章（十二续）

应场汝颍之士，流离世故，颇有飘薄之叹，故其文和而不壮。刘桢卓荦过人，而文最有气，所得颇经奇，然亦壮而不密。孔融体气高妙，有过人者，然不能持论，理不胜词，以至乎杂以嘲戏，及其所善，扬、班俦也。此外尚有应璩、杨修、吴质、丁仪、丁廙诸人，皆有声于时，与七子共为邺下之游者也。而操纵之者，实为曹丕、曹植。陶铸曹丕、曹植，是谓曹操。七子之与曹操，犹宋玉、唐勒、景差之于楚襄，邹阳、枚乘、邹忌、司马相如之于梁孝。襄王、孝王，不学无文，不若孟德之多才多艺，而又重之以公子敬爱客，终宴不知疲。行连舆，止接席，朝夕游徙，未尝须臾相失。赋诗樽酒之间，弄姿丝竹之里。当时邺下文章，盛于天下，盖曹氏父子有以致之也。虽孟德非文学者，然其文学之技能，足以握一代之牛耳，掌邺下之文坛。故承两汉四百年之后，而金声之也者，实烦其妙腕。立于六朝三百年之前，而玉振之也者，亦因其灵心、大胆周一身。故其文豪放，如天马行空，不稍羁勒，英气薄天地。故其诗雄劲，无佻巧纤冶之态。乱世之奸雄，亦文界之怪杰也。盖操之生性、非笃于情，邃于理，惟驱于满腔之霸气、一片之功名心，勇往超迈，以成意外之大业。故其文亦并不拘拘于偶俪，而独得雄杰气。其子丕，天资文藻，下笔成章，继受汉禅，谥为文帝，亦能迈志存道，克广德心，然不及乃翁之雄武。故临江而叹，自致于文，一变乃父沈鷙枭杰之气，而为便娟宛约，颇极徘徊俯仰之情矣。其弟陈思王子建，以八斗之才，遭夺储之忌。虽天演懿亲，而一生坎壈不过，尝以文章小道，不足以揄扬大义。欲勠力上国，流惠下民，建永世之业，留金石之功，意气峥嵘，不似乃兄之褊忌，故其作慷慨隽爽，无子桓柔媚之态。父兄多才，渠尤独步，六朝以前，端推大家。昔人称孟德如骁将，子桓如美媛，子建如贵宾，盖得其似已。

第二章（十三续）

属于晋世者，为正始及太康文学。正始文学，其倡始虽发之于王何，而继起之盛，则断推竹林七贤。故七贤者，为正始文学之中心，而刘伶之《酒德颂》，以才思运排偶，以健笔摅俪词，又足为七贤文学之代表。七贤者，山涛、阮籍、嵇康、向秀、刘伶、阮咸、王戎，七人是。斯七人者，激于叔季之颓风，而更扬一波，托于曲孽，逃于清流。一以遣慷慨悲愤之愤，一以肆任放旷达之行，是岂非东汉全盛之弊，徒留形式，而以学者皆为无用，士大夫不足有为。遂至排斥经术，唾弃名教，以自纵其情性，而安于偏僻。故彼等之思想，倾于破坏者也；彼等之主义，属于厌世者也。或为本能论，或倡怀疑论，一时景慕其风者，盖莫不骛于清谈，习于任达焉。阮籍、嵇康，七贤中之领袖也，较其所作，阮之寄旨遥深，嵇之词气清俊;阮之才华如芳春,嵇之心愤如劲秋;阮之意志狂易,嵇之气宇傲岸。故以文学论,阮文尚宽缓,未若嵇文之多剀切也。籍所作,其传者有《大人先生传》《乐论》《达庄论》种种,皆自陶写性情,发扬悠思。独能于骈俪之中,见天真之烂熳,而绝无一毫斧凿痕,斫伤其元气,当涂之世,斯为别调。康之文,有《与山巨源绝交书》《与吕长悌绝交书》,自写素志而峭直之气,亦能自露于文字之表者。此外如山涛、向秀、王戎、阮咸诸子,类能发明深趣,畅衍玄风,矫末俗之委琐,破陋儒之拘迂。于当时思想界,颇著其功,而于文学界,则不及嵇阮二子者也。然自七贤出,而天下为之风靡。相与仿效之者,有王衍、乐广,以清谈者,王澄、谢鲲、毕卓、胡母辅之。以任达间,几如东汉名节之激动。彼为儒教主义之团体,此为老庄主义之流行。彼则砥砺廉隅,崇尚节义;此则鼓吹自由,标榜任放。盖徒以思想相宗师,而文学多无足称焉。于是太康中三张、二陆、两潘、一左,勃焉而起,为文章之中兴,是谓太康文学。

第二章(十四续)

兹为略次太康以来诸家,以著其概,则除左思外,似皆陷于同一之窠臼。张载、张华,不及张协,二陆则弟逊于兄,两潘则尼不如岳。而推为冠首,实数陆潘。不过比于邺下之多才,则微有间。盖汉魏之文,主于造意;两晋以后之文,重在造词;汉魏之文,多成于患难流离之际;两晋以后之文,则主供恬安娱乐之为。凡人当困苦之境,其操危虑深,故发之于文字者,特为幽婉感怆可奂可观。反是而乐丝竹,盛宴游,以从容文藻之场,自必镂肝琢肺,研声韵,务精巧。故纤密而损气骨,秀整而乏精神,风会之变迁,常足致文章之升降。虽有豪杰,犹为之转移焉。虽然,二陆,晋室之双璧也,张华尝称陆机之才曰:“人为文恨才少,机独患才多。”周浚称陆云之才曰:“闻一知十,当今之颜子也。”机字士衡,云字士龙,吴大司马陆抗之子。太康末,兄弟俱入洛,抵张华之家。张华素闻二陆名,一见如旧相识,乃曰:“克吴之利,不如获二俊。”其倾倒可见。顾云虽与兄齐名,而文章实不及机。机著作最富,《晋书》称其诗文凡三百余篇,今存者,除散文论序表传十数篇,韵文赋三十篇,诗一百首外,为骈文之开山者,有连珠五十首,及诔颂箴铭,吊文哀辞等十数篇。就中最称杰作者,为韵文诗赋,而连珠尤善。士衡之诗,钟嵘既列入上品,赋皆取调楚辞,至为秀逸,而连珠五十,尤为四六文之滥觞。此文学史上,所宜特笔而大书者也。故其特出排偶一家,正其博洽宏赡,胸有慧珠。故论者不察,乃以为调旨较浅,但工涂泽,举西京以来空灵矫健之气,概不复存。遂有窃窃然议其风骨已微者,殊一孔之见也。潘岳字安仁,幼有才颖,人目为奇童,及长才名冠世,性轻躁,而美丰姿。奇才偃蹇久不得志,谄事贾谧,后被诬告,见僇于市。人品初无足称,顾其所为文,则皆才藻并举,辞气清绮,能承建安之余韵,启太康之新声者。

第二章（十五续）

岳尤工于抒哀情，其文字之情韵，往往有欲尽不尽之妙。试一诵其文，则词气凄惋，令人恻然呜咽，是谓独得之妙技，亦千古之绝艺也。晋史称之曰："机文如海，岳藻如江。"然则二人者，不俨然皆当代之碓耶？若夫张协，潘陆之羽翼，尤三张中之冠冕也，字景阳，少有隽才，仕为秘书郎，累迁中书侍郎。时寇盗猖獗，天下亦已多事。协遂绝人事，屏居草泽，守道足已，优游自适，以翰墨自娱，因作《七命》。虽规橅枚乘《七发》、曹植《七启》，而行文渊博，造语名隽，有过人者。其他虽短简寸札，文章小品，皆能以高华之笔，自写其恬退之思，词彩葱蒨，音韵铿锵，亦百世之矩矱也。此外与潘岳情好最渥，而有连璧之目者，有夏侯湛。耽于读书，而有书淫之号者，有皇甫谧。受业皇甫谧，而才学通博，著《文章流别论》者，有挚虞。平吴而后，倾心经籍，自称左癖者，有杜预。作《天台山赋》，掷地作金石声者，有孙绰。虽有名当时，无关骈学，惟左思、刘琨、郭璞三人。后先相望，以碓俊警健之音，振潘、陆华腴之气。而征士渊明，独于东晋之末，开淡远之宗，是诚疾风之劲草，汪澜之砥柱者矣。梁昭明曾序其集云："渊明文章不群，辞彩精拔，跌宕昭彰，独超众类，抑扬爽朗，莫之与京。横素波而傍流，干青云而直上。语时事，则指而可想，论怀抱，则旷而且真。"此亦有助于风教也。自是厥后，为元嘉文学，而文章又一大变。气变而韶，色变而丽，体变而整，句变而啄，文既于藻益华，句尤于俳益甚，盖质直之貌衰焉。顾原其所自，则有数因：（一）因于国势者，溯自五湖云扰，晋元中奥，举江东以号召，而名士播迁，渡江而至者，皆经大乱之后，元气凋敝。众能立国，斯为遂心。既而君臣拮据，幸完疆圉，中原规复，志早不存。朝野上下，率已放于晏安，薰于游侠。盖无复有击楫之概，新亭之泣矣，故声色之美盛而淫佚之辞多。

第二章（十六续）

（二）因于地利者。考吴楚间古多词人，由于物产之饶足，得以乐其所生。然其地自春秋以来，中州人士，多以蛮夷外之，汉兴为郡国，户口稍稍孳息焉，顾其蕃剧，尚未得比于腹地。东汉之末，孙氏凭以为雄，地利乃益开发。兴午南渡，北士流移者无算，由是而人烟稠密，富源之拓兴，自更倍于往昔。以江南佳丽之地，重金陵帝王之州，历朝踵事增华而玩愒之风，乃以益畅。听莺载酒，漱流枕石之徒，后先师放，盖无复有苦寒之思，饮马之意矣。故冶侈之情盛，而靡丽之词工。（三）因于学风者。儒术既强，士大夫习为清谈，贱礼节，贵玄虚。而佛教又乘之以兴，益驰于放弛之俗，无复有以国家为事者，视本朝之变异，若传舍之播迁。故六朝文士，除一渊明外，盖无一不文胜其质者也。顾有宋一代作者，实推谢灵运、颜延之、鲍照三人，为元嘉文学之代表，而灵运尤著。灵运性褊激，多愆礼度。而文章之美，冠乎江左，朝廷以文义处之，不以应实相许。谢自谓才能宜参机要，既不被知，用怀怨愤。时或非毁执政，构扇异同。黜为永嘉太守，因放游山水，动逾旬朔，民间听讼，不复关怀，所至辄为诗文以见志。后曾被征为秘书监，使撰晋书，而灵运以觖望参政故，但粗立条流，书竟不就。出郭游行，或至经旬不归，公务旷废，免官东还，乃与族弟惠连、何长瑜、荀雍、羊璿之辈，以文字赏会，日为山泽之游，时人谓之四友。又喜流连法业，时时赞佛辨宗，远有深致，故能刻画山水，独具会心，世遂以陶谢并称。惟陶之对于自然也，以主观而纵往自得，所长在真在厚。谢之对于自然也，以客观而有意追琢，所长在新在俊，然究非渊明匹矣。延之性亦褊激，并有酒过，肆意直言，曾无遏隐。在朝每犯权要，出为永嘉太守，意怏怏不自得。又尝作庭诰之文，与灵运俱以词彩齐名，而性行亦复相类。

第二章（十七续）

然谢尚豪奢，车服器皿，皆极鲜丽。颜居身清约，节衣蔬食，常独酌郊野，傍若无人，故比于灵运，为得善终也。同时立于颜谢之间者，有鲍照，字明远。元嘉中，尝为《河清颂》，其叙甚工。事文帝为中书舍人，帝好文章，自谓人莫能及，照悟其旨，为文章多鄙言累句。后世论者，遂谓其才易尽，实不然也，综照平生著述，以俊逸之笔，写豪壮之情，发唱惊挺，操调险急，雕藻淫艳，倾眴心魂，史称其文甚遒丽，信然。然其短处，则颇喜巧琢，与延之同病。然其笔力之矫健，则远过之，与谢并称，允符二妙。顾名不及焉者，岂所谓才秀人微，取湮当代者耶？抑又论之，颜、鲍、谢三家，由足启后代之津涂。自汉以来，模山范水之文，篇不数倍，而康乐重章累什，陶写流峙之形，后之言山水者，此其祖矣。陆士衡对偶已繁，而用事之密，雕镂之巧，始于延年。齐梁声病之体，后此对偶之习，是其源矣。此外并世文才，虽有若传亮、谢晦、谢瞻、谢庄、谢惠连、袁淑、范晔、何承天之伦，藻饰纷披，雕文纂合，各标所长，而比于三子之间仍为较轻。无何而永明文学之体出，承元嘉之流风，更钻研声律矣。当是时，汝南周容，好为体语，因此切字皆有纽，纽皆有平上去入之异。而吴兴沈约、陈郡谢朓、琅琊王融，盛为文章，以气类相推毂。约等文，皆准音韵，用宫商，以平上去入四声制韵，不可增减，世呼为永明体。沈约常自撰《四声谱》，刘绘、范云之徒，慕而扇之。由是远近文学，转相祖述，而声韵之道大行。约又持论，以为“五色相宣，八音协畅。繇乎玄黄律吕，各适物宜。欲使宫商相变，低昂互节，若前有浮声，则后须切响。一简之内，音韵尽殊；两句之中，轻重悉异。妙达此旨，始可言文”。于是八病四声之论竞起，转为音律之协谐，雕绘者益进而纤巧，绮丽者益进而轻艳，是为永明文学之特色，而为其中心者，则竟陵八友。

第二章(十八续)

竟陵王萧子良者,齐武帝第二子,而为当时奖励文学最有力者也。武帝有丈夫子二十三,竟陵王最贤,好士礼才,故天下文人词客皆集其门下。而以谢朓、任昉、沈约、陆倕、范云、萧琛、王融、萧衍为一代领袖,世所称竟陵八友者也。任彦升天才卓尔,文章辞赋,皆极精深典实,仕为尚书殿中郎,转竟陵王记室。性孝友,好交结,奖进士友善,属文才思滔滔不穷,当时侯王奏疏多出其手,为文起草辄成,不加点窜。梁武帝初在竟陵西邸,一日戏为昉曰:"吾登三府,当以卿为记室。"昉亦戏之曰:"吾登三事,当以卿为骑兵。"盖以武帝善骑故也。后武帝登三府,果引昉为记室。齐梁禅让之际,玺书诏令多昉为之,为文壮丽,少浮泛之弊,字字凝炼,语语铿锵,实齐梁二代之冠冕,六朝三百年之菁英。沈约称其心为学府,辞同锦肆,非溢誉也。沈休文历仕三代,著书四百余卷,藏书至二万卷,六朝文士甚多,鲜能出其右者。为学出入儒道佛三家,精通旧章,博览洽闻,为当世取则。时谢玄晖善为诗,任彦升工于文章,约兼而有之,然不能过也。所撰《四声谱》,为声韵学上一大发明,即约亦自信入神之作,以为在昔词人,累千载而未悟,己独得其妙旨。不仅直接裨益于韵语,尤间接关系于骈文学,是岂非文学史上,可特笔大书者乎。且性恬退,虽仕进而不恋荣利,居处俭素,以郊居之寒自慰。所为文,辞情朗逸。论者尝以山涛比之,好诱掖后进,王筠、张率、何逊、刘孝绰、吴均、刘勰,皆当世能文之士,尝蒙其推挽,最有助于文学之发达者也。陆倕文章,与任昉并称,梁简文帝为太子时,《与湘东王书》曰:"任昉、陆倕之笔,实文章之冠冕,述作之楷模也。"王融博涉有文才,然好作艳句,刻饰涂泽,务以声色胜人,颇乏神气。所作《曲水诗序》,以巧丽称,一时有胜于颜延年之誉。

第二章(十九续)

范云每一下笔,金玉立成,时人疑其宿构。萧琛夙见知于梁武,备受恩遇,称为宗老。之数人者,皆有声誉于当时,足蔚一代之文运者也。虽然,齐梁陈三朝递嬗,其间文士,大抵皆为贰臣,如沈约、任昉、陆倕、范云、萧琛、何逊、吴均、刘孝标、丘迟、庾肩吾之伦,旧皆策名萧齐。阴铿、徐陵、张正见辈,又皆筮仕萧梁。人既不殊体无或异,统曰梁陈间作者,正以著当时文风之相同也。竟陵八友中,惟萧衍遭际风云,驯至大位,自不徒以文章名。盖梁祚虽仅五十年,而文运之隆,在六朝中为最。究其源,实自武帝父子崛之。武帝幼而聪明睿敏,长更博学多艺,好筹略,有文武才,洞达儒道佛,时流名辈靡不推许。即位之后,博求人才,大修文教,鼓吹玄风,扇扬儒业。尤笃信正法,长于释典。故其为文,下笔成章,于妩媚艳冶之中,饶有奥衍玄朴之气,盖得力于佛学者深矣。其太子统,笃学早逝。

三子简文帝博综儒书，亦善谭玄理，小品文字，尤香艳绝伦。少子元帝，天才英发，曾读书万卷，能继承父兄之风流文采，著述辞章，并传于世。惜文格绮靡，少有逊于温柔敦厚之道焉。居尝以箕裘论，梁武父子，大似魏武父子，而功业文章，不及焉者，则才为之，亦时为之也。且当时文士，可匹建安诸子者，又少有人焉，任昉、沈约，其称著者已。何逊诗文工丽，范云见其文赞赏曰："观文人质则过儒，丽则伤俗，能清浊古今，见之何生矣。"刘孝绰为文甚美，王融谓："文章无我，卿当独秀。"王筠之文藻，沈约叹为晚来名家之独步。张率之才华，武帝称其长兼枚马。周兴嗣为文，如《光宅寺碑》，且凌驾陆倕。其病也，武帝至兴斯人斯疾之叹。吴均博学俊才，文体清拔有古气，好事者效之，谓之吴均体。外此若江淹、丘迟、到溉、到洽、徐摛、庾肩吾辈，并皆佼佼一时，而关系独重者，尤莫如徐陵与庾信二人。

第二章（二十续）

虽然，世以徐庾并称，而徐实不及庾。梁大通间，徐陵与其父摛，仕于太子，得恩宠。时庾信亦与其父肩吾，出入东宫，当时已称为双俊。梁禅于陈，陵历事武帝、文帝、宣帝，尤盛被礼遇，凡梁陈禅让之诏策，及陈初之檄书诰命，大半出其手笔，盖犹任昉之于齐梁间也。其为文极绮艳，世与庾信称徐庾体。一时后进之士，竞相仿效，隐为一代文宗。后庾信入周，以南人而雄视北方，启隋唐之新运，则所关尤较重焉。信字子山，幼而俊迈聪敏，博览群书，尤精《春秋左氏传》。及聘东魏，邺下文人学者，皆盛称其文辞。梁亡，入西魏，遂仕于周，凡经四朝十帝，俨然一长乐老人矣。彼时陈周通好，南北流寓之士，各得归其乡里，独信为周主留，与王褒俱不放还，居恒郁郁，致有乡关之慨，此《哀江南赋》所为作也。其在周，以文倾世宗高祖，以逮滕赵诸王，皆款待优渥，与为布衣之交。凡北周群公墓志碑铭，多出其手。其文不独高出北朝，即当日南朝诸人，亦皆拜下风，世因有南徐北庾之称。然信才华富有，绮丽之作，出自青年，尚濡染南朝数百年之流风。及其流转入周，重以江湖漂泊之感，调以北方清健之音，故中年以后之著作，尤能湔涤向之靡体，而特见风骨。杜甫尝称之曰"庾信文章老更成"，盖上摩汉魏之垒，下启唐宋之涂，实惟信为能兼之也。徐庾而外，以善属文名者，南有阴铿，北有王褒。阴铿仕于陈世，与何逊并称"阴何"。顾阴文特工琢句，实不逮何。王褒与庾信，虽并齐名，往往有感怆之句，而亦终不及信。且夫文自齐梁以来，其词概绮艳，而失于轻浮，其情则多哀思，几如听亡国之音。南风之不竞，是岂无所因哉。彼其君若臣，据半壁江山，务为游乐，以偷一时之安逸，而忘百年之远图。风俗日偷，荒淫日甚，驯至陈后主之昏亡，尤足以著江左文章之结穴。

第二章(廿一续)

若夫河淮以北,则自五胡迭兴,典午南渡,鞠为战场;礼乐文章,荡焉殆尽;拓拔崛起,收拾群窃;日寻干戈,不遑文事。虽有崔浩、高允之徒,蔑足道已。孝文迁洛,慕尚文雅,庶几华风,如李冲、李彪、高闾、王肃、郭祚、宋弁、刘芳、崔光、邢峦之徒,皆以文雅见亲。而孝文亦善属文,每于马上口占,藻采纷披,如出宿构,一切诏策,多自为之。故能振起人文,革粗鄙之旧,兴太平之风。以迄于齐,凡所称执当时文坛之牛耳者,前有袁翻、常景,后有萧悫、颜之推,而尤以温子升、邢邵、魏收三人为最。温子升、邢邵,皆才德兼备之士,以文章德行名一时,世称温邢。魏收则天才焕发,复在二子之右,而年龄在其后。故子升死而邢魏并称,有大邢小魏之目。大小之意,非定其人品学识之高下,由其年辈前后称之也。而二人者,又各异所好,邢邵规橅沈约,魏收私淑任昉,及两人互争名而相訾毁也。魏收常薄邢之文,谓为沈约集中之贼,而邢邵亦谤收模拟任昉,时出剽窃。祖珽对颜之推曰:"邢魏之臧否决,即沈任之优劣定矣。"而文宣尝贬邢之才,谓不及收,文襄亦谓温邢词气逊于魏收。是岂三子之才力不相逮,抑休文果乙于彦升耶?总之北朝文学之特色,有清刚质实之音,无轻艳浮华之习,力虽不逮汉魏,格已高出齐梁。此固风会使然,亦由地气所致。而温邢之文质彬彬,又远出于魏收之秽恶者多矣。是后递嬗及隋,统一天下,而南北文质之潮流始合。文帝性不喜词华,诏天下公私文翰,并宜实录。泗州刺史司马幼之,文表华艳,付所司治罪。治书侍御史赵郡李谔,亦以当时属文,体尚轻薄,上书请革其弊,上至以其奏颁示四方。炀帝,当时唯一之才人,司转移风会之枢机者也,其荒淫骄奢,等于陈后主,而较有豪健之风,盖轻艳虽本之梁陈,而气体阔大,独能存雅正之音。

第二章(廿二续)

当时诏书,亦稍近质厚,如《再伐高丽诏》,雄伟宏丽,颇为得体,正明而未融时也。此外诸臣,亦同风调,足征南北思潮之合流,而犹有淄渑之味焉。唐兴,文章承徐、庾余风,天下祖尚,骈四俪六之体,盛行于时。太宗雅好艺文,颇崇纤丽,王、杨、卢、骆四杰出,始以精切豪厉相尚,已逾江南之风,渐成河朔之制。然唐代文章先后凡经三变,初变于四杰,再变于陈子昂、燕许二公,三变于元结独孤及。而文始骎骎入古,至陆宣公贽,尤为另开一体。贽字敬舆,大历八年进士,中博学宏词书判拔萃料。德宗初,为翰林学士,从奉天还,为中书舍人平章事。贽在奉天时,日下诏书数百,初似不经意,逮成,皆周至人情。所下诏书,虽武夫悍卒,无不感动流涕,议者谓兴元戡难,虽爪牙宣力,贽与有助焉。其文议论清婉,理致生动,稍无襞积之痕,为后世言事者所祖。欧苏之骈俪,大都取法于此。

总之唐代四六，多由试赋而来，宏用于应奉，通道于志状，原不独制诰表章笺启之属为然。虽其前后，体态略殊，而朴直之气，精湛之色，殆已透过六朝。宋承唐运，余风未沫，先有鞠常、杨徽之、李若拙、赵邻几四人，盛倡骈俪。然其多疲萎不振，及太宗之时，杨亿起而一变文章之体，与刘筠、钱惟演，互相倡和，转相切磋，三人同声，尚格调，练才藻。于文于诗，皆宗法义山，一时为之风靡，号曰：西昆体。西昆体者，有宋文学之新纪元也。杨亿，字大年，建州人，雍熙初，年十一，以神童授秘书省正字。真宗时，累擢知制诰，入为翰林学士，兼史馆修撰。天性颖悟，自幼迄老，不离翰墨，为文敏速，对客谭笑，挥毫无滞。夏英公言其文如锦绣屏风，但无骨耳。刘筠，字之仪，大名人，咸平元年进士，累迁知制诰，翰林承旨，擢户部龙图阁学士，为人不苟合，学问宏博，文章以理为宗，辞尚致密，与杨亿齐名，号曰杨刘。

第二章（廿三续）

两家刀笔集，皆四六应用之文。钱惟演，字希圣，为吴越钱俶之子，官同中书门下平章事，卒谥文僖，共杨刘鼎立，号江东三虎。然当杨刘倡为昆体之际，同时王禹偁、张咏，亦以作家著名。禹偁，字元之，钜野人，九岁能文，太平兴国八年进士，官知制诰，出知黄州卒。词学敏赡，独步一时，锋锐气厉，多直谈世事，臧否人物，以直道自任，故屡被摈斥。然最善称奖后进，当世知名士，半出门下。其为文，虽未能尽去五代浮靡之习，而意务求实，但未得典则之正耳。水心叶氏，谓其文简雅古澹，不甚为学者所称，以无师友议论故也。张咏，字复之，鄄城人，亦太平兴国中进士，曾为真宗朝御史中丞。少好击剑，兼通术数，为文尚气，不事雕饰，居恒以不合时宜，别自号乖崖公。出知益州，恩威并著，至令人畏怀之。而其文，疏通平易，不为崭绝者之语，殊不类其为人，亦奇事也。欧阳修继起，振赵宋文运之衰，独能以诗文转移天下风气。修字永叔，庐陵人，四岁而孤，母郑氏贤而亲诲之，家贫不能得纸笔，令以荻画地学书。稍长，借书邻里，遂博涉群书，而为一代文宗。曾得唐韩愈遗稿于废书簏中，读而心慕之，苦志探赜，至忘寝食，必欲并辔疾驰，而追与之并焉。既举进士，调西京推官。时进士文章，务为钩章棘句。修知贡举，痛抑之，风气为之一变。曾巩、王安石，及苏氏父子，皆闻风兴起，由其汲引奖进以显。为人天资刚劲，见义勇为，虽机阱在前，而触发之不顾。放逐流离，至于再三，而志气自若。晚号六一居士，卒谥文忠。然修本以词赋擅名，别有四六集，工俪偶之文，是公亦骈学作家也。惟是宋初诸公，骈体精敏工切，不失唐人矩矱，至欧公倡为古文，而骈体亦一变其格，始以排奡古雅，争胜古人。而枵腹空笥者，亦复以优孟之似，借口学步，于是六朝三唐，格调浸远，是又不可不辨者。

第二章(廿四续)

与修同时,而以骈俪腾声者,有夏竦、宋庠兄弟。竦字子乔,以父死事补官,仁宗朝,累擢知制诰,同中书门下平章事,封英国公,谥文庄,贵显凡四十年。天资好学,自经史百氏阴阳律历之书,无所不通。故学问极赅博,善为文,尤长偶俪之语,词藻赡逸,殊有燕许遗规。朝廷大典策,累以属之,集中所载,多庙堂典策之文,盖所长在是体也。惜生多材术,身中贤科,而不自爱重,甘心奸邪,声伎之盛,冠于承平,致后世有奸党之讥,为可惜耳。庠字公序,弟祁字子京。天圣中,兄弟同榜进士,俱历显宦,以词赋妙天下,号大小宋。然公序文多阁馆之作,沉博艳丽,与尹洙、欧阳修分道扬镳。譬枚、马、贾、董,体制各殊,而均为一代之作者。子京通小学,故其文特多奇字,苏子瞻尝谓其渊源皆有考,奇崄或难句,世以为知言。二宋而后,首为修所奖进者,有曾巩、王安石二人。巩字子固,南丰籍,师事欧阳永叔。早以文章名天下,壮年为文,慓鸷奔放,雄浑瑰伟。其自负要似刘向,藐视韩愈以下也。晚年始在掖垣,属新官制,方除目填委,占纸肆书,初属不经意,及属草授史,所以本法意,原职守,为之训敕者,人人不同,赡裕雅重,自成一家。欧公门下士,多为世显人,议者独以子固为得其传,犹学浮屠者所谓嫡嗣云。乌程孙梅曰:"南丰代言之文,古质直追三代,不可以四六名之,间出四六之语,裁对高浑,运词典藻。求之唐人,张燕公有其瑰奇,而无其缜密。"其推重可谓至矣。乃弟肇,文章虽稍不及巩,而耳濡目染,俱有渊源。其草兄布拜相制,温润典雅,汪玉山称之,为得命次相之体,盖于巩文已为具体,惟逊其深厚耳。王安石,字介甫,号半山,抚州临川人。少好读书,一过目,终身不忘。其属文运笔如飞,初若不经意,既成,见者皆服其精妙。曾巩导之于欧阳修,修为延誉,擢进士上第。

第二章(廿五续)

及后得志,巩不复与交,神宗尝问之于巩。巩曰:"安石文学行义,不减扬雄,独吝于改过耳。"然神宗夙异其文,召为翰林学士。熙宁三年,拜中书门下平章事,厥后再罢再入相,卒谥文公。为文简炼雄洁,拗折峭深,虽骈俪文字中,其一种精悍之气,亦有非他人所能梦见者,盖其得力于荀子者深也。苏氏父子,当时所震惊一代之文豪者也。洵为老苏,字明允,号老泉,蜀之眉山人。年二十七,始发愤为学,应试不第,归而悉焚其所为文,闭户读书,遂通六经百家之说。至和嘉靖间,挈其二子轼、辙至京师,时欧阳修负盛名,见明允之文大爱之,以为贾谊、刘向不是过。轼为大苏,字子瞻,洵之长子也,幼而颖悟,博通经史,属文日数千言,与其弟辙应礼部试,受知于主司欧阳修。时科举文尚奇涩,修欲革其敝，凡陟于磔裂诡异者皆黜之。及榜放，平时有声名如刘烨辈，皆不预选，而轼兄弟独入彀。然神哲两朝，一绌于王安石，再不合于程颐之徒，朝绅笏而夕赭衣，至郁郁以卒，盖党派误之也。轼初好贾谊、陆贽书，论古今治乱，不为空言。既谪黄州，杜门深居，筑室东坡，自号东坡居士。然自是驰骋翰墨，其文一变，所作文章，才落笔，四海已皆传诵。下至闾阎田里，外至夷狄，莫不知名。尝自谓作文如行云流水，初无定质，但当行所当行，止于所不得不止。虽嬉笑怒骂之辞，皆可书而诵之，而其为四六也，工丽绝伦中，笔力矫变，有意摆落隋唐五季蹊径。故以四六观之，则独开异境。以古文观之，则故是本色，所以奇也。辙为小苏，字子由，洵之次子也。年十九，与兄轼同登进士科，又同策制举。蔡京当国，以兄故得罪，降谪者再。最后得致仕筑室于许，号颍滨遗老。自作传万余言，不复与人相见。辙性故沉静简洁，文尤汪洋澹泊，似其为人。而秀杰之气不可掩，其高处殆与兄轼相迫。

第二章（廿六续）

要之三苏之文，多得力于《战国策》《史记》，而洵之文古劲简至，其炼句鍛字处，二子似犹有不及。子瞻之文，其飘忽变化类庄子，俊逸雅健似贾谊，圆转周到，又与陆贽相若，盖无乎不有，无乎不能者。子由文委曲明鬯，言理处精核沈著，正亦有所独至。夫以唐宋两朝之文，仅八大家，而苏氏一门三父子，独得各占一席，论者盖莫不宗仰之为古文家，而不知亦宋代骈文之作家也。不仅此也，大小苏既以硕学宏材，鼓行士林，天下之依以扬声者，望尘惟恐弗及。陈后山有诗云："一代苏长公，四海声未已。"又云："少公作长句，班马安得拟。"盖世以东坡为长公，子由为少公云，其门下有客四人，黄鲁直、秦少游、晁无咎，长公客也，张文潜，次公客也，时谓之苏门四学士。加以陈师道、李之仪二人，又称苏门六君子。六人各有所长，而议论文字，要以秦、晁、张三子为尤著焉。鲁直名庭坚，号山谷道人，又号涪翁，与子瞻并称，谓之苏黄。长于诗辞，为江西诗派之宗。亦善文，文学西汉，子瞻尝荐之自代曰："瑰伟之文，绝妙当世。孝友之行，追配古人。"世以为实录。少游名观，号太虚。元祐初，苏轼荐为太学博士，迁国子编修。诗词外以文为独工，子瞻尝谓李廌曰："少游之文，如美玉无瑕，又磨琢之功，殆未有出其右者。"少游亦自言其文铢两不差，但以华丽为愧耳。无咎名补之，尝作《七述》，叙杭之山川人物之盛丽。时苏子瞻亦欲有所赋，见其文，遂搁笔，屈行辈与之交。举进士，礼部别试第一，考官谓其文辞近世未有，遂以进御，神宗曰："是深于经，可革浮荡。"晚惟文潜与之抗衡，故后世并称晁张。文潜名耒，仕至起居舍人，在四学士中独后亡，诗文兼长，故传于世者尤多，同时鲜有其比。初与秦少游同学于子瞻，子瞻以为"秦得吾工，张得吾易"，而世谓工可致，易不可致，以文潜为难云。

第二章(廿七续)

又曰:无咎雄健俊拔,笔力欲挽十钧,文潜容衍靖深,若不得已于书者,二子固以所长名其家者也。陈师道,字无己,一字履常,彭城人,自号后山居士,著有《后山集》二十卷。少时,以文谒曾南丰,曾一见奇之,许其必以文显。元丰中,荐任太学博士,旋以进非科举而罢。为文至多,少不中意,辄焚之,存者仅什一耳。李之仪,字端叔,尺牍最工,顾他作亦神锋俊逸,轼称其文,谓入杨刘刀笔三昧。居尝从轼辟中山幕府,后代范忠宣作遗表,为世传诵。然坐是得罪当涂,时论惜焉。苏门六君子外,若王珪二刘,亦同时之表表者。珪字禹玉,成都华阳人,后徙舒。弱岁即奇警,出语惊人,从兄琪,读其所赋,喈曰:"骐骥方生,已有千里之志,但兰筋未就耳。"旋以文学举进士甲科。神宗八年,且以立太子功,晋封岐国公,卒赠太师,谥文公,赐居寿昌甲第。珪不出国门,坐致卿相,无壮游胜览,拓其心胸,亦无羁恨哀吟,形于楮墨,故其文多台阁体。然闳侈瑰丽,自成一家,朝廷大典策,多出其手。词林称之,盖论其词华,则固二宋之亚也。刘敞,字原父,临江人。弟攽,字贡父,俊敏博洽,与兄齐名,同登庆历六年进士。史称敞学问渊博,自佛老、卜筮、天文、方药、山经、地志,皆周知大略,故其文根柢训典,有独得高古之趣,且好摹仿古语,句极相似。在西掖时,尝食顷挥九制,各得其体,其敏赡可知。贡父所著书百卷,尤邃史学,当时号称公非先生。虽与兄同科拜中书舍人,然敞性醇静,攽则才锋敏捷,词辨隽利,著作亦各肖其人。第沉酣典籍,文章尔雅则一耳。敞子奉世,字仲冯,亦有名。官至执政,世称三刘焉。然而宋骈作家,实不止是也,前乎三刘者,有晏殊、胡宿,为杨刘后劲。晏字同叔,临川人,幼孤,性刚俊笃学,七岁能属文。景德初,以神童召试赐进士,殁赠司空,谥元献,篆其碑首曰:旧学之碑。

第二章(廿八续)

当世贤士,如范文正、欧阳文忠,皆出其门下。其为文温而纯,不假雕琢,而自饶妩媚,世所称《临川集》者是也。胡字武平,常州晋陵人,以太子少师致仕,殁谥文恭。平生除以诗鸣时外,其骈俪文亦典重高华,上之足方轨轨慈许,不可谓非杰才也。而与之同时者,如范文正、司马文正二君子,其品学固蔚为一代宗师。即元章简之无行有文,亦瑜瑕不相掩者焉。范名仲淹,字希文,文正其谥也,公内刚外和,性至孝。幼时食贫,常读书吴县之长白,断齑画粥,研究穷六经,而成王佐之学。其后虽贵,仍自节以为施予,泛爱乐义。天下想望其丰采,贤士大夫,至以不获登其门为耻。所为文,于加意修辞中,亦较有儒者气象。盖仲淹之志,在行求无愧于心,事求有济于世,古之儒者不过斯。曷尝沾沾于词章哉？特譬之本根，日加培溉，而蒸茵吐华，有不期自致者焉。司马文正，陕州人，名光，字君实。七岁时，凛然若成人，闻人讲《左氏春秋》，爱之，退为家人述，即了其大旨，自是手不释卷，至不知饥渴寒暑。及长，于学无所不通，音乐、律吕、天文，皆极其妙。尝综贯历代史传，手辑《资治通鉴》一书，其学殖淹博，概可想见。公又自编《传家集》一百卷，集内表启之类，间存四六典雅之作，且其文如金玉谷帛药石，皆有适于用。无益之文，无一语及之。《郡斋读书志》云："光大儒名臣，不于文章论工拙，然即以文章论，其气象亦包括诸家，凌跨一代。"盖学问、德行、经济，皆文章之根柢也，其言可谓得公之定评矣。元名绛，字厚之，章简亦其谥也。先本临川危姓，自绛父奔杭州，始易元姓。绛生而敏悟，长举进士，以廷试诖误罢归。再举登第，晚岁以王介甫力，荐入翰林，甚称职，遂柄用。然居尝读其《玉堂集》二十卷，俳偶之文为多，则绛因亦优长骈俪者也。后此若三吕，及李成季、邓温伯、晁之道、林之子中辈，皆当时之佼佼者。

第二章（廿九续）

三吕者何，则吕诲、吕惠卿、吕公著是，之三子者，不同族、不同时、不同道，而皆以骈文作家著。诲字献可，洛阳人，性纯厚，家居力学，不妄与人交。熙宁初，以进士第，为御史中丞。时王安石雅负时望，神宗已引之参大政，献可独以为不然，乃抗章曰：误天下苍生者必此人。疏上，上遣使喻解之，执不可，至以是获谴。温公尝服其知人，疾既革，公往省之哭，献可闻声蹶起，犹张目强视曰："天下事尚可为，君实勉之。"殁后，有《章奏集》二十卷行世，草存之作，得二百八十有九，以骈俪之文为多。惠卿字吉甫，泉州晋江人，以真州推官，得安石力，入为参知政事。旋安石以惠卿陷其弟安国，始与之有隙，于是一置宣州，再移庐州。而惠卿既叛安石，凡可以害王氏者，又无不为。安石退处金陵时，往往写"福建子"三字，盖深悔其为惠卿误也。然观《吉甫集》二十卷，为文长于表奏，当其受谴谪时，朝命谪词，系东坡秉笔，一时为之纸贵。及读吕谢表中，竟能语语为之针对，识者谓绍述之局，胎于此矣。又司马文正尝对神宗曰："江充、李训，无才焉能动人主？"盖公亦深服其文也。公著字晦叔，夷简子，哲宗朝，曾拜司空，同平章事，殁赠中国公，谥正献，其为文亦正有足多者。成季名昭玘，钜野任城人。元丰二年，登进士第，荐历起居舍人，旋以党籍废弃，清净无营，其人品最高，著有《乐静集》三十卷，其文皆光明洒落，无掩抑不吐之态，亦无愤郁不平之气，尤不可及。温伯，润甫字，建昌人。以名进士，累迁至翰林学士，兼掌皇子阁笺记，一时庙堂制作，独倚润甫焉。哲宗立，润甫在院，一夕，草制二十有二，其敏捷可见。晚年，以与章惇不合，忽无端暴卒，论者惜之。之道，无咎族弟，名咏之，少有异才。苏轼守扬州时，无咎偶以其诗文献，轼一见诧曰："有才如此，独不令我一识面耶。"及入谒，轼下堂挽而上，顾堂客曰："奇才也"。

第二章(三十续)

后举进士,又荐举宏词,一时皆传诵其文。公天才英特,《崇福集》外,著有《四六集》十五卷,为文尝立成,又明润密致,世以为宜在北门西掖云。子中名希,福州人,绍圣初,以名进士受知章惇,使典书诰,以逞毒于元祐诸臣。故自司马光、吕公著、大防、刘挚、苏轼、辙等数十人贬黜之制,皆希为之词,务极丑诋。一日,草制罢,掷笔于地曰:"坏名节矣。"斯其有文无行,盖与惠卿福建子,同为闽人所不齿者。再次如韩师朴、如张芸叟、如李邦直、如邹志完、如唐子西诸子,虽崛起较晚,而骈四俪六,亦各各有声于时。师朴名忠彦,父琦为名将时,曾随任作监薄,旋复举进士,徽宗立,入为门下侍郎,封仪国公,文采风流,天下重之。芸叟,邠州人,名舜民,自号浮休居士,与韩师朴同为元祐党健将,坐是以谏议大夫,谪为楚州团练副史。顾芸叟慷慨喜论事,居职七月,所上事六十章,平素善为文,豪重有理致。范仲淹帅邠时,且睹其文异之,故其文集极见重宋代。一行于政和,鬻者填巷,虽中途为蔡京所禁,而南渡后仍雕板印行,其价值可知。邦直,清臣字,魏人。七岁能戏为文章,客有从京师来者,与其兄谈佛寺火,邦直从旁应曰:"此所谓灾也,或者其蠹民已甚,天固儆之邪?"因作《浮图灾解》。兄一见惊曰:"是必大吾门者。"旋举进士,试秘阁第一,入为门下侍郎。欧阳公爱其文,以比苏轼。其为人亦宽博有度,而趋时嗜权利,首主绍述之论,为可惜也。志完,即邹忠公浩,公原字至全,以上疏谏立刘皇后除名。然世所传疏,其辞诋讦,盖当时小人伪为文之以激怒者也。初,浩以谏立刘后坐贬,徽宗初,召还陛对,上首及之,奖叹再三,问谏草安在,以既焚对。退,告陈瓘,瓘曰:"祸其始此乎,异时奸臣妄出一缄,则不可辨矣。"蔡京素忌之,未几,果使其党伪作邹疏,造言刘后杀卓氏而夺其子,遂得罪。

第二章(三十一续)

窜昭州五年,作青词告上帝,中有"追省当时奏御之三章,初无杀母取子之一字"二语,公之心盖已可昭见。迨后公子柄,因赐对首辨此事,且缴元疏副本上之,诏付史馆,而其事始白。公文子遗有骈俪奏议十卷,有龟山先生为之序云。子西,眉州丹棱人,名庚。早年举进士,张商英荐其才,除提举京畿常平,旋商英罢相,庚亦坐贬,平生善属文,长于论议,有《唐子西集》二十卷,行世所著皆精确。虽居与苏轼同里,而颇不满于轼,然其文实亦毅然足以自立,其不肯步趋乡先辈,盖有所恃也。至是而宋初骈文之作家,已罗举靡遗,虽论者谓宋承唐末五代之敝,四六多偏于浮丽。然北宋累叶承平,士大夫争以气节相高,廉耻相尚,故能庸和博大,去浓郁而宗雅澹,遂蔚为宋骈体之特色,正不独台阁文章之大可传诵也。南渡以后，国势日下，语录盛行，往往窜缀其间。而芜鄙腐滥之词，承间迭起，劣者不论，即其佳者，大半悲壮激越之音，痛哭流涕之作，接踵相因，而欲求宏雅雄骏之文，于南宋实不可多得。然南渡初年，风概矫厉，本元气鼓荡而出，拥勇突怒，却亦不少轩峻之裁。故南宋之为骈文者，有王安中，字履道，号初寮。政和中，累擢中书舍人，出镇燕山府，建炎初，贬象州，为人喜依附名流，而反复炎凉，颇干清议，文特瑰奇高妙，于制诰最为所长。汪藻，字彦章，高宗朝，累除中书舍人，迁兵部侍郎，拜翰林学士。为文文从字顺，体制浑成，如金钟大镛，叩之辄应。自徽宗以来，擅制诰之美者，推初寮，而浮溪尤集其大成，时胡伸亦以文名，人为之语曰："江左二宝，胡伸汪藻。"其声价可想见已。孙觌，字仲益，靖康时，为执法词臣，其章疏制诰表奏，往往如陆贽，明辨骏发，每一篇出，世争传诵。《代高丽谢赐燕乐表》尤脍炙人口。至其为人，不足道也。

第二章（三十二续）

李邴，字汉老，济州任城人，高宗朝，以进士入为兵部侍郎。绍兴五年，条上战阵、守备、措画、绥怀各五事不报，盖文士而富有军事智识者。后闲居十有七年，卒于闽，士林惜之。著有《云龛草堂集》前后一百卷，朱文公为之序，今惟存后集，盖皆南渡后作也。李纲，字伯纪，人品经济，卓然南朝，即以文章论，亦雄深雅健，碻非株守章句者所能，徒以《梁谿集》一百八十卷中，喜谈佛理，故诸儒不乐称之。然颜真卿孤忠劲节，日月争光，终不以书《西京多宝塔碑》，作《抚州麻姑坛记》，遂减其文章之价值也。岳鄂王功业伟矣，更不必以文集著也。然读《武穆集》十卷中，其贺和议成一表，典丽矞皇，真不愧清庙明堂之作，宜为世所传诵，或以为出自幕客手笔者，误矣。綦崇礼，字叔厚。高宗朝，拜翰林学士，工于四六，著《北海文集》二十卷，典雅精切，罕与比伦。乾祐以后，工骈文者，以鄱阳四洪、汪圣锡、叶石林、任小丑、范石湖、周益公、杨诚斋、陆渭南、楼攻媿、危巽斋等为最著。四洪者，洪皓，字光弼，适字景伯，遵字景严，迈字景卢，皆皓子也。皓以名进士迁礼部尚书，建炎三年，为大金通问使，留北中十五年还国，忠义炳见史册，著有《鄱阳集》十卷行世。子适子遵，同中绍兴十二年词科。又三年，迈继之。三子于孝宗朝，均历显官。适谥文惠，遵谥文安，迈谥文敏，文名满天下，尤为士林楷式。汪圣锡，名应辰，绍兴五年，试进士第一，孝宗朝，历官尚书学士，立朝骨鲠。其文章学问，亦具有渊源，故朱子颇引以为重。所著《文定集》二十四卷，盖文以谥名也。叶石林梦得，字少蕴。嗜学蚤成，多识前言往行，谈论亹亹不穷，而文字而外，武功亦卓著成绩。嗣以忤奸桧意致仕，隐居卞山中，奇石森列，藏书綦富，著文章总集一百卷，冠以石林，以志其实，初非取材于楚辞《天问》中也。

第二章(三十三续)

任小丑,名尽言,字元受。小丑其文集也,生与三苏同里,为元符谏官任伯雨裔孙。集凡初续十五卷,而四六尤为所长。范石湖成大,字致能,孝宗朝,以不辱使命,由进士叠邀上眷,入拜参知政事。诗法晚唐,本以韵语鸣一时,而《石湖集》一百三十六卷,骈四六俪,亦殊妩媚隽逸。考石湖在太湖之滨,姑苏台之下,去城十余里,面湖为堂,即公旧读书处,号镜天阁。又一堂,傍石湖二字,阜陵宸翰也。益公名必大,字子充,号平园叟,绍兴中进士,旋以文学致身宰辅。长于制诰,亦善古文,著作之富,古所未有,晚年笔意益精进,人事至而天真全,刻励处欧苏几无以过,惜洗涤词科气未尽耳。诚斋,万里集名,字廷秀。以绍兴进士,进宝文待制致仕,尝谪永州,称南渡诗人,故有《江湖集》之刊,然如《诚斋集》中之四六小篇,俱精妙绝伦,往往属对出自意外,妙若天成,南宋诸公,皆不及也。陆渭南务观,名游。年十二,能诗文,锁厅荐送第一,以秦桧孙埙居次,触奸相怒,显黜之。迨桧死,范成大帅蜀,始辟为参议,以文字交,不拘礼法,自号放翁。公性忠孝,才气横绝,诗为中兴之冠,骈文亦佳。渭南者,公曾封渭南县伯也。攻媿名钥,字大防,隆兴初进士,累官中书舍人,进参知政事,所作文辞精博,骈散语比益公为进,大率词气雄浑,援据该洽,衔华佩实,奄有众长,其题跋诸篇,尤足资考证也。巽斋危稹,字逢吉,抚州临川人。宁宗朝,以进士入充博士,初迁著作佐郎,旋提举崇禧观,与乡里耆艾为真率会,所著《巽斋集》,骈体为多。自是而后,两山竞秀。魏鹤山了翁,字华父,年十五,即以能文名。庆元嘉定间,由名进士进兵部郎中,理宗朝,累章乞骸骨不允,与人酬酢,衣冠不去身,其为文根柢经术,醇正而纡折,出以自然,无江湖游士叫嚣狂躁之气,亦无讲学诸儒空疏迂腐之习。在南宋中叶,可谓不转移于流俗者矣。

第二章(三十四续)

真西山德秀,浦城人,景元其字也。四岁受书,十五而孤,赖母氏吴教养之力为多。以庆元政士,继试中词科,入拜参知政事。著有《西山集》五十六卷,其为文华而有骨,质而弥工,绝不染词科之习。故南宋骈体,西山先生,为一大家,野处诚斋而下,所不及也。西山以外,二李三王,亦其最著者。李公甫名刘,号梅亭。嘉定初进士,官中书舍人待制,曾游西山之门,工四六文字,以流丽稳贴为宗,西山尝指竹夫人为题曰:“蕲春县君祝氏可卫国夫人。”刘援笔立就,如末联云:“於戏!保抱携持,朕不忘乙夜之寝;展转反侧,尔尚形四方之风。”西山击节叹赏。又嘉熙己亥四月,诞皇子告庙祝文,刘以四柱作一联云:“亥年己月,无长蛇封豕之虞;午日丑时,有归马放牛之兆。”时方有蜀警,人咸赏其中的。

著有《四六标准》行世，或谓其雕琢纤巧，发泄太尽，排偶虽工，神味全失，无后唐以来浑厚之气。然骈学至此，亦世变为之也。李廷忠当淳熙绍兴之间，又正值风气升降之日，故骈体格意，不免稍卑，而廷忠嗜博矜新，亦或时伤繁冗，然观其《橘山四六》二十卷，组织工稳，其佳处亦正不可没。至以三王论，则子俊为最，应麟次之，迈其下者。然迈以抗直著，其奏疏多危言正论，所著《臞轩集》十六卷，原本久佚，而诵其文者，犹传有俊伟光明之誉焉。子俊在日，著有《三松类稿》，今惟得《格斋四六》一卷。杨万里称其四六近步欧苏，不论汪藻孙觌，虽推挹稍过，然即此一卷而论，典雅流丽，渐近自然，与汪孙亦分道扬镳也。应麟字伯厚，庆元人，以博学名，登第后，犹宣言誓以通儒自见。曾假馆阁书读之，有《困学纪闻》之作，旋以进士试中博学鸿词科，官礼部尚书。著有《深宁叟集》一百卷，惜日久散佚，仅得《四明文献集》中之五卷，而制诰文居十之七，虽不尽所长，犹想见其四六之崖略焉。

第二章（三十五续）

其介乎二李三王之间者，如方秋崖、刘后村、卫定庵、廖省斋、周山房、杨至质、壶山诸家，皆铮铮有声于宋季。固不独节义文章之文文山，为足殿群芳而傲晚节已也。之数子中，惜至质骈文不多见，后之论者，仅相援有边幅少狭吐属雅洁之评语，而《壶山四六》一卷，又以不著撰人姓氏，或即指为方大琮作，尚在阙疑者耳。若夫秋崖方岳，天才骏厉，洪焱祖为作小传，称其诗文四六，不用古律，以意为之，语或天出，可谓兼尽其短长者，此《秋崖集》四十卷之定评也。后村克庄，本西山讲学弟子，以晚年媚附贾似道，人品诗品，遂并颓唐。然四六体雅洁，时出清新，亦未可尽废，题跋诸作，乃独擅胜场者也。卫博《定庵类稿》四卷，无原本，录自《永乐大典》，其中表、劄、笺、启、序、记、书、疏，代人作者，凡十之九。盖当时亦以四六擅场，故假手者众，其文工稳流丽，颇有汪藻、孙觌之遗音云。廖行之《省斋集》十卷，原本亦久佚矣，据《永乐大典》所载。其文理胜于词，多伤质朴，惟四六却流丽，颇传诵于时。其历史较详者，莫如著《山房集》九卷之周南。南字南仲，平江人。年十六，游学吴下。文词雅丽精切，为绍熙名进士。后以召试馆职，对策诋权要，言者劾罢之，卒于家。其为文，大致以四六为最工，所撰如《秦桧降绝易谥敕》《林下偶谈》《困学纪闻》各引为佳话，其以是事擅场，可知也。文文山天祥，字宋瑞，吉安人。年二十，举进士第一，少好声色，及拜右丞相，加少保信国公。崖山破，至燕三年，终不屈，临刑从容，大节凛然，固不必以词章重者，而词章实卓然可传。《农田余话》称其不独忠义冠一时，亦斯文间气之发见，非虚语也。他如撰《四六话》之王铚，就一朝之风气，推阐入微，著《四六谈麈》之谢伋，以命意遣词分工拙，其论长句全句，多切中南宋之弊，二子虽非作家，而能为学骈者良导师，则固亦无愧作者之林者也。

第二章(三十六续)

综上所述,凡两宋间之骈学家,于焉略备,未尝不叹作者之多,几驾六朝三唐而上之也。何以故?盖宋自词科之兴,最贵者四六文体,又谓之敏博之文。士大夫欲游场屋,即工时文,既擢词科,舍时文即工四六,不者不得称文士。其工四六者,大则培植声望,为他年翰苑词腋之储,小亦结知当道,受荐举,至有以一联之工,而遂受终身之官爵者。并有祖父子孙,继登卿相,悉皆词科之人,四六之见重于当时者如此。然世道休明,词气盛壮。及其衰也,则已夸对偶,炫色泽,日巧日小,无复典直宏大之观矣。议者谓北宋四六,大都温雅,南宋渐变为纤巧者此也。降至金元,同出游牧,文物典章,非其所睹,此典丽裔皇之四六文字,宜别无人才之可举矣。然而金有蔡珪、党怀英、王庭筠诸家。珪,松年子,字正甫,学问赅博。世宗朝,以文鸣于时。怀英字世杰,登大定中进士,赵秉文谓其文似欧公,不为尖新危险之语,尤工制诰,为金开国以来第一。庭筠字子端,自号黄华山主。大定中登甲科,风流文采,掩映一时。所作篇章,卓然出于时辈之右,此固有金一代之四六作家也。元有阎靖轩、王秋涧、袁清容、虞道园、刘水云诸家,而金元两代,奉为文章耆宿者,尤莫如元才子之遗山一人。遗山名好问,字裕之,年十四,学于郝晋卿,通经史百家。业成下太行渡河,以《箕山》《琴台》二诗,受知赵秉文,官尚书省左司员外郎。金亡后,隐于家,以著作自任,郝经称之曰:"汴梁亡,故老皆尽,先生遂为一代宗匠。"按遗山诗文并妙,史称其文有绳尺,备众体,以文章独步天下者三十年,盖纪实也。靖轩名复,字子靖。生有奇征,及长,性简重,美丰姿,工四六文,有《靖轩集》五十卷传于世。牧庵姚燧,字端甫。少孤,育于从叔左丞枢,教习之颇严。及长,学出许衡,而文章过衡远甚,雄深雅健,绰有古风,碑志尤足补史阙。有元一代,自虞集而外,罕能旗鼓相当者也。

第二章(三十七续)

所著《牧庵文集》五十卷,张养浩序之云:"公才气驱驾,纵横开阖。纪律惟意,约要于烦,出奇于腐,江海驶而蛟龙拿,风霆薄而元气溢。"其推重可知。王秋涧恽,字仲谋。少好学,与东鲁王博文、渤海王旭齐名,官至监察御史。所为诗文,有《秋涧集》百卷,渊源元好问,故意度波澜,具有规范,足以嗣响其师。奏议尤疏畅详明,了如指掌,史称恽有才干语,固初非虚指欤。袁清容桷,少从戴表元、王应麟、舒岳祥诸遗老游,文律诗法,得有授受。故蚤岁学文,即已能脱去凡近,长益博览古籍,留心典故,练习旧章,旋举茂才异等,官集贤直学士,著有《清容居士集》五十卷,尤以册诰之文,典礼之义,为传诵一时者也。道园虞集,与清容同字伯生,而学问之博洽过之。相传集为宋宰相允文五世孙,为人孝友,幼受母杨氏教,得于乱离中读诸经通大义。大德初,始以京学教授,迁国子祭酒,其经纶之妙,一寓于文,颇有宋庆历、乾淳风烈。金元之际,元遗山为文章耆宿,自遗山殁而一代正宗几绝,独道园以谨严之法度,为典实之词章,健利之笔,压倒一时。其陶铸群材,直不减庐陵之在北宋。故胡元之季读《道园遗稿》者,咸奉以为文章大宗云。最后至水云刘壎亦曾以工四六鸣于时,隶事铸词,具有精采。惜埙之所长,在以散体为四六,其所短,即在以四六为散体。故其杂文不古不今,论者谓转成伪体焉。然《水云村稿》十五卷,能以雄瞻之才力,为工丽之四六文字,要不可谓非残元之作家者也。总之,自胡元驭宇以还,制诰之文,渐去藻丽。明初因之,作者亦鲜。至李何七子,高语西京,丽辞始稍稍振起。七子者何?北地李梦阳、信阳何景明、历城边贡、吴县徐祯卿、武功康海、鄠县王九思、浚川王廷相等是也。之数子中,尤以梦阳景明之四六为之冠,而李主摹仿,何主创造。各树坚垒不相下,故两人交游,亦遂分左右袒焉。

作者简介:

郑好事,不详。

整理者简介:

尹梦雨,2000 年生,山东泰安人,南宁师范大学文学院硕士研究生。研究方向为古典文献学。

《王子安集》理校刍议

汪政

内容摘要：唐代杰出文学家王勃在其短暂一生中创作了大量优秀的作品，尤其在骈文领域，可谓独步千古。然其文集亡佚已久，虽自晚明以降辑佚、校勘者不乏其人，亦颇有建树，但终因传世文献有限而难以为继，迄今未有相对完备的本子。立足当下的条件，对现有材料合理运用理校的手段，或能取得突破，解决较多其他校勘方式难以有效解决的问题。

关键词：王勃；《王子安集》；理校

王勃（650—676）字子安，唐绛州龙门（今山西万荣县）人。与杨炯、卢照邻、骆宾王以文赋齐名，并称“王杨卢骆”，又称“初唐四杰”。虽曰齐名并称，然王之成就实非三人所及。郭宗林《听雨园杂志》：“唐初以王、杨、卢、骆并称，其实王之天分学力，迥出三人之上。”①王勃诗文俱佳，但主要成就在于骈文。自六朝以来，骈文繁荣已久，但当时文风的整体倾向是柔媚含蓄、矜持拘谨，而王文正以其充沛的情感、阳刚的格调、磅礴的气势，极力扭转文坛风气，创造出一种昂扬奋发、巨丽超华的境界。另外，就技法而言，之前的骈文在对偶的工整、辞藻的华美、平仄的谐合、句式的多变方面还未臻尽善，而王文以收放自如的格局、左右逢源的事典、灵动跌宕的句法、抑扬顿挫的声律、工稳妥贴的对仗、雕龙起凤的词采，在最大程度上完善并定形了骈文的艺术形式。故唐人杨炯《〈王勃集〉序》赞曰：“八纮驰骋于思绪，万代出没于毫端。契将往而必融，防未来而先制。动摇文律，宫商有奔命之劳；沃荡辞源，河海无息肩之地。以兹伟鉴，取其雄伯。壮而不虚，刚而能润。雕而不碎，按而弥坚。大则用之以时，小则施之有序。徒纵横以取势，非鼓怒以为资。长风一振，众萌自偃……积年绮碎，一朝清廓。翰苑豁如，辞林增峻。反诸宏博，君之力焉。”②此论绝非谬奖。纵观整个骈文史，初唐实乃绝顶之巅，当时骈文艺术所达到的高度可谓空前绝后，而王勃堪称屹立巅峰的第一人，他的存在既是中国骈文史上的奇观，也中国文学史上的奇观。

---

①〔清〕蒋清翊注，汪贤度校点《王子安集注》，上海古籍出版社 1995 年版，第 57 页。

②〔清〕蒋清翊注，汪贤度校点《王子安集注》，第 69—70 页。

一、前人对王勃文集的整理工作

然而天妒英才，其人英年早逝，其文也亡佚久矣。《四库全书总目·王子安集》："《唐书·文苑传》称其文集三十卷，而杨炯《集序》则谓分为二十卷，具诸篇目。洪迈《容斋随笔》亦称今存者二十卷（清蒋清翊按，今本《容斋四笔》作二十七卷），盖犹旧本。明以来其集已佚，原目遂不可考，世所传《初唐十二家集》仅载勃诗赋二卷，阙略殊甚，故皇甫汸作《杨炯集序》，称王诗赋之余，未睹他制。"①其友杨炯作序的《王子安集》早已不知所踪。现存的王勃诗文集版本有：张逊业于明嘉靖三十一年（1552）辑刊《十二家唐诗》二十四卷，其中有《王勃集》二卷；张燮于明崇祯十三年（1640）编纂《初唐四子集》，其中《王子安集》十六卷（多辑自《文苑英华》）；项家达于清乾隆四十六年（1781）校刊《初唐四杰集》，其中《王子安集》十六卷（商务印书馆《四部丛刊》本）；清同治十三年（1874）蒋清翊校注《王子安集注》二十卷（清光绪九年吴县蒋氏双唐碑馆刻本）。此外，杨守敬《日本访书志》著录卷子本古钞《王子安文》一卷，并抄录其中逸文 13 篇（实为 12 篇，其中 6 篇残缺）；罗振玉《永丰乡人杂著续编》（民国十二年上虞罗氏贻安堂凝清室刻本）中收录其据日本古钞本抄录的《王子安集佚文》一卷。今人整理本有：聂文郁选注的《王勃诗解》（青海人民出版社 1980 年版）据张逊业刊本选录诗 58 首；何林天校注的《重订新校王子安集》（山西人民出版社 1990 年版）以张燮刊本为底本进行校勘，参校《全唐诗》《乐府诗集》《初唐四杰集》《文苑英华》以及日藏《王勃集残卷》本。汪贤度点校的蒋清翊《王子安集注》（上海古籍出版社 1995 年版）以张燮本互校点勘。汪政、沈泓选注的《王勃文铣》（浙江古籍出版社 2017 年版）以蒋清翊校注《王子安集注》（清光绪九年吴县蒋氏双唐碑馆刻本）为底本，参照张燮辑《王子安集》（商务印书馆《四部丛刊》本）和罗振玉辑《永丰乡人杂著续编·王子安集校记》（民国十二年上虞罗氏贻安堂凝清室刻本）整理而成。

二、前人整理工作存在的不足及其原因

综上所述，前人在王勃文集的校勘、辑佚、注释工作上可谓尽心尽力，然目前所见的王勃文集在文字上仍有大量缺漏和可疑之处有待解决。例如《夏日诸公见寻访诗序》（《王子安集注》本）："停琴绿水，仲长统之欢娱；置酒青山，郭子期之宾客。人探一字，四韵成篇。"别本在"郭子期之宾客"下有"足可银钩"四字，可见其间必有脱文。又如《江浦

---

①〔清〕永瑢等《四库全书总目》，中华书局 2003 年版，第 1773 页。

观鱼宴序》："道之存矣，超然四海之间；言可传乎，千载之后"。"千载"之前缺二字。再如《秋日游莲池序》："烟霞召我，相望道术之门；文酒起予，放浪沉潜之地。少留逸客，塞雁飞鸣。北斗横而天地秋，西金用而风露降。"前后皆为对偶句式，独"少留逸客，塞雁飞鸣"两句不协，故其间必有阙文。凡此种种，不可枚举。这并非由于整理者的水平不济或疏忽大意，而实在是因为传世文献的缺失，所谓巧妇难为无米之炊。王勃文集散佚已久，直到明末才有人留心整理，其间年代久远，又始终没有发现完备可信的旧本。杨炯《〈王勃集〉序》："君平生属文，岁时不倦，缀其存者，才数百篇。"①可见早在唐代，王勃死后不久，他的文章便大多散佚，当时整理的文集也仅仅搜罗到其一小部分作品而已。

三、为何要采用理校的方式

抛开散佚篇章不论，单就现存文本的诸多问题，便给读者带来极大不便。从文学欣赏的角度而言，阅读原是赏心悦目的审美过程，尤其对追求完美的读者而言，阅读这种瑕疵连连的文本会产生目中揉沙的不适感。在现有文献的条件下，解决该问题的唯一途径是理校，并且可能需要采用较为大胆激进的理校方式，才可能大致扫除现有文本的诸多缺陷。

理校作为校勘方法之一，即据理推断，以定其正误的校勘方法。段玉裁曾说："校书之难，非照本改字不误不漏之难，定其是非之难。"在校书过程中，遇到无古本可据，或数本互异，而无所适从，又必须定其是非之时，只能综合运用文史等诸种知识，据理作出推断。一些校勘大家，常能运用此法解决问题。其实清人蒋清翊在校勘《王子安集注》的过程中就多次运用理校的方法。例如《秋日游莲池序》："相望道术之门。"蒋清翊按："望疑忘字之讹。《庄子·大宗师》：'人相忘乎道术。'"《上吏部裴侍郎启》："匡弊俗者，非一日之卫。"蒋清翊按："卫似术字之讹。"《上许左丞启》："延首下风，匍匐文章之府。"蒋清翊按："章疑昌字之讹。"不独蒋氏，他人也对王文做过理校。例如《与员四等宴序》："自嵇阮寂寥，尹班超忽，高筵不嗣，中宵谁赏？故今惜芳辰者，停鹤轸于风衢；怀幽契者，伫鸾觞于月径。"高步瀛《唐宋文举要》按："作故是，故下今字殆令之讹。"②再如，《上武侍极启（其一）》："白鹤摧辉，影灭青胡之宝。"高步瀛《唐宋文举要》按："青胡疑青砂或青丘之讹。《拾遗记》卷一曰：'舜葬苍梧之野，有鸟衔青砂珠，积成垄阜，名曰珠丘。'"③这些理校大都言之成理，收效颇佳，可惜仅为偶然一用，未能广泛开展。但主要是因为理校这种方法是校勘中要求最高、难度最大而又最危险的做法，使用不当或学识不济，就容易

① 〔清〕蒋清翊注，汪贤度校点《王子安集注》，第 76 页。

② 高步瀛《唐宋文举要》（第三册），上海古籍出版社 1982 年版，第 35 页。

③ 高步瀛《唐宋文举要》（第三册），第 38 页。

陷于主观武断。但有时因材料缺乏而又非校正不可时，亦不得不用此法。

四、《王子安集》理校实例

有鉴于王勃骈文成就之高及其现有文献缺漏之甚，对王文进行深入理校可谓不得已而为之。以下即笔者理校蒋清翊《王子安集注》（清光绪九年吴县蒋氏双唐碑馆刻本）的实例（说明：1 不包括诗歌；2 有疑问的字词加着重号）。

（一）北海虽赊，扶摇可接——《秋日登洪府滕王阁饯别序》

"北"字诸本皆同。这两句显然是化用《庄子・逍遥游》故事，"北冥有鱼，其名为鲲，鲲之大不知其几千里也。化而为鸟，其名为鹏。鹏之背不知其几千里也。怒而飞，其翼若垂天之云。是鸟也，海运则将徙于南冥。南冥者，天池也……鹏之徙于南冥也，水击三千里，抟扶摇而上者九万里。"如书所载，大鹏借助"扶摇"风去往的目的地是"南冥"，而不是"北冥"。所以"北"字疑为"南"字之误，可能由于原稿模糊，传抄者惑于《庄子・逍遥游》篇首"北冥有鱼"一语而妄改，因为以王勃的出世之学①，实在不当有此纰漏。此外，据张志烈《初唐四杰年谱》考证："此文作于上元二年，勃年二十六。初，勃父福畤受其牵连左迁为交趾县令，勃陪同赴任，于九月途经洪州，重九与滕王阁之宴，作有此文。"王勃此行千里迢迢赶赴的目的地也正是南海交趾，所以作"南海虽赊，扶摇可接"便恰合文章的创作背景，如作"北海"则与情理、典故皆不通。

（二）河阳採犊，光浮一县之花——《九月九日采石馆宴序》

"採"字诸本皆同。此句显然是用晋人潘岳故事。《世说新语・容止》"潘岳妙有姿容"刘孝标注引《语林》："安仁至美，每行，老妪以果掷之满车。"其中"河阳"是地名，在今河南省孟州西，因为潘岳曾任河阳县令，后多以"河阳"指称潘岳。"一县之花"是指潘岳任河阳县令时，曾在全县遍种桃李，因而传为美谈。全句他处皆无疑问，唯有"採犊"二字不可解。"採"为动词，仅有"摘取""选择收集"等为数不多的意项，用在此处，令人费解。综合来看，这个"採"字极有可能是"采"字之讹，形似而误。如用"采"字，那么句意便可疏通。"采"是色彩的意思。"犊"是小牛，这里指代牛车。"采犊"指的是光彩的牛车，符合《语林》中对潘岳的描述，并且与后文"彭泽仙杯，影浮三旬之菊"形成对偶，因为"采""仙"二字均为形容词。

---

① 王勃秉承家业，学究天人，其作消亡殆尽，其学鲜有人知。其实，王勃仅见于著录的著作就有：《周易发挥》五卷、《次论语》十卷、《大唐千岁历》《颜氏〈汉书〉指瑕》十卷、《平台钞略》（一作《平台秘略》）十篇、《合论》十篇、《黄帝八十一难经注》《元经传》《百里昌言》二卷、《舟中纂序》五卷、《医语纂要论》一卷、《古君臣赞》十篇等。上述著作除个别篇章（如《黄帝八十一难经序》《平台秘略论赞》被收入《文苑英华》），余皆亡佚。

（三）星驰一介，留美迹于芳亭；云委八行，抒芳思于彩笔——《宇文德阳宅秋夜山亭宴序》

“亭”字诸本皆同。根据上下文义，可以推断这两句意谓对方派使者连夜给自己送来一封书信（邀请赴宴）。“一介”指一个人，这里特指一个信使。云委：如云之委积。此喻笔法的形态。八行：《后汉书·窦章传》：“更相推荐。”李贤注引汉马融《与窦伯向（章）书》曰：“孟陵奴来，赐书，见手迹，欢喜何量，见于面也。书虽两纸，纸八行，行七字。”谓信纸一页八行。后世信笺亦多每页八行，因以称书信。唯有“芳亭”二字不可解，明明在说书信的事，怎会凭空冒出一个“亭”字。遍查众书，未见相应典故。因而，此“亭”字疑为“笺”字之误。芳笺，指芳香的信纸，与下句的“彩笔”对偶工整。且“美迹”是对来信者书法的称赞，笔迹当然只可能留在“芳笺”上。

（四）单父歌鱼——《宇文德阳宅秋夜山亭宴序》

“歌”字诸本皆同。蒋清翊《王子安集注》：“歌疑讹字。”[①]但未能明确究竟是何字之讹。此句化用《吕氏春秋·具备》宓子贱故事：“宓子贱治亶父三年，巫马旗往观化于亶父，见夜渔者，得则舍之。巫马旗问焉。对曰：‘宓子不欲人之取小鱼也，所舍者小鱼也。’巫马旗归告孔子曰：‘宓子之德至矣，使民暗行，若有严刑于旁。’”单父（又称亶父）：春秋鲁国邑名。故址在今山东省单县南。孔子弟子宓子贱为单父宰，甚得民心，孔子美之。见《孔子家语·七十二弟子解》。据上下文义及《吕氏春秋》的记载，“歌”疑为“舍”字之误。“单父舍鱼”意谓单父的渔民完全听从宓子贱的教导，主动放弃捕到的小鱼。如作“歌鱼”便不可解。

（五）王子敬琅邪名士，尝怀习氏之园——《新都县杨乾嘉池亭夜宴序》

“习”字诸本皆同。这句显然是采用王献之故事，《晋书·王献之传》：“献之字子敬。少有盛名。……尝经吴郡，闻顾辟疆有名园，先不相识，乘平肩舆径入。”《晋书》明确记载“顾辟疆有名园”，故“习”疑为“顾”字之误。

（六）杏圃扬徽，渔叟请绪帷之赏——《卫大宅宴序》

“绪”字诸本皆同。这二句化用《庄子·渔父》故事，据载孔子在缁帷杏坛讲学时，曾向渔父请教。杏圃：即杏坛。相传为孔子聚徒授业讲学处。《庄子·渔父》：“孔子游乎缁帷之林，休坐乎杏坛之上。弟子读书，孔子弦歌鼓琴。”缁帷：喻林木繁茂之处。后指高人贤士讲学之典。从上下文义与《庄子》原本来看，此处“绪”疑为“缁”字之讹，形似而误。

（七）辕门旧迹，银龟成大将之家；鼎路初平，玉马受三台之策——《唐故度支员外郎达奚公墓志序》

“三”字诸本皆同。疑为误字。“三”为数字，“三台”与前句的“大将”不对偶。骈文

---

① 〔清〕蒋清翊注《王子安集注》卷五，清光绪九年吴县蒋氏双唐碑馆刻本。

发展到王勃所处的时代，与早期骈文的要求已有不同，在对偶方面非常严格，通常数字只能对数字。在从上下文义来看，“三”疑为“上”字之讹，形似而误。上台：星名。在文昌星之南。泛指三公、宰辅。玉马：喻贤臣。策：指授职的文书。此句意谓贤臣受命出任三公之位。

（八）峙云蓬于性海——《唐故度支员外郎达奚公墓志序》

“峙”字诸本皆同。“峙”字意为止息。云蓬：即神蓬。神草名。晋王嘉《拾遗记·周穆王》：“条阳山出神蓬，如蒿，长十丈。周初，国人献之。周以为宫柱，所谓‘蒿宫’也。”性海：佛教语。指本体之理性深广如海。“峙”字用在此处，意义不通。从句意分析，“峙”字疑为“峙”字之讹，形似而误。“峙”有耸立的意思，此句谓云蓬耸立在性海之上。如此句意便可晓畅。

（九）敢抒邹衢之恸——《唐故度支员外郎达奚公墓志序》

“邹”字诸本皆同。此字甚不可解，疑为“陬”字之讹，形似而误。陬衢之恸：指对父母的哀悼。陬：地名。《史记·孔子世家》：“孔子生鲁昌平乡陬邑。……防山在鲁东，由是孔子疑其父墓处，母讳之也。孔子为儿嬉戏，常陈俎豆，设礼容。孔子母死，乃殡五父之衢，盖其慎也。郰人挽父之母诲孔子父墓，然后往合葬于防焉。”

（十）钟鼓无施，伏雷门而假息——《上武侍极启（其一）》

“钟”字诸本皆同。蒋清翊《王子安集注》：“钟与雷门无涉，疑是讹字。”[①]蒋氏言之有理，但未说明此处当为何字。根据上下文的意思以及相关典故，此处“钟”疑为“布”字之讹。可能是传抄者不知相关典故，误认为“布鼓”二字有误，随意将其替换为寻常的“钟鼓”二字。布鼓：《汉书·王尊传》：“毋持布鼓过雷门。”颜师古注：“雷门，会稽城门也，有大鼓。越击此鼓，声闻洛阳，……布鼓，谓以布为鼓，故无声。”后以“布鼓”为浅陋之典，而王勃在此正欲表自谦之意，用“布鼓”之典非常恰当。

（十一）俯舍铜墨之荣——《上刘右相书》

“舍”字诸本皆同，字意不通，疑为“拾”字之讹，形似而误。俯拾铜墨：《三国志·魏志·高堂隆传》：“士病不明经术，经术苟明，其取青紫，如俯拾地芥耳。”铜墨：铜印黑绶。《汉书·百官公卿表上》：“县令、长，皆秦官，掌治其县。万户以上为令，秩千石至六百石。”又：“秩比六百石以上，皆铜印黑绶。”因亦以“铜墨”借指县令。此句意谓取得官爵如同俯身捡东西那样容易。既然前有“俯”字，后必为“拾”字，如是舍弃，何须俯身，且与典故不合。

（十二）有时无主，贾生献流涕之书；有志无时，孟轲养浩然之气——《上绛州上官司马书》

“轲”字诸本皆同。贾生：贾谊。生：“先生”的省称。指有才学的人。亦为读书人的

---

① 〔清〕蒋清翊注《王子安集注》卷五，清光绪九年吴县蒋氏双唐碑馆刻本。

通称。孟轲:孟子,名轲。前句既称贾谊为贾生,后句则不应直呼孟轲其名,这既不符合对先哲的尊称,又不符合当时骈文对偶的句法。故“轲”疑为“子”字之误。

(十三)四海君子,攘袂而耻之乎;五尺微童,所以固穷而不为也——《上绛州上官司马书》

“所以”二字诸本皆同。如将此二字拿去,“攘袂而耻之乎”与“固穷而不为也”两句正好相对,多出“所以”二字,显得非常突兀,故疑为衍文。既于意不通,也不符合王勃骈文讲究对偶的风格。

(十四)长兹下慢——《拜南郊颂》

“兹”字诸本皆同。此句不可理解,“兹”疑为“恣”字之误。恣:放纵;放肆。长恣下慢:上级放肆,下级傲慢。根据前后文意来看,这段文字意在表达对对方阵营的声讨,用“恣”字才合情合理。如疑“兹”“恣”通假,似乎并无佐证。

(十五)智士高风,文翁泽远——《益州夫子庙碑》

“高风”二字诸本皆同。此二句对偶失当,绝非王勃辈骈体高手所为,故“高风”疑为“风高”之误。如此则“智士”对“文翁”,“风高”对“泽远”,方符合当时骈文的对偶要求。

(十六)翦瑶带而犹欷,折琼英而不欢——《采莲赋》

“带”字诸本皆同,疑为“蒂”字之讹,形似而误。蒂:花或瓜果与枝茎相连的部分。该篇乃赋采莲之事,“瑶蒂”与“琼英”俱是对花的美称,且对偶工稳。如作“瑶带”,则不知所云。

(十七)法师玉函降彩,金瓶探色。振八解之遥源,践三明之广路。灵机入证,穷象载于初髫;妙谛因心,释羊车于弱冠。三千法界,由广位而出无明;十二因缘,自普济而登彼岸。弘宣誓愿,大拯沉黎。挥觉剑而破邪山,扬智灯而照昏室。弥纶所被,白马尽于禺同;权渐所开,黄牛至于嶓冢。虔诚乐土,憩影兹峰。乃以贞观九年,于寺西院,立七佛堂一僧舍。星毫动牖,月面分阶。彩凤衔旒,神龙负塔。飞烟涌座,氤氲忉利之天;香雾成台,树树菩提之果。朝散大夫行县令清河张楚,亲承妙业,俯刊贞琰。林宗有道,伯喈无愧。法师夙机少悟,应变多奇。玉山中断,琼林下杂。支道林之好事,语默方融;释惠远之高居,风埃遂隔。洎乎坐忘遗照,返寂归真,城肆飒然若空,山岑黯而无色。岂直岩枝泣血,涧户摧梁而已哉——《益州绵竹县武都山净惠寺碑》

“朝散大夫”一节文字诸本皆同。然而整段文字俱是描述某法师,中间却突然冒出“朝散大夫行县令清河张楚,亲承妙业,俯刊贞琰。林宗有道,伯喈无愧”一节文字,文理不通,疑错简于此,当移至此段末尾。

五、关于《王子安集》理校的注意事项

在上述理校实例中,虽然发现问题的方式各有不同,解决问题的手段也各有千秋,但依然可以归纳出些许值得校勘者注意的事项。

第一,文字学的修养不可或缺。理校者须善于运用文字学的知识来解决问题。例如,《唐故度支员外郎达奚公墓志序》:“敢抒邹衢之恸。”在这个例子中,笔者认为“邹”为“陬”字之讹,因形似而误。然而,从“邹”“陬”两者的字形看,似乎并不相似,缘何下此结论呢?这是因为,虽然两字的正体字在字形上并不相似,但“陬”字在古代可写作“郰”或“鄹”,字形上便相当接近“邹”。所以,如果对异体字不了解,就不能发现并解决该问题。

第二,文史储备和典故积累不可或缺。由于骈文注重用典,几乎句句皆有典故。那么,理校者对于典故的熟悉及其他文史知识掌握就显得至关重要。例如,《新都县杨乾嘉池亭夜宴序》:“王子敬琅邪名士,尝怀习氏之园。”如果没读过《晋书·王献之传》的相关记载,则不可能知道“习”字之误。又如,《秋日登洪府滕王阁饯别序》:“北海虽赊,扶摇可接。”《上武侍极启(其一)》:“钟鼓无施,伏雷门而假息。”《上刘右相书》:“俯舍铜墨之荣。”在这些例子中,如果不了解“鲲鹏”“布鼓”“俯拾地芥”等典故,则根本无法开展理校工作。

第三,具备扎实的文学修养,熟悉骈文的文体特征以及作者的行文风格。骈文发展至初唐,通常全篇均由对偶构成,除少数散句外,都可以分为上下联,字数、词性和结构几乎完全相同。例如,王勃《秋日登洪府滕王阁饯别序》:“云销雨霁,彩彻区明。落霞与孤鹜齐飞,秋水共长天一色。渔舟唱晚,响穷彭蠡之滨;雁阵惊寒,声断衡阳之浦。”利用王勃骈文的对偶特征,发现文本中存在的可疑问题。如《益州夫子庙碑》:“智士高风,文翁泽远。”“高风”与“泽远”显然无法构成对偶关系。再如《上绛州上官司马书》:“四海君子,攘袂而耻之乎;五尺微童,所以固穷而不为也。”这里的上联是四六句式,而下联是四八句式,若明了骈文的句法结构,便可发现问题所在。

第四,悉心研读文本,除须正确理解字面含义,还须通晓全篇内容,厘清文章脉络。如做不到这些,那有的问题是很难被发现的。例如,《益州绵竹县武都山净惠寺碑》一文中“朝散大夫行县令清河张楚,亲承妙业,俯刊贞琰。林宗有道,伯喈无愧”一节文字,仅从字面看似乎并无不妥。但若纵观全局,剖文析理,便能意识到此节文字出现于此,显然不符合文章表达的顺序,实属错简。

六、结语

上述是对王勃文赋理校的汇总。由于理校对学识水平要求甚高,有什么程度的学识水平,就有什么程度的校勘成果。笔者水平有限,只能抛砖引玉,以待方家。虽然如此,也切实解决了些问题。可见,只要秉持客观公正、胆大心细的作风,理校这一校勘形式对于诸如王勃此类价值极高,又缺乏文献材料的整理工作而言,颇有用武之地。

作者简介:

汪政,1977 年生,浙江奉化人,上海图书馆历史文献中心副研究馆员。研究方向为古典文献学、古代文学研究,出版有《王勃文钞》等著作。

清代论骈文书函两则考释

李金松

内容摘要：清代的骈文批评资料除了专书、序跋、文话与以诗论骈文外，还有书函等批评形式。《答吴司成师书》与《答门人岑琫辕论骈体文书》是清代中后期两则颇为重要的骈文批评文献，分别讨论了曾燠的《国朝骈体正宗》以及骈文形态、清代骈文作家、骈文史以及骈文中的用典等。可以说，这两则书函对清代骈文所作的讨论，极大促进了我们对清代骈文发展史的认识。

关键词：骈文；清代；书函；《国朝骈体正宗》

清代是骈文批评的集大成时代，骈文批评形式多种多样，除了专书、序跋之外，还有文话、以诗论骈文等形式。在这些批评形式中，清代的批评家们也不时地在书函中讨论骈文。就笔者寓目所及，在清人的别集中发现了两则讨论骈文的书函，分别是徐熊飞的《答吴司成师书》与谭宗浚的《答门人岑琫辕论骈体文书》。这两则书函是研究骈文的重要资料，对于我们认识清人的骈文观念具有重要的参考价值。以下移录这两则书函，爰作考释，阐发其在清代骈文学史的意义。

一

《答吴司成师书》，见于嘉道时期徐熊飞（1762—1835）《白鹄山房文钞》卷五，全文如下：

> 昨示南城曾公所选《国朝骈体文》四巨册，携至馆舍，连日夕读之，骇目餍心，几废寝食。盛矣哉，前此所未有也。然弃取持择间，窃有疑焉。骈体坠而复振，实由太仓张天如汇选《百三名家集》始，云间陈忠裕公起而应之，由是风华大扇。大率江左作者，皆接武太仓；浙东、西，则云间为之导也。其间有专门者，有兼擅者，录其合作，俱足与六朝、四杰争胜毫厘，其不可偏废，明矣。西河、稚黄，兼擅者也，其文丽而有骨，诚足垂示标准。顾张君宸《长平公主诔》及顾宁人《与徐尚书》诸书，当时以为出

谢希逸《宣贵妃诔》、徐孝穆《与杨仆射》之右，乃置而不录，何也？梗阳谷公督学浙江，纂《明史纪事本末》，篇各有论，多出西泠、吴兴诸前辈手，皆云间弟子也，其整密者绝似大陆《辨亡论》。循萧《选》史论例，宜若可登数篇，乃皆不录，何也？陈迦陵兼受娄东、云间之学，其《赠陆翼王》《方素伯》二序，汪苕文谓悲凉凄艳、可泣鬼神，载入汪氏《说铃》中；今只录其小文，何也？钱宝汾、叶元礼、徐虹亭皆以沉博绝丽擅长，竹垞翁为之心折；海盐彭羡门、嘉兴李斯年、李分虎俱能于文质相生中，运清刚隽上之气，远近称为正轨，兹皆屏置不录，何也？陆繁石、吴园次、章岂绩诸公，皆殚一生精力为之，虽所造时有得失，然各有独到之处，此竟不录一字，又何也？凡此数端，罔测选者意指所属。窃谓骈体文自有源流本末，譬如观乐者必陶匏金竹之毕陈，而后八音繁会，不夺其伦。苟一音不备，未可以言尽善，况阙略者正多耶？当今此事，以先生为职志，盍取国初诸家文别选一家，为来学传示指归，庶骈四俪六之文，太仓、云间振其绪于前，先生集其成于后，岂非不朽盛业？与原书附归。溽暑未能晋谒诸容，续上，不备。(《白鹄山房文钞》卷五)

徐熊飞是嘉道时期著名骈文家，其骈文“上探徐、庾、潘、陆、沈、鲍之源，下溯中晚唐及五代十国之流者……一以清丽为宗，而渊懿浑穆之气，时复溢于意言之表”①。古代称国子监祭酒为大司成。在《白鹄山房骈体文续钞》卷二中，有《答吴祭酒师书》；而此书函之后，有《附来书》一函，文末款识为“锡麒顿首”。据此，可知《答吴司成师书》之“吴司成”，系吴锡麒。《清史稿》吴锡麒本传：“乾隆四十年进士，授编修。累迁祭酒，以亲老乞养归。主讲扬州安定乐仪书院。”②吴锡麒精于骈文创作，是吴鼒《八家四六文钞》中的一家。由于有共同的爱好，徐熊飞在书函中与吴锡麒讨论骈文，可谓是“疑义相与析”了。

在《答吴司成师书》中，徐熊飞质疑曾燠骈文选本《国朝骈体正宗》的“弃取持择”。他在回顾明末清初骈文发展时，认为骈文“坠而复振，实由太仓张天如汇选《百三名家集》始，云间陈忠裕公起而应之，由是风华大扇”，指出骈文由中衰到复兴，张溥、陈子龙在其中具有倡导、响应并推波助澜的历史贡献。而且，他还指出：吴中地区的骈文创作，“皆接武太仓”，受到张溥影响；而浙江的骈文创作，受到陈子龙的影响，即“云间为之导”也，亦即谈迁(1594—1658)在《贺司理卧子陈公内召序》一文中所云：“凡通都大邑，测蠡窥管之子，无不知有陈氏学也。”③在书函中，徐熊飞将骈文作家分为两大类：兼擅与专门。他认为“西河、稚黄，兼擅者”。推详其中的意涵，意谓毛奇龄、毛先舒以学人著称，不专门

---

①〔清〕李宗傳《白鹄山房骈体文续钞》卷首《序》，见《清代诗文集汇编》第470册，上海古籍出版社2010年版，第208页。

② 赵尔巽等撰《清史稿》，中华书局1977年版，第11896页。

③〔清〕谈迁撰，罗仲辉校点《谈迁诗文集》，辽宁教育出版社1998年版，第73页。

致力于骈文书写，但亦擅长骈文创作。而专门者，当指后文提到的吴绮、陆繁弨、章藻功等致力于骈文书写的骈文家了。“张君宸”，即张宸。宸字青琱，江南华亭（今属上海）人，所著有《平圃遗稿》。《长平公主诔》，即其所作，谈迁《北游录》亦录有此篇诔文。此诔文末，有云：“小臣宸薄游京辇，式睹遗容。京兆虽归，谁披柘馆；祁连象塚，只叩松关。拟《伤逝》于子荆，朗香空设；代《悼亡》于潘令，遗挂犹存。敢再拜为之诔云。”[①]顾炎武《亭林文集》卷三中，有《与公肃甥书》《又》《答原一公肃两甥书》《与彦和甥书》。这四则书函，是顾炎武致其外甥徐乾学、徐秉义、徐元文的，其中只有《答原一公肃两甥书》为骈体文，其余三则，均为散体古文。在徐熊飞看来，张宸《长平公主诔》与顾炎武的《答原一公肃两甥书》这两篇骈文作品，可与谢庄《宋孝武宣贵妃诔》与徐陵的《与杨仆射书》相媲美。然而，这两篇骈体之作，没有被《国朝骈体正宗》选录。因此，徐熊飞质疑《国朝骈体正宗》的去取不公。“梗阳谷公”，谓谷应泰。谷氏曾官浙江提学佥事，著有《明史纪事本末》。徐熊飞认为《明史纪事本末》中每篇后的史论，是西泠十子等人所作，这些史论中的“整密者”可与陆机的《辩亡论》相提并论，然而《国朝骈体正宗》却没有予以收录；陈维崧的《赠陆翼王序》《方素伯序》这两篇骈体之作，被汪琬认为“悲凉凄艳、可泣鬼神”，可没有入选《国朝骈体正宗》。此外，书函中提到的钱宝汾（芳标）、叶元礼（舒崇）、徐釚（虹亭）、彭孙遹、李良年、李符诸人，如彭孙遹，所著有《松桂堂全集》，《四库全书总目》有如下提要：“才学富赡，词采清华。馆阁诸作，尤瑰玮绝特。”[②]朱彝尊《播芳文粹跋》云：“惜吾友宜兴陈维崧其年、华亭钱芳标葆酚、吴江叶舒崇元礼、钱唐陆繁弨拒石、嘉兴李符分虎，皆以骈体名家。”[③]尽管上述诸人在徐熊飞的观念里，“俱能于文质相生中，运清刚隽上之气，远近称为正轨”，但《国朝骈体正宗》“兹皆屏置不录”。对此，徐熊飞表达了强烈的质疑：“何也？”而对于专门致力于骈文书写的吴绮、陆繁弨、章藻功这三位骈文名家，也没有任何骈体之作入选《国朝骈体正宗》，徐熊飞同样予以强烈质疑。基于《国朝骈体正宗》略于选录清初骈文之作的这一现实，在书函之末，徐熊飞建议吴锡麒“取国初诸家文别选一家，为来学传示指归”。

徐熊飞的这篇《答吴司成师书》主要讨论的是曾燠的《国朝骈体正宗》，质疑了《国朝骈体正宗》不选入清初骈文名家彭孙遹、陆繁弨等人的作品。而透过他的质疑，我们对《国朝骈体正宗》这部骈文选本有了更为深入的认识，同时，也不难据此窥知徐熊飞作为骈文家的骈文观念。

---

① 〔清〕张宸《平圃遗稿》，见《清代诗文集汇编》第 64 册，第 765 页。

② 〔清〕永瑢等《四库全书总目》卷一七三，中华书局 1965 年版，第 1523 页。

③ 〔清〕朱彝尊《曝书亭集》，商务印书馆 1936 年版，第 615 页。

二

《答门人岑琇镀论骈体文书》见于谭宗浚《希古堂集·乙集》卷二,全文过录如下:

昨辱过从,并示大作。华熳五色,韵谐六茎,竖标亭迥,振响清越。吾弟际此英年,锲而不舍,何患不突过古人也耶?承论骈文,征及鄙见。仆于斯道,颇尝究心。傃海知源,登峰縋险,受颜延之家训,承孟喜之师传。请胪述一二,以为教学相长之助乎?

夫文章之由散体而变为骈俪,此自然之势也。譬之织丝以为衣裳,而衣裳或加绘绣;酿曲以为酒醴,而酒醴更益醇酞:踵事增华,如斯而已。自韩、柳振声,欧、苏嗣响,裒所自制,名曰古文,偶体一途,遂遭掊击,目梁、陈为蝉噪,诋邢、魏以驴鸣。盖尝论之:属文者果能树骨风骚,探源训诰,屏除佻冶,划削肤浮,则虽字必贯鱼,词皆哕凤,究无害为简质清刚之作,岧峣瑰玮之观。若乃虎贲袭形,寿陵学步,空疏以为古澹,嚣张以为怪奇。此即使驰骋纵横,或近坡老;雍容揖让,远希庐陵:其与骈文之滥浊肤庸者何异?是则楚齐得失,未有定评;董墨是非,无庸深辨。正不必爱碣玞而轻随卞,嗜蒲歜而贱牲牢也已。惟是伪体繁兴,其弊有二:往往词伤连犿,语杂浮夸。假烟楮以事应酬,挟绨裹以为干谒。惊魏侍中之蛱蝶,骑宋游道之猕猴,取给一时,忘其百拙。譬之丁砚十纸,便云笔过王褒;黔石百函,乃诩才逾刘穆。是曰应俗,其弊一也。亦有钩棘其词,清羸其貌,创为涩体,别启岐趋。鹊不鹊而乌不乌,驴非驴而马非马。譬之赋多奇字,遽欲抉班马之藩;诗喜拗声,即云仿曹刘之作。是曰赝古,其弊二也。此犹舐炼丹之鼎,思扣天门;浮济水之匏,冀穷地轴:何足语于作者之林哉?

国朝文教大兴,英俊云集。稚威以横翔捷出之才,兼渊奥湛深之学,振奇吐逸,敻绝一时。若㮚轩之赡采陆离,甘亭之古音璆亮,抑其次也。至曾宾谷词气舒雅,而字句时近率易;洪稚存笔致高古,而篇幅略少变化。昔贤绝技,未易效颦。又如陈其年、袁简斋、吴谷人诸君子,才力未尝不丰伟,然近已户诵枚皋之集,家传刘峻之文,异轨斯歧,末流颇滥,时贤所尚,慎勿趋骛焉。窃谓近年文体日就庸猥,将必有揭千年之烛,扶九服之轮,独辟町畦,自新壁垒者。亦犹字母传于西域,扩周、沈之旧规;画法盛于南宗,变张、吴之拙派。穷妙极精,后来居上,吾弟以为然乎?否乎?又大作体高格远,无可摘疵。惟喜用宋以后事,似宜选择。昔飞卿文章,或近征郭令公故实;叠山笺启,并旁及辛稼轩小词。前哲所讥,不宜沿袭。匪特此也,古人笃志坟典,文字乃其绪余。是故染翰操觚,率同机杼;取材运典,别自炉锤。虽驱遣不外群书,而领悟各有心得。是以任沈隶事，不袭左潘；王杨属辞，匪沿庾鲍。即至晚唐之温李，北宋之欧苏，亦莫不如此。否则搜狐穴之奇，拾兔园之唾，挦扯故典，抄撮类书，弃药之渣，重调乎雉鼎；缺铓之剑，再拭乎鹈膏：鲜有不令人憎厌者矣！吾弟但当斟酌篇帙，沉浸经史，口诵千赋，手披万签，自然拓宇崇闳，结体渊雅。裴遐齿颊，如闻琴瑟元音；谢朓文词，大有膏腴隽味。此中甘苦，当自知之，无待赘述矣！谨缘下问，略贡呓谈。积雨阴寒，伏惟自爱。不宣。（《希古堂集·乙集》卷二，清光绪刻本）

与前则书函不同的是，此则书函是用骈文书写的，行文中役使不少典故，虽然相当晦涩，但大抵能理解。谭宗浚（1846—1888），原名懋安，字叔裕。据徐世中考证，宗浚为岭南骈文名家谭莹三子[①]，颇承家学。据《（宣统）南海县志》卷十四《列传一》载："年十六，中咸丰十一年举人。是年，计偕入都，时英夷和议甫就，宗浚感慨山川，为《览海赋》，洋洋数万言，沉博绝丽。"[②]极富文学才华。书函受者岑琈辕，生平行实不详。

在《答门人岑琈辕论骈体文书》中，谭宗浚首先自承他对于骈体文"颇尝究心"；而他的这"颇尝究心"，是源于家学与转益多师："受颜延之家训，承孟喜之师传。"然后，他对骈文进行定义，展示自己对骈文的理解："树骨风骚，探源训诰，屏除佻冶，刬削肤浮，则虽字必贯鱼，词皆哕凤，究无害为简质清刚之作，岂荛瑰玮之观。"所谓"树骨风骚"，包含了两方面的内容：一是指骈文继承《诗经》《楚辞》的文学传统，表达上要重视赋比兴；二是指在思想内容上与《诗经》《楚辞》一致，充实而厚重。"探源训诰"，是就文字表达的雅正而言的。而"佻冶""肤浮"，应是骈文行文中力求避免的，所以要予以"屏除""刬削"。在他看来，只有做到这样，骈文才是"简质清刚之作，岂荛瑰玮之观"，内容充实而具有很高的审美性。根据对骈文的这种认识，谭宗浚指出当时骈文创作存在两大问题：一是应俗："假烟楮以事应酬，挟绨帙以为干谒"；二是赝古："钩棘其词，清羸其貌，创为涩体，别启岐趋"。谭宗浚对当时骈文创作存在的这两大现象的批评，不但使我们对嘉道以来的骈文创作有更为全面的认识，而且，在某种程度上也纠正了当时骈文创作中的不良风气。因此，他的这种批评，无疑能引导当时骈文作家们选择正确的创作道路。《（宣统）南海县志》卷十四称"（谭）宗浚论骈体文，谓宜独辟町畦，勿趋时贤所尚，深以应俗、赝古为戒"[③]，正是对谭宗浚此则《答门人岑琈辕论骈体文书》中骈文观念的概括。

基于上述骈文观念，谭宗浚在《答门人岑琈辕论骈体文书》中论列清代的骈文创作。在对清代骈文创作的论列中，他首先提及的是胡天游："稚威以横翔捷出之才，兼渊奥湛深之学，振奇吐逸，夐绝一时。"对他推崇备至。而孔广森、彭兆荪在他的清代骈文观念

① 徐世中《晚清〈南海县志〉谭莹、谭宗浚父子史实辨正》，《五邑大学学报（社会科学版）》2014年第4期。

② 郑梦玉等《（宣统）南海县志》卷十四，宣统三年刻本。

③ 同上。

中，是“抑其次也”，即仅次于胡天游的存在。换言之，胡天游被谭宗浚认为是清代骈文的第一人。胡天游、孔广森与彭兆荪这三位清代骈文大家，谭宗浚对他们是正面肯定的评价。而对于上述三人之外的清代骈文作家，谭宗浚是肯定之中多有否定性的意见，在他看来，曾燠“词气舒雅，而字句时近率易”，洪亮吉“笔致高古，而篇幅略少变化”；此外，陈维崧、袁枚、吴锡麒这三位骈文名家虽然已是“户诵”“家传”，为“时贤所尚”，但比较俗，所以，谭宗浚告诫岑𤦺辕“慎勿趋骛”。而对于岑𤦺辕的骈文创作，谭宗浚用了“体高格远，无可摘疵”这八个字予以高度评价。尽管称赞岑𤦺辕的骈文“无可摘疵”，但谭宗浚还是指出了其中存在的问题：“惟喜用宋以后事，似宜选择。”出语虽然是商榷的口气，但已明确无误地告诉岑𤦺辕：喜欢用宋代以后的典故，是其骈文的一大缺陷。并且，他还举出温庭筠、谢枋得引用与其时代相距不远的典故而遭到“前哲所讥”的事实，希望岑𤦺辕“不宜沿袭”，而应引以为戒。对于骈文中的用典，谭宗浚主张“取材运典，别自炉锤。虽驱遣不外群书，而领悟各有心得”。只有这样，才会使骈文获得“结体渊雅”的艺术质感。

虽然《答门人岑𤦺辕论骈体文书》只是一则书函，但其中关于骈文的论述是相当丰富的，涉及到骈文的本质、形态、审美理想、骈文史、用典等多方面内容，极大地加深了我们对骈文形态以及清代骈文史的认识。因此，在清代骈文批评史上，《答门人岑𤦺辕论骈体文书》具有重要的理论价值与学术意义。

清代的骈文批评形式是多种多样的。清代骈文批评资料除了我们习知的专书、序跋、文话、以诗论骈文外，其实还有书函等批评形式，上述《答吴司成师书》与《答门人岑𤦺辕论骈体文书》不过是其中代表性的骈文批评作品。因此，在对清代骈文批评资料的发掘、搜集过程中，我们还应该注意书函这种批评形式。只有对清人论骈文书函资料不断发掘与搜集，清人的骈文批评资料才能更加全面，我们对清人的骈文批评才会有更为全面的认识。在此基础上，我们会更为深入地认识清代的骈文发展。

作者简介：

李金松，1964年生，湖北广济（今武穴市）人，河南大学文学院教授。研究方向为明清诗文、文献。著有《述学校笺》等。

述学:“古文运动”和韩愈研究

孙昌武

内容摘要:唐代“古文运动”是文体、文风、文学语言全面革新的“运动”,《唐代古文运动通论》对其性质、内容、成就、历史意义与影响进行综合研究。韩愈是“古文运动”的倡导者及其成就的集大成者,专著《韩愈散文艺术论》和论文《韩愈的儒学与文学》等将韩愈作为“古文运动”的典型个案进行深入探讨。编注四个韩愈作品选本(两个中型的,两个普及性的,其中包含数篇关于韩愈的长篇综合评述,对所选作品有详细思想与艺术成就的分析)。这些论著讨论了有关唐代“古文”理论与创作中重大的、有些是长期争执不决的课题:“古文运动”的“儒学复古”与唐代儒学的新变(特别是啖助、赵匡、陆质“新《春秋》学”)的关系;“儒学复古”和文体“复古”的关系(不同于主张“文体复古”与反佛兴儒思潮相表里的一般传统看法);“古文”创作对诸传统写作文体(碑志、书序等)的影响、现代意义的文学“散文”的艺术创新与成就;韩愈倡导“文以明道”,文、道兼重;古文家们反对、批判六朝骈文雕绣藻绘的文风而创作实践实则能够积极吸收包括六朝骈文的艺术创作成果,骈、散兼行,体现对秦汉以来的散文艺术遗产采取取精用弘、广取博收而又勇于创新的恢宏精神与辩证态度,从而创造中国文学散文艺术发展的一大高峰。

关键词:传统写作文体;文学散文;“文以明道”;骈散间行;集大成

研究柳宗元离不开唐代“古文运动”和韩愈。作为柳宗元文学活动的重要构成部分的散文创作和散文理论乃是唐代“古文运动”的重要成果;韩愈则是柳宗元的知交和诤友,两个人不仅交往密切,而且在诗文创作、文学理论建树方面相互支持、相互影响,又曾就思想理论方面的几个重大问题进行过激烈争论,而且这些争论又是唐代思想文化领域发展的重要内容。这样,随着我对柳宗元研究逐步深入,也就自然地把工作对象扩展到“古文运动”和韩愈。后来关于“古文运动”写了一部书,关于韩愈写了一系列文章和一本专门探讨他的散文艺术的写作技巧的书,还做了几个选本。其中两个选本前面有长篇序言,比较详细地阐述了研究韩愈的心得。

回到南开大学后,笔者相继发表了几篇讨论唐代“古文”和韩愈的文章。讨论唐代

"古文"和"古文运动的"的有:《唐人如何对待辞赋》①《韩、柳以前的"古文"论》②《盛唐散文及其历史地位》③《唐代"古文运动"浅议》④,二十世纪九十年代还有一篇《读元结文札记》⑤。二十世纪八十年代初我给本科生开设一门选修课"唐代古文运动",其时我甫入大学教书,备课十分认真,写了相当详细的讲义,经过补充、修订成一部二十五万字的书稿,交给天津百花出版社,于1984年出版。

顺利出版这部书,和先前人民文学出版社出版《柳宗元评传》有关系。《柳宗元评传》被国家具有权威性的出版社出版,又得到国内外好评,一方面,这在相当意义上证明了作者的研究水准和学术地位。另一方面,我自知多年隔离在学术圈之外,学术上知见少,水平低,不能不做出更大努力。所以我回到南开,仍然无暇他顾地勤奋读书。在营口的时候看不到多少书,而南开的图书馆、资料室里一片书海,我日夜苦读。我认真翻阅了《全唐文》,以前没读过的重要唐代作家别集也仔细阅读了。开"唐代古文运动"这门选修课对我的阅读和研究又起到很大的促进作用。我曾编选一本唐人有关"古文"论述的集子作为课程讲义。当时讲义还是手工刻钢板油印。这本讲义由系办公室宋先生刻写,漂亮的宋体字,印制出来十分美观、大方如艺术品。如今还留有一本,睹物思人,十分感念他的辛苦。

我研读《全唐文》和唐人文集,对"古文运动"的形成、发展,对以韩愈、柳宗元为代表的古文家倡导"古文",批判雕绣藻绘、骈四俪六的骈文活动的发展情形,以及其间批判、继承的相互关系等问题得出了新的认识。记得是在1982年,本系罗宗强教授提议系里唐代文学教学、研究的同仁合力编写一部关于盛唐文化的书,参与的几位同仁曾在他府上认真商议过,每个人还拟定了自己的选题。不过当时还是"文革"过后,学校正在"拨乱反正",兴废补阙,大家都很忙,这件事最后也就无疾而终了。而分配给我写的关于盛唐散文一章倒是写成了。起初题名《盛唐文盛论》,后来觉得这样的题目不够确切,又有点笼统,更名为前面提到的《盛唐散文及其历史地位》,在《社会科学战线》杂志发表。这里顺便提一句,改革开放后长春创刊《社会科学战线》,是我所知新中国成立以来篇幅最大的社会科学杂志,每期厚厚的三百多页,在当时的学术界广有影响,对于振兴"文革"其间遭受重创的学术研究起了相当大的作用。在这之前的1980年我还曾在这个刊物(第4期)上发表过一篇《当代日本研究中国古典文学管窥》长文。来南开后我开始阅读日本学者研究中国古典文学的著作,觉得成果丰硕,许多论著见解独到,值得借鉴。当时大学图书馆馆际借阅方便,我通过校图书馆从北京图书馆借来不少日本学者的著作,记得有

① 《社会科学辑刊》1981年第3期。

② 《文学评论》编辑部编《文学评论丛刊》第十六辑《古典文学专号》,中国社会科学出版社1982年版。

③ 《社会科学战线》1982年第4期。

④ 中国唐代文学学会、西北大学中文系主办《唐代文学论丛》第三辑,陕西人民出版社1983年版。

⑤ 《社会科学战线》1995年第3期。

入谷仙介教授的《王维研究》等；我还专程到北京图书馆看这方面的书，遂写成上述文章，介绍日本学者研究中国古典文学的情况和个人的心得。有趣的是有一天我发现《参考消息》上刊载了我的文章的摘录，显然编者是把它看成“外面”的人写的了。另外前面提到的《读元结文札记》，还有《略论诗与禅》（1988 年第 4 期）也是在这个刊物上发表的。我和这个刊物的编辑建立起很好的关系。当时还算是我的学术活动的早期，在这个刊物发表文章、与编辑联系，得到他们的帮助，对于我是很大的帮助和鼓舞。

在系里教授过“唐代古文运动”的课，又有了写作、发表几篇相关研究文字的基础，教学方面又有实际需要，遂根据讲义整理，出版了《唐代古文运动通论》一书。

这部书正文八章，前有《序章》，后有《结语》，附有《引用书目》，缀以《后记》。题目分别是：序章："古文"的含义与渊源；第一章："古文运动"的社会与文学背景；第二章：文体革新的兴起；第三章："古文运动"的发展；第四章："古文运动"前期的理论主张；第五章：韩愈；第六章：柳宗元；第七章："古文"创作的全面繁荣；第八章："古文运动"在晚唐的延续；结语：唐代“古文运动”的主要贡献和基本经验。从这些题目可以看出这是一部论述“古文运动”比较全面的专著。

如前面介绍柳宗元研究所表明的，我对文学现象与具体作家的研究十分注重他们活动的社会和思想环境，即把他们置于广阔的历史背景之中来考察和论述。同样，这部书的第一章就是讲“古文运动”形成与发展的社会与思想背景的。社会背景方面，我概略描述了唐前期国运繁荣兴盛的物质基础，又特别强调当时统治集团中庶族文人力量上升，从中培养出一批“文章之士”；反映阶级关系的这种新变化，则社会上轻阀阅、重科举；轻经术、重文章成为风气，这就对文体、文风和文学语言的改革提出了要求。相关联地在思想层面，作为统治意识形态的儒家章句之学受到批判，提倡“一家独断”的学风，论学讲求通经致用，这就大为扩展了文人们的思想境界。在这样的社会和思想环境中，内容庸腐空疏、表达严重形式化、格式化的骈文已完全不适应现实需求，散体单行的“古文”遂盛行起来，应这样的趋势，写作和提倡“古文”成为“运动”得以顺利开展，至韩、柳形成高潮。如此联系社会形态的演变和思想潮流的变化来考察、说明“古文运动”的形成和发展是符合历史实际的。

与上面有关社会和思想背景的分析相联系，我验之历史实际，指出“古文运动”有一个发展过程，而不能简单地归结到中唐时期韩、柳等几个人的成就与功绩。第一章探讨唐代“古文运动”的渊源，我指出唐人提倡“古文”远承先秦、盛汉以来许多人包括北朝宇文泰、南朝裴子野、后来的颜之推、王通、李谔等人革新文体的尝试，唐朝创建伊始更不断有人出来号召并在实践上做出努力。书里用相当篇幅描述了从贞观年间魏徵、唐初陈子昂到后来被视为“古文运动”先驱的萧颖士、李华、独孤及、元结等人的创作成就；还较详细地探索、介绍了这些人的有关理论主张：他们已经有相当明确的尊儒重道观念；强调文章写作要起到理邦家、平祸乱、弘道德的教化作用；并从不同角度对六朝骈文的颓靡文风提出批评；在写作的内容与形式方面亦有意识地改变六朝以来的“浮艳”“烦杂”文风，解散文体，体现出鲜明的革新倾向。如陈子昂的政论文字直言无隐、慷慨陈词，行文疏朴近古；而如元结的山水记则实开柳宗元山水记一体散文的先河。

“古文运动”一般被定性为文体、文风、文学语言的革新运动。我的书里则强调其另一方面内容与贡献，即推进了古典散文的发展，提出到发展唐代“古文”，中国文学的散文体制才算真正成熟、定型了。这样把一般的文章写作和文学散文创作区分开来，也是把“古文运动”革正文体的成就和发展文学散文的贡献与意义区分开来加以探讨，是关于“古文运动”的研究与评价中前人没有做过的。后来我研究古典散文一直坚持这样的立场。再后来我为《古典文学知识》写专栏，讲到“古文”，曾借用鲁迅所说唐代始有（真正意义上的）小说的论断，说唐人的“古文”才算是真正的文学散文。如此区分作为文体的“古文”和文学散文的“古文”，提供了研究“古文运动”的新思路，无论对于文体学还是散文史研究都有所促进。

又按传统见解，主张“古文运动”与反佛相表里，这主要是依据历代大力张扬韩愈辟佛的贡献得出的传统结论。我全面地考察陈子昂和后来的萧颖士、李华、独孤及、梁肃等所谓“古文运动”“先驱者”的作品，发现他们的思想和创作大体都以不同方式、从不同渠道接受过佛教影响，写过宣扬佛教的文字。例如李华曾为天台宗祖庭写作《台州乾元国清寺碑》，又作《左溪玄朗碑》，左溪玄朗是天台宗八祖；梁肃则从天台七祖荆溪湛然学习天台教观，得其心要，写有《天台法门议》等文章，并删定《摩诃止观》，都成为天台宗的重要教典。他们接受佛教影响一方面和唐代佛教发展鼎盛局面有关系，特别是又处在朝廷执行“三教”并重的环境下，文人们不能不接受习染；另一方面东汉以来佛典大量传译，许多已成为文人的必读书，这些经典阐发的思想观念有许多对于文人来说是有价值而又新颖的内容，它们作为外语译文在文体、语法、修辞、词汇等方面又具有创新意义，早已对中土人士写作造成巨大影响。因此我在第一章论述“古文运动”形成背景时就用相当篇幅介绍了佛典翻译盛况，把它看作古代中外文化交流的一个重要成果，也是滋养中国文学发展的新因素和新动力。我后来一直关注这个课题，写过几篇文章如《佛典与中国古典散文》①《关于佛典翻译文学的研究》②等。

探讨、论述“古文运动”必然会涉及韩、柳关系以及对两个人贡献、功过的评价。这些问题在《柳宗元传论》里已经着重谈论过，在这部《唐代古文运动通论》和另外一些文章里又多有论及。历史上传统看法一般是扬韩抑柳的。这主要是基于儒家立场，视韩愈为张扬儒道的功臣，而柳宗元则多有悖于“圣人”。近代“新文化运动”兴起，反对尊孔读经

---

①《文学遗产》1988 年第 4 期。

②《文学评论》2000 年第 5 期。

的潮流兴起，韩愈又作为政治上保守的儒家代表人物被批判，柳宗元则被积极地评价为革新政治家和进步思想家。我的看法则把他们二人放在中唐时期的历史背景中，认为他们同属新进庶族阶层的知识精英，同样具有积极变革的思想意识和政治主张，只是在政治态度与实践活动中有激进和保守的不同，对待儒家思想体系有注重传统和采取批判分析态度的不同。这些体现在他们两人对关于“天命”、关于修史、关于佛教等论题进行针锋相对论争所写的作品之中；相对而言，柳宗元的思想显然更进步，更具有积极意义，也更有理论价值，而韩愈的思想观念虽然总体上显得消极、保守，但也不是一无是处，评价起来要就具体作品进行具体分析。事实上他们的争执并无碍他们两人的友谊，而且从总体看，他们同身处当时反对朝廷昏庸、藩镇割据、宦官弄权的环境中，他们的创作也都汇入当时社会积极变革的潮流之中，而且他们共同倡导“古文运动”乃是这一潮流的一个构成部分。从客观角度讲，他们就当时具有重大现实和理论意义的课题进行的论争，共同推进了相关论题的辨析、促进了一代思想理论的发展，在思想、文化发展史上是有积极意义的。应当说，他们共同对于中唐时期思想、文学的创新和发展作出了贡献。我的这一持平看法，得到中外学界许多同道的认可。

囿于我当时的写作水平，又限于作为教材的体例，这部《唐代古文运动通论》做成了一部概述的“通论”，从总体看内容还是比较浅薄的，特别是涉及具体作家的论述多无新意。但如上所述，其中对有些历史现象和理论问题的论述还是有所创获的。

对于我的研究工作来说，柳宗元研究与韩愈研究是密切相关联、相互促进的。我回到南开大学后不久曾写了两篇论韩愈的文章：《论韩愈散文的艺术成就》①《论韩愈的儒学和文学》②。前一篇是应邀急就章，后一篇还是写得相当用心的。其中一方面具体分析了韩愈的儒家思想影响其文学创作包含积极的和消极的两个层面，不可混同视之；另一方面又指出作家的思想与创作相关联而又相区别，创作的作品并不是全面、直接地反映他的思想，作品作为现实生活在作者头脑中反映的产物有其本身的内容。这样辩证地梳理、厘清韩愈的儒家思想与文学创作的关系，对于更全面、更准确地评价他是有意义的。

研究柳宗元，探讨他与啖、赵、陆“新《春秋》学”的关系，实际是探讨他与作为当时统治意识形态儒学的关系。而韩愈历来被看作儒家代表人物，并认为他倡导“古文”与反佛兴儒相为表里。他的《原道》被认为是宣扬儒术的经典名文，在其中他构筑了一个由尧、舜、禹、汤到孔、孟的传道体系，他则自诩是这个统绪当之无愧的真正传人，探讨他与儒家的关系就是阐明他的思想与行事，包括他从事文学活动及其评价的重要课题。写后一篇文章就是解决这个课题的尝试。

---

①《辽宁师学院学报》1981 年第 2 期。

②《文学评论》编辑部编《文学评论丛刊》第十三辑《古典文学专号》。

我又应上海古籍出版社之约注释《韩愈选集》。这部选本是该社《中国古典文学作品选读》丛书的一种。按丛书例,前面要有一个全面介绍选集作者韩愈的《前言》。后来陕西师范大学阎琦教授做《韩昌黎文集注释》,1994 年三秦出版社出版,命我作序,也写了一篇长序。再以后,我受约作"中国传统文化百部经典"的《韩愈选集》,也要求写一篇长两万字的《导论》。这三篇长文内容大体相同,集中地阐述了我对韩愈的总体看法和评价,下面举例介绍上海古籍出版社的《韩愈选集·前言》。

文章六个段落。第一"历史转折时期的文化为人":简述韩愈生平,论述韩愈在思想史、文学史上的业绩,认为他是唐代这一中国历史发展中"中古"到"近世"转折时期的文化伟人。第二"一身二任——儒与官":分析韩愈作为卓越的儒家思想家与庸俗官僚的双重性格,分析这双重性格在其思想与创作中的表现。第三"裂文与道为两物",这是朱熹批评韩愈的话,借来论述韩愈从事文学创作能够超越儒家思想的羁束,继承、发扬先秦以来优秀文学传统,创造出卓越的文学成果。第四"起八代之衰与取八代之髓",这也是借用清人论唐人"古文"的说法,指出韩愈倡导"古文"被颂扬为"起八代之衰"实则是"取八代之髓"才得以成功的,这也是肯定唐代的诗文革新实则是批判地吸收六朝文学的艺术成果。第五、第六分别是"以文为诗"和"学奇于韩愈",论述韩愈诗的散文化和诗文创作"尚奇"风格。这篇文章着重分析了韩愈在其生活的时代背景中形成的矛盾性格,在此基础上论述他在思想上和文学创作上取得的杰出成就,肯定他在思想史上和文学史上的崇高地位。我自认为这篇文章的观点是辩证的,有分析、有说服力的,对韩愈思想与创作的评价是全面、公允的,虽然字数有限,但是对于推进韩愈研究是有价值的。

我写《柳宗元传论》,有关传主的文学创作成就写得比较简略,特别是关于柳宗元的诗文写作艺术更涉笔较少。这从全书划分章节的篇幅上就可以看出来。出版后许多人包括知近友人和一般读者都曾提出意见。给文学家作传,疏略其创作的艺术成就,包括具体风格特征、写作技巧等等确实是有很大的缺欠;而且我长时期研读以及教授文学作品所得经验,相当深刻地意识到文学作品的艺术、语言技巧对于整体表达起着重要乃至关键的作用,读者阅读文学作品受到的思想内容教益与感受其形式美的熏陶是相辅相成的。因此认识、把握作品的艺术表现层面的成就对于全面理解、评价作家、作品是十分重要的;同时还有另一方面的切身经验,就是要对具体作家、具体作品的写作技巧、艺术风格加以认识、领会并从理论上加以解说,没有相当的艺术修养、审美经验,没有对众多作家、作品艺术成就的丰富知识是难以做得好的。而学界长时期评价作家、作品往往片面地理解,教条地遵循"政治标准第一,艺术标准第二"这一被视为经典的观念,在对古典作家、作品的研究和教学中对于作家、作品的艺术表现与技巧层面不同程度上显得疏略。这样,写作《柳宗元传论》时我有意补足在这方面的缺欠,也是想对端正文学批评方法和标准作出努力,遂用心在研究、说明韩愈文章艺术表现上下了一番功夫,先是写了《论韩愈散文的艺术成就》等文章。然而意犹未足，进而立意写一本专门讨论韩愈散文艺术的著作。

韩愈在唐代"古文运动"乃至中国散文发展史上的贡献和影响，应当包括理论和实践两个层面。前人在理论层面论述、阐发得相对充分，认识也较明晰，艺术表现、语言技巧层面则做得较疏略，也较笼统。如前指出，这也是多年来研究古典文学具有普遍倾向的具体体现。我在研究中牢记这一点，一篇篇仔细研读韩愈的文章，特别注重发掘、分析、阐释其写作艺术和语言技巧。同时又注意联系散文史上与他同时代乃至前代、后世的作家、作品，在比较中分析其立意谋篇、情节结构，语法修辞、语汇声韵等具体写作技巧的运用，在此基础上总括韩愈散文写作艺术的规律，揭示其特征，显现其优长，力求避免分析古代作家写作艺术普遍存在的公式化、程式化弊端，引导读者在阅读中真切领会韩愈散文艺术表现和技巧的创新与优美，从而在加深对于作品内容的理解中，又得到艺术美的熏陶。就这样，凝聚自己多年研习韩愈散文这方面的心得，写成一部二十万字的《韩愈散文艺术论》书稿。这部书在我到日本神户大学文学部执教前已完成初稿，到任后得到大学主持文学部的伊藤正文教授的支持和帮助，减少我的任课时间，得以在半年内即第二年春把书稿修订完成，托北京外国语大学来日本进修的教师侯侠捎回国内，交南开大学出版社，顺利地于我回国前的 1986 年 7 月出版。

我自己对这部单薄的小书《韩愈散文艺术论》十分重视。一方面是因为写这部书确实下了相当大的功夫，且这种专门研究某个古代作家散文艺术技巧的专书在当时还没有见到过；另一方面这些年不断有青年学者当面或间接表示需要这部书。比如 1988 年我访问美国威斯康辛大学，友人倪豪士教授的一位研究生就曾告诉我，她为了写博士论文曾四处搜求这部书作参考，写作中颇受教益，国内也不断有些人问起这部书。

这部书《序言》《后记》之外共八章。第一章："文以明道"　卫道重"文"；第二章：传道明理　兴功用世。这两章讲韩愈的"古文"理论。"文以明道"是韩愈在早年论文《争臣论》里提出的。这也是文学发展史中第一次提出这一影响深远的重要概念。一般讲以韩愈为代表的古文理论的核心观念是"文以载道"。这实际是个论述唐、宋诗文革新的笼统提法，实则"明道"与"载道"有重大区别。"文以明道"是说用"文"来明"道"，"文"与"道"两个概念并列，二者并重。因而韩愈又曾不断说过"志在古道，又甚好其言辞"之类的话。朱熹曾批评他"裂道与文以为二物"，也是看到了这一点。这种观念显然是与把"文"单纯看作"载道"工具的观念不同。"文以载道"进一步发展则是"因文见道"以至"道胜言文"，就完全忽略"文"的作用了。韩愈又说"文所以明理"。"道"本来也是一种"理"，但还只是一种儒家的"理"，并不是全部的"理"，更不等于"理"。"明理"比"明道"内容上开阔多了。又"文以明道"的"道"实指"圣人之道"，作为口号更为清晰明确，在当时的环境下也更有号召力；再用"明理"加以补充，而这"理"又包含"经世济时"的内容，主张为文有益于世用,因而韩愈提出的指导“古文运动”的“文以明道”的内容则具有强调写作的现实性的要求,具有丰富的理论内涵。第三章和第四章分别讨论“革新文体”和“改革文风”。书里“革新文体”的“文体”概念实则包含两个有联系又分属两个层面的意义:一是行文体制,有散体单行的“古文”与骈文之别,再一个是论、说、书、序、碑、传等各种作文体裁,这又关系到作为文学创作的散文文体了。写作实践上,韩愈对于这两个层面的革新都取得重大成绩。就前一个层面说,他在理论上对“绘绣雕琢”的“程式”之文抨击不余遗力,但又主张作文要“引物连类,穷情尽变,宫商相宜,金石和谐”,也不排斥“诡怪之言,时俗之好”,积极汲取六朝骈文写作艺术的长处,辩证地处理好继承与革新的关系,创作适应时代要求的新型“古文”;就后一方面说,他创造性地发展了论、说、书、序、碑、传等实际是传统应用文体的写作方法,把写作这类实用文章作为艺术创作,赋予它们美学性格与价值而使其成为真正的文学散文,把古典散文艺术发展向前推进了一大步。在“改革文风”题目下,则分析了韩愈文风主“雄奇”的理论主张及其成功的实践,特别指出韩愈诗文雄健的笔力来自“集义所生”,即充实以正大的内容,从而在表达上能够“气盛言宜”,而不是追求形式上的“怪怪奇奇”。如此写作则求精深而不浮薄,求新变而不板滞,求辞采而不枯淡,遂造成奇突不凡、耸动心魄的艺术效果。接下来的第五、六两章分析韩文写作技巧。写作艺术技巧高妙才能够博得读者赏爱,才能够达到表达的效果。可是具体文字“高”在哪里?“妙”在何处?却不容易看出来、说清楚。因而这两章也是全书书写中颇费周章又难以令人满意的部分。作品在艺术上本是浑然一体,脱离整体、分解为枝枝节节来解说不可能令人真正认识长处,得其要领。我是勉为其难,把写作技巧划分为两个部分:一部分是文章的基本写作方法:议论、记叙、描写、抒情;另一部分讲具体技巧:立意、结构、讽刺、比喻,这属于写作方法范畴。在论述中举出典型作品为实例加以分析,又注意和其他作家的作品相比较,指出韩愈运用这些方法有什么特异成功之处。例如讲描写,就分析韩愈作文如何善于借鉴、利用传奇、诗歌的描写笔法,使文字更形象、更有趣味;讲结构,则细致举出具体作品做例子,分析其开头如何善于“蓄势”,多用“孤起”,造成雄肆逼人、意态不凡的效果;其结尾如何运用“秃笔”“荡笔”,让人读后一唱三叹、耐人寻味,等等。明清以来多有人对韩文作点评,其中不少是冬烘先生的鄙陋之谈,但又确有精到之处。我讲韩愈散文的写作艺术,对点评中的精彩部分,如作品结构如何转折提顿,造句如何酌量长短抑扬,置字如何斟酌稳妥轻重,都多所借鉴。吴文治先生编辑《韩愈资料汇编》四册,中华书局作为“古典文学研究资料汇编”一种出版,其中相当全面地收录古人对韩愈具体文章写法的点评,给我分析作品的写作方法和艺术技巧提供了方便。

如上所述,写《韩愈散文艺术论》这部书,是怀着弥补我以前写作《柳宗元传论》等论作对于作家、作品艺术成就探讨、分析的缺欠之意,扩大而言之,又是有意改变古典文学研究中单纯强调思想内容而忽视艺术表达的偏颇。在写作过程中，我对韩愈散文一篇篇作品进行了细致、深入的研究和分析，让我对韩愈写作艺术的成就有了更具体、亲切的认识，也提高了我对作品艺术层面的欣赏和研究水平，这对于我后来选注韩愈作品，对作品写作方法、艺术技巧、风格特征的分析与解说大有助益。下面将讲到我后来做了四个韩愈诗文选本，其中对韩愈写作艺术的分析和讲评得到了普遍的认可。

我做的四本韩愈诗文选注中的两个中型选本：一本名《韩愈选注》，本来是上海古籍出版社出版的一系列古代作家选本的一种（后来这套书定名为"中国古典文学名家选集"），于1986年出版，繁体字竖排平装；2013年又出版了简体字横排精装本，这套书另标注为"中国古典文学名家选集"丛书，后来多次印刷。同名、同类型的另一种选本是袁行霈主编《中华传统文化百部经典》的一种，2020年国家图书馆出版社出版。另外两种是小型普及选本：一种是上海古籍出版社编辑的"中国古代文史经典读本"里的《韩愈诗文选评》，于2002年出版，2018年曾重排出版新的版本；另一种是傅璇琮主编的《名家注评古典文学丛书》里的同名选本，三秦出版社于1984年出版。除上海古籍出版社那部普及本，其他三部书都取评注体例，即对原文作仔细校订，较详细地加以注释并附点评；两部中型选本的每篇作品还附有前人的评论。

上海古籍出版社那部中型选本《韩愈选注》是何满子先生亲自来南开大学约的稿。何先生是名作家，当时是上海古籍出版社副总编辑。他早有大名，"文革"后写了不少文笔犀利的杂文，结集出版，喧闻海内。他住在学校宾馆，通过同事鲁德才先生来找我约稿。我知道做好这种选本的艰难，一再谦辞，他一再劝请。文坛先辈嘱托，不好推托，于是便接受了。后来他经常和我联系，惠赠我新著，出书后涉及稿酬还出面和社里关说。如今已成故人，令人悼念不已。上海古籍出版社的那本普及本是唐代文学研究专家、当时的出版社总编辑赵昌平约稿的。他提出这套丛书编写体例以作家生平为主线，伴随讲述生平穿插介绍、讲解作品，以求对所介绍的作家、作品得出更全面、更生动的印象并提升书的可读性。这是一种颇富创意的做法。国家图书馆出版社那本名头很大，属于"2017年国家社会科学基金重大委托项目""'十一五'国家重点图书出版规划项目"，据说是国家领导人提议做的。前来约稿时我还是一再推托。一方面因为年事已长，想利用有限余生做点自己平生有兴趣而未完成的事；另一方面又意识到做起来会和上海古籍出版社出的那部规模、体例相同，难免重复；还有一点，觉得自己没有承担这种"政治任务"的工作水平。但来电话约稿的人说了不少客气话，特别是说到袁先生让她传达一定请孙先生支持，让她多作关说云云；又说与以前做的选本重复没有关系，整套丛书很多部约稿都有类似情况。因为涉及上海古籍出版社那部书的版权问题，我还是小心从事，给上海古籍出版社熟识的刘赛先生写信询问意见，刘先生回信说可以谅解，没有问题。这样我就答应了。可是不久后刘先生又来信说版权问题还是应当注意。大概先前的答复是他个人的想法,后来提的是社里的意见。这样我后来做起来就得特别注意选篇不能重复太多,注释、评论等在表述上也有意多做变化,是很费一番思量的。

上海古籍出版社那部中型选本《韩愈选注》初版印了八千本。后来的简体字版在书的前面的《出版说明》中说,这套选本从二十世纪八十年代出版,首批有周汝昌先生的《杨万里选集》和朱东润先生的《陆游选集》;“文革”后恢复出版了王汝弼、聂石樵、周振甫、陈新、杜维沫、王水照诸先生选注的白居易、杜甫、李商隐、欧阳修、苏轼等人的选集,渐成丛书规模,从而定名为“古典文学名家丛书”;此后王达津、郁贤皓、孙昌武等先生先后参与到作者队伍中来。这样,我就被列名在当代一批著名古典文学研究专家之中了,内心不免欣幸,但不免又感到忐忑。后出的简体字精装本第一次印了两千一百册,以后不断加印多次,显然卖得很好。

作韩愈诗文选注,我是十分认真的。与《柳河东集》的情况不同,宋代以来从事编校、注释韩愈集子的人很多,留下的本子也多。作选注本当然不可能也没必要一一查验、参考,但主要版本及今人重要的研究成果是应当尽可能利用的。例如关系韩文的,我多参考马其昶《韩昌黎文集校注》、童第德《韩愈文选》和《韩集校诠》、罗联添《韩愈研究》等;韩诗则多利用钱仲联《韩昌黎诗系年集释》、陈迩冬《韩愈诗选》等;版本以东雅堂本为底本,也使用方崧卿的《韩集举正》、朱熹《韩文考异》、魏仲举《五百家注昌黎文集》,又设法找来台湾“中央图书馆”藏宋淳熙元年临安刻本参校。

首先做的上海古籍出版社那部《韩愈选集》。为了让读者更全面地认识韩愈,选篇体裁力求全面,诗涵盖古、近、五、七、杂言各体,文则论说、碑志、书序、记传、哀祭各体;选篇则选取历来被认为思想内容和艺术水准俱佳的篇章,也选了思想性有某种缺陷但写作有特色、艺术上可取的作品,如文选了《应科目时与人书》《潮州刺史谢上表》等,诗选了《永贞行》《南山诗》等。这也是我后来做另三种选本的一贯做法。这也可说是我在选篇上的一点创意,意在给读者提供一些一般韩愈作品选本里不见的作品。

做几种选本,注释部分参考前人注本,尽可能做得简明、精确,特别在两方面下功夫:一方面是注释所谓“事典”和“语典”力求解释简洁、清楚,并在必要处注明出处;另一方面诗文中难解句子疏通文句,释以现代汉语,以求达到“深入浅出”“雅俗共赏”的效果。评注部分则一方面精选前人评点意见作参考,但更着重阐述个人研究心得,内容则求真切,特别是力求清晰地揭示每篇作品写作艺术的长处,包括写作技巧的细节。比如对于“文”,也考察行文的音调高下、句子短长造成的行文气势的不同;“诗”则讨论到具体的诗制、声韵的利用及其作用等。“中华传统文化百部经典”那套书完成书稿后需要经过专家组评审。由王能宪(中国艺术研究院)、阎琦(陕西师范大学)、吴在庆(厦门大学)三位专家组成的专家组对全书进行了字斟句酌的认真评审,他们都表示满意并给予高度评价。

我关于唐代“古文”与“古文运动”、韩愈、柳宗元的研究大体是同步进行的。这三个课题本来是密切关联的。韩愈、柳宗元是“古文运动”的领袖，他们的活动是“古文运动”的重要构成部分。对韩愈、柳宗元的“点”的研究有助于推动“古文运动”的“面”的研究不断细致与深入；而对“古文运动”的深入探讨又给研究韩愈、柳宗元的个案提供了全面、坚实的基础。这样，三个课题的研究相互促进，各课题取得的研究成果相互参照、借鉴，推动各课题研究工作的进展并取得成绩。在研究过程中我深刻领会到：历史现象的研究需要专、精。做面上的、宏观的课题，应避免笼统、空疏，做具体的、微观的课题视野不能逼窄、琐细；具体个案的研究必须顾及相关的广阔历史背景；做宏观课题研究则必须有对于“个案”深入、细致的了解作为基础。宏观研究与微观研究内容和方法当然不同，但不论从事哪一类型的研究，研究者必须掌握宏观、微观两方面的研究状况及其成果，具有两方面的视野和观点，得出的结论方能真切可靠，有说服力。

作者简介：

孙昌武，1937 年生，辽宁营口人，南开大学教授。研究方向为中国古代散文史、中国宗教文化，著有《柳宗元传论》《韩愈散文艺术论》《禅思与诗情》《中国佛教文化史》(五卷本)等。

宋代谢贺生日启状骈文的程式内容与文人心态

余慕原

内容摘要：谢贺生日启状是文人在生日时答谢官员与亲友见寿的骈文文体，兴起于北宋，于南宋蔚然成风并发展成熟。现存的宋代谢贺生日启状文约39家433篇。相比同一主题的诗词，此类骈文承担着社交往来和人物品评颂赞的作用，均篇幅短小、文笔典雅省净且具有礼节性，遵循着较为统一的写作程式。宋代谢贺生日启状对《诗经》《离骚》和《庄子》等语典、事典的化用折射出文人晚年的生命观，而对唐代韩愈和白居易等人物典的使用，则反映了当时文人的仕隐心态。

关键词：宋代骈文；生日；启状；文人心态

宋代文化氛围的繁郁、文人社会地位的空前提升，带来了个体生命意识和淑世情怀的高度觉醒，同时，自南朝以来生日之礼的发展成熟，加之理学兴盛的机缘交汇，使得宋代尤其南宋时期的文坛上产生了一大批以生日为主题的文学作品。“生日之礼古人所无……是此礼起于齐梁之间，逮唐宋以后，自天子至于庶人，无不崇饰，此日开筵召客，赋诗称寿。”①宋人在生日时创作的答谢官员与亲友见寿的启状文，是宋代骈文中的独特一类，文人生日进入骈文创作主题并发展成熟，乃宋代骈文之首创，因而具有独特的时代色彩与创体意义。

一、宋代生日文学的兴盛与谢贺生日启状

宋人的生日文学覆盖诗、词、文三个文体领域，《全宋词》中的自寿词约235首②，笔者统计《全宋诗》中的两宋自寿诗有300余首，值得注意的是，严格意义上的宋人自寿文数量极少，《全宋文》所收录的两宋自寿青词约仅24篇，自寿疏仅3篇，原因之一或在于宋人常以启、状、劄、引等书信或投以诗词赋进行祝寿，由此产生了相应的答谢文，以骈体为主。学界目前已有一些对于宋人自寿诗与自寿词的研究论文，但对这一题材的研究在

① 〔清〕顾炎武撰，〔清〕黄汝成集释《日知录集释》，中华书局2020年版，第732页。

② 向静《南宋自寿词研究》，天津师范大学2020年硕士学位论文。

宋代骈文领域几乎处于空白状态。

除去代笔之作，笔者统计现存于《全宋文》中的谢贺生日启状大观存约39家433篇（启412篇，状21篇），标题格式一般为"答谢/回XX贺生日启/状"。文章作者除了夏竦、宋祁、王安石、强至、韦骧、苏轼与赵鼎臣7人生活于北宋，其余文人所处时代均跨越两宋或是出生于南宋，如陈著、牟巘、文天祥等人甚至见证了宋朝的灭亡而在元代逝世，因而南宋是此类文章创作的高峰期，南宋魏了翁曰："盖主人生日为乐始乎唐，士大夫生日为乐则始于近世。"[①]究其原因，除了南宋时生日礼仪成熟、民间祝寿风气兴起，也与南宋理学对伦理关系的强调，以及文人因家国之忧和人生短暂的矛盾而产生的焦虑心态有很大的关系。

就文学价值而言，宋代谢贺生日启状的作者中有苏轼、周必大、真德秀、李刘等骈文大家，不乏言之有物、措辞优美的骈体佳作，如南宋理学大家真德秀的《回生日贺启》，可谓其骈文名作：

> 日逾采菊之三，实维初度；诗咏《蓼莪》之什，慨矣永怀。况方掩于柴荆，乃俯勤于车骑。锡之盛礼，君子之酒且多；贶以高文，幼妇之词绝妙。顾惟衰陋，难称宠嘉。年五十而知非，况又逾伯玉之岁；寿万千而无害，愿回颂鲁侯之贤。[②]

此作以骈俪行文却华而有骨，不染词科之习，"全文虽仅有十六句，但却典雅宏赡，声情俱美。尤其使事用典，既自然妥帖，又不失于典雅，实在如大匠运斤，左右如意"[③]。展示了出色的骈文写作功底。

就文化现象而言，谢贺生日这一主题作为宋代骈文之首创，其文体程式与写作内容是值得关注的，"文体形态不是纯语言现象，人类的生存环境与精神需求才是文体形态创造和发展的内在原因"[④]。这类作品反映了宋代生日文化在骈体领域的发展，其写作格式以及典事的使用都属于宋世文化的一隅，亟待予以归纳与探讨。

二、宋代谢贺生日启状的语体特色与结构程式

（一）语体特色——简练与礼节性

宋代谢贺生日启状整体上，句式以四六式或六四式的杂言复联对为主，也常见双四

---

① 〔宋〕魏了翁《鹤山集》卷六三，影印文渊阁《四库全书》本，上海古籍出版社1987年版。

② 曾枣庄、刘琳主编《全宋文》第313册，上海辞书出版社、安徽教育出版社2006年版，第58页。下同。

③ 于景祥《唐宋骈文史》，辽宁人民出版社1991年版，第222页。

④ 吴承学《中国古代文体形态研究》，北京大学出版社2013年版，第3页。

式的基本句式。呈现出简短整齐、古雅得体的特征,字数最少者如韦骧《回郡官生日星香状》凡26字,其余多数也仅在几十字到百字之间。语体风格上与谢贺生日诗作差异显著,试对比苏轼的此类诗作与启文:

问子一室间,宁有千里廓。尘心洗长松,远意发孤鹤。生朝得此寿,死籍疑可落。微言在《参同》,妙契藏九龠。故人有奇趣,逸想寄幽壑。霜枝谢寒暑,云翮无前却。何须构明堂,未羡巢阿阁。缅怀别时语,复作数日恶。诗腴固堪餐,字瘦还可愕。高标忽在眼,清梦了如昨。君今哙等伍,志与湛辈各。岂待相愿言,方为不朽托。子云老执戟,长孺终主爵。吾当追松乔,子亦鄙卫霍。(《生日,蒙刘景文以古画松鹤为寿,且贶佳篇,次韵为谢》)①

蓬矢之祥,虽世俗之所尚;蓼莪之感,追衰老而不忘。岂谓某官,意重琼瑶,文成黼黻。推仁心而锡类,出妙语以嘘枯。摄提正于孟陬,已光初度;月宿直于南斗,更借虚名。永惟难报之珍,但结无穷之好。(《谢惠生日诗启一》)②

这首先与启状体的应用性有关。如孙梅《四六丛话》所言:"若乃敬谨之忱,视表为不足;明慎之旨,侔书为有余,则启是也。"③启属于公牍骈文,兼具"敬谨"与"明慎"的情感色彩,"一般要求是严谨简要、轻清灵巧,而篇幅短小"④。与诗歌相比而言,苏轼的谢贺生日启不仅短小精悍,且语言的抒情性和议论性都大为降低,变得更为审慎有则,礼仪性强,服务于"称赞"与"感谢"目的。

《四六标准提要》曰:"至宋而岁时通候,仕宦迁除,吉凶庆吊,无一事不用启,无一人不用启,其启必以四六。"⑤宋以前,启多为上行公文,到了宋代时适用的范围和对象则拓宽许多,在司马光《书仪》第一卷《表奏公文私书家书式》对"私书"的分类中,就有"与平交状上书启事""上尊官时　启状""上稍尊时　启状""与稍卑时　启状""上尊官手启""谒大官大状""谒诸官平状"等等。由此可见,"启"与"状"在宋代的功能基本相通,是宋人对于地位稍尊、平交、地位稍卑者进行问候贺谢的书信类型。在400余篇宋人谢贺生日启状中,含"恭维某官""伏惟某官"等一类领字的就多达270篇,可见官员仍为主要的投递对象,由此体现出公牍性和礼仪化。

其次,除了文体自身的规定性,宋代理学的发展也是使得此类文体富有礼仪性的文化原因。祝寿语词始于先秦,于夏商两代已经出现,在《诗经·周颂》《诗经·商颂》《豳

---

① 傅璇琮等编《全宋诗》,北京大学出版社1989年版,第9332页。

②《全宋文》第87册,第246页。

③〔清〕孙梅《四六丛话》,见《续修四库全书》第1715册,上海古籍出版社2002年版,第367页。

④ 褚斌杰《中国古代文体概论》,北京大学出版社1990年版,第443页。

⑤《四六标准提要》,见〔清〕纪昀等撰《四库全书总目》,影印文渊阁《四库全书》本。

风·七月》以及《小雅·南山有台》等文本中就已频频可见祝寿之辞，宋人谢贺生日启状文中体现出对古礼的遵循，如广泛使用《礼记》《诗经》语典等，由此所表现出的古雅化与礼节性，亦是宋代礼制民间化的表现。在谢贺生日启状的作者中，有许多均为宋代重要的理学家，如朱熹、周必大、张栻、魏了翁、真德秀、林希逸等，此外其他作者亦多少出于其门下，如早年从朱熹讲学的曹彦约、曾受业于朱熹门人的阳枋、与朱熹友善的卫泾等等。刘克庄早年亦有跟随名儒真德秀从学的经历，现存其谢贺生日启文多达190篇，为宋人中最多者。

（二）文章程式——三段式的基本结构

宋人谢伋《四六谈麈自序》曰："本朝……下至往来笺记启状，皆有定式，故谓之应用四方，一律可不习而知。"①可知启状在宋时就已经具有较为规范的定式。莫道才《骈文通论》将骈文的结构体制归纳为"起、铺、结"三段式②，纵观四百多篇宋代谢贺生日启状，可以总结出这类文章所对应的三段式，即生日说明、正文、答谢结语三部分。

首先是生日说明，亦即破题。有时是对当年生日的岁数进行直接说明的句子，如洪咨夔《生日回启　戊子》开篇曰："苍颜五十三，又逢初度；化身千百亿，总是穷愁。"③更多时候，宋人偏好以先秦文本的话语进行表述，其中常见的词语有"篷弧""桑弧""篷矢"等，均出自《礼记·内则》："国君世子生，告于君，接以大牢，宰掌具，三日，卜士负之，吉者宿齐，朝服寝门外，诗负之，射人以桑弧蓬矢六，射天地四方。"④古时男子出生，以桑木作弓，蓬草为矢，射天地四方，象征男儿应有志于四方，在这里喻指生日。同样含义的另有"左悬""悬弧"，亦出自《礼记·内则》："子生，男子设弧于门左；女子设帨于门右。"⑤此外，生日说明还常借助《诗·小雅·蓼莪》中"哀哀父母，生我劬劳"⑥的句子以及屈原《离骚》中的"摄提贞于孟陬兮，惟庚寅吾以降。皇览揆余初度兮，肇锡余以嘉名"⑦的词汇来表示生日，同样出自《诗经》的还有借助《鲁颂·閟宫》《小雅·斯干》这类与祝寿、贺人生子有关的古诗词句。试举几例：

> 蓬矢之祥，虽世俗之所尚；蓼莪之感，迨衰老而不忘。⑧（苏轼《谢惠生日诗启一》）

---

① ［宋］谢伋《四六谈麈》，影印文渊阁《四库全书》本，第1480册，第20页。
② 莫道才《骈文通论》，齐鲁书社2010年版，第56页。
③《全宋文》第307册，第70页。
④［清］孙希旦撰，沈啸寰、王星贤点校《礼记集解》，中华书局1989年版，第762页。
⑤［清］孙希旦撰，沈啸寰、王星贤点校《礼记集解》，第761页。
⑥［汉］郑玄笺，［唐］孔颖达疏《毛诗注疏》，上海古籍出版社2013年版，第1118页。
⑦［宋］朱熹《楚辞集注》，上海古籍出版社2015年版，第9页。
⑧《全宋文》第87册，第247页。

赋摄提之岁，喜初正于孟陬；论沙随之年，惊四终于星纪。[①]（翟汝文《谢生日惠文启》）

念《蓼莪》顾我复我之恩，重皇览锡予名予之感。[②]（魏了翁《答生日启》）

类似的表达不可胜数，可见宋人对于生日之礼的认知具有重视传统的尚古意味，其对《诗》《骚》词句的大量使用，是这类骈文得以摆脱轻浮雕琢，呈现出庄重古雅文风的重要因素。

其次是正文。这是启状的主体部分，占有较大的篇幅，内容一般是对答谢对象的称颂赞扬，常紧接在“伏惟某官”“恭维某官”“敬维某人”“共惟某人”等领字之后，对答谢对象品行学养等方面进行描写，以表达称羡赞颂与感激之情，试摘录此类文段两例：

恭惟某官气钟清淑，学极渊源。惟派接乎考亭洙泗之波，况心传乎受斋伊洛之脉。胸襟锦绣，允为岳牧之词人；咳唾珠玑，亶谓文章之太守。宜《白雪》《阳春》之寡和，有朱弦清庙之遗音。[③]（赵彦端《谢太守游工部贺生日启》）

某官学道爱人，折节下士。同出老先生之门，而矜其不耦；日奉太夫人之欢，而念其有亲。欲回东里之春，先寄西湖之信。句随香动，格与干高，照见百里奚饭牛之心，写出九方皋相马之意。[④]（洪咨夔《生日回程宰启　己丑》）

成语的移用本就为宋四六的一大特色，这一点在谢贺生日启状中则更为凸显，如“高义薄云”一词，本出自《宋书·谢灵运传论》：“屈平、宋玉，导清源于前，贾谊、相如振芳尘于后，英辞润金石，高义薄云天。”[⑤]南宋魏了翁在其生日答谢文《回生日启》中食古而化：“某官淡交如水，高义薄云”，由形容人诗文之妙扩宽为义气品格之高，不可不谓新颖自然。

这一部分的写作，体现出宋人谢贺生日启状的人际交往作用，祝寿者通过书信或诗词等形式对祝寿对象进行人物品题，而后者再同样报以品题形式的感谢回应，如刘克庄《回陈正言启　壬戌生日》开头便道：“襄阳耆旧之传，非仆所敢知；汝南月旦之评，待公而后定。何哉木槁灰寒之叟，得此日光玉洁之文。巨擘品题，衰踪焜耀。”[⑥]即强调此类骈文对于祝寿对象的评点赞颂。在回谢亲友、师门同学等对象时，这些文章中也常见富

---

①《全宋文》第149册，第202页。
②《全宋文》第309册，第453页。
③《全宋文》第220册，第167页。
④《全宋文》第307册，第71页。
⑤〔南朝梁〕沈约《宋书》，中华书局2008年版，第1779页。
⑥《全宋文》第328册，第207页。

于真情实感的评价，成为考察文人交游的独特材料，有利于后世了解文人的某些形象侧面。如南宋理学家林希逸与刘翼俱从陈藻学，二人交情颇深，常于生日之时互赠诗文，因而有生日答谢文留存，试读林希逸于咸淳二年(1266)所作《回心游刘躔甫生日启》：

老吾之老，谁此日之肯来；诗人之诗，后数朝而犹至。情知好我，愧曷酬君。伏惟某人，超然心游，久矣神悟。鄙夷场屋，耻为俗下之文；笑傲烟霞，真得吟中之趣。贻半山之绝句，问少陵之残年。与鬼歌之，徒有叹辛虀之妙；去人远矣，何由致汤饼之招。①

开头便道“老吾之老，谁此日之肯来”，体现出了二人的惺惺相惜，言语之间称赞刘翼“超然心游，久矣神悟”，“心游”即刘翼的字，一语双关，别出心裁。随后进一步描写其如何超然：“鄙夷场屋”“笑傲烟霞”。区区数言便将刘意高蹈不群、夐乎尘外的形象呈现纸上，此外还有作于咸淳四年(1268)的《回刘躔甫生日启》，评价刘翼“苦学如甘，爱诗成癖”，将二人的同门之谊充分展现，结尾四句写：“声名官职，知合受于折磨；富贵子孙，恐俱难于擘画。”并自作注曰：“富贵功名堪擘画，最难擘画子孙贤，刘诗也。”②将对方的诗句融化入文，可谓用心之至。

最后是答谢语。文章的结尾必然要以感激作结，这一部分多有古奥典雅的书信体句式，如“愧感交怀，敷宣罔既”“感悚交深，喻言奚究”“但深铭佩，莫究叙陈”“莫书忱谢，尚迟面陈”等等。由于骈文特色，其他较长的答谢语必以工整相对的句子形式表达，出句和对句的内容总结出来多为“自嘲不堪+无以为报+再度感谢”的句式，或是“称赞文采+自嘲无以为报”的句式，例如：

意厚情亲，既乏报琼之愧；文高辞缛，第深怀璧之荣。③（韩元吉《谢生日启》）

贵介公子，肯分古锦囊之余；阿堵贫儿，安得明月珠之报！④（刘克庄《回林知录启　丙辰生日》）

答谢语也善于化用《诗经》，例如将《卫风·木瓜》中“投我以木桃，报之以琼瑶。”“投我以木李，报之以琼玖”的词汇融入句子之中，变为“卷而怀之，愧乏琼瑶之报”（李弥逊《谢生日诗启》）、“珠玑可玩，琼玖是惭”（强至《回刘侍郎生日诗状》）、“十袭秘藏，顾琼瑶之匪

① 《全宋文》第335册，第290页。
② 《全宋文》第335册，第315页。
③ 《全宋文》第216册，第74页。
④ 《全宋文》第328册，第174页。

报”(洪适《回蔡学士贺生日启》)等等。答谢语虽简短,却为全文表示答谢见寿的最为倚重之处,因而往往言简意赅、设计精巧。

至此,一篇谢贺生日启状可宣告成型,清代陈维崧《四六金针》中对“谢启”的段式归纳曰:“一破题,二自述,三颂德,四颂意。”①总体上与宋人谢贺生日启状的结构相一致,对生日的破题往往就是自述。宋代这类骈文呈现出了工而不纤的语言风格,和较为稳定统一的结构特点,能够做到精炼流宕、以古杂今,确乎印证了“有嬗变之风流”②的高评。

(三)创作的趋同化与南宋民间祝寿应酬类书的刊刻

仍须注意的是,宋代多数的谢贺生日启状总体的用语相似、结构趋近,因而也容易产生程式化的弊病,“作为公牍骈文的痼疾,程式化与浮饰化不可能根除”③。有时为追求方便,可见到同一位作者的数篇开头结尾相同的、只保留了正文部分不同的谢贺生日启,例如刘克庄就有《回林农卿启　甲子生日》《回赵循州启　甲子生日》等十余篇生日答谢文,其开头结尾以“首尾同上”“下同”记录之,只有正文中的品评依人而异,这样“量产”的方式,可见生日答谢启这类文体在当时已有流于惯例和程式化的现象。南宋官场祝寿文学的贺谢,往来极易表现出装饰承平的浮华风气,在一定程度上反映了南宋吏治的复杂和腐败,因而此类生日答谢之作亦易流于套路化的“颂美”而缺乏真实性,张仁青《中国骈文发展史》云:“至南宋后期约一百年间,君臣已习于苟安,恬于逸乐,此种社会风气见之于篇章者,即慷慨之音渐隐,而古典之风复炽。”④

启状劄一类的应用性文体篇幅短小、程式固定,本就有易于套写的特点,加之南宋祝寿之风的盛行,南宋后期民间便有《新编通用启劄截江网》这种便于交际应酬启劄写作的类书刊刻流传。此书现仅存六卷,内容恰好都为庆寿类,其卷一到卷二为“庆寿门事类”,卷一记录了“庆寿事实”与“庆寿年申事实”依次记录了一岁到一百岁的相关词句;卷二又依次记录了五十一岁到一百岁的相关词句,并对于“排日事实”即各种生辰具体日期的适用祝寿语进行汇总;卷三到卷六“庆寿门文类”依不同情况分为“庆贺圣寿笺”“谢赐生日表状”“贺谢启劄”“遣送寿仪简劄”⑤等多类,各类之下收录作品若干篇,有许多不署名作者。《新编通用启劄截江网》将庆寿门置于全书的前几卷,其中对祝寿门类的归纳也十分详细具体,体现了南宋对于祝寿贺谢文体写作的巨大需求,以及此类骈文发展的自觉性和成熟化。

---

①〔清〕陈维崧《四六金针》,见〔清〕曹溶编《学海类编》第66册,涵芬楼本,第81页。

②〔清〕彭元瑞,曹振镛《宋四六选》,清乾隆四十一年刻本。

③ 莫道才《骈文通论》,第203页。

④ 张仁青《中国骈文发展史》,浙江大学出版社2009年版,第401页。

⑤〔宋〕熊晦仲《新编通用启劄截江网》,影印元刻本。

三、宋代谢贺生日启状之典事对文人心态的反映

所谓“策论之文观其识，四六之文观其学”[1]，使事用典是展示骈文作者学养最重要的方法之一。尽管民间应酬写作类书的兴盛会促使宋人生日答谢文创作的程式化，以及典故使用的重复化，但实际上，这类民间日用类书的成书时间远晚于宋人生日答谢文开始出现到兴盛的阶段，上文所提及的《新编通用启劄截江网》乃熊晦仲所编，陈元善于宋理宗开庆元年（1259）为其作序，因而大约刊印不久后，亦到了宋末了。而宋人生日答谢文的创作早在北宋时王安石、苏轼等人的时代便已出现，因此其在典故使用上所呈现的重合性、相似性，很大程度上也是宋人自主沿袭与选择的结果，尤其对于生日这一与时间生命密切相关的主题，典故可直接或间接地透露出当时的思维风尚和文人心态。将文中用于自身心志和境遇书写的典故进行简要归纳，可提炼出以下两大类。

（一）感念父母

如上文所提及，宋人在文中对生日这一特殊时间进行说明的句子里往往有对《诗·小雅·蓼莪》中词句的化用，以表达对父母生养的感恩，“生日”也因此可被称为“劬劳日”。据统计，471 篇宋人生日答谢文中，用到“蓼莪”29 次，“劬劳”34 次，“匪莪伊蒿”与“匪莪伊蔚”4 次，其中往往写到“废《蓼莪》之篇”“《蓼莪》之废业”，这便涉及另一个典故，出自《晋书》卷八十八《孝友列传·王裒》，表达对已故父母未尽赡养之责的内疚：

> 裒少立操尚，行己以礼，身长八尺四寸，容貌绝异，音声清亮，辞气雅正，博学多能，痛父非命，未尝西向而坐，示不臣朝廷也。于是隐居教授，三征七辟皆不就。庐于墓侧，旦夕常至墓所拜跪，攀柏悲号，涕泪着树，树为之枯。母性畏雷，母殁，每雷，辄到墓曰：“裒在此。”及读《诗》至“哀哀父母，生我劬劳”，未尝不三复流涕，门人受业者并废《蓼莪》之篇。[2]

宋人生日类诗词文均作于中晚年，此时作者们的双亲多已不在世，而所谓出生日即母难日，生命赋予和养育都来自父母，因此在生日这天便多有“风木之悲”，如“心怀风木，方永念于劬劳”（周紫芝《为人谢同官惠生日诗启》）、“废《蓼莪》之篇，感深风木”（张嵲《谢惠生日启二》）、“增风木之深悲，重霜蓬之永慨”（周必大《回众官生日诗启》）等，所谓“风木”，即“树欲静而风不止，子欲养而亲不待”的含义。与孝养父母相关的典故使用，

---

① 〔明〕娄坚《学古绪言》，影印文渊阁《四库全书》本。

② 〔唐〕房玄龄等撰《晋书》，中华书局 2008 年版，第 2277 页。

还有“彩衣”或“彩服”等等，在宋人答谢文中就有“桑弧成礼，尚记始生，彩服拜嘉，获从婴慕”（翟汝文《谢生日惠文启》）、“生我劬劳，永负彩衣七旬之养”（李刘《回诸厅属官贺生日五十人启》）等的使用。

在生日之作中念及父母，是宋代生日文学兴盛的原因之一，即对纲常伦理关系的重视。北宋后期至南宋以后理学兴盛，注重探究人在自然天地和社会人伦之间的地位和责任，因此除了“一饭君恩何以报”的社稷责任以外，儒家传统伦理中的父母之恩在生日这一主题中更为鲜明。朱熹提出了“事亲须是孝”的要求，并且将其与社会秩序相关联，认为“如君便要止于仁，臣便要止于敬，子便止于孝，父便止于慈”①这种意识根植于古老的“乐只君子，民之父母”（《诗·小雅·南山有台》）的意识，在空前希贤淑世的宋世则更受到强调。

（二）苦闷自嘲

和宋人的自寿诗、自寿词相似，宋人的谢贺生日启状中虽然对自身的描写甚少，但总体上笼罩了一层苦涩忧虑、感时伤怀的浓雾。对年岁增长的思虑、对平生不顺的叹息等等，一系列复杂的情绪往往以自嘲的形式在各类典故中体现。

苏轼在其《东坡志林·命分》中有言：“退之诗云：‘我生之辰，月宿直斗。’乃知退之磨蝎为身宫，而仆乃以磨蝎为命，平生多得谤誉，殆是同病也！”②此为东坡在读罢韩愈《三星行》中“我生之辰，月宿南斗。牛奋其角，箕张其口”的诗句后有感而发，所谓南斗，星名，即斗宿；而磨蝎为星宿名，十二宫之一，古时星象学言身、命居于磨蝎宫者，常多磨难，明代都穆《南濠诗话》：“韩文公诗曰：‘我生之初，月宿南斗。’东坡谓公身坐磨蝎宫，而己命亦居是宫。盖磨蝎即星纪之次，而斗宿所缠也。星家言：身命舍是者，多以文显。以二公观之，虽名重于当世，而遭逢排谤，几不自容，盖诚有相类者。”③葛立方《韵语阳秋》卷十七：“太阴在磨蝎者，主得谤誉。”④古人认为以磨蝎为命座者，虽在才学上显赫，但平生多得诽谤，苏轼由此认为自己与韩愈是同病相怜，因而在其谢贺生日启中亦写道：“月宿直于南斗，更借虚名。”（《谢惠生日诗启一》）一生之中先后被贬“黄惠儋”的苏轼，为几百年前直言敢谏却同样被贬南粤的韩愈深感共鸣与同情，言语之中无不流露出自嘲的虚幻之感。在宋人谢贺生日启状中，韩愈此诗亦成为常用之语典，且看几例：

> 月宿南斗，无片善以著称。⑤（洪适《回知州贺生日状》）

---

①〔宋〕黎靖德编，王星贤点校《朱子语类》，中华书局1986年版，第219、319页。

②〔宋〕苏轼《东坡志林》，中华书局1981年版，第21页。

③〔明〕都穆《南濠诗话》，中华书局1991年版，第12页。

④〔宋〕葛立方《韵语阳秋》，中华书局1985年版，第138页。

⑤《全宋文》第213册，第201页。

月宿南斗，偶类韩公之生。[1]（周必大《谢赣州齐签判天觉贺生日状》）

雪鬓余生，月正居于南斗。[2]（卫泾《回丁提刑必称启》）

惟磨蝎所莅之宫，有子卯相刑之说。昌黎值之而掇谤，坡老遇此以招谗。[3]（方大琮《生日回王正字启》）

韩子叹斗牛不神，独箕张而不已。[4]（刘克庄《回李国正启　甲寅生日》）

读三星行，谁解嘲于南斗。[5]（文天祥《回彭知县贺生日启》）

罗列以上作者，可知其中多为仕途不顺或曾遭谤誉之臣，这与宋代党争如织的凶险政治环境颇为相关，如周必大这篇《谢赣州齐签判天觉贺生日状》自注作于“癸亥年”，则应是作于嘉泰三年（1203）的生日，在此之前，一向为朝廷所器的周必大于庆元六年（1200）受到了韩侂胄的恶意弹劾，谤其“唱伪徒，私植党与”[6]而导致周必大被指为“伪学”罪首。创作此篇生日答谢文的周必大时年七十八岁，次年即于吉州家中逝世，晚年遭遇“庆元党禁”，可谓巨大的打击。另外如文天祥，因讥讽权臣贾似道而多遭贬斥、数度浮沉，又如刘克庄早年遭“江湖诗祸”，后又被劾以“嘲咏谤讪”之罪，三度复出后被下放地方，后又因抗言直谏而再次被诬罢职，当社稷之心与黑暗政治反复碰撞而破灭时，他们选择借用“月宿南斗”“牛奋箕张”等悲凉之语的自嘲委婉表达自身苦闷。

宋朝右文纳谏的政策给了文人们多少希望，也就给了他们多少的压力和风险，也意味着于仕途所遭受的打击会愈沉重。“随着‘庆历新政’和‘熙宁变法’的失败，宋王朝对文人的利用和迫害变得越来越反复无常，这一切都使敏感的文人在心理上形成了浓重的危机感、失望感和退避意识。”[7]北宋尤如此，何况半壁江山之下的南宋呢？在党争纷起、国家逐渐偏安一隅的时代里，哪怕是装饰繁荣的祝寿文学中也不得不流露出苦闷与迷茫之感，这一点在宋代的谢贺生日启状中，还体现为屈骚典故的大量使用。“初度”一词即出现了166次，其他涉及屈原楚辞之作以及《史记·屈原贾生列传》中“屈原至于江滨，被发行吟泽畔”[8]的典故使用也层出不穷：

字余灵均，怅焉初度之日。[9]（周必大《答众官状》）

---

①《全宋文》第229册，第24页。

②《全宋文》第292册，第15页。

③《全宋文》第321册，第173页

④《全宋文》第328册，第183页。

⑤《全宋文》第358册，第425页。

⑥〔元〕脱脱《宋史》卷三百九十一，中华书局2007年版，第11965页。

⑦ 张海鸥《宋代文化与文学研究》，中国社会科学出版社2002年版，第55页。

⑧〔汉〕司马迁《史记》，中华书局2009年版，第2486页。

⑨《全宋文》第228册，第448页。

歌灵均之东皇，偃蹇谩陈于竽瑟。[①]（李刘《回贺生日启　戊子》）

问绛县泥涂之辱，招湘滨憔悴之魂。[②]（刘克庄《回方制干启　癸丑生日》）

累魂岁晚，谁怜泽畔之吟。[③]（刘克庄《回赵司理启　甲寅生日》）

皇览初度，甫愧前修。[④]（卫泾《回傅学录知过启》）

楚客赋庚寅之度，但觉风骚。[⑤]（曹彦约《生日答王总卿启》）

屈原《离骚》一开篇便以生日道明出身之尊，但其最后却是"信而见疑，忠而被谤"的结局，一片赤诚只得饮恨赴渊，无不充满了讽刺与悲戚，宋人对此典的借用洵非偶然，必然是出于仕途上难以自适的无奈。

因而，在这些答谢启状中，作者也常常流露出壮志不再、告老避世的心理，表现为"秋菊餐英""枕石漱流"等志向的抒发。文中对唐代白居易这一人物典的使用亦颇值得注意，体现出南宋文人对白居易晚年"中隐""吏隐"思想的理解与共鸣：

香山五十八而归，问莼鲈而决矣。[⑥]（李曾伯《谢蒲制使启　贺生朝》）

香山五十七岁，叹归计之已迟。[⑦]（李刘《回学职二十四人投诗启》）

仆似香山，笑一翁憔悴。[⑧]（林希逸《回前同安丞林通直生日启　咸淳五年》）

读乐天醉吟之传，偶与同年。[⑨]（陈著《答赵景文馈生日小札》）

居士似唐白叟，写衰貌于香山。[⑩]（刘克庄《回宋守监丞启　丁巳生日》）

白居易一生跨中晚唐，可谓将"达则兼济天下，穷则独善其身"的儒家人生模式发挥到了淋漓尽致，无论是讥讽针砭社会现实、为百姓之苦而痛心疾首，还是选择万事不关心地退避闲居、作诗饮酒，都体现出乐天对自身行藏出处的清醒自觉与内敛倾向，从关注社会政治逐渐转向对个体生命的思考，以实现对自我精神的救赎，这对南宋文人，尤其是晚年的文人而言，或许是一种启示，也是一种万不得已的选择。

在这些答谢启状里，常见作者对自身衰老的自嘲，其背后均是对年岁增长、来日无多

---

①《全宋文》第317册，第297页。
②《全宋文》第328册，第169页。
③《全宋文》第328册，第175页。
④《全宋文》第292册，第13页。
⑤《全宋文》第292册，第405页。
⑥《全宋文》第340册，第304页。
⑦《全宋文》第317册，第304页。
⑧《全宋文》第335册，第310页。
⑨《全宋文》第350册，第446页。
⑩《全宋文》第328册，第188页。

的感慨，虽然含有书信套语中的自谦成分，但某种程度上也无不是作者境况的写照。一方面，宋人的生日文学多写作于中晚年，身体上的衰老已然成为不可忽视的事实；另一方面，作者多为南宋文人，不仅见证了盛世的衰落、宋元战争的炮火频繁，于日趋黑暗的仕途官场上也多受迫害，心理上的衰枯于是也逐渐屡见不鲜地流露笔尖："桑榆就景，已叹流光"（周紫芝《谢生日诗启》）、"仆迫桑榆而救失，暮景何追"（刘克庄《回徐常丞启　甲子生日》）、"日薄西山，第愧此身之老"（卫泾《回史知府弥忠启》）。对生命的体认转化为在文章中对庄周典故的大量使用。作为影响中国古人的人格构成的老庄哲学，向来与儒家一方的思想相互拉锯、相互补充，保持着微妙的平衡。在宋人晚年所作的这些谢贺生日启状中，可以感受到庄子思想对生命超然物外的认识，显然更能抚慰他们的心灵，例如：

大块劳我以生，辰之安在。[①]（傅伯寿《回寿诗启》）

大块以老佚我，荷明主之放归。[②]（刘克庄《回陈大卿启　癸亥生日》）

劳我以生，却青云于垂上。[③]（李刘《回武官贺生日启》）

劳以生，佚以老，幸百尺竿之下来。[④]（刘克庄《回曹守司直启　癸亥生日》）

以上均出自庄子《内篇·大宗师》："夫大块载我以形，劳我以生，佚我以老，息我以死。故善吾生者，乃所以善吾死也。"[⑤]这是一种对生命视若自然造化的规律的智慧，虽身不由己，但也因而避免了对人生中各种苦难的计较与追问，能够顺势变化、安然处之。其他的答谢启状对《庄子》中寓言的使用也颇多：

曳縰以歌《商颂》，惭无曾子之声。[⑥]（周必大《谢生日诗词启　乾道元年》）

千二百岁，形未尝衰，乃佩广成修身之喻。[⑦]（周必大《谢余监场生日水晶环诗启》）

朝菌灵椿，一委心于造化。[⑧]（刘克庄《回李国正启　癸丑生日》）

谓鹏鸠相笑，何大年小年之足云。[⑨]（林希逸《回方帝臣生日启　咸淳五年》）

---

①《全宋文》第276册，第424页。

②《全宋文》第328册，第210页。

③《全宋文》第317册，第298页。

④《全宋文》第328册，第211页。

⑤〔战国〕庄周著，陈鼓应注译《庄子今注今译》，中华书局1983年版，第167页。

⑥《全宋文》第228册，第349页。

⑦《全宋文》第228册，第376页。

⑧《全宋文》第328册，第167页。

⑨《全宋文》第335册，第318页。

宋人王铚《四六话》:"四六尤欲取古人妙语以见工耳。"①以上辞句各出自《庄子》中《杂篇·让王》《外篇·在宥》《内篇·逍遥游》诸篇,主旨都是将短暂如露的人生放置在更大、更广的宇宙自然坐标之中参照,因而消解掉对琐碎得失的执念与痛苦,专注于养生与修身,以此达到"无所待"的境界。虽看清了人世的匆促和虚幻,但也因此避免落入了颓废与空虚之中,宋人正因能做到对儒道思想的通融,因而始终能够保持独有的理性和自持。

四、结语

作为宋代始兴的生日文学之一种,宋人谢贺生日启状骈文兼具应用性与文学性。在应用性上,其较为固定的文体形态与完整的生日主题话语,体现出宋代尤其南宋时祝寿之风的兴盛,但程式化的创作现象,也说明了南宋时期祝寿文写作的僵化倾向。在文学性上,这些启状共同呈现了骈文风流嬗变的成就创获,尤其体现在典故使用方面,对父母恩情的强调折射出宋人的生命观念与社会伦理,而宋代"晚节思虑深沉"的色彩,则表现为生日答谢文中对屈骚典故的大量使用,以及对退之身世、乐天思想的深切体认。

生日,是古人与今人共同的话题,借助对宋人谢贺生日启状的解读与体悟,后世得以窥见千百年前的古人对时光流逝、年岁增长这些永恒主题的思考。宋人理性的思维模式、乐观的生命态度、自律的内省精神和深刻的哲学智慧,至今仍然焕发不朽的光辉。

作者简介:

余慕原,1999 年生,广东潮州饶平人,暨南大学中文系硕士研究生。研究方向为唐宋文学。

① 〔宋〕王铚《四六话》,影印文渊阁《四库全书》本,第 1478 册,第 944 页。

宋代骈文研究的基本问题与考察路径

——国家社科基金后期资助项目“宋代骈文文体研究”结项心得

周剑之

内容摘要：宋代骈文拥有独特的风格面貌与个性气质，与六朝隋唐骈文存在显著不同。对宋代骈文展开研究，应凭借当代学术话语鲜明揭示其个性气质，并解释造就这种个性气质的内在原因，形成对宋代骈文既准确又生动的立体认知。为实现这一目的，需从文体角度切入，回归历史语境，保持动态观照的视角，对宋代骈文文体的应用场域与书写方式作细致观察及综合把握。

关键词：宋代骈文；文体研究；应用场域；书写方式

伴随着《黼黻之美：宋代骈文的应用场域与书写方式》（北京大学出版社 2021 年版）一书出版，我对于宋代骈文的研究得以告一段落。自进入博士后流动工作站以来，我与这一题目相伴相随将近十年。在这十年的研究中，我有烦恼，有煎熬，也有成长，有收获。在此谨记下自己一路走来的些许心得体会，与同道分享交流，亦祈请师友批评指正。

最初选定宋代骈文作为研究对象的原因之一，是希望通过对宋文的研究加深自己对宋代思想文化、文学生态的理解，拓展自己的研究视野。此前攻读博士学位时，我的研究对象是宋代诗歌，对宋文领域涉猎不多。不过我深知宋文的世界极其宽广，是深入宋代文学研究的必经之路。在对作家作品的研读中，我强烈感受到骈文在宋人创作中的重要性及独特性。宋人称骈文为“四六”“偶俪之文”，把骈文写作视为重要的技能。宋人别集中往往有四六文，一些别集甚至以四六文为主、以“四六”名集。欧阳修、王安石、苏轼等著名散文家，同时也是宋代首屈一指的骈文家，留下了许多令人称道的骈文作品。随着古文运动的完成，骈文日渐在制、表、启等特定文体中占据主导地位，与散文形成二水分流的格局：“施之著述则古文可尚，求诸适用非骈俪不可也。”[①]“著述”与“适用”的分途，散文与骈文各行其道，体现着文学分工日益精细化的发展趋向，也展现了宋代文学世界的丰富性与复杂性。

① 〔宋〕吴奂然《〈圣宋名贤四六丛珠〉序》，叶蕡编《圣宋名贤四六丛珠》卷首，见《续修四库全书》，上海图书馆藏明嘉靖十一年王宠王阳钞本，上海古籍出版社 1996 版，第 1213 册，196 页上。

带着这样的阅读感受，我开始爬梳现代以来的宋代骈文研究。二十世纪上半期曾涌现一批有关骈文的通史性著述，如谢无量《骈文指南》(中华书局 1918 年版)、金秬香《骈文概论》(商务印书馆 1933 年版)、钱基博《骈文通义》(大华书局 1934 年版)、瞿兑之《中国骈文概论》(世界书局 1934 年版)、刘麟生《骈文学》(商务印书馆 1934 年版)、《中国骈文史》(商务印书馆 1936 年版)等，对宋代骈文的基本特点已做了颇为精准的概述。其中最具代表性的是刘麟生《中国骈文史》，称"宋代文学作风，率趋于散文化，不仅骈文为然，特骈文其尤甚者耳"；又归纳宋代骈文特色为六条：一曰散行气势于骈句中见之，二曰用虚字以行气，三曰用典而仍重气势，四曰用成语以行气势，五曰喜用长联，六曰多用议论以使气。[①] 二十世纪下半期及新世纪前十年的相关研究，大体仍遵循这些基本判断，而在作者的分析与作品的解读方面更为细化，骈文文论、骈文文献等方面的研究也持续推进，为后续研究的展开提供了颇为坚实的基础。

在浏览前人研究之后，我的总体感受是，尽管前人研究对宋代骈文的特色有简明精到的概括，有提纲挈领之力，但同时也相对扁平，缺一点立体感与真切感。我们很难通过这样的概括去想象宋人写作骈文时所处的语境、所抱持的心情，也不容易体会宋代骈文在艺术上的进境与创获。就我个人的阅读体验而言，宋代骈文的面貌是极具个性的，跟六朝骈文的风格气质有显著的不同。六朝骈文给人的印象是风流倜傥的，浸染着名士风度与世族华彩。而宋代骈文给人的大体印象是儒雅端方的，体现为士大夫的知性雅致与沉稳节制。这种不同不仅仅是形式技巧、表述方式的差异，更有着思想性格与文化意蕴上的差异。古人给予宋代骈文以"宋四六"的专名，正是认识到了其与六朝及隋唐骈文的重要区别，只是未必形成系统化理论化的表述罢了。我希望能够凭借当代学术研究的话语，把这样的个性气质鲜明总结出来，并解释造就这种个性气质的内在原因，以形成对宋代骈文既准确又生动的立体认知。

想要达到这一目的，需要回到历史语境中去。骈文与散文虽然是不一样的语体，但认识二者的方式实有相同之处。我们对宋代散文成就的高度认同，很大程度上得益于我们对古文运动这一历史语境的基本认识。与此相似，如果能够对宋代骈文的书写、应用及评价的整体语境有较为真切的理解，自然能够给予宋代骈文更为准确的判断。

因此我认为首先需要了解宋人对骈文的基本看法。宋人如何看待骈文？骈文对他们来说意味着什么？宋人会从怎样的角度评价骈文的高下？评价的基准又是什么？这些问题的厘清，将有助于还原宋代骈文的历史语境。唯有理解了宋人对骈文的看法，才能更好地理解他们的具体做法。正是沿着这样的思路，我得以关注到宋代骈文批评中的"应用"问题，这也是后来书中第一章集中探讨的问题。为何骈文在宋代被称为"应用"？"应用"的含义是什么，"应用"的具体领域是哪些？为何宋人同时有着"有用"与"无用"

---

① 刘麟生《中国骈文史》第八章，东方出版社 1996 年版，第 81—83 页。

这样两极分化的判断？伴随着这些问题的思索，我们认识到，宋代骈文具有极为突出的应用属性，宋代“应用”文字与其他文字的分流，其实质是骈散两种行文方式的区分，骈散两种语体得以各行其道，二者在不同的领域内各自发挥作用。这不但有助于理解宋代骈文的基本语境，而且有助于深化我们对古文运动及宋代散文的认识。

值得重视的是，宋代骈文并未因“应用”而失掉了对文学性的追求。如果说“应用”是宋人从社会功能角度对骈文的基本定位，那么从文学书写的角度而言，宋人对骈文还有着另一定位，即才学之文。这一方面的认识鲜明体现了宋人对骈文写作技巧的思考、对骈文审美形式的讲究。相较于六朝以来的骈文，宋人形成了自己的审美标准。“博学富文”“雄才奥学”以及在礼乐刑政、典章文物方面的拓展，被认为是宋代骈文的新成就。评价标准的变迁，印证着时代的发展变化。而宋代骈文领域涌现出来的新风格、新技巧，也根源于新的评价标准与审美取向。这部分考察形成了我书中第二章的主体内容。

在理解了宋人对骈文的基本看法与总体定位之后，为了更进一步地探讨宋代骈文的相关问题，我把研究重心落在了文体上。文体是古人尤其重视的问题，也是文章研究的根本问题之一。正所谓“文章以体制为先”①，每一种文体的形成都源于特定的需求，承担着特定的功能，并以相应的书写规则呼应其功能。文体特性直接制约着作者的创作方向和作品的风格倾向。近年来文体学方兴未艾，为宋代骈文研究提供了许多可资借鉴的示范。文体研究的优势在于，能够结合社会文化背景，体察文学生态，进而回避单纯作家介绍、作品解读的平面化、模式化，获得更立体、更生动的文学发展面貌。

事实上，随着宋人视骈文为“应用”的观念发展，采用骈文的文体与采用散文的文体在表现形式上有了更为显著的区分，文体功能与语体选择有了更为紧密的联结。这是宋代骈文采用文体研究的可能性，同时也是采用文体研究的必要性。制、表、启等文体成为宋代骈文的主要载体，这些文体的具体功能不尽相同，文风也存在差异。唯有通过文体研究的方式，才能从根源上解释一系列关键性的问题。

宋代骈文研究需从文体切入，从学理上说这一点是没有问题的。然而在实际操作中，我却走了一些弯路。在选定文体作为基本研究对象之后，我自然把关注点落在了文体功能与文体形态上：这种文体承载的功能是什么？为实现这种功能，该文体采取了怎样的形态？我对制诏王言、表文、启文等文体的功能与形态作了梳理，虽然有一些发现，但却没有达到我预期的效果。经过反思，我得到了两点启示：第一，这些文体在历朝历代多有应用，就文体最基本的功能和最核心的形态而言，是大体稳定的，想要准确揭示宋代所特有的东西，一定要避免静态研究，而代之以动态的眼光，在宋代具体的应用语境中进行再现。第二，文体研究并非我最终的目的。我的研究目标是真切立体地展现宋代骈文艺术世界的丰富性与独特性。因此，在对具体文体展开探讨的过程中，我也必须保持动

① 《辞学指南》卷二引倪正父语，见《玉海》卷二〇二，江苏古籍出版社、上海书店 1987 年版，第 3692 页上。

态的观照视角,既关注“怎么写”,又关注“怎么用”,更关注“怎么写”与“怎么用”之间的互动关系。通盘考虑后,我认为我应当对宋代骈文文体的应用场域与书写方式作细致观察及综合把握。

首先,我选择了“应用场域”作为研究的关键词之一。应用性文体总是承担着特定的功能,并应用于特定的场域。应用场域并非一个实体性的存在,而是该文体在使用过程中所体现出的各种社会关系的总和。这些社会关系呼唤着相应的文体。君主任命重臣,需要制文以彰天威;臣子向君主剖陈衷肠,需要表文以表忠诚;士大夫之间的往来酬酢,需要启文以示郑重。与此同时,应用场域中存在着多样化的主体,其身份及相互关系,制约着文体的基本形态与风格倾向。由此出发,可以观察到应用场域内部的丰富多彩及作者书写方式的细密呼应。比如宋代上梁文,依据上梁建筑的不同性质,我们能看到三种不同的类型:为中央级别建筑而作的上梁文往往具备奉天承运的宏大叙事与对君主德政的极力颂赞;为地方级别建筑而作的上梁文更乐意展示当地的历史地理与风俗形胜,彰显地方官员或地方精英的功绩;为私人建筑而作的上梁文则对心志品格的表露和对居处生活的想象拓展了抒怀言志与精细摹写的层次。此外,应用场域还动态地存在于社会思想文化的大背景之中,时代的社会体制与思想观念运作于其间,这些应用场域的底色也值得注意。

其次,应用场域向文体提出功能诉求,而实现这些诉求的则是书写方式。为此,“书写方式”成为了我研究的另一个关键词。所谓书写方式,包括文体的结构形态、叙述模式、修辞技巧、风格倾向等方面。它是众多作者面对应用场域作出的选择,折射着作者的思维方式及价值取向。书写方式一方面呼应着应用场域的诉求,另一方面也对应用场域进行强化乃至一定程度的重塑。如南宋士人宴饮中的致语,既源于官场交际的需求,又以知识文采推动着这一应用场域的雅化,不但参与着士人交际的过程,而且充当着群体认同的纽带,折射着南宋士人特有的价值体系。

最后,以“应用场域”“书写方式”两大关键词为基础,我系统考察了宋代应用最广泛、地位最重要的制诏王言、表文和启文,以及文学成就颇高、能够展现宋代骈文特色的上梁文与致语。针对制诏王言,探讨其在宋代皇权政治中承载的功能与目的,以及由此滋长的书写模式与风格取向。针对表文,观照宋代君臣交流场域中的表文如何在君与臣、公与私的夹缝中辗转反侧,发展出精深幽细又明畅自然的风格。针对启文,关注其在宋代新型士人关系网络中的独特功能,以及由此带来的礼仪属性和应酬趋势。针对上梁文,依据应用场域的细微区别,将宋代上梁文分为中央型、地方型、私人型三大类别,梳理三类上梁文的书写选择及脉络变迁。针对南宋致语,在以官场交际为底色的士人宴饮中总结致语的话语方式和风格特色,并探究其内部的士人意识与价值取向。以上讨论分别形成了我书中的第三至第七章。凭借对应用场域与书写方式的考察,大体呈现出较为鲜明生动的宋代骈文图景,也让我更加理解宋代作者应对时代的思考方式和生存方式,触碰到骈文折射的作者心灵世界。

在对这些文体展开研究的基础上,宋代骈文背后深刻的礼仪属性与身份意识得以揭明。这是书中第八章的核心内容。历经诸多研究后终于得出结论:宋代骈文彰显着士人阶层的身份意识,投射出文官社会的礼仪诉求,可以将内在的君子人格外化为雄才奥学与文化气象,焕发为博雅典丽的黼黻之美。

此刻回头梳理我对宋代骈文的研究过程,看似顺流而下,但实际上几经迂回、经历了数次大的思路调整。在我的博士后出站报告中,我拈出的视角是“实用与审美的交汇”。宋代骈文当然是非常典型的应用性美文,这一角度的选取,固然有助于梳理宋代骈文的风格特色,但纵深性不够,也不易揭示宋代骈文发展流变的具体细节及独特风貌的生成机理。

尽管出站报告存在许多不足,但毕竟提供了研究的雏形。到了申请国家社科基金后期项目时,我已有了许多新的思考,故而以“宋代骈文文体研究”为题,将重心落在文体研究的领域,而弱化了出站报告中对骈文发展史的梳理、语言学的考察等。从研究范围来说,出站报告主要涉及的是三大类型:制诏王言、表文和启文,立项后我又增加了对上梁文与致语这两种文体的讨论。如此一来,对宋代士人的骈文创作状况能有更全面的展现。

此后几年中,经过进一步的沉淀与反复思索,最终提炼为应用场域与书写方式互动的考察思路。在明确了这一基本思路后,此前的诸多积累得以条分缕析、各安其位,从此真正走进宋代士人创作的立体语境,看到文学书写在应用场域中的动态展开,理解宋人对社会关系的认知角度和应对方式,从而深入宋代骈文的内在肌理与核心特质。

按当下的眼光来看,我的骈文研究在一定程度上可以算是文化与文学的交叉研究,因为许多问题都需要放置在一定的文化语境中才能解释明白。但事实上我并没有给自己这样的定位,也谈不上明晰的交叉研究的意识。文化与文学的交叉研究,其实容易滑向文化的一端,而忽略了文学的一端。因此我没有为自己的研究刻意指定所谓的交叉研究法。我的出发点与着眼点,其实始终是骈文的文学性与审美性。我最关心的,仍然是宋代骈文的文学个性与审美气质。书中附录的《节奏的新变:宋代骈文独特风貌的语言学阐释》,或许可以印证这一点。在研究过程中,我对宋代骈文节奏的问题产生了浓厚兴趣。骈文拥有非常鲜明的语言形式感,尽管骈文的演变涉及方方面面因素,但最终都会反映到语言形式上来。所以我尝试从语言学角度来剖析宋代骈文节奏的创新性与独特性,完成了这篇文章。从研究思路上说,这并不属于应用场域与书写方式的考察范围,之所以列入附录,也是为了保持正文思路的统一性。不过这篇文章的存在,印证着我关注文学性的初心。总而言之,之所以选择从应用场域与书写方式的互动展开考察,是为了解答我所关注的宋代骈文艺术发展新变的问题。围绕解答问题的需要来调整研究角度、调动研究方法,而非抱定某种方法去验证,这或许是我在骈文研究中的一项重要收获,也是我在未来研究中将会继续保持的做法。

限于学力与时间,我的研究也存在许多缺憾。我的研究偏重整体性考察,力求突出每一文体的总体特色、凸显宋代骈文的整体气质,对文体内部的历时变迁展示不足,也未及对诸多有代表性作家作品展开专门考察。又因发表论文的需要,许多章节是依照单篇论文的规制来撰写,虽然合为一书后有所调整,但整体行文难免不够从容舒展。不仅如此,在亲身经历了文章研究之后,我越发认识到古代文学的博大和自己知识面的狭隘。文章研究需要特别宽广的阅读面和纵横通贯的视野,如果不具备这样的能力,很容易导向错误的判断和片面的结论。我知道自己的研究难免存在各式各样的问题,在未来的时日中,我将不断修正,不断完善,纵然道阻且长,亦当迎难而上。

作者简介:

周剑之,1984 年生,广西全州县人,北京师范大学文学院副教授。研究方向为唐宋文学。

日本学者骈文研究专著、论文索引

蒙显鹏

说明

今将日本学者有关中国骈文、日本骈文的研究专著、论文作简要索引。说明如下：

1.主要以骈文研究为索引对象，共分为以下四部分：(1)中国骈文的研究专著；(2)中国骈文的研究论文；(3)日本骈文的研究专著；(4)日本骈文的研究论文。

2.尽量集中于骈文的文体、文学本身，关于文献译注、校考等的研究一般不录。

3.关于中国、日本的文学史多有涉及骈文者，由于数量众多，今皆割爱不录。

4.专著中偶有零星论及骈文者一般不录；虽不是全部研究骈文但其中骈文研究占有相当比重的专著亦录数家，如小岛宪之的《国风暗黑时代的文学》等。

5.日本学者的专著多收录发表过的论文，故而此处省略具体的论文名，仅举其专著；但是笔者认为对于中国学者研究日本骈文颇有参考、借鉴意义的论文则另行举出。

6.论文名先翻译为中文，后附日文论文原名；若原文为日本汉字而无假名，则直接改写为简体汉字。

7.由于未能看到杂志实物，故不知其标注是“集”“卷”或“号”，因而用统称“期”来表示；有时根据日本论文检索习惯，标注出版年月。

8.论文检索多从日本论文检索网站 https://cir.nii.ac.jp/而来，不排除数据有失误，然无法一一确认。

9.由于国内资源、信息渠道有限，鞭长莫及，不免遗珠之恨，万望各方家见谅。

一、中国骈文的研究专著

1.今关天彭：《清代及现代的诗余骈文界》(《清代及現代の詩余駢文界》)，今关研究室 1926 年版。

2.古田敬一：《中国文学的对句与对句论》(《中国文学における対句と対句論》)，风间书房 1982 年版。

3.长田夏树也、山川英彦等撰：《正仓院本王勃诗序的研究》(《正倉院本王勃詩序の研究》)，神户市外国语大学外国语研究所 1995 年版。

4.福井佳夫:《六朝美文学序说》,汲古书院1998年版。

5.铃木虎雄撰,兴膳宏校:《骈文史序说》,研文出版2007年版。

6.福井佳夫:《六朝文体论》,汲古书院2014年版。

7.道坂昭广:《〈王勃集〉与王勃文学研究》(《『王勃集』と王勃文学研究》),研文出版2016年版。

8.福井佳夫:《六朝文评价之研究》(《六朝文評価の研究》),汲古书院2017年版。

二、中国骈文的研究论文

1.原田季清:《骈文与小说之关系》,《台大文学》1938年第4卷第2号。

2.铃木虎雄:《徐庾的文章》(《徐庾の文章》),《支那学》1941年7月第10卷第3号。

3.斯波六郎:《文笔考》,《支那学》1942年第10卷增刊号。

4.铃木虎雄:《骈文概说》,《汉文学会会报》1942年6月第12卷。

5.铃木虎雄:《六朝骈文史大要》,《史学杂志》1942年第53编第1号。

6.冈佑次:《文体的变迁:以南朝时代为中心》(《文体の変遷・南朝時代を中心として》),《お茶の水女子大学人文科学部紀要》1953年3月第2号。

7.杉本行夫:《对偶之美的本质》(《对偶の美的本質》),《日本文艺研究》1953年3月。

8.大野实之助:《关于四六骈俪文:以樊南四六为重点》(《四六駢儷について—樊南四六に重点をおいて—》),《汉文学研究》1963年第11期。

9.森野繁夫:《简文帝的文章观:以〈与湘东王书〉为中心》(《簡文帝の文章観:『湘東王に与うる書』を中心として》),《中国中世文学研究》1966年第5期。

10.林田慎之助:《论萧纲的〈与湘东王书〉:森野氏论文〈简文帝的文章观〉批判》(《蕭綱の『与湘東王書』をめぐって:森野氏論文『簡文帝の文章観』批判》),《中国中世文学研究》1968年8月第7期。

11.古川喜哉:《汉文的文体类别:以四六文体为中心》(《漢文の文体類別——特に四六文体について》),《园田学园女子大学论文集》1968年12月第3期。

12.岩城秀夫:《关于南戏台词的骈体化》(《南戯の〈せりふ〉の駢体化について》),《日本中国学会报》1975年第27集。

13.西纪昭:《诏令的文学性(其一):傅亮》(《詔令の文学性(その一):傅亮の場合》),《小尾博士退休纪念中国文学论集》1976年3月。

14.泽崎久和:《晚年李商隐的佛教信仰与骈文作家活动》(《晚年の李商隠における佛教信仰と駢文作家活動—晚年の詩の成立契機》),《集刊东洋学》1979年10月第42集。

15.松浦崇:《关于袁淑的诽谐文》(《袁淑の『誹諧文』について》),《日本中国文学会报》1979 年 10 月第 31 集。

16.佐竹保子:《任昉的文章:其形成过程与晚年的文体变化》(《任昉の文章:その形成過程と晚年の文体变化》),《日本中国学会报》1980 年 10 月第 32 号。

17.清水凯夫:《简文帝萧纲〈与湘东王书〉考》,《立命馆文学》1981 年第 430、431、432 期。

18.向岛成美:《范晔与文笔说》(《范曄と文筆说》),《筑波中国文化论丛》1981 年第 1 期。

19.佐竹保子:《任昉的奏弹文》(《任昉の奏弹文》),《东洋学》1981 年 5 月第 45 期。

20.清水凯夫:《昭明太子〈文选序〉考》,《学林》1983 年 7 月第 2 期。

21.森野繁夫:《关于王融的〈三月三日曲水诗序〉》(《王融の『三月三日曲水詩序』について》),《小尾博士古稀纪念中国学论集》1983 年 10 月。

22.中野将:《关于庾信的〈思旧铭〉》(《庾信『思旧銘』について》),《中国文化:研究と教育:汉文学会会报》)1985 年 6 月第 43 期。

23.佐藤利行:《二陆的文章观》(《二陆の文章観》),《日本中国学会报》1985 年 10 月第 37 集。

24.松浦友久:《"的名对"与"总不对":对偶论笔记》(《的名対と総不対——対偶論ノート》),《中国文学研究》1985 年 12 月第 11 期。

25.中森健二:《关于沈约的〈奏弹王源〉》(《沈約の『奏弹王源』について》),《学林》1986 年 1 月第 7 期。

26.中森健二:《谢朓的文学(上、下)》(《謝朓の文学(上、下)》),《学林》1986 年 8、9 月第 8、9 期。

27.伊藤美重子:《敦煌资料所见"儿郎伟"——驱傩文、障车词、上梁文》(《敦煌資料に見える『児郎偉』をめぐって:駆儺文・障車詞・上梁文》),《お茶の水女子大学中国文学報》1988 年第 7 期。

28.道坂昭广:《王勃试论:其文学之渊源》(《王勃試論——その文学の淵源について》),《东方学》1988 年 5 月第 76 期。

29 福井佳夫:《关于六朝书简文的书式:以昭明太子〈十二月启〉为中心》(《六朝書簡文の書式について—昭明太子『十二月啓』を中心に—》),《中国诗文论丛》1989 年 10 月第 8 期。

30.福井佳夫:《关于序的文体:以六朝别集为中心》(《序の文体について——六朝の別集序を中心に》),《中京大学文学部纪要》1990 年第 25 期。

31.福井佳夫:《关于孔稚珪的〈北山移文〉》(《孔稚珪の『北山移文』について》),

《中京大学文学部纪要》1990 年 7 月第 24 期。

32.福井佳夫:《关于曹丕的〈与吴质书〉:与六朝文学的关联》(《曹丕の『与呉質書』について:六朝文学との関連》),《中国中世文学研究》1991 年 3 月第 20 期。

33.松冈荣志:《关于颜延之〈陶征士诔〉》(《顔延之『陶征士誄』について》),《东アジア文化论丛・竹田晃先生退官記念》1991 年 6 月。

34.向岛成美:《鲍照的对句表现之考察》(《鲍照の对句表現をめぐる一考察》),《日本中国学报》1991 年 10 月第 43 集。

35.兴膳宏:《中国中世的美文读本:关于〈帝德录〉》(《中国中世の美文読本——『帝德録』について》),《文体论研究》1993 年 3 月第 39 期。

36.加固理一郎:《关于李商隐的骈文典故技法》(《李商隐の駢文における典故の技法について》),《日本中国学会报》1993 年第 45 集。

37.福井佳夫:《关于六朝骈文对偶的一个考察:围绕其说服力效果》(《六朝骈文の对偶に関する一考察—説得的効果をめぐって—》),《东方学》1993 年 1 月第 85 期。

38.道坂昭广:《关于徐陵的骈文》(《徐陵の駢文について》),《人文论丛:三重大学人文学部文化学科研究纪要》1994 年 3 月第 11 期。

39.幸福香织:《另一个"文笔说":"笔试"之试论》(《もうひとつの文筆説——『筆』をめぐる試論》),《中国文学报》1994 年 10 月第 49 期。

40.福井佳夫:《六朝美文的个性及其评价:六朝美文学序说补遗》(《六朝美文における個性とその評価——六朝美文学序説補遺》),《中京大学文学部纪要》1996 年第 31 期。

41.加固理一郎:《李商隐骈文与诗的关系:以祝文为中心》(《李商隠の駢文と詩との関係について:祝文を中心にして》),《汉文学会会报》1996 年第 54 期。

42.佐竹保子:《从"广义的骈文"到"狭义的骈文":"设备"的场合》(《「広義の駢文」から「狭義の駢文」へ:「設備」の場合》),《中国社会与文化》1997 年 6 月第 12 期。

43.福井佳夫:《论六朝四言诗的衰微》(《六朝四言诗の衰微をめぐって》),《日本中国学会报》1997 年第 49 期。

44.道坂昭广:《关于初唐的序》(《初唐の序について》),《中国文学报》1997 年 4 月第 54 期。

45.稀代麻也子:《关于沈约的〈修竹弹甘蔗文〉》(《沈约の『修竹弹甘蔗文』について》),《中国文化:研究与教育》1998 年 6 月第 56 期。

46.釜谷武志:《〈归去来兮辞〉的"辞"》(『帰去来兮辞』の『辞』について),《中国文学报》2000 年 10 月第 61 号。

47.东英寿:《欧阳修的骈文观》(《欧阳脩の駢文観》),《鹿儿岛大学法文学部纪要》

2000 年第 52 号。

48.佐藤浩一:《杜甫的古文与骈文:其韵律与对偶》(《杜甫における古文と駢文—そのリズムと対偶》),早稻田大学中国文学会《中国文学研究》2001 年 12 月。

49.佐藤浩一:《杜甫的"文":典型化与对偶化的思考》(《杜甫の文をめぐって——『典型化と対偶化の思考』を手がかりに》),《中国诗文论丛》2002 年第 21 集。

50.佐竹保子:《陆机的"天人对":先秦至西晋的对偶样式》(《陸機の天人対—先秦から西晋に至る対偶の一様相—》),《集刊东洋学》2003 年 5 月第 89 号。

51.佐竹保子:《〈游天台山赋〉序文的探讨:与"存思法"的关系》(《『天台山に游ぶ賦』序文の検討:『存思法』との関わり》),《东北大学中国语言文学论集》2005 年 11 月第 10 号。

52.佐竹保子:《孙绰〈游天台山赋〉的修辞:从〈楚辞〉到谢灵运诗赋》(《孙綽『天台山に游ぶ賦』の修辞—『楚辞』より谢霊运詩賦に至る—》),《东洋学集刊》2005 年 5 月第 93 号。

53.上原尉畅:《关于王褒的〈四子讲德论〉》(《王褒『四子講德論』について》),《东北大学中国语言文学论集》2005 年第 6、7 号。

54.佐藤利行:《陆机的书简》(《陸機の書簡》),《广岛大学大学院文学研究科论集》2006 年 12 月第 66 卷。

55.冈本不二明:《黄庭坚〈跛奚移文〉小考》,《中国文史论丛》2008 年第 4 号。

56.土屋聪:《北魏墓志铭所见南齐声律理论的反映》(《北魏墓志銘における南斉永明声律理論の反映について》),《中国文学论集》2014 年 12 月第 43 号。

57.道坂昭广:《试论骈文在日本的传播(序论)》,《骈文研究》(第 1 辑),广西师范大学出版社 2017 年版。

58.竹村则行:《从对句来看〈唐物语〉杨贵妃说话中的〈长恨歌〉〈长恨歌传〉的袭用》(《对句から見た『唐物語』楊貴妃説話における『長恨歌』『長恨歌伝』の襲用》),《中国文学论集》2020 年 12 月第 49 号。

三、日本骈文的研究专著

1.小西甚一:《〈文镜秘府论〉考　研究篇上》,大八洲出版社 1948 年版。

2.小西甚一:《〈文镜秘府论〉考　研究篇下》,大日本雄辩会讲谈社 1951 年版。

3.川口久雄:《平安朝日本汉文学史的研究》(《平安朝日本漢文学史の研究》),明治书院 1964 年版。

4.玉村竹二:《五山文学:大陆文化的介绍者五山禅僧的活动》(《五山文学:大陆文化紹介者としての五山禅僧の活動》),至文堂 1966 年版。

5.小岛宪之:《国风暗黑时代的文学》(《国風暗黒时代の文学》),塙书房 1968—2002 年版。

6.山岸德平:《日本汉文学研究》,收录于《山岸德平著作集》(全 5 卷),有精堂出版 1971—1973 年版。

7.川口久雄:《平安朝的汉文学》(《平安朝の漢文学》),吉川弘文社 1981 年版。

8.波户冈旭:《上代汉诗文与中国文学》(《上代漢诗文と中国文学》),笠间书院 1989 年版。

9.大曾根章介:《王朝汉文学论考:〈本朝文粹〉的研究》(《王朝漢文学論攷:『本朝文粋』の研究》),岩波书店 1994 年版。

10.佐藤道生:《平安后期日本汉文学的研究》(《平安後期日本漢文学の研究》),笠间书院 2003 年版。

11.兴膳宏:《中国的文章美学》(《中国の文章美学》),创文社 2016 年版。

12.后藤昭雄:《平安朝汉诗文的文体与语汇》(《平安朝漢詩文の文体と語彙》),勉诚出版 2017 年版。

四、日本骈文的研究论文

1.芳贺矢一:《四六文与日本文学的关系》(《四六文と日本文学との関系》),《東亜の光》1907 年第 2 卷第 1、2 号。

2.松井荣一:《四六文对海道记的影响:以字法、对偶法为中心》(《海道记に及ぼせる四六文の影響—字法・对偶法を中心として—》),《国語と国文学》1953 年第 7 期。

3.大曾根章介:《〈本朝文粹〉对后世作品的影响:关于平安后期的汉文学》(《『本朝文粋』の後代への影響—主として平安後期の漢文学について—》),《国語と国文学》1961 年 1、2 月。

4.大曾根章介:《平安时代的骈俪文:以文章的段落与构成为中心》(《平安时代の駢儷文について—文章の段落と構成を中心に—》),《白百合女子大学纪要》1964 年第 3 号。

5.大曾根章介:《〈本朝文粹〉与近世初期的汉学者》(《『本朝文粋』と近世初期的漢学者》),《国語と国文学》1964 年 12 月。

6.大曾根章介:《〈本朝文粹〉的分类与排列》(《『本朝文粋』の分類と排列》),《国語と国文学》1968 年 6 月。

7.大曾根章介:《四六骈俪文的去向》(《四六駢儷文の行方》),《文学・语学》1974 年 1 月第 70 号。

8.木庭佳子:《〈三教指归〉所见〈文选〉的影响》(《『三教指帰』における『文選』の影

響について》),《国语国文学研究》1974 年 12 月第 10 期。

9.金原理:《关于〈文笔问答钞〉:围绕其基础的问题》(《『文筆問答鈔』について——その基礎的な問題をめぐって》),《法文论丛》1979 年 3 月。

10.大曾根章介:《平安时代的对偶表现:以〈本朝文粹〉为中心》(《平安時代における対偶表現——『本朝文粋』を中心として》),《国語と国文学》1984 年 5 月第 61 卷第 5 号。

11.山本真吾:《平安时代表白文的对句表现的变迁》(《平安時代の表白文に於ける対句表現の句法の変遷について》),《国语学》1987 年 6 月第 149 期。

12.荒岛圣宏:《〈三教指归〉与对句表现》(《『三教指帰』と対句表現》),《印度学佛教学研究》1990 年 3 月第 76 号。

13.小峰和明:《东大寺讽诵文文稿的言说:唱导的表现》(《東大寺諷誦文稿の言説——唱導の表現》),《国語と国文学》1991 年 11 月第 68 期。

14.山本真吾:《平安时代中后期追善愿文的文章构成:以〈本朝文粹〉〈本朝续文粹〉所收愿文为中心》(《平安時代中後期追善願文の文章構成について:『本朝文粋』・『本朝続文粋』所収愿文を軸として》),《三重大学日本语学文学》1993 年 5 月第 4 期。

15.大冢雅司:《都良香的文章——以五臣注文选的影响为中心》(《都良香の文章—五臣注文選の影響を中心として—》),《驹泽国文》1997 年 2 月第 34 期。

16.宇田茂:《古事记序文的文脉:围绕帝纪、旧辞的考察》(《古事記序文の文脈:帝紀・旧辞をめぐる一考察》),《金泽大学国语国文》1997 年 2 月第 22 期。

17.西尾贤隆:《禅林四六文小考》,《文艺论丛》2004 年 3 月第 62 期。

18.福井佳夫:《作为四六骈俪文的〈古事记序文〉:论其文学性评价》(《四六駢儷文としての『古事記序文』——その文学的評価をめぐって》),《中京大学文学部纪要》2006 年第 41 卷。

19.西尾贤隆:《兰溪道隆的四六文》(《兰渓道隆の四六文》),《文艺论丛》2007 年 3 月第 68 期。

20.后藤昭雄:《平安朝的汉文讽诵文:〈少将滋干之母〉》(《平安朝の漢文——諷誦文と『少將滋幹の母』》),《怀德》2008 年 1 月第 76 号。

21.岸田知子:《关于空海的文章二题》(《空海の文章についての二題》),《中国研究集刊》2010 年第 50 号。

22.后藤昭雄:《讽诵文论》,《国语国文》2015 年 8 月第 84 期。

整理者简介:

蒙显鹏,1988 年生,广西贺州人,文学博士,广西师范大学文学院副教授。研究方向为日本骈文、宋代文学。

2021年骈文研究索引

马文博整理

一、著作之属

1.莫道才编:《骈文研究》(第五辑),广西师范大学出版社。

2.杨晓斌编:《绣虎雕龙:第六届骈文国际学术研讨会论文集》,凤凰出版社。

3.周剑之:《黼黻之美:宋代骈文的应用场域与书写方式》,北京大学出版社。

二、期刊论文之属

1.曹虹:《论〈世说新语〉的对句之美》,《古代文学理论研究》2021年第1期。

2.曹虹:《清代骈文学上的自然论》,《苏州大学学报(哲学社会科学版)》2021年第4期。

3.吕双伟:《明清骈文研究的开拓与意义》,《韩山师范学院学报》2021年第2期。

4.黄逸欣、吕双伟:《夏完淳辞赋三论》,《湖南科技学院学报》2021年第1期。

5.莫道才、刘振乾:《词气兼资　清新不穷——论王先谦对骈文"潜气内转"理论的发展》,《中国文学研究》2021年第4期。

6.肖大平、莫道才:《〈大唐平百济国碑铭〉的版本与流传考》,《域外汉籍研究集刊》2021年第1期。

7.莫道才:《初唐时期北方骈体文风在岭南地区的接受》,《民族文学研究》2021年第1期。

8.莫道才:《在骈文国际学术研讨会暨第七届中国骈文学会年会开幕式致辞》,《骈文研究》2021年辑刊。

9.路海洋:《清代中叶骈文选本纂辑的三大特征》,《青海社会科学》2021年第4期。

10.路海洋:《"辟途径于文苑,示楷模于艺林"——论〈国朝骈体正宗〉及其姚燮、张寿荣评点的骈文批评建树》,《新疆大学学报(哲学·人文社会科学版)》2021年第4期。

11.路海洋:《清代后期骈文选本编纂的承衍性与拓新性》,《韩山师范学院学报》2021年第2期。

12.于景祥:《"唐宋八大家"的经典化流程》,《社会科学辑刊》2021年第4期。

13.莫山洪:《王国维"六代之骈语"辨析》,《韩山师范学院学报》2021年第2期。

14.王亚萍:《论隋朝骈文观念的文质演变与骈文创作》,《嘉兴学院学报》2021 年第 4 期。

15.郭英德:《“门风瑰丽”:身份意识与陈维崧的骈体文书写》,《北京师范大学学报(社会科学版)》2021 年第 1 期。

16.成松柳、吴思聪:《韩愈散文骈散融合探析》,《长沙大学学报》2021 年第 4 期。

17.杨志君:《论〈水浒传〉中骈文的来源及其对后世小说的影响》,《太原师范学院学报(社会科学版)》2021 年第 3 期。

18.杨志君:《论〈水浒传〉中骈文的文体特征及其意义》,《理论界》2021 年第 5 期。

19.武超:《晚清骈文研究述论》,《汕头大学学报(人文社会科学版)》2021 年第 9 期。

20.孙佳萍:《〈论语〉中的骈偶现象》,《豫章师范学院学报》2021 年第 3 期。

21.陶熠:《从别调到主流——骈文“用成语”观念在宋代的成立》,《文学遗产》2021 年第 3 期。

22.陶熠:《宋代骈文批评中的读者反应与公共意识》,《复旦学报(社会科学版)》2021 年第 5 期。

23.陈鹏:《论六朝诏令的骈化及其艺术特质》,《中国文学研究》2021 年第 4 期。

24.黄露莹:《庾信骈赋色彩美学刍议》,《南阳理工学院学报》2021 年第 5 期。

25.张莹:《论唐传奇中骈体文的使用功能》,《今古文创》2021 年第 8 期。

26.刘晓旭:《陆贽骈文句法简论》,《今古文创》2021 年第 17 期。

27.林虹伶:《论李白骈文的“诗乐舞”特征》,《今古文创》2021 年第 25 期。

28.刘红霞:《海外吟诵资料:程曦以〈哀江南赋序〉为例论骈文吟诵》,《常州工学院学报(社科版)》2021 年第 4 期。

29.刘涛:《李详骈文思想探析》,《韩山师范学院学报》2021 年第 2 期。

30.刘涛:《主持人语:明清民国骈文研究的创获》,《韩山师范学院学报》2021 年第 2 期。

31.张兰兰:《骈文的属对——以〈六朝文絜〉为例》,《辽宁工业大学学报(社会科学版)》2021 年第 5 期。

32.陈建秋:《陈维崧骈体哀祭文三论》,《辽东学院学报(社会科学版)》2021 年第 3 期。

33.赵成林:《论辞赋在唐代的骈散之变》,《济南大学学报(社会科学版)》2021 年第 5 期。

34.张晓庆:《真情至文　骈体叙事——庾信〈思旧铭〉的艺术高峰》,《商丘职业技术学院学报》2021 年第 1 期。

35.王文:《李商隐祭文骈散结合艺术赏鉴》,《中学语文教学参考》2021 年第 3 期。

36.陈鹏,《论六朝表奏的骈化及其艺术得失》,《骈文研究》2021 年辑刊。

37.钱辉:《论唐传奇的骈与雅》,《骈文研究》2021 年辑刊。

38.肖悦:《从表、书、序看李白骈文对〈战国策〉的继承》,《骈文研究》2021 年辑刊。

39.覃雪娟:《李刘四六文“运散入骈”所受欧苏的影响》,《骈文研究》2021 年辑刊。

40.张正:《〈忠雅堂评选四六法海〉沿袭〈蒋选四六文〉考论》,《骈文研究》2021 年辑刊。

41.戴永恒:《计成〈园冶〉的骈文艺术》,《骈文研究》2021 年辑刊。

42.莫山洪:《论〈四六作法骈文通〉中的骈文理论》,《骈文研究》2021 年辑刊。

43.何祥荣:《饶宗颐先生骈文中的词学理论》,《骈文研究》2021 年辑刊。

44.[日]铃木虎雄撰,蒙显鹏译:《骈文所具有的诸条件》,《骈文研究》2021 年辑刊。

45.蒙显鹏:《日本近代的骈文研究——以今关天彭、铃木虎雄、内藤湖南、长泽规矩也为中心》,《骈文研究》2021 年辑刊。

46.蒙显鹏:《〈俪语编类〉所见识遵、洪迈佚文二篇辑考——兼略论三洪骈文与词科》,《古典文献研究》2021 年辑刊。

47.蒙显鹏:《邓文原骈文佚文十三篇辑考——兼及朝鲜文献〈俪语编类〉所见元文佚文》,《域外汉籍研究集刊》2021 年辑刊。

48 肖大平:《韩国骈文研究四十年(1975—2020)》,《骈文研究》2021 年辑刊。

49.肖大平:《朝鲜时期张汉喆〈漂海录〉中骈句分析——兼论朝鲜时期骈文创作与科举之关系》,《骈文研究》2021 年辑刊。

50.[韩]赵钟业撰,肖大平译:《百济时期汉文学的倾向——以骈俪体为中心的考察》,《骈文研究》2021 年辑刊。

51.[韩]朴禹勋撰,肖大平译:《韩中反骈文观》,《骈文研究》2021 年辑刊。

52.[韩]金光燮撰,肖大平译:《17 至 18 世纪俪文选集的编纂及其影响——以徐庾体骈俪文爱好现象为中心》,《骈文研究》2021 年辑刊。

53.周雪瓴:《张应泰〈古今四六古集〉〈古今四六今集〉叙录》,《骈文研究》2021 年辑刊。

54.孟伟:《〈国朝十家四六文钞〉叙录》,《骈文研究》2021 年辑刊。

55.王德军:《〈六朝文絜〉叙录》,《骈文研究》2021 年辑刊。

56.王德军:《〈四六法海〉叙录》,《骈文研究》2021 年辑刊。

57.陈奕奕:《谭元春〈简远堂辑选名公四六金声〉叙录》,《骈文研究》2021 年辑刊。

58.戴永恒:《许贞干〈八家四六文注〉叙录》,《骈文研究》2021 年辑刊。

59.戴永恒:《屠寄〈国朝常州骈体文录〉叙录》,《骈文研究》2021 年辑刊。

60.蒋肖云:《胡吉豫〈四六纂组〉叙录》,《骈文研究》2021 年辑刊。

61.刘珊珊:《李详〈学制斋骈文〉叙录》,《骈文研究》2021 年辑刊。

62.辛梓:《陈翼飞〈文俪〉叙录》,《骈文研究》2021 年辑刊。

63.金茂之著,莫山洪整理:《四六作法骈文通》,《骈文研究》2021 年辑刊。

64.唐新梅:《交通天下,荟萃人文——"骈文国际学术研讨会暨第七届中国骈文学会年会"综述》,《骈文研究》2021 年辑刊。

65.岳赟赟:《骈文研究的新突破——钟涛〈六朝骈文与六朝社会〉述评》,《骈文研究》2021 年辑刊。

66.肖大平:《韩国期刊揭载骈文研究论文目录(附学位论文)(1975—2020)》,《骈文研究》2021 年辑刊。

三、硕博学位论文之属

1.刘振乾著,莫道才指导:《晚清湖湘骈文作家群体研究》,广西师范大学博士论文。

2.钱辉著,莫道才指导:《唐传奇中的骈体现象研究》,广西师范大学硕士论文。

3.武超著,于景祥指导:《清末民国骈文批评转型研究》,辽宁大学博士论文。

4.齐笑著,于景祥指导:《宋元明清骈文家对欧阳修骈文的接受》,辽宁大学硕士论文。

5.张娟著,于景祥指导:《阮元的骈文研究》,辽宁大学硕士论文。

6.李梦怡著,莫山洪指导:《骆宾王骈文研究》,南宁师范大学硕士论文。

7.吴思聪著,成松柳指导:《韩愈文章骈散融合探析》,长沙理工大学硕士论文。

8.李聪聪著,戴建业指导:《清代的六朝骈文批评——以骈文选本为中心》,华中师范大学硕士论文。

9.赵敏著,刘加夫指导:《萧绎骈文研究》,山东师范大学硕士论文。

10.王一格著,徐雪梅指导:《袁枚散文及骈文理论研究》,内蒙古师范大学硕士论文。

11.吕尚伟著,翟景运指导:《陆机骈文研究》,青岛大学硕士论文。

12.袁小云著,周悦指导:《北朝辞赋骈化研究》,湖南师范大学硕士论文。

整理者简介:

马文博,1991 年生,黑龙江省牡丹江市人,广西师范大学古代文学博士研究生。研究方向为清代骈文。

编后记

《骈文研究》第六辑终于与大家见面了。这是很不容易的。本辑刊发了22篇文章。

“骈文理论与骈文史”栏目刊发6篇,有苗民的《中晚明选本编撰视野下四六文娱情功能的发掘与“文类重组”效应的形成》,张作栋的《论彭元瑞〈宋四六选〉的文章学思想》,刘振乾的《论情文理论在晚清湖湘文论中的发展及其影响》,文娟、邹王菁的《论国华书局杂志所刊骈体小说》,曹丽萍的《民国骈文选本中的宋代骈文——以〈唐宋文举要〉和〈新体评注历代骈文菁华〉为中心》,陈丽珍、莫山洪的《论孙德谦〈六朝丽指〉中的骈文理论》。这些论文从各个不同角度选题,对骈文及骈文学的发展演变作了文献爬梳和理论分析。

在“域外骈文研究”栏目刊发了5篇,日本学者海村惟一、海村佳惟的《骈文视域下日本五山禅林〈疏〉的中国古典受容——绝海中津〈蕉坚稿·疏〉论考(一)》,蒙显鹏译的日本学界前辈铃木虎雄撰的《八股文比法的前驱》,陆锦连、蒙显鹏合译今关天彭撰的《清代及现代的骈文界》,韩国骈文学的研究刊发了肖大平译介的2篇,一篇是梁光锡撰的《统一新罗时期的汉文学研究》以及金镐撰的《桐城派文人对骈文的认识》。这些文章可以了解日韩两国的骈文研究历史和现状。

“骈文叙录”栏目刊发了5篇,叙录了《四六雕龙》《滇骈体文钞》《合刻移华馆骈体文》《尚絅堂骈体文》《讷盦骈体文存》的情况。

“民国骈文文献”栏目刊发了尹梦雨整理藏于上海图书馆的郑好事的油印本《骈文丛话》。

为拓宽研究视野,本辑新辟了“读书札记”栏目,刊发了汪政的《〈王子安集〉理校刍议》和李金松的《清代论骈文书函两则考释》,就骈文别集的文献和文本释读个案作了讨论,今后还将继续刊登这样的读书札记。

“骈文研究新视野”栏目,刊发了3篇文章和2篇索引。孙昌武《述学:“古文运动”和韩愈研究》回顾总结了他研究古文运动和韩愈古文的经验,唐代古文与骈文关系密切,对骈文研究会有所启示。余慕原的《宋代谢贺生日启状骈文的程式内容与文人心态》从谢贺生日启状这一小文类的写作程式视角讨论其展示的宋人文化心态。周剑之的《宋代骈文研究的基本问题与考察路径——国家社科基金后期资助项目“宋代骈文文体研究”结项心得》分享了她做“宋代骈文文体研究”项目过程中的研究心得。两篇索引分别是蒙显鹏搜集整理的《日本学者骈文研究专著、论文索引》和马文博《2021年骈文研究索引》。

感谢本辑的所有作者和整理者及出版社责任编辑,欢迎骈文学界的专家今后继续支持。本刊已经在中国知网数据库可以查询检索,凡是投稿刊载者视同授权电子版权。投稿电子邮箱 1544419117@ qq.com。

感谢中国社会科学评价研究院《中国人文社会科学学术集刊 AMI 综合评价报告(2022 年)》将本刊入选为 AMI 入库集刊。

莫道才

本刊声明